BASTEI
LÜBBE
TASCHENBUCH

Weitere Titel des Autors:

DIE VERSCHOLLENE FLOTTE

Bd. 1: Furchtlos
Bd. 2: Black Jack
Bd. 3: Fluchtpunkt Ixion
Bd. 4: Gearys Ehre
Bd. 5: Der Hinterhalt
Bd. 6: Ein teurer Sieg
Bd. 7: Jenseits der Grenze
Bd. 8: Ein halber Sieg
Bd. 9: Die Wächter
Bd. 10: Standhaft
Bd. 11: Aufstand der KI

DIE VERLORENEN STERNE

Bd. 1: Der Ritter
Bd. 2: Enigma
Bd. 3: Die Revolte
Bd. 4: Der Verräter

ETHAN STARK

Bd. 1: Ära des Aufruhrs

Titel in der Regel auch als E-Book erhältlich

## Über den Autor:

Jack Campbell ist Offizier der US Navy im Ruhestand. Im aktiven Dienst sammelte er viel Erfahrung, die er in seine SF-Romane einfließen lässt. Campbell lebt mit seiner Frau und seinen drei Kindern in Maryland.

# JACK CAMPBELL

# ETHAN STARK

## NEUE VERBÜNDETE

Roman

Aus dem Amerikanischen von
Ralph Sander

BASTEI
LÜBBE
TASCHENBUCH

BASTEI LÜBBE TASCHENBUCH
Band 20931

MIX
Papier aus verantwortungsvollen Quellen
FSC® C083411

Dieser Titel ist auch als E-Book erschienen

Vollständige Taschenbuchausgabe

Deutsche Erstausgabe


Titel der amerikanischen Originalausgabe: »Stark's Command«
Originalverlag: Baen Publishing Enterprises, Riverdale, NY 10471


Textredaktion: Dr. Frank Weinreich, Bochum
Titelillustration: © Arndt Drechsler, Regensburg
Umschlaggestaltung: Guter Punkt, München | www.guter-punkt.de
Satz: hanseatenSatz-bremen, Bremen
Gesetzt aus der Garamond
Druck und Verarbeitung: CPI books GmbH, Leck – Germany
ISBN 978-3-404-20931-6

2 4 5 3 1

Sie finden uns im Internet unter
www.luebbe.de
Bitte beachten Sie auch: www.lesejury.de

*Für Paul Crabaugh, einen guten Freund, dessen eigene Geschichte viel zu früh endete.*

*Wie immer für S.*

# Teil eins – Im Sturm der Schlacht

Die organisierte Gewalt, die von den Menschen als Kriegführung bezeichnet wird, nimmt vielerlei Formen an. Ein Angriff kann beispielsweise so plötzlich erfolgen wie ein Erdbeben und auch genauso schnell wieder vorbei sein – ein überraschender, heftiger Wutausbruch, bei dem die Soldaten auf die gegnerische Verteidigung losgehen und sich gleich wieder zurückziehen. Ein Angriff kann aber auch gemächlicher stattfinden und sich langsam steigern. Etwa eine Attacke, bei der Soldaten vorsichtig vorrücken und nach Schwachstellen in der Abwehr suchen. Dabei gehen sie dann so anhaltend und beharrlich vor wie ein Ozean, der unbeirrt Druck auf die Barrieren ausübt, die ihn vom trockenen Land dahinter fernhalten sollen.

Und so begann der Angriff dann auch: langsam, aber beharrlich intensiver werdend. Wie bei der einsetzenden Flut wurde der Druck allmählich größer. Und das an einem Ort, an dem das einzige echte Wasser tief unter dem leblosen Gestein an der Oberfläche für alle Zeit zu Eis erstarrt war. Nach und nach stieg der Druck. Ein leichter Vorstoß hier, ein kurzes Vordringen dort, um Anzeichen für Schwäche festzustellen, um zu sehen, ob die Gegenwehr irgendwo ein wenig nachließ. Jedem Vortasten wurde eine stabile Barriere entgegengesetzt, jedes Vorrücken wurde mal mehr, mal weniger mühelos abgewehrt. Aber der Druck stieg, das Drängen wurde energischer. Von den Barrieren, die sich als zu stark erwiesen, wanderte dieser Druck ab zu Stellen, die weniger

Widerstand leisteten. Zwar war es nicht erheblich weniger Widerstand, aber dort wirkten deshalb umso konzentriertere Kräfte ein. Der Widerstand ließ zuerst nur minimal nach, sodass es gar nicht zu bemerken war, doch dann beschleunigte sich der Vorgang angesichts steigenden Drucks, und mit einem Mal begann die scheinbar so stabile Front zu bröckeln.

»Ethan, wir bekommen hier Probleme.«

Sergeant Ethan Stark, stellvertretender Commander der aufständischen Soldaten, die nach wie vor die amerikanische Mondkolonie verteidigten, stieg in aller Eile in seine Gefechtsrüstung. »Ich ziehe mich gerade an, Vic. Was ist denn los?«

»Das Hauptquartier ist ein in sich geschlossener Komplex, da brauchst du keine Gefechtsrüstung«, beklagte sich Sergeant Vic Reynolds, Starks stellvertretende Stabschefin. »Ich brauche dich im Kommandozentrum, und zwar jetzt.«

»Okay, okay. Aber ich komme in Rüstung.« Stark verschloss die letzten Schnallen an seinem Anzug, griff nach dem Gewehr und stürmte aus dem Raum. Die Korridore, durch die er lief, kamen ihm immer noch unwirklich vor. Holzvertäfelungen an Stellen, an denen man das nackte Mondgestein hätte sehen sollen, waren nun mal ein seltsamer Anblick. *An den Luxus hier im Hauptquartier werde ich mich nie gewöhnen. Vielleicht können wir den Kram ja verkaufen, um den Sold für unsere Truppen zu bezahlen.*

Den größeren Teil des Personals an den Konsolen im Kommandozentrum kannte Stark nicht persönlich. Es handelte sich aber um erfahrene Unteroffiziere, die dafür sorgten, dass der konstante Strom aus Symbolen, Nachrichten und Videoverbindungen zu jedem einzelnen Soldaten nicht ins Stocken geriet. Alles lief an dieser Stelle zusammen, wo vor Kurzem noch Offiziere jedes Dienstgrads versucht hatten, ihren Untergebenen am liebsten jeden einzelnen Atemzug vorzuschreiben. Jetzt, da diese Offiziere inhaftiert worden waren und in Zellen saßen, konnte Stark in diese Rolle schlüpfen. Sofern er das gewollt hätte …

»Wow.« Stark blieb stehen und bewunderte das riesige Hauptdisplay, auf dem ein Frontabschnitt in hochaufgelöstem 3-D leuchtete. Grüne Symbole für die Amerikaner bildeten einen weiten Bogen mit leichten Einkerbungen, der die Verteidigungslinie darstellte. Die aus eigenen Soldaten bestehenden Gruppen scharten sich um mit schweren Waffen ausgestattete Befestigungen, deren Symbole für die starken Verteidigungspositionen standen. Vor diesen grünen Markierungen bewegten sich Ansammlungen aus roten Symbolen wie Ebbe und Flut immer wieder vor und zurück. Es war ein unablässiger Tanz, den die Sensoren von den feindlichen Soldaten auffingen, ein Tanz, darauf ausgerichtet, die amerikanische Verteidigungslinie zu durchbrechen.

»Sie werden energischer, nicht wahr?«

In den drei Tagen seit dem verheerenden Scheitern von General Meechams großangelegter Offensive hatten die Streitkräfte der gegnerischen Koalition mindestens ein dutzend Mal versucht, in der Frontlinie der Amerikaner eine Schwachstelle aufzuspüren, während Gerüchte über Aufstände und Rebellion langsam die Runde machten.

»Ja«, stimmte Vic ihm zu. Das eine knappe Wort sprach Bände. »Wir sollten aber in der Lage sein, sie zurückzuhalten.«

*Wir sollten in der Lage sein …* Mit finsterer Miene betrachtete Stark wieder das Display. »Warum kommen diese feindlichen Einheiten so nah an uns heran? Warum werden sie nicht weiter zurückgedrängt?«

»Ich weiß es nicht.« Vic versuchte, ihren Frust zu überspielen, doch es gelang ihr nicht so ganz. Immerhin war der Sergeant bemüht, weitaus mehr Soldaten zu dirigieren, als es ihre Ausbildung und ihre Erfahrung eigentlich hergaben.

»In einem Gefecht gefällt mir ein ›Ich weiß es nicht‹ überhaupt nicht, Vic.«

Sie verkniff sich eine bissige Retourkutsche und erklärte schließlich deutlich zurückhaltender: »Mir auch nicht. Aber ich bin mir nicht sicher, was sich da an der Front abspielt. Alles sieht für mich so aus, wie es aussehen sollte. Trotzdem scheint unsere Verteidigung nicht so stark zu sein, wie es eigentlich der Fall sein müsste.« Vic warf ihm einen mahnenden Blick zu. »Wir hätten nicht so früh damit anfangen sollen, die Einheiten rotieren zu lassen.«

»Vic, wir hatten keine andere Wahl. Die Einheiten an der Front waren wegen Meechams Offensive schon viel zu lange dort. Die Leute waren total mitgenommen.«

»Ein paar Tage oder eine Woche lang hätten sie schon noch durchgehalten. Wir haben aber verdammt noch mal mit dem Rotieren begonnen, gleich nachdem wir die Kontrolle übernommen hatten!«

»Jeder hat darauf bestanden«, hielt Stark ihr vor Augen. »Was hätten wir machen sollen?«

»Ihnen sagen, dass das noch nicht geht«, erwiderte sie und schob trotzig das Kinn vor.

»Diese Autorität besitze ich nicht, Vic.«

»Red keinen Unsinn. Sie haben dich schließlich zum Commander gewählt, oder hast du das schon vergessen?«

Stark zeigte mit dem Finger auf sie. »Nein, ich erinnere mich noch genau daran. Und du hast dazu beigetragen. Aber du weißt so gut wie ich, dass ich zwar behaupten kann, vollständige Autorität zu besitzen, dass das aber noch lange nicht bedeutet, von jetzt auf gleich Befehle erteilen zu können, die auch tatsächlich ausgeführt werden. Ich kann nicht einfach jedem nächstbesten Sergeant sagen, was er tun soll. Jedenfalls noch nicht. Vorläufig werden sie sich jedes Mal erst durch den Kopf gehen lassen, was ich mit einem Befehl erreichen will, bevor sie ihn in die Tat umsetzen.«

Sie ließ den Kopf sinken und nickte frustriert. »Vermutlich hast du ja recht. Nein, du *hast* recht. Aber es gefällt mir trotzdem nicht. Alles ist noch zu vage, und durch das Rotieren der Einheiten ist es nur noch unsicherer geworden. Ich habe für diesen Sektor die Bereitschaftsreserve aktiviert.«

»Gut gemacht. Wie viele Soldaten sind das?«

»Zwei Kompanien.«

»Wo setzt du sie ein?«

»Ich weiß es nicht.« Vics Tonfall war unüberhörbar ungehalten, während sie mit einer ausholenden Geste auf das Display zeigte. »Wo brauchen wir sie?«

»Wenn du es nicht weißt, woher soll ich es dann wissen?« *Vic ist die beste taktische Denkerin, die ich je kennengelernt habe. Wenn sie in diesem Wirrwarr keinen Durchblick hat, dann hat den auch kein anderer.* Stark sah sich das Display an, auf dem Hunderte von Symbolen aufeinanderprallten und sich dann wieder voneinander wegbewegten. Unablässig wurde ein ständig im Fluss befindlicher Datenstrom an den Rändern des Displays angezeigt, der die Darstellung des Terrains wie ein Rahmen umgab. Das Gelände wirkte so real, dass Stark das Gefühl bekam, er könnte hineinstürzen.

Vic schaute ihn kurz an, konzentrierte sich dann aber wieder auf das Display. »Ich glaube, es liegt daran, dass da einfach viel zu viel angezeigt wird, als dass man sich auf eine Sache konzentrieren könnte, Ethan. Die haben jede Information in dieses Display reingepackt, die sie von irgendwo herholen konnten. Jetzt ist das so überfrachtet, dass man den

Wald vor lauter Bäumen nicht mehr sieht. Wir müssen ausmisten und das Ganze auf die wirklich wichtigen Daten reduzieren.«

»Das hört sich nach einer guten Idee an. Nur können wir das jetzt nicht machen.«

In einem Flüsterton, der so leise war, dass niemand außer Stark sie hören konnte, erwiderte sie: »Ich wünschte, ich wüsste, was wir *überhaupt* tun können.«

Die anderen Unteroffiziere schauten kurz herüber, ihre Mienen verrieten nichts. Stark lächelte angestrengt und hielt seinen Blick auf das Display gerichtet, um so zu tun, als sei ihm gar nicht aufgefallen, dass er beobachtet wurde. *Es ist, als würde ich meinen Trupp führen. Nur ein paar Nummern größer. Die Leute müssen glauben, dass man von seinem eigenen Handeln überzeugt ist, selbst wenn man in dem Moment Todesängste aussteht und keine Ahnung hat, was man tun soll oder kann.* Die kurzzeitige Ablenkung löste einen Instinkt aus, da etwas an Starks Verstand nagte. Angestrengt starrte er auf das Display, auf dem sich grüne und rote Symbole in Massen hin und her bewegten, während immer wieder abrupt Gefahrensymbole auftauchten und genauso schnell wieder verschwanden, die für schwere Geschosse standen. Es fühlte sich an wie dieses seltsame Kribbeln zwischen den Schulterblättern, wenn man ins Visier eines Scharfschützen geraten war. Es war, als versuchte das Display, ihm etwas zu sagen, was von seinem Bewusstsein einfach nicht erfasst werden wollte – was aber das Unterbewusstsein zu einem lautstarken Alarmruf veranlasste, da es in unzähligen Kämpfen auf etwas Derartiges gedrillt worden war.

»Was haben wir noch als Verstärkung? Welche Reserve ist unsere nächste?«

»Die nächste?« Vic legte die Stirn in Falten. »Zwei Bataillone, aber die sind nicht in Bereitschaft. Wir müssten sie erst aktivieren, damit sie in ihre Rüstungen steigen.«

»Dann tu das. Sag ihnen, sie sollen sich bereitmachen, um an die Front zu ziehen.«

»Ethan, es gibt im Moment wirklich keinen Grund, einen Haufen Soldaten durch die Gegend zu schicken, die wir später sicher noch in topfittem Zustand benötigen werden.«

Vernünftige Worte und ein vernünftiger Ratschlag. Vic spielte wieder ihre alte Rolle, mit der sie ihn bei seinen Entscheidungen schon oft auf den richtigen Weg gelenkt hatte. Stark sah auf das Display, wobei er mehr den Rhythmus der dargestellten Bewegungen als diese selbst wahrnahm. Das Gefühl, das sich dabei bei ihm einstellte, behagte ihm ganz und gar nicht. »Wir haben das Ganze nicht im Griff, Vic. Wir brauchen diese Truppen, wir müssen sie einsatzbereit haben.«

»Wenn wir sie zu lange in ihren Rüstungen lassen …«

»Ja, ja, ich weiß. Aktivier die Einheiten trotzdem.«

»Ethan, ich finde nicht …«

Das Kribbeln wurde stärker, trieb ihn zum Handeln an. »Ich sagte, du sollst sie aktivieren!«

Vic verstummte mitten im Satz, ihre Miene wie erstarrt. »Jawohl, Sir.«

Die schroffe Reaktion war für Stark wie ein Fausthieb in die Magengrube. *Wir haben immer gleichberechtigt zusammengearbeitet, oder ich habe mich Vics Ansicht angeschlossen. Und nun soll ich allein bestimmen, was zu geschehen hat, und das gefällt mir genauso wenig wie ihr.* Er zögerte, versuchte, sich nicht ansehen zu lassen, dass er die wütende Miene seiner Freundin bemerkt hatte, während die den Befehl an die beiden Bataillone weitergab. *Irre ich mich? Oder führe ich mich bloß auf wie ein Idiot? Nein. Nein. Ich muss das Kommando haben, und jeder Instinkt sagt mir, dass ich diese Truppen brauche.*

»Danke«, sagte Stark schließlich leise und ließ alles andere unausgesprochen.

Vic sah ihn an. Seine Bemerkung hatte sie stutzen lassen, auch wenn sie immer noch wütend war. »Gern geschehen. Das hier fällt mir nicht leicht.«

»Mir auch nicht. Lass uns später darüber reden, damit wir einen Weg finden, wie wir das besser geregelt bekommen. Ich will nach wie vor, dass du mir sagst, was du denkst.«

»Das werde ich aber nicht tun, wenn du mir über den Mund fährst, als wäre ich eine kleine dumme Rekrutin«, konterte sie, doch sie klang schon etwas besänftigter.

»Du hast recht.«

Stark staunte, als er sah, dass seine letzten Worte Vic zu einem Lächeln veranlassten. »Na, das habe ich ja noch nie erlebt. Ich habe nicht ein einziges Mal unter einem Commander gedient, der mir je sagte, dass ich recht habe.« Sie schaute Stark an und zog fragend eine Augenbraue hoch. »Warte, ich habe hier zwei Bataillonscommander, die wissen wollen, warum ihre Leute sich bereitmachen sollen.«

»Weil …« *›Weil ich das sage.‹ Nein, das ist eine ganz schlechte Antwort. ›Weil der Feind einige heftige Vorstöße unternimmt und die Frontlinie zu sehr unter Druck gesetzt wird. Unsere Leute ganz vorn könnten Verstärkung gebrauchen.‹ Nein, das ist zu schwach.* »Sag einfach, wir brauchen Verstärkung für die Front.«

»Okay.« Vic wiederholte Starks Befehl, der über ihre Komm-Einheit an die Bataillonscommander übermittelt wurde, dann nickte sie. »Sie gehen in Bereitschaft. Ethan, das ist ein ziemlich vages Argument, um so viele Soldaten zu aktivieren. Was hat dich so in Sorge versetzt?«

Noch während sie die Frage stellte, tauchte die Antwort vor ihnen auf. »Das da.« Stark zeigte auf die Stelle des Displays, an der eine kleine Gruppe eigener Soldaten auf einmal ihre Position verließ. »Die ziehen sich zurück. Dieser Trupp tritt den Rückzug an. Warum zum Teufel machen die das?«

»Der Bunkerstatus ist in Ordnung«, murmelte Vic. »Corporal Hamilton, was ist da los?«, fragte sie über den Kommunikationskanal des Hauptquartiers. »Warum hat Ihr Trupp den Bunker verlassen?«

Stark schaltete sich dazu, weil er die Antwort hören wollte. Hamilton redete hastig, getrieben von Angst und von dem Stress, den schnelle Bewegungen hervorriefen. »Es sind zu viele von ihnen. Zu großer Druck. Wir konnten nicht bleiben.«

»Hamilton«, herrschte Vic den Mann an, »vor Ihnen befindet sich nichts, was ein verschanzter Trupp nicht bewältigen könnte. Kehren Sie auf Ihren Posten zurück!«

»Negativ. Zu heiß. Wir ziehen uns zurück.«

Stark legte eine Hand auf Vics Schulter, um sie von einer Erwiderung abzuhalten. Mit der anderen zeigte er abermals auf das Display. »Sieh dir an, wie schnell sich die Symbole bewegen. Die ziehen sich nicht bloß zurück, die rennen davon.«

»Sie rennen«, wiederholte Vic in einem Tonfall, als hätte sie das Wort noch nie gehört und wüsste nicht, was es bedeutet. »O Gott!«, flüsterte sie erschrocken, als auch die Trupps zu beiden Seiten des Bunkers ihre Positionen verließen.

»Da drüben auch«, stellte Stark ungläubig fest. »Im Bereich einer ganz anderen Kompanie. Die Frontlinie zerfällt.« Noch mehr Symbole setzten sich in Bewegung, als weitere Soldaten in ungeordneten Gruppen die Front verließen, während die roten Markierungen der feindlichen Soldaten ihnen zwar folgten, sich dabei aber so zögerlich verhielten, als ob sie einen Hinterhalt erwarteten.

»Was ist da los?«, flüsterte Vic und sah dann zu Stark. »Warum rennen sie weg?« Sie schlug mit der Faust auf die Konsole vor ihr. »Warum zum Teufel rennen die weg?«

»Keine Ahnung. Fragen wir noch mal nach.« Stark tippte auf die ID eines Sergeants, der sich in einer der davoneilenden Gruppen befand. »Srijata, was ist da bei euch los? Warum haben Sie Ihren Bunker verlassen?«

Das wilde Durcheinander der Schlacht hallte nur leise in Srijatas Antwort mit. »Ich weiß es nicht! Alle sind auf einmal aufgesprungen und losgerannt!«

»Warum sind *Sie* losgerannt?«

»Ich kann einen Bunker nicht ganz allein verteidigen! Und ich habe gesehen, dass die Bunker links und rechts ebenfalls aufgegeben wurden.«

Stark wechselte auf einen anderen Kanal. »Private Shanahan, bleiben Sie auf Ihrem Posten!«

»Negativ. Negativ. Zu heiß, ich kann da nicht bleiben!«

»Sie stehen im Moment nicht unter Druck. Also gehen Sie zurück auf Ihren Posten!«

»Wieso? Ich werde nicht einfach sinnlos sterben!«

Vic starrte Stark sekundenlang an, dann wandte sie sich an den gleichen Soldaten: »Private Shanahan, melden Sie sich.« Schweigen. »Ich weiß, dass Ihr Komm funktioniert, Shanahan.«

»Scheren Sie sich zum Teufel!«, kam die von Keuchen unterbrochene Antwort.

»Bleiben Sie auf Ihrem Posten, Shanahan. Andere Soldaten verlassen sich auf Sie!«

»Keiner von denen riskiert seinen Arsch, um mich zu retten, oder? Die laufen auch alle weg.«

Stark lenkte seine Aufmerksamkeit auf das Kommandozentrum, da ihm auf einmal bewusst wurde, dass alle Blicke auf ihn gerichtet waren.

*Oh ja, genau wie als Truppführer, nur dass das hier ein echt großer Trupp ist.* Er betätigte den allgemeinen Kanal, der ihn mit jedem Soldaten im gefährdeten Sektor verband. »Hören Sie alle her, hier spricht Stark. Bleiben Sie auf Ihren Positionen. Da bewegt sich nichts auf Sie zu, womit wir nicht fertigwerden könnten. Verstärkung ist zu Ihnen unterwegs. Bleiben Sie auf Ihren Positionen«, wiederholte er. Einige Symbole wurden etwas langsamer, als würden die Soldaten zögern, doch die Lücke in der Frontlinie wurde breiter und breiter, da weitere Einheiten die Flucht antraten. Der Damm war gebrochen, und die Bruchstücke wurden mitgerissen, da die feindliche Flut gegen die zerklüfteten Ränder der klaffenden Lücke drückte. Immer mehr Elemente der Verteidigung gaben nach, sodass das Loch im Damm immer breiter wurde.

Stark bemerkte Sergeant Jill Tanaka, die das Personal des Hauptquartiers unter sich hatte. »Wie weit wird das um sich greifen?«, fragte sie mit verzweifeltem Unterton. »Verlieren wir jetzt die gesamte Frontlinie?«

»Das werde ich Ihnen sagen, wenn ich es weiß.« Wie seltsam. Da stand ihm solche Macht zur Verfügung, und trotzdem war es ihm kaum möglich, Einfluss auf die Ereignisse zu nehmen.

»Verdammt«, fluchte Vic und öffnete einen Kanal. »Wo habe ich bloß meinen Verstand? Artillerie. Grace? Wir haben hier Probleme. Sie müssen den Durchbruch in der Frontlinie schließen.«

Weit weg vom Hauptquartier befand sich der Kontrollraum, der für die großen, von der Infanterie seit Jahrhunderten gefürchteten Kanonen zuständig war. Von dort meldete sich Sergeant Grace, der betont behutsam sprach: »Ich sehe die Stelle. Ich kann sie mit Sperrfeuer belegen, damit der Feind ein bisschen langsamer vorankommt. Aber ohne Bodentruppen, die sich denen dort in den Weg stellen, kann ich den Feind nicht aufhalten.«

»Wir werden jemanden in den Weg stellen. Die Verstärkung ist schon unterwegs. Nehmen Sie schon mal den Feind unter Beschuss.«

»Okay, einen Teil kann ich damit wie gesagt aufhalten, aber nicht die, die am weitesten vorgedrungen sind. Da würde ich Gefahr laufen, unsere eigenen Leute zu treffen. Die Trupps sind zu nah beieinander.«

Vic sah auf das Display, dann schaute sie zu Stark, der bedächtig nickte. »Dann geben Sie Ihr Bestes, Grace. Sie sind der Experte.«

»Wollen Sie denn nicht erst meinen Beschussplan sehen und absegnen?«

»Ganz bestimmt nicht. Von was reden Sie da überhaupt?«

»Standardvorgehensweise«, ratterte Grace runter. »Ich entwickele einen Beschussplan, den schicke ich durch die Befehlskette, damit jeder Offizier auf dem Weg nach ganz oben den Plan abzeichnen und Vorgaben machen kann, welche Kanone wann welches Ziel unter Beschuss nimmt. Danach bekomme ich ihn zurück.«

»Also *nachdem* die Schlacht schon längst vorbei ist, oder?«

»Hey, ich habe mir dieses System nicht ausgedacht. Also wollen Sie meinen Plan sehen?«

»Auf keinen Fall«, stellte Stark mit Nachdruck klar. »Grace, Sie sind der Experte für den Einsatz Schwerer Artillerie. Erledigen Sie einfach Ihren Job, und falls ich von hier aus irgendetwas Problematisches entdecke, spreche ich Sie darauf an.«

»Befehlen durch Verneinen?«, fragte Grace. »Stark, Sie sind ein Radikaler ganz nach meinem Geschmack. In ein paar Minuten werde ich das Feuer eröffnen.«

»Danke.« Stark drehte sich zu Vic um. »Was soll denn bitte ›Befehlen durch Verneinen‹ sein?«

Reynolds grinste, was angesichts ihrer Anspannung ein wenig beunruhigend wirkte. »Das heißt, du sagst jemandem, dass er eine Aufgabe erledigen soll, dann siehst du ihm zu, wie er sie erledigt. Dabei mischst du dich nicht ein, außer du bist der Ansicht, dass irgendetwas anders gemacht werden muss.«

»Gesunder Menschenverstand«, murmelte Stark. »Wie soll man denn bitte sonst …« Er verstummte, als sein Blick auf die linke Seite der Lücke fiel. »Da hat der Rückzug gestoppt. Genau da. Da sind alle noch auf ihrem Posten. Tanaka, nehmen Sie Kontakt mit diesem Bunker auf und sorgen Sie dafür, dass die Leute bleiben, wo sie sind.«

»Wieso ausgerechnet da?«, fragte sich Vic, während Tanaka zu einem Terminal lief. »Oh verdammt, sieh dir das Gelände an. Sie liegen auf einer Anhöhe, vor der es steil runtergeht. Und davor ist alles voller Felsbrocken.«

»Oh ja.« Stark musste lächeln, als ihm einfiel, um was es ging. »Die ›Burg‹. Wir sind da nie stationiert gewesen. Der beste Bunker, den man sich hier vorstellen kann. Das Gelände sorgt dafür, dass die Marschrichtung des Feindes umgeleitet wird und überhaupt kein Druck entstehen kann.« Er sah zur anderen Seite des durchbrochenen Abschnitts, wo eine Ansammlung von Symbolen der eigenen Leute an einer Stelle verharrte, die wie ein schräg liegendes Oval geformt war. »Vic, da drüben verharren auch noch ein paar auf ihrem Posten. Gott sei Dank.«

»Ja«, bestätigte sie. »Mango Hill wird noch gehalten.«

»Aber das ist doch eine minimale Erhebung. Die müssen vom Feind ganz schön bedrängt werden und halten dennoch aus.«

»Ethan, sieh dir mal die ID der Einheit an«, sagte sie in einem Tonfall, als wüsste sie, dass ihm die Information nicht gefallen würde, die er dort zu sehen bekommen würde.

Sie gefiel ihm tatsächlich nicht. »Oh, Himmel.« Dritter Trupp, Erster Zug, Kompanie Bravo, Zweites Bataillon, Erste Brigade. Sein vormaliger Trupp. Die zwölf Soldaten, die er persönlich ausgebildet und jahrelang angeführt hatte. Sein Trupp, bis die jahrzehntelange Führungsunfähigkeit ihrer Offiziere im gedankenlosen Gemetzel der von General Meecham befohlenen, aber gänzlich unüberlegten Offensive ihren unrühmlichen Höhepunkt erreichte. Eine Offensive, die die Senior-Unteroffiziere schließlich zu einer Meuterei und im Anschluss daran dazu veranlasste, Sergeant Ethan Stark zu ihrem neuen Befehlshaber zu wählen. Der war dadurch gezwungen gewesen, seinen Trupp zu verlassen, egal, wie sehr er ihm ans Herz gewachsen war.

Dieser Trupp, diese Soldaten waren in den letzten Tagen per Rotation an die Front zurückgekehrt und verteidigten nun eine Position, die von entscheidender Bedeutung für die gesamte amerikanische Seite war. Sie blieben genau dort auf ihrem Posten, wo der Feind mit aller Gewalt versuchen würde, den Zusammenbruch der Frontlinie weiter voranzutreiben. »Anita«, rief Stark.

»*Sí, Sargento.*« Corporal Gomez klang unpassend fröhlich angesichts der Situation.

Ein Blick auf Gomez' Display zeigte Stark, dass die Gefechtssysteme des Bunkers in rascher Folge Geschosse auf feindliche Ziele abfeuerten, kaum dass die vom lokalen Sensornetz erfasst und angezeigt wurden. Zahlreiche dieser Ziele tasteten sich von verschiedenen Seiten an den Bunker heran und versuchten, sich so weit anzunähern, dass sie die Positionen der Sensoren und der Waffen erfassen konnten. In einer Ecke des Blickfelds, das Gomez von ihrem Platz aus hatte, konnte Stark den über seine Station gebeugten Private Mendoza sehen. Mit gelegentlichen knappen Gesten veränderte er die Prioritäten der Bunkersysteme, um sich auf wechselnde Ziele oder Sektoren zu konzentrieren. »Sie müssen durchhalten«, erklärte Stark. »Genau dort, wo Sie sind. Ich kann nicht darauf vertrauen, dass im Augenblick irgendwer sonst auf seinem Posten bleiben und kämpfen wird.«

»Wir werden kämpfen, *Sargento. No problema.*«

»Die werden Sie unter Beschuss nehmen, und zwar ganz massiv. Aber Sie müssen diese Position halten«, betonte er noch einmal.

»*Si.* Niemand verlässt diesen Hügel. Sie bedrängen uns jetzt ganz schön, aber wir teilen genauso ordentlich aus, müssen Sie wissen. Wir werden nicht einfach so wegrennen wie diese Erdwürmer.«

Stark rief eine andere direkte Vid-Verbindung auf und sah aus dem Blickwinkel eines anderen Mitglieds seines ehemaligen Trupps, wie Private Chen aus einer Grube außerhalb des Bunkers den Feind beschoss. Schattenhafte Konturen bewegten sich zwischen verstreut liegenden Felsbrocken hin und her, wanderten im massiv wirkenden schwarzen Schatten und in gleißend weißem Licht umher, das das tote Grau der Mondlandschaft überlagerte. Chen feuerte lässig und in gleichbleibendem Rhythmus auf die Ziele, die sein taktisches System ihm anzeigte. Sein Head-up-Display zitterte, als feindliche Störsender versuchten, die Zielauswahl und deren Erfassung zu verwirren. Die Symbole wechselten in rasendem Tempo ihre Farbe, da die Gefechtssysteme in aller Eile echte Ziele von vermeintlichen zu unterscheiden versuchten. Minimale Vibrationen verzerrten das taktische Display, als eine Kettenkanone ganz in der Nähe in einem rasenden Stakkato Projektile ausstieß.

Es war so leicht, sich dorthin zu versetzen und sich ganz auf diesen Moment zu konzentrieren, wieder in die vertraute Routine eines Truppführers zu schlüpfen, der nur für eine kleine Gruppe Soldaten verantwortlich war, die sich ein Ziel nach dem anderen vornahmen. Umso schwieriger war es, hierher in die Kommandozentrale zurückzukehren, wo er sich um tausende Soldaten sorgen musste.

»Geben Sie mir Bescheid, wenn es bei Ihnen zu heiß hergeht«, befahl Stark und beendete die Verbindung.

Vic sah ihn mit ernster Miene an. »Ethan, bei denen wird bald der Teufel los sein.«

»Ich weiß. Bei ihnen wird der Teufel los sein, weil ich auf sie zählen kann und weiß, dass sie die Position um jeden Preis halten werden. So läuft es immer, nicht wahr? Diejenigen, die eine Aufgabe wirklich erledigen können, auch wenn sie ihnen noch so viel abverlangt, bekommen diese Aufgabe letztlich auch übertragen.« Mit einer Hand fuhr er sich durchs Haar und starrte wieder auf das Display, das den Sektor zeigte, in dem die feindlichen Streitkräfte immer weiter hinter die Verteidigungslinie der Amerikaner vorrückten. »Das ist eine verdammt große Lücke.«

Neue Symbole tauchten auf, schwere Geschosse, die vom amerikanisch kontrollierten Bereich abgefeuert wurden und in hohem Bogen in Richtung Frontlinie rasten, um dort niederzugehen und zu detonieren, wo die gegnerischen Streitkräfte in Massen unterwegs waren und auf das Gelände der Amerikaner vorrückten. »Grace hat recht. Die Artillerie wird sie nicht aufhalten.«

»Dafür kann Grace aber nichts. Er muss ja fast raten, wo der Feind sein wird und sich unsere eigenen Truppen befinden werden. Er wird immer ein Stück weit danebenliegen, es sei denn, du befiehlst ihm, auf unsere Leute keine Rücksicht zu nehmen.«

»Was ich nicht machen werde. Und wie sollen wir diese verdammte Lücke gestopft bekommen, Vic?«

»Ich habe noch diese beiden Kompanien in Bereitschaft.« Sie deutete auf das Display. »Dann muss ich wenigstens nicht länger überlegen, wohin ich mit ihnen soll. Delta liegt weit links ab. Ich schicke sie zu einer Position dicht hinter der Burg, damit sie den Feind von der Flanke her angreifen können«, erklärte sie, wobei ihre Finger über die Kommandokonsole zu fliegen schienen, um die Befehle direkt an die taktischen Systeme der Kompanie Delta zu senden. »Die andere Kompanie steht fast genau vor dem Loch in der Front. Vielleicht können die das Vorrücken der feindlichen Truppen stoppen.« Sie hielt kurz inne. »Okay?«

»Was?«, gab Stark irritiert zurück. *Oh, stimmt ja. Ich bin hier der Boss.* »Ja. Guter Zug. Mach es so.«

»Das wird nicht genug sein, Ethan. Das war schon verdammt gut von dir, die beiden zusätzlichen Bataillone zu aktivieren.« Vic biss sich so fest auf die Unterlippe, dass etwas Blut austrat. »Kompanie Charlie, ich brauche Sie so schnell wie möglich am Einsatzort.« Noch während sie redete, aktualisierte Vic zügig die verschiedenen Positionen, um sie an die taktischen Systeme der Kompanie zu übermitteln. »Richten Sie eine Verteidigungslinie ein.«

»Das sollen wir ganz allein machen?«, fragte der stellvertretende Befehlshaber der Kompanie Charlie ungläubig. Noch ein Sergeant, der weit mehr Soldaten befehligen und erheblich mehr Verantwortung tragen musste als noch vor ein paar Tagen. »Von dort kommt aber einiges auf uns zu.« Der Feind hatte alle Vorsicht fahren lassen und damit begonnen, die auf dem Rückzug befindlichen amerikanischen Streitkräfte zu jagen. Gleichzeitig strömten immer mehr feindliche Soldaten durch die Bresche, obwohl der Artilleriebeschuss dieser Passage unverändert andauerte.

»Negativ«, besänftigte Vic ihn. »Es geht nur darum, ihr Vorankommen zu verlangsamen. Versuchen Sie nicht, sich ihnen in den Weg zu stellen. Zwei Bataillone sind auf dem Weg zu Ihnen. Haben Sie verstanden? Sie sind nicht allein.«

»Okay.« Obwohl es nur ein Wort war und lediglich über Komm zu hören, konnte man dem Sprecher seine Zweifel deutlich anmerken.

Stark trat unruhig von einem Bein aufs andere. Für den Augenblick waren ihm die Hände gebunden, da alle verfügbaren Streitkräfte in das Gefecht einbezogen worden waren. Die Linie aus Symbolen, die die Kompanie Charlie darstellte, wirkte viel zu klein und unbedeutend, wenn man sie ins Verhältnis zu der Masse an Symbolen aus eigenen und feindlichen Soldaten setzte, die jetzt auf sie zugestürmt kamen.

Die schmale Linie von Kompanie Charlie war gerade eben in Position gegangen, da tauchten auch schon die ersten verstreuten Symbole der auf der Flucht befindlichen Amerikaner auf, die zwischen den anderen Soldaten hindurchliefen. Mehr und mehr Symbole näherten sich, manche allein, andere in kleinen Gruppen. Sie erinnerten an das, was von einer Flutwelle mitgerissen und vor sich hergetragen wurde. »Ethan …«, begann Vic.

»Ja, ich sehe es auch.« Einige Soldaten der Kompanie Charlie ließen sich ebenfalls zurückfallen, wurden mitgerissen von der Welle aus in Panik geratenen Truppen. Zuerst bröckelten die Ränder der Kompanie-Linie, dann wurden

Lücken in die Mitte gerissen, und schließlich war es nur noch eine Frage der Zeit, dann gab auch der Rest seine Position auf und schloss sich den Flüchtenden an. »Wir haben ein großes Problem, Vic. Die Flanken können noch so lange auf ihren Posten verharren, aber das ist alles sinnlos, wenn in der Mitte nichts mehr steht.« *Es passiert zu viel auf einmal. Wie kann man irgendetwas entscheiden, wenn man so viele Daten gleichzeitig vor sich hat und sich die Dinge schneller verändern als man zu denken vermag?* Unentschlossenheit nagte an ihm, zu der sich noch wachsende Angst gesellte. *Was sollen wir machen? Den Leuten vorschreiben, auf was sie zu schießen haben, so, wie es diese Offiziere taten? Damit erreichen wir überhaupt nichts. Vielleicht kann ich ja gar nichts machen. Vielleicht kann ich nur dastehen und zusehen und darauf hoffen, dass irgendetwas geschieht, was uns aus dieser Klemme rettet.*

Blutiges Gras tauchte vor seinem geistigen Auge auf und verspottete ihn und seine Untätigkeit. Es war so wie damals, als Starks Befehlshaber unschlüssig waren und einfach abgewartet hatten, während ihre Truppen auf Patterson's Knoll Soldat für Soldat starben, bis ein Punkt erreicht war, der keinerlei Handeln mehr erlaubte. *Mein Gott, werde ich etwa zu meinem eigenen ärgsten Feind?*

Erinnerungen überschwemmten ihn, als hätte der Gedanke an die aussichtslose Schlacht auf dem Hügel eine Schleuse geöffnet. Ein Bild stabilisierte sich und zeigte ihm mehrere Soldaten, die irgendwo in der Nähe eines namenlosen Schlachtfelds um eine glühende Wärmelampe beisammensaßen. Die Veteranen tauschten Kriegsanekdoten aus, während die weniger erfahrenen Kameraden zuhörten und von etwas erfüllt waren, das sich nahe an Ehrfurcht bewegte. Einer der unerfahrenen Soldaten, der damalige Private Ethan

Stark, ließ seinem Frust freien Lauf und erklärte: *Das geht einfach nicht. Es ist verdammt noch mal nicht möglich, diese Mission zu erledigen.*

Corporal Kate Stein, seine selbsternannte »große Schwester«, erwiderte grinsend: *Ich werde dir was sagen, Junge. Wenn du alles versucht hast, was dir in den Sinn kommt, und nichts davon hat funktioniert, dann versuch eben etwas anderes.*

*Was?*, fragte Stark irritiert. *Du hast doch gerade gesagt, dass ich alles versucht habe.*

*Nein, das habe ich nicht. Ich sagte, du hast alles versucht, was dir in den Sinn kommt. Dann versuch eben etwas anderes.*

Stark schlug mit der gepanzerten Faust gegen sein Visier. Vic sah ihn überrascht an.

»Wofür war das jetzt gut?«, fragte sie.

»Ich habe nur versucht, ein paar eingeklemmte Hirnzellen zu lösen.«

»Ich hoffe, es funktioniert.« Einen Moment lang ließ Vic den Kopf hängen und stützte sich mit beiden Händen auf der Kommandokonsole ab. Dann hob sie den Kopf wieder und drehte sich erneut zu Stark um. »Ethan, ich weiß nicht, wie ich das aufhalten soll. Ich weiß ja nicht mal, warum es überhaupt geschieht.«

»Ich glaube, ich weiß es.« Er wusste es jetzt, irgendwo tief in seinem Inneren. *Manche Menschen kämpfen für Gott, andere für den Ruhm, wieder andere für ihr Land. Für was können diese Soldaten jetzt noch kämpfen?* Aber das war ein langfristiges Problem. Erst mal musste Stark hier jeden vor dem Untergang retten. Zu viel geschah gleichzeitig, ein zu großes Desaster bahnte sich an, und zu viel Verantwortung lastete auf ihm. Dennoch fühlte Stark eine sonderbare Ruhe. *Überleg dir etwas anderes.* Er stand genau vor dem Kartendisplay und zeigte darauf. »Wir versuchen das Vorrücken des Gegners zu stoppen, indem wir ihn mit allem Möglichen bewerfen.«

»So hält man den Gegner auf?«

»Das kommt drauf an. Vergiss mal für einen Moment, wo sich die gegnerischen Truppen jetzt genau befinden. Vergiss den Gedanken, so wenig Gelände wie möglich verlieren zu wollen. Wenn du die Wahl hättest, wo würdest du versuchen, das Vorrücken des Feindes zu stoppen? Zu stoppen im Sinne von ›zum kompletten Stillstand bringen‹.«

»Wenn ich die Wahl hätte? Du meinst, welches das beste Gelände dafür wäre?«

»Ja, eine beliebige Stelle weit genug von der Kolonie entfernt.«

»Genau da.« Sie hob die Stelle hervor, es war ein einsamer Felskamm, der nicht ganz genau in der Mitte der vorrückenden feindlichen Front lag. Vermutlich das Überbleibsel eines sehr alten Kraters, dessen übrige Wände längst durch nachfolgende kleinere Einschläge pulverisiert worden waren. »Das ideale Terrain. Nur liegt es viel zu weit von der Front entfernt. Wenn wir diese Position nicht halten können, gibt es keine andere Stelle mehr, an der wir sie vor der Kolonie noch aufhalten könnten.«

Stark kniff die Augen leicht zusammen und betrachtete die Stelle. »Genau das ist ihre Stärke, Vic. Das verschafft uns Zeit, eine vernünftige Verteidigung einzurichten, bevor der Feind dort ankommt.«

»Ethan, wenn wir diese Verteidigungslinie nicht halten, haben wir verloren.«

»Ja. Aber wenn wir sie nicht da stoppen können, dann können wir sie überhaupt nicht stoppen.« Er nickte kurz. »Okay. Bring die Bataillone da hin.«

»Beide?«, fragte Reynolds erschrocken.

»Wir müssen sie stoppen und dann zurückdrängen.«

»Aber nicht auf diese Weise«, beharrte sie. »Ein riesiger Pulk Soldaten gegen einen anderen riesigen Pulk Soldaten? Und was ist, wenn diese feindlichen Soldaten ein Bataillon genauso überrennen, wie sie es mit Kompanie Charlie gemacht haben? Überleg mal, Ethan. Du willst doch nicht alles auf eine Karte setzen.«

Jeder Nerv verlangte danach, dass Stark handelte, doch er zwang sich dazu, weiter vor dem Display zu stehen und nachzudenken. »Also gut, ein Bataillon wird den Hügelkamm verteidigen. Wo soll das andere Bataillon hin?«

Vic beschrieb mit einem Arm einen Bogen, und mit einem Mal war aus ihr eine aktive Strategin geworden, die die gerade noch empfundene Verzweiflung vergessen zu haben schien. »Bring sie seitlich in Stellung, dann kannst du die Flanke angreifen, sobald der Feind zum Stehen gekommen ist. Und falls uns das nicht gelingt, kann das zweite Bataillon so oder so die Flanke attackieren und auf diese Weise versuchen, sie aufzuhalten.«

»Gut. Sehr gut.« Er wandte sich zum Gehen. »Ich mache mich auf den Weg.«

»Was?«

»Ich mache mich auf den Weg«, wiederholte er und zeigte auf die im Rückzug befindlichen Symbole. »Diese Soldaten werden ihren Vormarsch nicht unterbrechen, nur weil da ein Bataillon im Weg steht. Das haben sie schon bei Kompanie Charlie nicht gemacht. Ich muss dorthin, um sie aufzuhalten.«

»Ethan, du bist der einzige Grund, der die gesamte Armee zusammenhält. Wenn du stirbst, wird alles aus den Fugen geraten.«

»Vic, es gerät längst alles aus den Fugen.« Er drehte sich weg und überließ sie ihrer krampfhaften Suche nach einer

Erwiderung. »Sergeant Tanaka, ich muss an die Front gefahren werden. Wie schnell kann ich einen GTT bekommen?«

Sie nickte und gestikulierte gleichzeitig. »Einen gepanzerten Truppentransporter? Sie haben einen eigenen. Genau genommen sogar zwei. Das mobile Operationszentrum für den befehlshabenden General.«

Stark zog die Augenbrauen zusammen. »Ich sagte, ich will einen GTT.«

»Das sind GTTs. Sie sind bloß mit zusätzlicher Kommando- und Kontrollausrüstung ein wenig modifiziert.« Tanakas Finger tanzten über verschiedene Bildschirme. »Ich habe die Wegbeschreibung zum GTT-Dock auf Ihr taktisches System überspielt und die Fahrer alarmiert. Gute Fahrt.«

»Danke, Sarge.« Stark lief los. Er folgte dem Weg, den Sergeant Tanaka in das taktische Gefechtssystem seiner Rüstung überspielt hatte, doch nach ein paar Schritten zwang er sich dazu, deutlich langsamer zu werden. *Die Leute sollten mich nicht wie irre davonsprinten sehen,* sagte er sich.

Die geöffnete Ladeluke des GTT erwartete ihn. Sie war viel größer, als Stark es kannte, und seitlich in das Fahrzeug eingelassen, sodass er einfach eintreten konnte. *Warum um alles in der Welt macht man Abstriche bei der Panzerung und der Tarnung des Fahrzeugs, indem da eine verdammte Tür eingebaut wird? Offenbar wollen Generäle nicht in ihre persönlichen Transporter hineinklettern müssen.*

Stark ließ sich auf den Sitz sinken, der vor den Kommandodisplays montiert war, und hantierte mit seinem Geschirr, bis ihm auffiel, dass diese Gurte viel dicker gepolstert waren als üblich. Leise fluchend schnallte er sich an, dann saß er da. *Also. Auf geht's. Los!* Verärgert über diese Verzögerung betätigte er sein Komm. »Fahrer, warum bewegen wir uns nicht von der Stelle?«

»Ich warte auf Ihre Befehle, Sir.«

»Befehle?« *Ach, zum Teufel. Seit Menschengedenken steige ich in diese Kisten ein, die dann dahin fahren, wohin sie jemand geschickt hat. Ich muss mich wohl von so einigen Angewohnheiten verabschieden.* Stark zeigte auf den Felskamm auf seinem Display und schob ihn rüber auf die GTT-Systeme. »Hier haben Sie eine Position. Bringen Sie mich hin, so schnell Sie können.«

»Ja, Sir.« Der GTT erhob sich sanft gleitend, da war nichts von dem heftigen Rucken, dem Stark sonst stets ausgesetzt worden war, wenn er als einfacher Infanterist in diesen Fahrzeugen transportiert worden war. Dann beschleunigte das Fahrzeug zügig und schoss förmlich die breite Straße entlang, die über dem Hauptquartier auf der Mondoberfläche angelegt worden war. Doch kaum waren sie am Ende der ausgebauten Strecke angekommen, kroch der GTT fast im Schneckentempo weiter.

»Was ist los?«, wollte Stark wissen. »Warum schleichen Sie so?«

»Da draußen liegen jede Menge Gesteinsbrocken herum, Sir. Ich muss vorsichtig um sie herumfahren.«

»Jede Menge Gesteinsbrocken?« Stark schaltete auf ein Außenbild um und sah sich das Gelände an, in dem sie unterwegs waren. Felsbrocken, dazwischen ausgedehnte Staublachen. So tot, wie etwas nur tot sein konnte, das nie Leben gekannt hatte. Für eine leblose Landschaft auf dem Mond sah das Terrain gar nicht so schlimm aus. »Wie lange sind Sie schon als Fahrer hier oben?«

»Seit vier Jahren.«

»Seit vier Jahren? Wieso haben Sie dann nicht mehr Erfahrung damit, um diese Brocken herumzufahren?«

»Ich bin der Fahrer des Generals, Sir«, antwortete der

Mann und klang ein wenig pikiert. »Ich bin immer in Bereitschaft, wenn der General ein Fahrzeug braucht.«

*Und höchstwahrscheinlich hat sich der General nur innerhalb der Kolonie herumkutschieren lassen. Was für eine Vergeudung eines guten Soldaten und eines guten Fahrzeugs.* Noch eine Sache, die er ändern musste, sofern er dazu noch Gelegenheit bekam. »Na gut, Mister. Jetzt fahren Sie aber mich, also bewegen Sie dieses Ding zügig von der Stelle. Mir ist egal, ob der GTT dabei einen Kratzer oder eine Beule abbekommt.«

»Ähm, der Standardbefehl lautet ...«

»Der Standardbefehl wurde soeben geändert. Und jetzt fahren Sie schon!«

»Jawohl, Sir.« Der GTT beschleunigte wieder; zwar nicht auf das Tempo, das ein geübter Fahrer erreicht hätte, aber immerhin waren sie deutlich schneller als vorher unterwegs.

Stark widmete sich den Kontrollen vor seinem Platz und ließ sich auf dem Display den Sektor anzeigen. Er hielt inne, ein Finger schwebte über der Taste, mit der er sich in die Kamera der Gefechtsrüstung eines der Soldaten an der Front hätte einklinken können, aber dann ließ er die Hand wieder sinken. *Es wäre zu leicht, mir die Schlacht aus der Perspektive eines einzelnen Soldaten anzusehen, anstatt meinen eigentlichen Job zu erledigen und den Gesamtüberblick über das Geschehen zu bewahren. Diese verdammte Kommando- und Kontrollausrüstung ist viel zu gut.* Ohne es zu wollen, blendete Starks Gedächtnis zurück zum ursprünglichen Angriff auf den Mond.

Vor Jahren war das Kommando- und Kontroll-Vid erstmals mit minimaler Verzögerung als eine weitere Form von Unterhaltung für die Massen direkt an die Networks durchgestellt worden. Es war das erste Mal, dass das Pentagon dahintergekommen war, dass ein nach Blut und Gewalt lechzendes Publikum durchaus bereit war, dafür zu zahlen, eine echte Schlacht aus der Perspektive der Kämpfenden erleben zu können.

So etablierte sich eine geschickte Lösung, das Militärbudget aufzustocken und unverschämt teure Waffen zu finanzieren, ohne dafür den Steuerzahler bluten zu lassen. Was der durchschnittliche Soldat dabei empfand, interessierte natürlich niemanden, und ebenso wenig kümmerte irgendeinen Verantwortlichen die Tatsache, dass dadurch nur noch ein weiterer Keil zwischen Zivilisten und Militär getrieben wurde. *Warum haben wir das bloß so lange mitgemacht? Und wie kriege ich meine Leute jetzt ans Kämpfen?* Mit finsterer Miene betrachtete er den auf dem Display dargestellten Sektor. *Die rennen immer noch. Sie rennen in Scharen. Aber die Flanken halten. Und von der Burg nimmt überhaupt keiner Notiz.* Unwillkürlich zuckte er zusammen, als er sah, wie massiv die Position seines alten Trupps auf der anderen Flanke attackiert wurde. »Anita«, fragte er nach. »Wie sieht es aus?«

»Sah schon besser aus, *Sargento*.« Nur jemand, der sie wirklich gut kannte, war in der Lage, den besorgten Unterton aus ihren mürrischen Worten herauszuhören. »Die haben bei dem Versuch, uns schnell von hier zu vertreiben, eine Menge Leute verloren, und nun versuchen sie es auf die intelligente Tour. Bislang haben die aber noch nichts vorgebracht, dem wir wehrlos ausgeliefert wären. Doch im Moment ist hier ein bisschen zu viel los, um nebenbei zu reden.«

»Verstanden.« Er unterbrach die Verbindung und kämpfte gegen ein Angstgefühl an, das ihn zu überwältigen drohte. *Um was ging es noch gleich in der Geschichte, die mein Freund Rash mir erzählt hat? Spartaner. Oh ja, Leute, die bis zum Tod ihren Posten verteidigen. Warum muss das ausgerechnet mein alter Trupp sein?*

»Stark?« Der Mann hätte neben ihm sitzen können, so deutlich, laut und energisch erklang die Stimme. Doch das Kommandodisplay hob als Sprecher eine Position auf der anderen Seite des Frontverlaufs hervor. »Was ist los?«

Stark atmete einmal tief durch, um zur Ruhe zu kommen, dann antwortete er in einem gelassenen, selbstsicheren Tonfall: »Wir haben in einem Sektor Probleme. Ich bin jetzt auf dem Weg dorthin.«

»Probleme?«, warf ein anderer Sergeant ein. »Das sieht so aus, als wäre die Front eingebrochen.«

»Ja. Es sieht tatsächlich so aus, weil genau das passiert ist. Aber die Randbereiche halten, und wir haben ein paar Bataillone hingeschickt, um den Feind zurückzutreiben.«

»Wieso laufen die Soldaten denn weg, Stark?«, wunderte sich eine dritte Stimme.

*Bis fünf zählen. Ganz langsam. Dann antworten.* »Ich werde sie fragen, wenn ich da angekommen bin.«

»Wir werden hier auch unter Druck gesetzt«, warf ein vierter Sergeant ein. »Von vorn bedrängen sie uns, und die Jungs, die uns eigentlich Rückendeckung geben sollen, laufen davon. Wenn das so weitergeht, können wir unsere Position nicht mehr lange halten.«

Stark starrte mit ausdrucksloser Miene auf das Display. Er spürte, wie ihm von allen Seiten Unsicherheit entgegenschlug. Jedes kleine Zögern vervielfachte diese Unsicherheit noch. Obwohl jeder Rückschlag an sich bedeutungslos war, bauten sie sich zu einer Kraft auf, die geeignet war, aus den Verteidigern eine in Panik davonrennende Menschenmenge zu machen. »Ich habe Ihnen ja gesagt, dass wir diese Lücke schließen werden.«

»Vielleicht sollten wir uns wenigstens ein Stück weit zurückfallen lassen.«

»Nein!«, brüllte Stark nahezu. *Wer jetzt ein Stück zurückweicht, wird nicht mehr aufhören zu laufen.* »Halten Sie Ihre Position! Jeder hält seine Position!«

»Warum?«

*Warum. Was für eine simple Frage. Ein Wort. Und nur sehr schwer zu beantworten.* Warum sollte man sich für einen anderen umbringen lassen? Allein, dass diese Frage gestellt worden war, bedeutete schon Ärger, denn das »Warum« war eines von diesen Dingen, bei denen man es für selbstverständlich halten sollte, dass es jeder wusste. Das »Warum« war leichter zu beantworten gewesen, bevor die Dritte Division bei Meechams Offensive mit wiederholten Attacken gegen eine viel zu starke Verteidigungsstellung niedergemetzelt worden war. Und bevor die langjährige Gewohnheit des unbedingten Gehorsams zerschlagen worden war, nachdem eine Einheit nach der anderen in Starks eigener Ersten Division sich gegen ihre kommandierenden Offiziere gestellt hatte, um die Überreste der Dritten Division zu retten.

Jetzt erschien ihm jede denkbare Erwiderung auf diese Frage zu langatmig. Alle Erklärungen waren zu ausschweifend, als dass sie für jemanden eine Bedeutung haben konnten, der sich mit einem herannahenden Feind konfrontiert sah, von dem er unter Beschuss genommen wurde. Stark sprach mit aufgesetzter Ruhe, obwohl sein Verstand sich überschlug und vergeblich nach einer halbwegs überzeugenden Antwort suchte. »Wenn sich irgendjemand zurückzieht, lässt er jeden an den Flanken und die Nachhut im Stich.«

»Wir werden ja jetzt schon im Stich gelassen, Stark.«

»Sie befinden sich in einer befestigten Position«, ging Vic

dazwischen. »Wenn Sie loslaufen, werden Sie im Freien unterwegs sein und viel leichter zu treffende Ziele darstellen.«

»Stimmt schon. Aber Sie wären nach wie vor im Hauptquartier, und wir wären trotzdem tot. Warum sollten wir uns das antun?«

Stark verspürte einen Schmerz und sah nach unten, dabei stellte er fest, dass er die Faust so fest geballt hatte, dass die Panzerung einen Schraubstock bildete. Welches Argument sollte er diesen Sergeants liefern? Welchen Grund sollte er nennen, da ihnen zusammen mit der Autorität ihrer inhaftierten Offiziere so viel von dem entrissen worden war, woran sie geglaubt und worauf sie sich verlassen hatten? Aber möglicherweise war es in diesem Augenblick verkehrt, nach dem »Was« zu fragen. Vielleicht konnte er ihnen nur ein »Wer« liefern. Für Leute, die keinen überzeugenden Grund wussten, warum sie für sich selbst kämpfen sollten, war es manchmal einfacher, Gründe zu finden, warum es richtig war, für andere zu kämpfen.

Stark ließ seiner Wut und seinem Frust freien Lauf und spie jedes Wort so vorwurfsvoll aus, wie er nur konnte. »Okay, verdammt noch mal! Ihr Affen habt mich gewählt, damit ich diesen lausigen Job übernehme. Ich habe den Job nicht gewollt, aber ich habe auch gesagt, dass ich mein Bestes tun werde, weil ihr mir diese Aufgabe anvertraut habt!«

»Wir haben Ihnen vertraut …«

»Und ich habe euch allen vertraut! Und jetzt, wo ich versuche, genau diesen Job zu machen, wollt ihr mich einfach hängen lassen? Sehe ich das richtig?«

»Stark, wir riskieren hier unseren Arsch.«

»Und was zum Teufel glaubt ihr, was ich hier mache? Die verdammte Aussicht genießen? Ich komme raus zu euch, ich bin auf dem Weg zur Front. Und da werde ich bleiben und dafür sorgen, dass genau diese Front nicht weiter bröckelt. Denn ihr habt mir diesen Job gegeben, und ich werde ihn erledigen. Also, wer von euch wird mich dann im Stich lassen? Wer wird abhauen und meine Rückendeckung aufgeben? Sie, Carmen? Was ist mit Ihnen, Jones? Oder vielleicht Truen?«

Es schloss sich Stille an, während der GTT weitere Hindernisse umfuhr. Stark wurde auf seinem Platz hin und her geschaukelt, doch sein Blick war unverändert stur auf das Kommandodisplay gerichtet. »Wir werden Sie nicht im Stich lassen, Stark«, kam dann endlich eine Antwort. »Wir sind halt ... na ja, Sie wissen schon ...«

»Nein, das weiß ich nicht. Wir befinden uns in einer Schlacht. Der Feind steht vor euch. Tötet ihn einfach, sobald er auf euch zukommt, dann wird er damit schon aufhören. Ist das für irgendeinen von euch wirklich ein so komplizierter Vorgang, dass er ihn nicht umsetzen kann?« Wieder folgte Schweigen, vielleicht aus Verlegenheit, vielleicht auch aus Trotz. »Also? Werdet ihr kämpfen? Werdet ihr auf euren Posten bleiben? Habe ich euren Rückhalt?«, wollte Stark wissen.

»Ja. Wir haben Sie in die Lage gebracht, wir werden Ihnen Flankenschutz geben. Machen Sie ihnen Feuer unter dem Hintern, Stark.«

»Danke.« Das hatte zumindest mit einem sarkastischen Unterton über seine Lippen kommen sollen, aber übermächtige Erleichterung machte daraus einfach nur eine ehrliche Antwort.

Im nächsten Moment bremste der GTT sanft ab und kam ganz langsam zum Stehen. Stark wartete ab und ärgerte sich insgeheim über die Zeit, die dieses allzu behutsame Manöver kostete, dann löste er sein Geschirr und öffnete die Luke, um nach draußen zu gelangen. Mit einer Leichtigkeit, die auf langjähriger Übung beruhte, stieß er sich mit Händen und Füßen von allen verfügbaren Flächen ab, um den GTT zu verlassen und sich auf die Oberfläche zuzubewegen, anstatt darauf zu warten, dass die geringe Schwerkraft des Mondes ihn nach unten zog. »Setzen Sie den GTT ungefähr zehn Meter zurück«, wies er den Fahrer an. »Der Schütze soll den Felskamm anvisieren, aber gefeuert wird nur, wenn ich das sage.«

»Ähm … Sir … gepanzerte Personentransporter, die als mobile Kommandozentren konfiguriert sind, verfügen über keinerlei Bewaffnung.«

»Sie haben nicht mal eine Kanone? Gar nichts?«

»Nein, Sir. Die Kommando- und Kontrollanlagen nehmen dafür zu viel Platz in Anspruch.«

»Ach, zum … egal, vergessen Sie's. Setzen Sie die verdammte Karre einfach zehn Meter zurück und versuchen Sie, irgendwie bedrohlich auszusehen.« Stark stand auf der Mondoberfläche, vor ihm erhob sich die Anhöhe, darüber spannte sich der endlose schwarze Himmel mit seinen Billionen von winzigen Lichtpunkten, die weder Trost noch Wärme spendeten. Auf der anderen Seite dieses Kamms strömten ihm von Panik erfüllte Soldaten entgegen, hinter ihm war ein Bataillon auf dem Weg hinaus, um ihm beizustehen. Doch in diesem Moment war alles noch still und verlassen.

Wenn er die hektischen Mitteilungen auf den Komm-Kanälen ausblendete, wenn er die Symbole der eigenen und der gegnerischen Einheiten auf seinem Head-up-Display vergaß, wenn er nicht an den GTT dachte, der ein paar Meter von ihm entfernt parkte, dann … Dann konnte Stark sich vorstellen, ganz allein hier zu sein, der einzige Mensch auf der ansonsten völlig toten Mondoberfläche zu sein.

*So, wie der allererste Mensch hier oben, der diese Ansprache gehalten und davon geredet hat, dass alle zusammenar-*

*beiten sollen, um sich den Mond zu teilen. Zu schade, dass uns alle anderen Länder beim Wort genommen haben und hergekommen sind, um sich ihren Anteil zu holen. Zu schade, dass unsere unersättlichen Konzerne sich nicht damit begnügen konnten, auf der Erde alles zu besitzen, und dass sie gekaufte Politiker dazu angehalten haben, uns herzuschicken, damit wir alles zurückerobern. Eine Aktion, die dazu geführt hat, dass wir hier einen unendlichen Krieg führen, den wir nicht gewinnen können und den wir nicht verloren geben wollen, auch wenn wir noch so sehr dafür bluten müssen. Oh ja, es ist zu schade, dass auf jeden Menschen, der kooperieren will, um etwas aufzubauen, immer zwei andere Menschen kommen, die kooperieren wollen, um genau das zunichtezumachen.* Hoch über ihm hing die blau-weiße Murmel der Erde und betrachtete scheinbar gelassen die organisierte Gewalt, die ihre Kinder von daheim auf diesen Trabanten mitgenommen hatten. *Hast du eigentlich manchmal ein schlechtes Gewissen, Mutter Erde? Dafür, dass du deine Kinder auf andere Welten loslässt? Das solltest du jedenfalls. Vielleicht wäre aus uns etwas Besseres geworden, wenn du uns netter behandelt hättest, als wir noch jung waren.*

Stark hatte ursprünglich vorgehabt, oben auf dem Hügel in Position zu gehen, um die maximale Übersicht über das Geschehen zu bekommen und so seinen in Panik geratenen Soldaten besser helfen zu können. Doch irgendein Instinkt hielt ihn hier zurück, hier auf der abgewandten Hangseite. Sein Blick war auf die Symbole gerichtet, die sich ihm aus zwei Richtungen näherten. Rechts von ihm, wo die größte Lücke klaffte, war das Gelände von zerklüfteten Felsbrocken und Steinen übersät. Zu seiner Linken war die Lücke etwas kleiner, doch sie lag ein wenig abseits der schnurgeraden Marschrichtung seiner auf der Flucht befindlichen Truppen. *Auf der Erde würden sie nach links oder rechts abbiegen, aber hier werden sie den Hang hinaufgehen, weil das bei der geringen Schwerkraft kein Problem darstellt. Also müssen wir diesen Hügelkamm verteidigen. Richtig? Falsch. Das wird nicht funktionieren. Uns bleibt nicht genug Zeit, um uns hier einzugraben. Außerdem ist jeder, der sich auf dem Kamm befindet, dem Beschuss durch feindliche Soldaten völlig schutzlos ausgeliefert. Und ich muss auch noch all diese Affen davon abhalten, wegzulaufen. Allerdings wird mein Reservebataillon erst eintreffen, wenn die ersten flüchtenden Soldaten längst da sind. Hier gibt's erst mal nur mich und eine Menge verängstigter Soldaten. Eine ganze Menge verängstigter Soldaten. Hier kann ich sie mir besser vornehmen, wenn sie einer nach dem anderen über den Kamm kommen. Ja, die Chancen dafür stehen hier viel besser. Aber wie bringe ich sie zum Stehenbleiben? Mit einer mitreißenden Ansprache?* Stark lachte spöttisch über sich selbst. *Ich wüsste nicht, wie ich das anstellen sollte. Was weiß ich denn überhaupt? Ich weiß nur, wie ich Leuten sage, was sie tun sollen.*

Eine Gestalt kam keuchend über den Hügelkamm, die Bewegungen waren vor Müdigkeit und Panik leicht unkoordiniert. Stark rief das Symbol des Soldaten auf, sofort wurde er identifiziert. »Corporal Watkins!« Der Mann zuckte überrascht zusammen und sah dorthin, wo Stark stand. »Gehen Sie da rechts in Position.« Stark deutete mit der gepanzerten Hand auf eine bestimmte Stelle.

»Was? Aber …«

»Watkins, schaffen Sie Ihren Hintern da rüber! Sofort!« Der Soldat rührte sich schließlich von der Stelle und gehorchte instinktiv dem Befehl, auch wenn das ein wenig zögerlich geschah. Gleich darauf tauchten zwei weitere Soldaten auf.

»Jurgen! Rodriguez! Nach links, zu dem Felsen da!«

»Dicht hinter uns befindet sich eine feindliche Armee! Die können wir nicht aufhalten!«

»Das haben Sie bislang ja noch nicht einmal versucht. In Position!«

»Wer zum Teufel sind ... Stark? Sie sind Stark?«

»Ja, ich bin Stark. Werden Sie hierbleiben und an meiner Seite kämpfen, oder werden Sie mich im Stich lassen?«

Die beiden Privates gingen langsam los und begaben sich auf der Schräge auf die Position, zu der Stark sie geschickt hatte. Gleich hinter ihnen traf der nächste Soldat ein. »Steinberg! Rüber zu Corporal Watkins!«

»Ich werde nicht ...«

»Klappe halten und da rüber mit Ihnen!« Stark hatte es kaum gesagt, da näherten sich auch schon die nächsten zwei Soldaten, die aber beide auf dem Kamm stehenblieben und sich in Richtung Verfolger umdrehten. »Sergeant Ulithi, Sergeant Van Buskirk! Runter da!«

»Wir werden sie stoppen«, beharrte Van Buskirk mit vor Wut und Frust bebender Stimme, während er äußerlich ganz ruhig dastand.

»Ja, das werden wir«, stimmte Stark ihm zu. »Aber das werden wir hier unten machen. Und zwar einen Mann nach dem anderen.« Er spürte etwas zu seiner Linken, wo Jurgen und Rodriguez bei dem Felsbrocken warteten. Beide strahlten Unschlüssigkeit aus, so als wollten sie doch noch jeden Moment die Flucht ergreifen. »Sergeant Ulithi, kommen Sie auf meine Linke, und kümmern Sie sich um die beiden Soldaten und um jeden weiteren, den ich zu Ihnen schicke. Van Buskirk, Sie machen das Gleiche auf meiner rechten Seite mit Corporal Watkins.«

»Roger. Keiner von ihnen wird das Weite suchen, Stark.« Die Sergeants nahmen ihre Position ein, und Starks kleine

Verteidigungslinie wurde schon ein wenig standfester. Immer mehr amerikanische Soldaten kamen über den Hügel zu ihnen, bis es zu viele waren, als dass Stark sich noch an jeden Einzelnen hätte wenden können. Stark pickte sich ein paar heraus und sorgte dafür, dass mit ihnen auch deren Kameraden anhielten. Nach und nach kehrte Ruhe ein, da der Feind nicht länger im Blickfeld und jeder von Freunden umgeben war. Hinzu kamen mehr und mehr Sergeants, die ihren Soldaten abwechselnd Mut zuredeten oder sie zusammenstauchten. Allmählich wurde aus dem geprügelten Mob wieder eine bewaffnete Streitmacht.

»Commander Stark?« Eine weitere Stimme, die von schwerem Keuchen unterlegt war, ertönte von einem Symbol, das sich ihm von hinten näherte. »Viertes Bataillon. Befehlshaber Sergeant Milheim.«

Stark ließ die Situation vor seiner Front für einen Moment auf sich beruhen, wechselte zu anderen Scans und jonglierte in aller Hektik mit dem Wust an Zuständigkeiten, für die er Sorge trug. »Schön, Sie zu sehen. Sie haben Ihre Positionen in Ihrem taktischen System?«

»Ja, die gefallen mir aber gar nicht.«

»Was zu-« Stark unterbrach sich hastig, da er sich daran erinnerte, wie sehr sich Vic darüber geärgert hatte, von ihm wie ein Rekrut an seinem ersten Tag herumkommandiert zu werden. *Er ist kein hirnloser Private, der noch feucht hinter den Ohren ist, sondern ein intelligenter Senior-Unteroffizier. Ich bin nicht vollkommen, und ich habe nicht die Zeit, alles bis ins letzte Detail zu durchdenken. So viel Zeit kann sich nur jemand nehmen, auf dem nicht solche Verantwortung lastet. Das sollte ich mir wirklich lieber merken.* »Wo liegt das Problem?«, redete er kurz angebunden, aber respektvoll weiter.

Milheim zeigte auf den Hügelkamm. »Sie wollen mein

Bataillon dritteln. Ein Drittel hier in der Mitte, die beiden anderen jeweils links und rechts. Ich möchte aber den Großteil meiner Leute hier in der Mitte haben und an beiden Flanken jeweils nur eine Kompanie aufstellen.«

Stark ließ sich die Worte durch den Kopf gehen. »Warum?«

»Weil der Feind sich nicht auf den Weg durch das raue Terrain da links machen wird«, argumentierte Milheim. »Das hält einfach viel zu sehr auf, selbst bei der geringen Schwerkraft. Und diese Lücke auf der rechten Seite ist zu weit von der Linie entfernt, auf der sie vorrücken. Nein, die werden genau in der Mitte durchmarschieren wollen, deshalb will ich hier genug Feuerkraft haben, um sie aufhalten zu können.«

»Könnte riskant werden, falls Sie sich irren«, stellte Stark fest. »Aber es klingt überzeugend.« Und auf der Ebene, auf der seine Instinkte angesprochen wurden, fühlte es sich genau richtig an. »Okay, machen Sie's so, Milheim. Aktualisieren Sie die taktischen Systeme Ihres Bataillons, und dann verteilen Sie die Leute so, wie Sie es für richtig halten. Und beeilen Sie sich, uns bleibt nämlich nicht mehr viel Zeit.«

»Alles klar.« Obwohl die Antwort nur als Komm an Stark übermittelt wurde, war aus dem Tonfall deutlich Milheims erleichtertes Lächeln herauszuhören, ehe er auf andere Kanäle umschaltete, um seine Soldaten in Stellung zu bringen.

»Ethan?«

»Ja, Vic?«

»Was zum Teufel macht Milheim denn da?«

»Oh, tut mir leid, ich hatte dich der Unterhaltung nicht zugeschaltet.« Wen wunderte das in Anbetracht einer ganzen Schlacht, die er im Blick behalten musste. »Wir haben entschieden, sein Bataillon anders aufzuteilen als von dir vorgegeben.«

»Ah, verstehe. Du hast die Offiziere von ihren Posten gejagt, also musst du dich jetzt *meinen* Befehlen widersetzen.«

»Denkst du, dein ursprünglicher Plan war besser?«

»Woher soll ich das wissen? Ich weiß allerdings, dass ich keine Schlacht führen kann, wenn du improvisierst und mich dabei nicht auf dem Laufenden hältst.«

Stark zuckte leicht zusammen. Sie hatte völlig recht. »Von jetzt an lasse ich dich mithören.«

»Danke«, sagte Vic, klang aber kaum beschwichtigt. Er würde einiges an Wiedergutmachung leisten müssen, wenn diese Schlacht hinter ihnen lag. Vorausgesetzt, sie beide überlebten das hier. »Versteh mich nicht falsch, aber ich bin es nicht gewöhnt, solche Massen an Soldaten kontrollieren zu müssen. Ich brauche Informationen und Rückmeldungen.«

»Verstanden. Geht mir nicht anders.«

»Bist du dir wirklich sicher, dass das Bataillon auf dieser Seite des Hügels in Position gehen soll? Den Feind könnt ihr da am besten erwischen, wenn er den Hügel auf der anderen Seite hinaufklettert.«

»Stimmt schon, aber uns erwischen die am besten, wenn wir oben auf dem Hügel stehen und auf sie schießen wollen. Unsere Leute sind noch immer ziemlich aufgewühlt, Vic. Ich muss sie dort in Stellung gehen lassen, wo sie geschützt sind.«

»Du bist vor Ort, du musst entscheiden.«

Dieser schlichte Satz ließ Stark aufhorchen. Er war daran gewöhnt, dass die Offiziere sich weit hinter der Front aufhielten und mit ihrer Kommando- und Kontrollausrüstung versuchten, am liebsten über jeden einzelnen Schuss zu bestimmen, den er abfeuerte. *Wenn wir das hier unbeschadet überstehen, dann möchte ich wetten, dass ich aus diesen Affen Soldaten machen kann, die zehnmal so gefährlich sind wie zu der Zeit, als ihnen jeder Schritt vorgeschrieben wurde. Ich muss nur die Chance dazu bekommen.*

Für den Moment herrschte Ruhe, die Frontlinie links und rechts von ihm nahm weiter Gestalt an, während Milheims Bataillon den Soldaten das Rückgrat zurückgab, das ihnen beim Ansturm des Feindes abhandengekommen war. Wieder wechselte Stark den Kanal. »Anita, wie sieht's aus?«

Ihr Atem ging schwer, die Anzeige der Körperfunktionen ergab Stress auf der gesamten Bandbreite der dargestellten Werte. »Die sind überall, *Sargento*. Allzu lange wird dieser Bunker nicht mehr durchhalten. Die haben unsere Position bestimmt und bewerfen uns jetzt mit dem schweren Zeugs.«

Ein Scan bestätigte Corporal Gomez' Bericht. Der Feind hatte erkannt, dass Mango Hill jetzt den Dreh- und Angelpunkt der amerikanischen Front darstellte. Würde diese Position ausradiert, würde der Rest der Frontlinie vermutlich in sich zusammenbrechen. Stark bleckte die Zähne, während er mit ansah, wie die gegnerischen Streitkräfte den Hügel angriffen, der von seinem alten Trupp gehalten wurde. *Es geschieht zu viel gleichzeitig, aber ich werde meinen Trupp nicht vergessen. Okay. Denk nach. Such nach einer Option. Es muss keine Option sein, wie sie im Handbuch steht, sondern eine, die zum Problem passt.* »Anita. Stellen Sie alle Kettenkanonen und Granatwerfer des Bunkers auf vollautomatisches Dauerfeuer, minimale Zielkriterien.«

»Sarge, dann ist die gesamte Munition in fünf Minuten aufgebraucht. Wenn sie überhaupt für fünf Minuten reicht.«

»Viel länger wird der Bunker ohnehin nicht durchhalten, und dieser massive Beschuss wird die Truppen zurücktreiben, die Ihrer Position am nächsten sind. Halten Sie noch ein kleines bisschen durch. Wir haben die Lage fast im Griff.«

»*Sí, Sargento*. Alles auf vollautomatisches Feuer! Uraaahhh!«

»Verschwinden Sie von da, Gomez, bevor die den Bunker plattmachen. Sie und die Wachen der Waffenstation.«

»*Comprendido*. Wir sehen uns an der Oberfläche, Sarge.«

Er richtete seine Konzentration wieder auf die Situation um ihn herum und spürte, wie das Adrenalin ihn schaudern ließ. Da meldete sich Vic Reynolds: »Es gibt ein Problem mit dem Fünften Bataillon, Ethan.«

»Was denn?« Hastig suchte er nach dem Symbol des Bataillons, dann stutzte er. »Niemand greift die an. Warum bewegen sie sich nicht von der Stelle?«

»Weil Kalnick mit seinen Befehlen nicht einverstanden ist.«

Kalnick. Sergeant Harry Kalnick. Niemand, mit dem Stark irgendwann engeren Kontakt gehabt hatte. Ein flüchtiger Eindruck von jemandem, mit dem er nicht besonders gut auskam. »Kalnick, hier ist Stark.«

»Ja.« Der Tonfall hatte etwas Mürrisches, gemischt mit einem Hauch von Gereiztheit darüber, dass man überhaupt etwas von ihm wollte.

Stark zählte tonlos bis drei, ehe er weiterredete, da er sich nur so gegen den dringenden Wunsch erwehren konnte, den Mann in Grund und Boden zu brüllen. Gib ihm die Gelegenheit zu einer Erklärung. »Warum ist Ihr Bataillon nicht in Bewegung, um die Position an der Flanke des Gegners einzunehmen?«

»Ich lasse nicht auf mein Bataillon einprügeln, nur weil Sie und Reynolds den Verstand verloren haben. Ich halte das für eine lächerliche Idee und eine hundsmiserable Taktik.«

»Okay, wie sieht Ihre aus? Wie sollen wir das Fünfte Bataillon einsetzen, um den Angriff zu stoppen und zurückzudrängen?« Schweigen. »Kalnick, sagen Sie mir, was mit der Position nicht stimmt, die Ihr Bataillon einnehmen soll.«

»Es sind lächerliche Befehle! Damit ist niemandem geholfen!«

»Welche Alternative haben Sie anzubieten?«, beharrte Stark und zwang sich, nicht die Geduld zu verlieren. »Kalnick? Wir haben nicht den ganzen Tag Zeit. Diese Situation ist von entscheidender Bedeutung, und jeder Soldat zählt auf Sie.«

»Diese Situation ist nicht meine Schuld, Stark.«

»Ich werde jetzt nicht mit Ihnen diskutieren, Kalnick. Setzen Sie Ihr Bataillon in Bewegung.«

Eine vertraute Stimme ging dazwischen, als sich andere Sergeants des Fünften Bataillons in die Diskussion einmischten. »Hey, Kalnick, was stimmt denn nicht mit Ihren Befehlen?«, wollte Sergeant Stacey Yurivan wissen.

»Stark will uns benutzen, um sich selbst in Sicherheit zu bringen«, behauptete Kalnick.

»Den Teufel würde er tun. Stark steht zusammen mit dem Vierten Bataillon an vorderster Front, um den Feind zu stoppen.«

Weitere Sergeants schalteten sich ein. »Ich habe Freunde im Vierten Bataillon, die werde ich nicht im Stich lassen.«

»Warum sitzen wir immer noch hier fest?«

»Kalnick, wie sieht Ihr Plan aus?«

Wieder folgte nur Stille, bis sich abermals Stacey Yurivan zu Wort meldete. »Hey, Kalnick. Entweder Sie führen oder Sie folgen. Wenn Sie das nicht können, machen Sie gefälligst Platz für jemanden, der es kann.«

Auf Starks Scan war zu beobachten, wie sich einzelne Einheiten aus der präzisen Formation des Fünften Bataillons lösten und Kurs auf die Positionen nahmen, die Reynolds an der Flanke des vorrückenden Feinds vorgegeben hatte. »Kalnick«, rief er. »Ich gebe Ihnen noch eine letzte Chance. Bringen Sie Ihr Bataillon in Stellung. Wenn Sie irgendein Problem haben, werden wir das klären, sobald das hier hinter uns liegt. Haben Sie verstanden?«

Von Kalnick selbst kam zwar immer noch keine Antwort, aber Stark konnte beobachten, wie sich nun auch der Rest des Fünften Bataillons in Bewegung setzte. *Okay, das Feuer wäre gelöscht. Aber wie sieht es insgesamt aus? Da ist ein Bataillon, das in Stellung geht, um sich die Flanke der Angreifer vorzunehmen.* Stark rief den Kommandoscan auf und kaute auf seiner Unterlippe, als er den bislang siegreichen Feind betrachtete, wie er auf die improvisierte Verteidigungslinie zustürmte. *Das andere Bataillon wartet hinter dem Hügelkamm.* Wieder veränderte er das angezeigte Bild. *Die Burg hält noch, Mango Hill hält ebenfalls immer noch. O Gott, sieh sich nur einer an, mit was die alles bombardiert werden.* »Corporal Gomez.« Statisches Rauschen schlug ihm entgegen, unterlegt mit dem Stakkato der feindlichen Störsender. Frustriert fluchte Stark vor sich hin.

»Benutz die Kommando-Vorrangschaltung, um die Störsender zu überwinden«, schlug Vic vor.

»Kann ich das? Oh, natürlich kann ich das. Ich habe ja jetzt den offiziellen Zugriff darauf. Aber wieso guckst du mir über die Schulter?«

»Gutes Timing, weiter nichts«, versicherte Vic ihm. »Ich muss sicherstellen, dass unsere Reservekompanie bereit ist, von der Burg aus zuzuschlagen. Wir sehen uns.«

»Ja, genau.« Stark sah sich an, welche Scan-Optionen ihm als Commander zur Verfügung standen, dann rief er die Vorrangschaltung auf und verband sie mit dem Rufsignal von Corporal Gomez. Im gleichen Moment brach um ihn herum

Chaos aus. Stark zuckte zusammen, als sein Körper abrupt eine hohe Dosis Adrenalin ausschüttete, das ihn zum Handeln antreiben sollte, obwohl sich die Gewalt in Wahrheit weit entfernt abspielte. »Gomez, was ist denn da los?«

»Zum Teufel, *Sargento.*« Das Bild aus Gomez' Kamera verwischte schwindelerregend, als sie herumwirbelte, um eine Salve auf einen feindlichen Soldaten abzufeuern, der unmittelbar hinter ihr aufgetaucht war. »Nahkampf«, ergänzte sie, obwohl das unnötig war.

»Können Sie sie abwehren?«

»Keine Ahnung. Hier gibt es mehr als genug Ziele, unter denen wir wählen können.« Die Mondumgebung machte wieder einen wilden Satz, und Stark sah, wie eine Welle von roten Warnlichtern über Gomez' Display schwappte. Möglicherweise Granaten, die nicht weit entfernt detoniert waren. Das Bild zuckte weiter hin und her, als sie in rascher Folge Schüsse abgab. »Verdammt. Die sind zu nah, *Sargento.* Und ich glaube, es sind auch zu viele. Sie dringen in den Bunker ein.«

»Halten Sie noch durch«, beharrte ein hilfloser Stark.

»*Sí, Sargento.* Oh verdammt, Murphy wurde getroffen.«

*Murphy. Wie lange hat er zu meinem Trupp gehört? Eine Ewigkeit.* Stark starrte auf das Bild des Kommandoscans und versuchte, seine Gefühle auszublenden.

»Ethan, Murphy ist nur ein einzelner Soldat«, meldete sich Vic leise zu Wort. Sie hatte ihm wieder zugehört.

»Jeder Infanterist ist nur ein einzelner Soldat«, gab er zurück. »Aber wie viele einzelne Soldaten sind irgendwann einer zu viel?«

»Ich weiß es nicht.«

»Ich auch nicht.« Stark betrachtete den endlosen schwarzen Himmel, der sich über ihm in alle Richtungen erstreckte.

Die Symbole seines Head-up-Displays wurden so über diesen Himmel gelegt, dass es aussah, als wäre ein neues, kompliziertes Sternzeichen entstanden. »Ich darf nicht zulassen, dass diese Stellung fällt, Vic. Das hat mit irgendwelchem sentimentalen Unsinn nichts zu tun, auch nicht damit, dass das mein ehemaliger Trupp ist. Die gesamte Frontlinie zerfällt, wenn der Hügel an der Flanke in Schutt und Asche gelegt wird.«

»Du kannst nicht woanders Leute abziehen. Die werden garantiert nach so einer plötzlichen Schwachstelle Ausschau halten.«

»Mag sein, aber womöglich haben sie auch längst alles auf Mango Hill und auf diese Bresche angesetzt, die sie in unsere Linie geschlagen haben. Wir sind erledigt, wenn sie an einem von beiden Punkten Erfolg haben. Es muss für sie nach einer klaren Sache aussehen.« Er wechselte auf einen anderen Kanal. »Sanch.« Sergeant Sanchez, der neben Stark und Reynolds einer von drei Truppführern in ihrem Zug gewesen war, befehligte nun genau diesen Zug.

»Ja, Stark.« Er klang so ruhig, als würde man sich mit ihm über das nichtexistente Mondwetter unterhalten.

»Können Sie sehen, was auf Gomez' Position passiert?«

»Natürlich. Die stecken gehörig Prügel ein. Wir unterstützen sie von unserer Position aus, so gut es nur geht.«

»Danke, aber Sie müssen mehr tun. Ich will, dass Sie jeden Soldaten, den Sie nur irgendwie erübrigen können, aus Ihren beiden Trupps abziehen und so schnell wie möglich nach Mango Hill schaffen. Dieser Hügel muss verteidigt werden.«

»Ihnen ist bewusst, dass die Stellen, von denen ich Leute abziehe, nicht länger stark genug sind, um einen zielgerichteten Angriff abzuwehren.« Sanchez machte daraus eine Feststellung, keine Frage.

»Ich weiß. Aber alles andere, was mir zur Verfügung steht, ist schon irgendwo eingebunden. Ich kann die Verteidigung des Hügels nur stärken, wenn ich woanders die Frontlinie schwäche.«

»Verstanden. Ich bin mir sicher, dass ich die feindlichen Soldaten vom Hügel schaffen kann«, erwiderte Sanchez so unbeeindruckt, als würde Stark ihn mit einem gänzlich unbedeutenden Problem behelligen. »Aber ich kann nicht dafür sorgen, dass der Feind sich danach auch vom Hügel fernhält. Dafür wird der Druck zu groß sein.«

»Darum werde ich mich dann kümmern.«

»Dann machen wir uns auf den Weg. Ich melde mich bei Ihnen, sobald ich bei Corporal Gomez bin.«

Die recht wahrscheinliche Möglichkeit, dass Corporal Gomez längst nicht mehr lebte, wenn Sanchez dort eintraf, blieb unausgesprochen.

Dass die beiden anderen Bunker in diesem Sektor damit nur noch über eine Notbesetzung verfügten, machte die Lage erheblich riskanter. Selbst ein kleiner, aber entschlossener Vorstoß des Feindes mitten in diese Schwachstelle hinein würde genügen, um die klaffende Lücke in der Frontlinie um ein beträchtliches Stück zu vergrößern und die einzigen Trupps zu überrennen, auf die Stark sich wirklich hundertprozentig verlassen konnte. *Aber es geht nur auf diese Weise. Sonst verlieren wir so oder so.*

»Grace«, wandte er sich an die Divisionsartillerie.

»Ich weiß, dass ich das Vorrücken des Feindes nicht aufhalte, Stark. Ich habe auch nicht gesagt, dass ich das hinkriege.«

»Das weiß ich, und Sie geben ja auch Ihr Bestes. Aber jetzt geht es darum, eine bestimmte Position zu verteidigen. Wie lange können Sie diese Stelle einem Sperrfeuer aussetzen?« Er tippte die Koordinaten für Gomez' Bunker ein.

»Da hält eine von unseren Einheiten die Stellung, Stark. Und es sieht so aus, als wären noch mehr Leute auf dem Weg dorthin.«

»Das ist richtig, aber die werden bis dahin alle im Bunker stecken. Wie lange?«

»Wie lange ich die Stelle unter Beschuss nehmen kann?«

»Es muss reichen, um den Hügel und die unmittelbare Umgebung zu sterilisieren. Aber keine Geschosse, die das Gestein durchdringen.«

»Also nur Oberfläche und unmittelbar über der Oberfläche? Um die Truppen im Bunker zu verschonen? Stark, ich kann nicht garantieren, dass alle spätestens auf der Oberfläche hochgehen. Eine kleine Fehlfunktion beim Zünder, und das Teil frisst sich ins Gestein, bevor es explodiert. So was kann vorkommen.«

*So was kann vorkommen.* Starks Entschlusskraft schwankte, da er zwischen schlechten und noch schlechteren Entscheidungen abwägen musste. *Man sollte glauben, dass ein Commander in einer Schlacht schon genug zu tun hat und sich nicht auch noch Gedanken darüber machen muss, ob die Waffen auch so arbeiten, wie man vorher vollmundig zugesichert hat. Aber vermutlich war das schon immer so. Bestimmt haben Waffenhersteller in der Steinzeit auch schon Steine an Höhlenbewohner verteilt, die gar nicht als Waffe zu gebrauchen waren.* »Wir müssen es versuchen, Grace. Anders lässt sich der Sturmlauf des Feinds auf diesen Hügel nicht aufhalten.«

»Okay, Stark, Sie sind der Boss, also werden wir's machen.«

»Danke. Halten Sie sich für meinen Befehl bereit.«

Ein weiterer Scan des anrückenden Feindes. Einige gegnerische Soldaten eilten dem großen Pulk bereits voraus, um ohne Rücksicht auf die Risiken den Ruhm zu ernten, der ihnen winkte. Ein paar dieser Soldaten erreichten den Hügelkamm, während Stark genau dorthin sah und die Symbole für einen Augenblick über den realen Zielen standen. Wie aus dem Nichts tauchten ihre Silhouetten auf dem höchsten Punkt des Felsens auf, wo sie sich deutlich sichtbar vom Meer der Sterne hinter ihnen abhoben. Der winzige Moment mochte ausreichen, dass diese übereifrigen Soldaten erkannten, welcher fatale Fehler ihnen unterlaufen war, aber vielleicht war die Zeit auch zu kurz, da hundert Gewehre gleichzeitig abgefeuert wurden. Der Einschlag der Projektile schleuderte die Soldaten vom Hügelkamm und ließ sie in einem weiten, gemächlichen Bogen in die Richtung davonfliegen, aus der sie gekommen waren.

»Sanchez, wie kommen Sie voran?«

»Auf dem Weg. Eine Minute.«

Eine kleine Streitmacht feindlicher Soldaten, die nicht mehr Leute umfasste als ein einzelner Trupp, kam auf der linken Seite um den Kamm herum. Sie alle versuchten, das zerklüftete Gelände zu umgehen, indem sie sich an den Hang unmittelbar darüber klammerten. Die dort postierte Kompanie des Vierten Bataillons wartete, bis der Feind um den Hang herumkam, dann wurde ein Sperrfeuer eröffnet, das jeden Soldaten binnen Sekunden tot zusammensinken ließ. Ein leises kehliges Knurren machte sich auf dem Komm-Kanal breit, als die amerikanischen Soldaten gemeinschaftlich diesen kleinen Sieg genossen. »Gut gemacht«, rief Stark. »Da kommen noch mehr. Sie werden wir alle auf die gleiche Weise in Empfang nehmen.«

»Stark«, meldete sich Sanchez zu Wort. Er atmete angestrengt, doch davon abgesehen verriet sein Tonfall nichts darüber, dass der Mann einen heftigen Kampf hinter sich hatte.

»Wir haben den Hügel vom Feind geräumt. Aber sie gehen für den nächsten Sturm auf den Bunker in Position.«

»Sehr gut. Das wird ihnen noch leidtun.«

»Dann machen wir halt.«

»Nein, noch nicht. Schaffen Sie alle Leute in den Bunker.«

»Der Feind hat den Bunker geknackt.«

»Sie sollen den Bunker nicht verteidigen, sondern dort Schutz suchen! Und zwar schnell!«

»Ah, verstehe.«

Bei dem Maßstab, den Stark für seinen Kommandoscan eingestellt hatte, schienen beim Umschalten auf einen anderen Kanal diejenigen feindlichen Einheiten, die darum bemüht waren, den Hügel wieder unter ihre Kontrolle zu bringen, mit den Symbolen der amerikanischen Soldaten zu verschmelzen. »Grace. Jetzt. Legen Sie los.«

»Okay, Stark. Die Truppen da oben haben … ähm … gut fünfunddreißig Sekunden, in Deckung zu gehen, wenn sie nicht geröstet werden wollen.«

»Roger.« Hastig schaltete Stark wieder um. »Ist jeder unten im Bunker, Sanch? Sie haben dreißig Sekunden.«

»Dreißig Sekunden. Ja, verstanden. Unsere Nachhut kommt jetzt rein.«

Stark beobachtete die Geschosse, die weit hinter den eigenen Linien abgefeuert wurden, und versuchte, sich vorzustellen, wie fast ein ganzer Zug Soldaten sich in einem winzigen Bunker drängte, der beharrlich vom Feind beschossen wurde. Sie mussten regelrecht übereinandergestapelt daliegen, so dicht an dicht gequetscht, dass nur diejenigen sich ein wenig bewegen konnten, die sich unmittelbar am Zugang befanden. Sie kauerten in der Dunkelheit und verspürten diese Mischung aus Angst und Hoffnungslosigkeit, die einen Infanteristen ereilte, wenn er wusste, dass seine Stellung von schwerer Artillerie beschossen wurde. In solchen Augenblicken konnte man nur hoffen und beten, denn sämtliche Ausbildung und Erfahrung halfen einem dann nicht mehr weiter. Dabei zählten sie die Sekunden bis zum Aufschlag mit, was ihnen dadurch noch erleichtert wurde, dass auf den Head-up-Displays der Countdown in leuchtend roten Ziffern angezeigt wurde. Noch zehn Sekunden, während Sensoren an der Oberfläche zeigten, wie die feindlichen Streitkräfte wieder vorwärtsstürmten, um den Hügel erneut einzunehmen, wobei sie mit Widerstand aus dem Bunker rechneten. Doch dann hielten sie, als ihre eigenen Sensoren sie auf die von oben kommende Bedrohung aufmerksam machten. Fünf Sekunden, während derer der Feind den Rückzug zu spät und zu langsam antrat. Nur ein paar der amerikanischen Geschosse explodierten zu früh, da die feindlichen Verteidigungsanlagen so weit entfernt waren, dass sie keinen Abwehrschild mehr auf den Weg schicken konnten, um alle Gefahren für die eigenen Leute auszuschalten.

Null. Stille.

Dann stattete die Hölle der Mondoberfläche einen Besuch ab, als die geballte Wut unzähliger Geschosse sich auf einer einzigen, eng umrissenen Fläche entlud. Auf Starks Head-up-Display verschwand schlagartig eine große Menge der Symbole, die eben noch versucht hatten, Mango Hill erneut einzunehmen. Es waren durchweg saubere Treffer, da es keinerlei Vegetation gab, die die Flugbahn der Geschosse hätte ablenken oder blockieren können. Es lief alles völlig lautlos ab, da keine Atmosphäre vorhanden war, die den Schall der unerträglichen Explosionen hätte weitertragen können. Die Einschläge kamen völlig präzise, keine Variablen wie beispielsweise Windgeschwindigkeit konnten die sorgfältig berechneten Flugbahnen beeinflussen. Wer noch nie ein

Bombardement miterlebt hatte, der konnte sich davon keine Vorstellung machen, wenn er das Geschehen allein auf dem Display sah und dabei die so ruhige Mondlandschaft im Blick hatte. Er konnte sich nicht vorstellen, wie Schneestürme aus Metallsplitter alles niedermähten, was ihnen im Weg stand, wie Explosionen die Steine und den Staub neu anordneten, wie Hochgeschwindigkeitsgase jedes Hindernis mit tödlicher Wucht trafen, ehe sie sich in der Luftleere verflüchtigten.

Kein Komm-Signal vermochte diese Interferenzen zu durchdringen, sodass Stark nur abwarten konnte, bis die tosende Gewalt ein Ende nahm, begleitet von der völligen Stille, die so markant war für diesen Krieg auf einer Welt ohne Atmosphäre.

*Ein einziges Geschoss reicht aus. Ein Geschoss, das in diesen Bunker dringt. Ein Geschoss, das die Befestigungen in Stücke reißt und die Soldaten im Inneren dem Inferno aussetzt, das um sie herum herrscht und das sie alle umbringen wird. Und ich bin derjenige, der das angeordnet hat. O Gott, lass mich bitte die richtige Entscheidung getroffen haben.* Irgendwo regte sich eine Erinnerung an Vics Stimme. *Manchmal hilft es dem eigenen Gewissen kein bisschen, wenn man das Richtige tut.*

Eine größere Gruppe Feinde kam in dem Moment über den Hügelkamm, vielleicht zwanzig Soldaten, die sofort das Feuer eröffneten. Sie alle starben in einem weiteren konzentrierten Kugelhagel.

»Stark?« Er zuckte zusammen, als er die Stimme hörte. Gleichzeitig wurde ihm bewusst, dass es nicht Sanchez war, der ihn rief. »Hier ist Lamont. Ich habe drei Panzergeschwader rechts von der Bresche in Position gebracht.«

»Tatsächlich?« Bei allem, was sich sonst noch abgespielt hatte, war ihm das völlig entgangen.

»Ja. Reynolds hat uns hergeschickt. Ist das okay?«

»Das ist mehr als okay.« Stark öffnete seinen Scan und veränderte den Maßstab, um einen größeren Bereich überblicken zu können. Lamonts Panzer waren auf ein halbes Dutzend Einheiten verteilt, die so aufgestellt waren, dass sie die feindliche Flanke in Stücke reißen konnten. »Sie feuern erst, wenn ich Ihnen den Befehl gebe.«

»Auf jeden Fall«, bestätigte Lamont. »Das sind perfekte Ziele. Wir werden uns vorkommen, als würden wir Zielschießen üben.«

»Ethan«, mischte sich Vic ein. »Es sind auch GTTs auf dem Weg zu euch. Ich schicke sie hinter den Hügelkamm, damit sie ihn auch noch abdecken.«

»Danke.« Im allgemeinen Trubel hatte er die gepanzerten Einheiten völlig vergessen. Das mochte auch daran liegen, dass ein Infanterist sich instinktiv immer nur auf die Waffen verließ, die er bei sich trug. »Gut gemacht. Verdammt gut gemacht.«

»*Sargento*?«

Erleichtert atmete Stark auf, als er diese Stimme hörte. »Anita? Corporal Gomez?«

»*Sí*. Sergeant Sanchez wurde beim Sperrfeuer ein bisschen durchgeschüttelt. Der Bunker ist zum Teil kollabiert. Bei ihm sind ein paar Anzugsysteme ausgefallen, ansonsten geht es ihm aber gut. Was passiert jetzt, Sarge? Noch mehr Artillerie?«

»Nicht von uns«, versicherte ihr Stark.

»*Gracias Dios*. So was möchte ich nie wieder mitmachen müssen.«

»So Gott will, werden Sie das auch nicht müssen. Jetzt raus mit Ihnen an die Oberfläche. Diese Einheiten, die den Bunker stürmen wollten, müssen komplett ausgelöscht worden sein. Trotzdem wird der Feind versuchen, neue Truppen aufzustellen, um Sie wieder angreifen zu können. Aber keine Sorge. Ich werde die schon anderweitig beschäftigen. Lange müssen Sie nicht mehr durchhalten.«

»*Sí, Sargento.* Notfalls halten wir bis zum Jüngsten Tag durch. Das ist unser Hügel. Wir haben dafür bezahlt, und ich werde ihn keinem anderen überlassen.«

»Stark«, meldete sich Milheim, der Commander des Vierten Bataillons. »Werden wir weiter diese Linie hier verteidigen?«, fragte er in einem zweifelnden Tonfall.

»Nein. Hören Sie alle her.« Vor seinem geistigen Auge konnte er all seine Leute sehen, die Männer und Frauen in ihren Gefechtsrüstungen, die sich beeilten, die ihnen zugewiesene Position zu erreichen, oder die bereits auf ihrem Platz an der Front waren, wie sie unter dem schwarzen Himmel mit seinen unendlich vielen Sternen auf die nächsten Befehle warteten. »Der Feind ist so weit vorgerückt, wie er vorrücken konnte. Jetzt ist Schluss. Wir werden so entschieden auf sie losgehen, dass sie für lange Zeit genug davon haben werden, uns herauszufordern. Wir werden ihnen heimzahlen, was sie der Dritten Division angetan haben.«

»Heißt das, wir nehmen keine Gefangenen?«, fragte jemand.

Stark dachte an Sergeant Grace, der sich liebend gern General Meecham vorgenommen hätte, um den Tod seines Bruders zu rächen. Er könnte das jetzt auch machen. Er könnte auch mit aller Brutalität austeilen und das gleiche Gemetzel anrichten, das die Dritte Division hatte erdulden müssen. Von plötzlicher Wut erfüllt presste er die Lippen zusammen. »Negativ, negativ, negativ. Wir nehmen Gefangene. Ladies and Gentlemen, trotz allem sind wir immer noch Soldaten. Amerikanische Soldaten. Denken Sie immer daran, dass wir niemanden töten, der sich uns ergeben will.«

»Verstanden«, bestätigte Milheim stellvertretend für die gesamte Streitmacht.

Stark ließ eine Pause folgen und überlegte, wie er dem Vierten Bataillon und dieser zusammengewürfelten Ansammlung von Soldaten auch nur einen Befehl erteilen sollte. »Hören Sie. Jeder, der sich hier hinter diesem Hügelkamm aufhält, gehört ab sofort zur Eingreiftruppe Milheim. Haben Sie verstanden? Vic, kannst du sie alle miteinander verbinden?«

»Roger. Eine Minute. Okay. Sie sind untereinander verbunden. Sie sind ab jetzt alle Teil eines Kommandokanals.«

»Gut.« Stark schaltete auf einen anderen Kanal, der ihn mit allen Einheiten sprechen ließ, die zusammengekommen waren, um den vorgerückten Feind zu stoppen und zurückzuschlagen. »Alle stellen das Feuer ein, bis ich einen anderslautenden Befehl gebe.«

Stark wechselte rasch zwischen verschiedenen Scans, um die Schlacht aus dem Blickwinkel der Soldaten zu sehen, die sich an anderen Stellen der Frontlinie befanden. Von einem der Panzer, die rechts von ihnen verborgen waren, wurden Gefahrensymbole übermittelt, die für schattenhafte Gestalten standen. Die sammelten sich in diesem Moment auf der abgewandten Seite des Hügelkamms auf der gleichen Höhe, auf der Stark mit seinen Leuten in Lauerstellung gegangen war. Was der Feind jetzt aufgefahren hatte, lag schätzungsweise schon über Kompaniestärke und wuchs beständig an. Man machte sich offenbar für einen Anlauf bereit, und zweifellos waren die da drüben davon überzeugt, damit den noch verbliebenen Widerstand überrennen zu können. »Noch warten.«

Auf der linken Seite beobachtete ein Panzerabwehrteam, wie feindliche GTTs vorrückten, um sich mit ihrer Infanterie zusammenzuschließen. Das Team markierte auf dem Head-up-Display in leuchtender Farbe die Stelle an der Flanke eines GTT, die auf Beschuss am empfindlichsten reagierte. »Noch warten.«

Oben auf dem Hügel verteidigten Gomez, die Überreste ihres Trupps und Sanchez' Verstärkung ihre Position in der von der Infanterie umgestalteten Landschaft und feuerten kontinuierlich auf die feindlichen Soldaten, die versuchten, sich neu zu formieren, um ein weiteres Mal Mango Hill in Angriff zu nehmen. Dabei ignorierten sie die gegnerischen Streitkräfte, die sich durch die entstandene Lücke schlichen. »Noch warten.«

Nochmals die rechte Seite der Bresche, wo sich Kompanie Delta im Windschatten der Burg aufgestellt hatte und wie Rennpferde ungeduldig mit den Hufen scharrte, bis endlich die Starterpistole abgefeuert wurde. »Noch warten.«

Zurück zum Panzer, den Blick auf die feindlichen Soldaten konzentriert, die auf der abgewandten Seite des Hügels in seine Richtung vorrückten. Es war so unglaublich, sich in diese Truppen hineinzuversetzen, die mit Adrenalin vollgepumpt warteten und erleichtert und verängstigt waren, dass es nun endlich zum Kampf kommen würde. *Das sind keine Ungeheuer, das sind Infanteristen so wie ich, und sie werden bald in einem erbarmungslosen Kreuzfeuer in Stücke geschossen. Zum Teufel! Aber ich habe den Krieg nicht angezettelt, und ich habe auch diese Schlacht nicht begonnen. Ich werde weder das eine noch das andere verlieren, und ich werde auch nicht einen einzigen Soldaten dabei opfern.*

Stark wartete und wartete, bis die vorrückenden Feinde fast den Hügelkamm erreicht hatten. »Jetzt! Feuer eröffnen! Alle Mann!«

Die Angreifer überwanden in dem Moment den Kamm,

als das Vierte Bataillon zusammen mit all den eingesammelten Soldaten anderer Einheiten eintraf. Ihr Vormarsch kam so abrupt zum Stillstand, als wären sie gegen eine Wand gelaufen. Die Soldaten in den vordersten Reihen wurden von der Wucht der Treffer der amerikanischen Verteidiger nach hinten und zurück über den Hügelkamm geschleudert. Der durch die niedrige Schwerkraft bedingte langsame Sturz in die Tiefe hatte etwas von einem Traum. Die Soldaten drehten sich zum Teil abhängig vom Einschlagwinkel der Projektile um sich selbst, zum Teil aber auch, weil durch die Einschusslöcher die Atmosphäre explosionsartig aus den Gefechtsrüstungen entwich und sie herumriss. Arme und Beine waren erschlafft, und wenn sie mit dem Hang in Berührung kamen, wirbelten sie Staub und Steine auf, die mit ihnen zusammen langsam talwärts drifteten. Diese Szene vor dem Hintergrund einer Landschaft mit toten schwarzen Schatten und gleißend weißem Sonnenschein besaß genau die Mischung aus seltsamer Schönheit und blankem Entsetzen, die ein verrückter Maler verwenden würde, um seine Vorstellung von der Hölle auf eine Leinwand zu bannen.

Die feindlichen Soldaten stoppten ihren Vormarsch gleich unterhalb des Hügelkamms. Doch bevor sie sich wieder in Bewegung setzen konnten, wurde von den Flanken das Feuer eröffnet, das die völlig schutzlosen Truppen mit solcher Wucht traf, dass es schien, als würden sich die feindlichen Reihen förmlich in Luft auflösen. Ein paar Überlebende rannten hügelabwärts, so schnell sie konnten. Stark wechselte zu anderen Vid-Bildern und sah, wie feindliche Panzerfahrzeuge sich in Wolken aus Metallfragmenten und Gasen verwandelten, wie der Vormarsch der Soldaten zu stocken begann, wie sie unter Beschuss gerieten und schließlich den Rückzug antraten.

»Also schön, ihr Affen!«, rief Stark. »Wir haben genug eingesteckt, es wird Zeit, auszuteilen. Eingreiftrupp Milheim, es geht los! Alles vorrücken! Rücken Sie vor, bis wir wieder alle Positionen besetzt haben, von denen wir uns zurückgezogen hatten. Vic, schick das Fünfte Bataillon und Kompanie Delta los, um die Lücke in der Front zu schließen.«

Stark lief den Hang hinauf und war sich auch ohne einen Blick auf die Symbole seines Head-up-Displays der Soldaten bewusst, die ihm folgten. In einer fließenden Bewegung überwand er den Hügelkamm und stieß sich mit der freien Hand ab, um sich auf dem Weg nach unten Schwung zu geben. In seiner Nähe richtete sich auf einmal eine Gestalt auf, die von der IFF in Rot angezeigt wurde und sie als Feind kennzeichnete. Stark visierte mit dem Gewehr dieses Ziel an und feuerte, ohne einen bewussten Gedanken daran zu verschwenden. Der Soldat wurde von der Wucht des Treffers gegen die toten Felsbrocken gleich hinter ihm geschleudert. Vielleicht hatte er kapitulieren wollen, vielleicht war er aber auch zum Kampf bereit gewesen, um seinen Freunden etwas mehr Zeit zu verschaffen, die um ihr Leben rannten. Stark würde es nie erfahren.

»Ethan! Du sollst diesen verdammten Angriff nicht anführen!«, brüllte Vic ihn an, die so weit entfernt und doch so laut war, als würde sie gleich neben ihm stehen.

»Doch, das muss ich. Sie folgen mir, Vic. Was macht Kompanie Delta?«

»Hättest du dich nicht mit solchem Eifer in die Schlacht gestürzt, könntest du das selbst herausfinden! Geary treibt ihre Kompanie voran, aber sie fürchtet sich vor Minen und vor feindlichen Soldaten, die noch unsere Bunker besetzt halten könnten.«

»Es ist ihr gutes Recht, sich zu fürchten.«

»Ethan, ich kann ihrer Kompanie keine detaillierten Befehle für die taktischen Systeme geben, solange wir nichts über die Gefahren wissen, die da lauern könnten.«

»Dann tu es auch nicht. Geary soll sich einen Bunker nach dem anderen vornehmen.«

Eine kurze Pause folgte. »Okay. Ich werde ihr also sagen, dass sie nach eigenem Ermessen vorgehen soll.«

»Gut, aber mach ihr klar, dass wir davon abhängig sind, dass sie diese Positionen wieder einnimmt, damit uns die Leute nicht entwischen, die wir jetzt vor uns hertreiben.«

»Roger. Ich werde ihr Feuer unterm Hintern machen.«

Hügelabwärts stieß er sich mit einem aus Erfahrung geborenen Geschick von Aussparungen im Gestein ab, um möglichst schnell den Weg den Hang runter zurückzulegen. Bei jedem Sprung änderte er dann auch noch für ein paar Meter die Richtung, in die er sich bewegte, um jeden zu verwirren, der womöglich versuchte, ihn als potenzielles Ziel zu erfassen. Andere Soldaten stürmten mit ihm gemeinsam im gleichen Tempo nach unten und rannten dabei tatsächlich einige wenige Gegner um, die eben im Begriff waren, ihre Waffen wegzuwerfen. Vor ihnen hatte der Pulk der feindlichen Streitkräfte die Marschrichtung geändert und befand sich mit dem gleichen Tempo nun auf der Flucht, mit dem er zuvor gegen Starks Truppen vorgerückt war. Ihr einziges Sinnen und Trachten war es, der Falle noch irgendwie zu entwischen, die für sie deutlich erkennbar von allen Seiten zuzuschnappen begann.

Aus einem zerklüfteten Gelände heraus, das sich vor ihnen erstreckte, wurden die vorrückenden Amerikaner völlig überraschend beschossen. Auf Starks Head-up-Display flammten Gefahrenwarnungen auf, die über das ganze Areal verteilt waren. Der Soldat gleich neben Stark kam mit einem Mal zum Stehen, als die gegnerischen Projektile beim Durchschlagen der Gefechtsrüstung zunächst die Vorwärtsbewegung stoppten und weitere Treffer ihn in die Richtung schleuderten, aus der er gekommen war. Hastig warf sich Stark hinter einen kleinen Hügel aus Mondstaub, den wer weiß was vor langer Zeit hier aufgetürmt hatte. Zu schade, dass er nicht noch etwas höher ausgefallen war. Ein Durcheinander aus aufgeregten Rufen, Befehlen und Warnungen war auf dem Komm-Kanal zu hören. Der Versuch eines Vorstoßes der Amerikaner auf der rechten Seite wurde mit einem solchen Kugelhagel beantwortet, dass die Angreifer sich auf den Boden werfen mussten. Der Vormarsch kam ins Stocken, die Soldaten zögerten, während der auf dem Rückzug befindliche Feind sich dank des Feuerschutzes durch seine Nachhut weiter entfernen konnte.

Stark scannte das umgebende Gelände und fluchte leise. *Die perfekte Verteidigungsstellung. Entweder wir stürmen hier durch, und ich verliere viele von meinen Leuten, oder wir bewegen uns an den Flanken entlang und verlieren sehr viel Zeit. Ich wünschte, ich …*

Ein Felsbrocken löste sich aus der Mondlandschaft und glitt nach vorn, als die Hauptkanone eines Panzers so gedreht wurde, dass sie den feindlichen Stützpunkt anvisieren konnte. Die Kanone zuckte und jagte ein Geschoss mitten in die Gruppe gegnerischer Soldaten, die das Feuer auf sie eröffnet hatte. Ein Geysir aus Staub und Steinen stieg auf, als das Projektil einen neuen Krater schuf. Gleich daneben riss das nächste Geschoss ein weiteres Loch in die Mondoberfläche. Mehrere Gestalten verließen ihre Posten und versuchten, entweder woanders Deckung zu suchen oder den Panzer als Ziel zu erfassen, doch sie alle wurden von den Kugeln niedergestreckt, die Starks Leute abfeuerten.

Der Panzer kam zum Stehen, die sekundäre Kanone konzentrierte sich auf die identifizierten feindlichen Positionen, während die Hauptkanone fast gemächlich mit ihrer schweren Munition alle Stellen unter Beschuss nahm, die den Eindruck erweckten, als ob sich dort eine größere Ansammlung feindlicher Soldaten aufhalten könnte. Im nächsten Moment schien der Untergrund Gestalten in Gefechtsrüstungen auszuspeien, da überall gegnerische Soldaten aufsprangen, um zu fliehen. Etliche bezahlten diesen Versuch mit ihrem Leben, da das massive Gewehrfeuer sie kaum ein paar Meter weit kommen ließ. Dann blieben die meisten anderen stehen und hoben die Hände in einer universellen Geste der Kapitulation.

»Milheim«, rief Stark. »Stellen Sie ein paar Leute ab, um diese Gefangenen zu bewachen.«

Ehe Milheim etwas erwidern konnte, meldete sich Vic Reynolds und teilte in kühlem Tonfall mit: »Alle Gefangenen werden hiermit aufgefordert, die Sicherheitsprogramme ihrer Rüstungssysteme abzuschalten, damit wir sie übernehmen können.«

»Und wenn sie das nicht machen?«, wollte irgendjemand wissen.

»Dann sagen Sie den Leuten, wer das Programm nicht abgeschaltet hat, der hat auch nicht kapituliert. Geben Sie ihnen fünf Sekunden, um die Aufforderung zu befolgen. Danach eröffnen Sie wieder das Feuer.« Geschickt wechselte sie das Thema. »Alle GTTs vorrücken. Alle geraden Sektionen folgen der Infanterielinie, um Feuerschutz zu geben. Ungerade Sektionen lösen sich aus der Formation, um bei der Bewachung der Gefangenen zu helfen.«

Ein ganzer Schwall Fragen folgte diesem Befehl und flutete das Kommunikationsnetz. »Wie viele Gefangene sollte jeder GTT bewachen?«

»Was ist, wenn eine ungerade Sektion bereits näher an der Frontlinie ist?«

»Sollen wir die Sektion aufteilen, wenn es nötig wird?«

»Verdammt«, fauchte Stark. »Benutzt doch mal selbst euren Kopf!« Schweigen folgte seinen Worten. »Vic, ist das eben etwa rausgegangen?«

Ein fröhliches Lachen war, was er als Erstes hörte. Es passte so gar nicht zu der Schlacht, die um sie herum tobte. »Ja, Ethan, das ging an alle raus.«

»Warum wurde es von niemandem bestätigt?«, überlegte er.

»Vermutlich stehen sie alle unter Schock. Weiß der Himmel, wann irgendjemand im US-Militär das letzte Mal diesen speziellen Befehl ausgegeben hat.«

Die Soldaten bewegten sich wieder vorwärts, doch es war nicht länger Stark, der im buchstäblichen Sinn seine Truppen anführte. Stattdessen preschten jüngere, unbekümmertere Soldaten vor, um feindliche Gruppen einzuholen und zu stellen, bevor sie neue Verteidigungspositionen einnehmen konnten. Auch andere Gruppen tauchten auf, diesmal solche in vertrauten Farben: zuvor gefangen genommene amerikanische Soldaten, die noch völlig überrascht davon waren, plötzlich wieder frei zu sein und nun die Gegner zu bewachen, die eben noch ihre Bewacher gewesen waren.

»Vic! Hat Geary die gesamte Front zurückerobert?«

»Negativ. Der Widerstand ist zu groß. Ich schicke ein paar Kompanien des Fünften Bataillons rüber, um sie zu unterstützen und um auf der anderen Seite damit zu beginnen, die Lücke zu schließen.«

»Können wir rechts auch noch ein paar Panzer mitschicken?«

»Ich werde Lamont fragen.«

Auf dem Weg durch einen kleinen Krater tauchte völlig unverhofft auf der linken Seite eine Gruppe Soldaten auf. Starks Gewehr richtete sich schon auf ein Ziel aus, da identifizierte seine IFF die Einheit als »freundlich«. Dann eröffneten auch die Neuankömmlinge das Feuer auf die davoneilenden feindlichen Streitkräfte. *Das Fünfte Bataillon*, wurde ihm bewusst, als er auf sein Head-up-Display sah. *Der Zusammenschluss ist erfolgt.* »Alle weiter vorrücken. Nicht stehenbleiben. Treibt sie so energisch vor euch her, dass ihnen keine Zeit bleibt, sich irgendwo einzugraben.«

Er veränderte die Ansicht seines Scans, sodass er das gesamte Gebiet überblicken konnte. Die Symbole wechselten in schwindelerregendem Tempo, da sich die Positionen der eigenen Leute rund um die Bresche immer wieder veränderten. Auch bei den Feinden wurden gerade noch die eingenommenen Positionen dargestellt, im nächsten Moment verschwanden sie und tauchten anderswo kurzzeitig wieder auf, wenn sie auf ihrer Flucht von anderen Sensoren erfasst wurden. Ein farbenfrohes Display links von Stark, das mit dem wilden Aufflackern von Infrarotbildern auf sich aufmerksam machte, entpuppte sich beim Erreichen des visuellen Erfassungsbereichs als ein feindlicher GTT, dessen Treibstoff- und Munitionsvorrat in einem zuckenden Freudenfeuer seines Luftvorrats verging. Personen lagen ringsum zwischen den Felsbrocken, manche von ihnen trugen noch ihre Gefechtsrüstung, die schwache Signale aussandte, andere rührten sich nicht. Stark versuchte, nicht allzu genau hinzusehen, ausgenommen, um sicherzustellen, dass keiner der feindlichen Soldaten sich lediglich tot stellte. Er versuchte auch, nicht die bislang an diesem Tag erlittenen Verluste zu zählen.

Sieg oder Niederlage. Beide hatten ihre eigene Schwungkraft und verwandelten sich in dem Moment in etwas Eigenständiges, wenn Selbstvertrauen oder Verzweiflung zum alles bestimmenden Maßstab wurde.

Stark führte den Vormarsch nicht länger an, vielmehr war er zu einem Teil davon geworden und wurde vom Schwung des Gegenangriffs einfach mitgerissen.

Nicht mehr weit. Die Front war fast in Sichtweite. Scharen feindlicher Soldaten hetzten verwirrt umher, hoben die Arme zum pechschwarzen Himmel oder unternahmen verzweifelte Versuche, zwischen den zurückeroberten Bunkern hindurch auf das eigene Territorium zu entkommen. Die amerikanischen Truppen, die das höchst riskante Unterfangen gewagt hatten, einfach nach vorn zu stürmen und auf Höhe der Bunker einen wandernden Kordon zu bilden. Der bewegte sich vor und zurück, um noch verbliebene Widerstandsnester mal zu überrennen, mal unter massiven Beschuss zu nehmen. Starks Truppen rückten zügig weiter vor, auf allen Kanälen herrschte Jubel, weil man die drohende Niederlage hatte abwenden und in einen unerwarteten Triumph verwandeln können. Als sie die Bunker erreichten, rückten Teile der Truppen immer noch vor, um den Feind weiter zu verfolgen.

Stark konnte sie spüren, diese Energie, von der seine Leute erfüllt waren und die gleichermaßen geboren war aus unbändiger Begeisterung und Gedankenlosigkeit. Auch er war davon erfüllt und wollte so wie die anderen immer weiter und weiter marschieren. *Die feindliche Linie kann nur sehr spärlich besetzt sein. Sie müssen sie stark ausgedünnt haben, um möglichst viele Leute angreifen zu lassen. Wir können ihre Positionen einnehmen, könnten ihre Frontlinie zerbrechen.*

*Und dann?*, fragte sich Stark und ließ einen leisen Fluch folgen. *Was um alles in der Welt sollten wir tun, wenn wir diese Front durchbrechen würden? Wir könnten es nicht zu unseren Gunsten nutzen. Wir können keinen isolierten Bereich besetzt halten, der so weit von unserem Territorium entfernt liegt. Und wenn deren Front gar nicht so geschwächt ist, wie ich vermute? Was kann ich hier gewinnen, dass es alle zu erwartenden Verluste wettmacht?* »Alle herhören: Verfolgen Sie den Feind nicht über unsere Linien hinaus. Ich wiederhole: Verfolgen Sie nicht den Feind.«

»Aber wir haben sie doch! Sie rennen vor uns davon!«

»Es ist noch nicht lange her, da sind wir so vor ihnen davongerannt. Und was ist uns gerade eben gelungen? Niemand hat bislang die feindlichen Linien überschritten, und ihr Affen rennt schnurstracks auf deren Bunker zu! Habt ihr denn alle vergessen, was der Dritten Division zugestoßen ist?« Die Frage weckte die Erinnerung an den Tod Tausender Soldaten, die versucht hatten, genau diese Linie zu durchbrechen, und das wiederum schien wirkungsvoller zu sein als Starks ausdrücklicher Befehl. Mit einem Mal kamen die Einheiten zum Stehen, nur die Soldaten, die bereits über die amerikanischen Bunker hinaus vorgerückt waren, blieben dort, wo sie waren, anstatt zu ihren Kameraden zurückzukehren.

»Stark«, rief jemand fast flehend. »Wir können das schaffen. Wir können diesen verdammten Krieg beenden.«

Das war natürlich verlockend, aber auch nur dann, wenn man sich ausschließlich auf das Hier und Jetzt konzentrierte. Stark machte sich innerlich auf das gefasst, was er als Nächstes tun wollte. Dann schaltete er die Scans der gesamten Einheit auf eine andere Darstellung um. Jeder Soldat bekam auf seinem Head-up-Display neue Symbole zu sehen, die Phantomeinheiten zeigten. Diese Einheiten waren zur Schlacht aufgestellt, der größte Teil einer Brigade rückte gegen den gleichen feindlichen Frontabschnitt vor.

»Sieht das jeder?«, fragte Stark in die Runde. »Das sind

tote Soldaten der Dritten Division, die sich alle noch da draußen befinden, weil wir sie bislang nicht bergen konnten. Sehen Sie genau hin. Die haben auch gedacht, die Verteidigungseinrichtungen des Gegners übernehmen zu können. Erinnern Sie sich noch daran?« *Wie sollten sie das jemals vergessen? Die Alarmsignale, die vor immer neuen Bedrohungen warnten, und dazu diese Brigade, die vor unseren Augen abgeschlachtet wurde, ohne dass einer von ihnen irgendetwas dagegen hätte unternehmen können. Lieber Gott, niemals wieder so etwas!* »Und jetzt kehren Sie alle zurück auf unser Territorium!«

Endlich reagierten seine Truppen und zogen sich langsam und bedächtig zurück, wobei sie darauf achteten, stets die bestmögliche Deckung einzunehmen. Die bis dahin schweigsam gebliebene feindliche Linie eröffnete auf einmal das Feuer, was die Soldaten zu einem schnelleren Rückzug in die Sicherheit des amerikanischen Schutzschirms veranlasste.

Auch die feindliche Artillerie zeigte eine Reaktion und nahm das Gebiet unter Beschuss, wobei der größte Teil des Sperrfeuers an der amerikanischen Abwehr scheiterte. Dennoch kam das eine oder andere Geschoss durch. *Gott, wie ich die Artillerie hasse. Jedenfalls die feindliche Artillerie. Ich bin mir sicher, dass ich heute schon genug Leute verloren habe. Und ich habe noch zu viele von meinen Soldaten im Einsatz, um die Gefangenen zu bewachen, und die …* »Vic, gibt es eine Möglichkeit, vom Hauptquartier aus mit dem Feind zu reden?«

»Keine Ahn-, doch, ja. Tanaka sagt, dass es eine Standleitung zwischen unserem und deren Hauptquartier gibt. Wieso?«

»Ich will über diese Leitung jemanden erreichen, dem ich sagen kann, dass wir viele von ihren Leuten gefangen genommen haben und dass deren Artillerie derzeit genau diese Gefangenen bombardiert. Die sollten lieber damit aufhören, wenn sie nicht Hunderte von ihren eigenen Leuten umbringen wollen.«

»Roger.«

Es vergingen ein paar Minuten, dann begnügte die Artillerie sich damit, nur noch die amerikanische Frontlinie zu beschießen, aber nichts, was dahinter gelegen war. Stark setzte vorsichtig einen Fuß vor den anderen, während er den Hang hinunterging, um zu einer Stelle zu gelangen, an der er von direkter Beobachtung durch den Feind abgeschirmt war. *Ich habe irgendetwas vergessen. Irgendetwas Wichtiges. Oh, verdammt!* »Anita.«

»Ja, Sarge.« Ihre Stimme klang ein wenig zittrig, was die Folge extremer Übermüdung sein musste.

»Der Feind wird früher oder später auf die Idee kommen, die Artillerie auf Ihren Hügel zielen zu lassen. Die Bunker links von Ihnen wurden alle zurückerobert, und die Situation ist jetzt so stabil, dass Sie runterkommen können. Schaffen Sie jeden von Mango Hill runter und in die beiden anderen Bunker rechts von Ihnen. Wir werden die Lücke abdecken.«

»Nein.«

»Nein? Was soll denn das heißen?«

»Ich gehe hier nicht weg.« Ihre Stimme bebte ausgeprägter als zuvor. Stark wusste, dass sie in diesem Moment am ganzen Leib zittern musste. »Wir haben für diesen Hügel bezahlt.«

»Corporal Gomez, wir geben den Hügel nicht auf. Wir werden ihn wieder in Besitz nehmen. Aber wenn ich Infanteristen da oben lasse, die jeden Moment einem schweren Bombardement ausgesetzt werden könnten, dann werfe ich das Leben dieser Leute weg.«

»Ich kann die meisten Leute in die Bunker schicken und …«

»Corporal Gomez, Sie und jeder andere Soldat auf diesem Hügel werden sich in die Bunker rechts von Ihnen begeben, und das werden Sie jetzt sofort tun. Sonst komme ich persönlich rüber und trete Ihnen so in Ihren starrsinnigen Hintern, dass Sie sich im nächsten Moment im Bunker wiederfinden. Haben Sie das verstanden?«

Es folgte eine lange Pause, schließlich antwortete sie kleinlaut. »*Sí.* Sorry, *Sargento*. Wird erledigt. Das war ein langer Tag, ich …«

»Sie müssen sich für nichts entschuldigen. Sie haben großartige Arbeit geleistet. Und jetzt bringen Sie Ihre Leute in Sicherheit.«

Stark beobachtete, wie die Symbole auf Mango Hill sich in kleinen Gruppen nach unten bewegten, als die Verteidiger ihre Posten verließen. *Habe ich noch irgendetwas Wichtiges vergessen? O Gott, ich weiß es nicht. Das war so knapp. Fast hätten sie uns rangekriegt. Da dachten sie, sie stürmen einfach möglichst schnell vor, und wir würden mit kleinen Gruppen versuchen, sie so bald wie möglich zu stoppen. Aber wir haben uns etwas anderes überlegt. Danke, Kate. Ich bin dir schon wieder was schuldig.*

Diese Schuld schien nie geringer zu werden, überlegte Stark. So viele Jahre war es her, dass um ihn herum auf dieser Hölle namens Patterson's Knoll fast all seine Kameraden ums Leben gekommen waren, weil ihre Vorgesetzten sie dort hatten schmoren lassen. Corporal Kate Stein, die bis zum Anbruch der Nacht ebenfalls überlebt hatte, aber lebensgefährlich verwundet worden war, befahl Stark an jenem Abend, sich in der Dunkelheit davonzuschleichen und die Flucht zu ergreifen. Damals hatte er ihr versprochen, eines Tages anderen Soldaten das Leben zu retten, wenn er ihr in dieser Nacht schon nicht helfen konnte. Dieses Versprechen hatte er auch gehalten, allen Risiken zum Trotz, allen wütenden Offizieren zum Trotz, denen es wichtiger war, sich exakt an einen vorgegebenen Plan zu halten, anstatt ihren Verstand einzusetzen und dafür zu sorgen, dass ihre Leute überlebten.

Er hatte dieses Versprechen gehalten, und nun war er an diesem Punkt angekommen und hatte nicht die geringste Ahnung, wohin ihn sein Weg als Nächstes führen würde.

Diese von Menschenhand geschaffene Linie auf der Mondoberfläche, die die Front gewesen, dann überrannt und nun wieder zur Front geworden war, wirkte seltsam friedlich. Stark stand unterhalb der Kante einer leichten Anhöhe, geschützt vor der feindlichen Artillerie, die verspätete Vergeltung übte, indem sie alles als Ziel erfasste, was sich auf der amerikanischen Seite befand. Ein Panzer, der sich angesichts seines Gewichts von vielen dutzend Tonnen mit einer völlig unpassenden Leichtigkeit über das felsige Terrain bewegte, ging gut einen halben Kilometer entfernt in Stellung. Seine gewölbte Hülle ließ ihn wie einen riesigen mutierten Käfer aussehen, wobei die Menschheit von Glück reden konnte, dass noch nie irgendein Käfer mit einer so beeindruckenden Fülle an schweren Waffen bestückt gewesen war.

»Yeee-hah!«, jubelte Sergeant Lamont und fuhr im Plauderton fort: »So viel Spaß habe ich hier oben schon seit Jahren nicht mehr gehabt. Machen wir das noch mal?«

»Lieber Himmel, das will ich doch nicht hoffen«, entgegnete Stark mit Nachdruck.

»Ethan?«

»Ja, Vic?« Er musste sich immer wieder vor Augen halten, dass sie gar nicht in seiner Nähe war und ihm nicht zur Seite stehen konnte. Tatsächlich saß sie weit entfernt im Hauptquartier, um ihm von dort aus den Rücken und die Flanken freizuhalten, indem sie das Geschehen auf dem Schlachtfeld beobachtete.

»Könntest du mir einen kleinen Gefallen tun?«

»Klar, Vic. Was denn?«

»Verschwinde verdammt noch mal von der Front!«

»Okay, okay.« Er schaltete zurück auf den Komm-Kanal zum Panzer. »Hey, Lamont, ich muss los. Meine Mom vermisst mich. Können Sie mit dem Panzer die Front ein bisschen verstärken, bis alle Bunker wieder richtig arbeiten?«

»Klar, kein Problem. Aber der Bunker auf Mango Hill wird so bald nicht wieder arbeiten.«

Stark wollte nicht über die Folgen dieser Tatsache nachdenken. »Ich weiß. Wir werden uns was überlegen müssen, wie wir diese Lücke schließen können.«

»Na ja, ich kann meine Panzer als mobile Bunker einsetzen. Ein halbes Geschwader kann gleich hinter der Front rotieren, und solange es sich dabei im Schutz geeigneten Terrains befindet, kann der Feind die Positionen nicht genau bestimmen. Für uns ist das eine gute Übung, und die anderen werden es sich zweimal überlegen, ob sie es so bald wieder versuchen wollen, uns zu ärgern. Vorausgesetzt, es ist genau das, was Sie von mir wollten.«

»Lamont, *Sie* erzählen *mir*, wie man einen Panzer einsetzt. Wieso habe ich dann von euch Panzer-Affen so was noch nie zuvor zu sehen bekommen?«

»Weil immer dann, wenn man einen von diesen Panzern aus dem Hangar holt, die Gefahr besteht, dass er einen Kratzer abkriegt. Und da sie so verdammt teuer sind, hat kein General je zugelassen, dass sie den Hangar verlassen. Ich kann Ihnen sagen, ich bin es wirklich leid, diese Dinger immer nur im Simulator zu fahren.«

Stark nickte, auch wenn Lamont das nicht sehen konnte, »Diese Blechdosen werden ab jetzt regelmäßig zum Einsatz kommen. Arbeiten Sie einen Plan aus, und schicken Sie ihn an Reynolds und an mich.«

»Sie sind der Boss. Wir sehen uns in Out-City.«

»Ja.« Stark schüttelte den Kopf, da auf einmal die Symbole auf seinem Head-up-Display so unscharf waren, dass er sie nicht erkennen konnte. »Vic?«

»Hier bin ich.«

»Was ist draußen los? Ist jetzt alles okay?«

»Sieh dir deinen Kommando-Scan an.«

»Das ... kann ich gerade nicht. Sag's mir einfach, okay? Wir haben hier alles in Ordnung gebracht, richtig? Gibt es sonst noch irgendwo Probleme?«

»Nein, Ethan. Keine Probleme. Als die anderen feindlichen Sektoren mitkriegten, mit welcher Härte wir zurückgeschlagen haben, sind sie mit ihren eigenen Einheiten gleich auf einen größeren Abstand zu uns gegangen. Entspann dich.«

»Danke.« Plötzlich begann Stark zu zittern. Zuerst waren es die Arme, dann die Beine. Das Zittern wurde heftiger, bis er auf die Knie sank und schließlich rücklings auf dem schroffen Untergrund lag. Sein Blick ging an den Symbolen auf seinem Head-up-Display vorbei in den leeren schwarzen Himmel. Nach einer Weile durchdrang die Oberflächenkälte die Isolierung seiner Gefechtsrüstung, doch er blieb liegen, während sein ganzer Leib durchgeschüttelt wurde. Die Sterne zogen über ihm langsam vorbei, versprengte Lichtpunkte, frei von jeder Bedeutung und völlig desinteressiert, welches Leid die Menschen einander zufügten.

»Commander?« Die Stimme klang irgendwie vertraut. Stark drehte den Kopf ein wenig zur Seite und sah die monströs riesige Karosserie eines GTT gleich neben sich, dessen geschwungene gepanzerte Hülle sich tiefschwarz von den sich dahinter auftürmenden Felsen abhob. »Sergeant Reynolds schickt mich, damit ich Sie ins Hauptquartier bringe. Commander?«

*Der Kommando-GTT. Den hatte ich ja völlig vergessen.* »Ja.«

Er versuchte aufzustehen, ließ sich dann aber von dem Fahrer aufhelfen, da seine steifen Gelenke ihm den Dienst verweigerten. Im GTT angekommen legte er das Geschirr an und schaute an den Statusanzeigen vorbei nach draußen, während das Fahrzeug ein Stück weit aufstieg und wendete, um Kurs auf das Hauptquartier zu nehmen. Diesmal war es ihm ganz egal, wie zügig oder auch nicht sie unterwegs waren.

Langsam durchquerte Stark das Hauptquartier, ohne sich der Menschen in seiner Umgebung bewusst zu sein, und suchte den Raum auf, den er als sein eigenes Quartier bezogen hatte. Zuvor hatte es einem Colonel gehört, und es war so groß, dass es Stark ein wenig peinlich war, über so viel Platz zu verfügen. Er hatte aber schon bald begriffen, dass er diesen Platz benötigte, um die Arbeit erledigen zu können, die sein neuer Verantwortungsbereich mit sich brachte. Jetzt allerdings ignorierte er sämtliche mit dieser Arbeit verbundenen Erinnerungen, die auf dem Schreibtisch blinkend seine Aufmerksamkeit auf sich zu lenken trachteten, schaltete die Lichter aus und saß stumm im schwachen Schein der Nachtbeleuchtung da.

Irgendwann später zog Vic die Tür auf, durch den Spalt fiel ein schmaler Streifen Licht aus dem Flur in sein Quartier. »Hey, Ethan.«

»Hey.«

Sie lehnte sich gegen den Türrahmen und verschränkte die Arme vor der Brust. »Was machst du?«

»Ich versuche, nicht nachzudenken.«

»Himmel. Da befehligst du einmal eine Schlacht, und schon versuchst du, dich wie ein General aufzuführen.« Als Stark nicht auf ihre als Witz gemeinten Worte reagierte, schüttelte sie den Kopf und streckte ihm die Hand entgegen. »Komm, lass uns einen Spaziergang unternehmen.«

»Warum? Was soll ein Spaziergang bewirken?«

»Auf jeden Fall mehr als in einem dunklen Quartier zu sitzen. Jetzt komm schon, Soldat.«

Widerwillig stand Stark auf und beugte sich Vics sanftem Druck, die ihn aus dem Hauptquartier hinausführte. Sie wanderten durch Korridore, deren Wände immer seltener verkleidet waren und stattdessen aus bloßem Felsgestein bestanden und umso schmaler wurden, je näher sie Out-City kamen. In den Bars und auf den Wegen davor drängten sich Soldaten, die den Sieg mit der Freude derjenigen feierten, die dem Tod ins Auge gesehen hatten und dennoch irgendwie mit dem Leben davongekommen waren. Inmitten der großen Menge fanden sich immer wieder Gruppen aus Männern und Frauen, die mit ernster Miene über den Verlust von Freunden und Verwandten redeten – über das Wie, das Wann, das Wo. Diese Dinge zu wissen machte die Toten zwar nicht wieder lebendig, für die Hinterbliebenen jedoch waren sie von großer Bedeutung.

»Wer sind diese Affen?«, wollte Stark wissen.

»Das Fünfte Bataillon«, antwortete Vic, »und die Einheiten, die an der Front eingebrochen waren. Ich habe sie von da abgezogen und das Vierte Bataillon hingeschickt, damit es für eine Weile diesen Abschnitt übernimmt.«

»Gute Idee.« Die Soldaten mochten fröhlich erscheinen, doch er konnte ihnen anmerken, dass ihre äußerliche Ausgelassenheit äußerst zerbrechlich war. »Milheim hat gute Arbeit geleistet.«

»Auf jeden Fall. Er führt eine exzellente Einheit, die sich mit einem Commander von seinen Qualitäten glücklich schätzen kann.«

»Ich bin froh, dass die jetzt an der Front sind.« Er atmete tief durch. »Gibt es schon Opferzahlen?«

Reynolds verzog den Mund. »Es geht alles ziemlich drunter und drüber, aber wir haben das System durchzählen lassen und kommen auf rund hundert Tote. Wie viele Verwundete es gibt, weiß im Moment nur der Himmel. Wir werden Tage brauchen, um das festzustellen.«

»Hundert Tote.«

»Rund hundert. Maximal hundertfünfzig. Ethan, die meisten von ihnen sind auf der Flucht umgekommen. Wir konnten es daran erkennen, wo wir ihre Leichen gefunden haben.«

»So läuft es üblicherweise ab.« Sie gingen weiter, während sie redeten. Als sie an einer Gruppe Soldaten vorbeikamen, die Stark kannten, hoben sie die rechte Hand zu einem zackigen Salut und grinsten ausgelassen. »Wir haben's ihnen gezeigt«, rief einer, von den Umstehenden kamen zustimmende Äußerungen.

*Gute Moral,* stellte Stark überrascht fest. *Sie haben überlebt, wir haben gewonnen, und der Preis ist nicht zu hoch ausgefallen. Genau genommen sogar verdammt niedrig. Jeder Tote ist grundsätzlich einer zu viel, aber ich konnte die Zahl der Opfer wenigstens einigermaßen niedrig halten.* »Vielleicht war ich ja doch gar nicht so schlecht«, murmelte er zu sich selbst.

»Du warst wirklich gut, Ethan«, unterstrich Vic.

»Wie um alles in der Welt hast du mich das denn sagen hören?«

»Habe ich gar nicht. Dafür musste ich nur deine Gedanken lesen.«

»Ich war schon immer der Ansicht, dass du das kannst.« Stark schüttelte den Kopf und setzte zu einem Lächeln an. »Es war okay, aber es hätte besser sein können. Bevor es noch mal zu einer solchen Schlacht kommt, müssen wir eine ganze Menge auf die Reihe bringen. Die Koordination. Und wir müssen mehr aus den Details auf diesen verdammten Displays im Hauptquartier herausholen. Wir müssen Leute dazuholen, die uns beide entlasten können, wenn sich zu viel gleichzeitig abspielt.« Sein Lächeln wich einer besorgten Miene, als er einen Soldaten entdeckte, der gegen eine Korridorwand gesunken war und dessen Gesicht inneren Schmerz widerspiegelte. Stark ging auf den Mann zu. »Was ist los, Soldat?«

»Hm?« Die Frage riss den Soldaten aus seinen trüben Gedanken, und nun schaute er noch elender drein. »Stark. Sir. Zum Teufel. Ich habe Sie enttäuscht.«

»*Sie* haben mich enttäuscht? Wie haben Sie das angestellt?«

»Ich bin gerannt«, brachte der Soldat nur mit Mühe heraus. »Ich bin weggerannt. Meine Einheit hat die Flucht angetreten, und das vielleicht nur, weil ich weggerannt bin.«

Vic trat besorgt vor, doch Stark hielt sie zurück. »Wie weit? Wie weit sind Sie gerannt?«

»Ich … keine Ahnung. Bis zu diesem Hügelkamm.«

»Der Hügelkamm? Hinter dem ich gewartet habe? Den wir verteidigt haben? Und von dem aus wir den Feind zurückgetrieben haben?«

Ein Anflug von Stolz durchdrang den gequälten Gesichtsausdruck. »Jawohl, Sir. Dieser Hügelkamm.«

»Ich werde Ihnen etwas sagen, Soldat.« Der Mann machte sich unübersehbar darauf gefasst, zumindest gehörig zurechtgestutzt zu werden, womöglich aber sogar in der Arrestzelle zu landen. »Hätte ich Sie auf freiem Feld wegrennen sehen, hätte ich womöglich auf Sie geschossen, um Sie aufzuhalten, weil ich mich um sehr viele Leute kümmern muss und weil so etwas manchmal die einzige Methode ist, um sie zum Zuhören zu bringen. Es stimmt, dass es verkehrt von Ihnen war, wegzurennen. Es war grundverkehrt. Aber Sie sind stehengeblieben, und das zählt ebenfalls. Sie sind stehengeblieben, und Sie haben gekämpft. Das bedeutet, Sie verfügen immer noch über das, was einen guten Soldaten ausmacht.«

»Dann war es okay?« Der Mann wollte das offenbar nicht glauben.

»Nein, es war nicht okay«, fuhr Stark ihn an. »Sie haben mich enttäuscht, Sie haben alle anderen Soldaten in dieser Einheit enttäuscht. Vor allem aber haben Sie die Soldaten links und rechts von Ihnen enttäuscht, die sich darauf verlassen haben, dass Sie ihnen Deckung geben. Tun Sie das nie wieder. Niemals wieder, haben Sie das verstanden? Sonst werde ich dafür sorgen, dass Sie den Tag bereuen, an dem Sie das erste Mal Ihre Uniform angezogen haben.«

»Das werde ich nicht machen. Das schwöre ich Ihnen.«

»Gut. Der Feind bereitet mir nämlich schon genug Kopfzerbrechen. Ihr Affen seid viel zu gut, um mich zu enttäuschen. Und ihr seid viel zu gut, um eure Freunde zu enttäuschen.«

»Jawohl, Sir. Um mich müssen Sie sich keine Gedanken machen.« Unglücklich war der Mann zwar immer noch, aber er hatte seine Entschlossenheit zurückgewonnen.

»Gut. Ich werde Sie nicht vergessen. Weitermachen.« Der Soldat salutierte formgerecht und rührte sich nicht, während Stark und Reynolds weitergingen.

»Du wirst weich«, meinte Vic.

»Werde ich nicht.« Stark warf ihr einen ärgerlichen Blick zu. »Habe ich mich nicht wütend genug angehört? Ich war nämlich verdammt wütend!«

»Im Augenblick hat dieser Soldat vor dir mehr Angst, als er jemals vor dem Feind haben wird«, versicherte sie ihm. »Aber er hatte sich dazu bekannt, dass er weggerannt ist, Ethan. Das ist ein Vergehen, das von einem Kriegsgericht bestraft werden muss.«

»Das ist mir klar.« Missmutig sah er den Korridor entlang. »Viele Soldaten sind weggerannt, aber ich kann sie nicht alle vors Kriegsgericht stellen. Das will ich auch gar nicht. Und es würde nur noch mehr Schaden anrichten als die Tatsache, dass sie weggerannt sind. Das zerreißt ganze Einheiten. Nein, die Scham, zu wissen, dass sie alle anderen enttäuscht haben, wird sie nächstes Mal umso besser kämpfen lassen. Sie werden allen beweisen wollen, dass sie auch anders können.«

Sie nickte bedächtig. »Das Militärstrafrecht bietet nicht viel Ermessensspielraum. Aber Gesetze haben dich ja ohnehin noch nie sehr beeindruckt.«

»Vic, Gesetze sind etwas für Leute, die so wenig Verstand besitzen, dass man ihnen erst erklären muss, was Recht und was Unrecht ist. Ich werde diese Leute nicht mit vorgehaltenem Bajonett führen. Sie werden mir folgen, weil sie es wollen, und wenn nicht, dann mache ich irgendetwas falsch.«

»Keine üble Philosophie.« Sie biss sich auf die Unterlippe und schaute zur Decke, die aus rauem Felsgestein und Stahlträgern bestand. »Du hast während der Schlacht davon gesprochen, dass du eine Ahnung hast, warum sie überhaupt erst losgerannt sind.«

»Ja, ich glaube schon.«

»Würdest du es meinem armen, ignoranten Ich erklären?«

»Holen wir uns erst mal ein Bier.« Stark machte einen Schlenker und trat zu einer der buchstäblich in den Fels gehauenen Bars, um zwei Bier zu holen. Er winkte ab, als ein paar Soldaten für ihn den einzigen Tisch in dem winzigen Lokal freimachen wollten, dann blieb er mit Vic im Gang stehen und lehnte sich gegen die Felswand. Von der Kälte nahm er dabei nichts wahr, dennoch schaffte die es immer wieder, sich durch das Gestein hindurch auszubreiten, ganz gleich, wie warm es in den Wohnbereichen der Menschen auch war und wie gut die isoliert sein mochten.

Stark nahm einen langen, gemächlichen Schluck und hielt inne, um seine Gedanken zu ordnen. »Weißt du, warum sie weggerannt sind? Weil sie keinen guten Grund zum Kämpfen haben. Ihnen ist noch nicht klargeworden, für was sie hier kämpfen, Vic. Sie wissen nicht, wofür sie sich einsetzen sollen.«

»Hmm.« Vic dachte über seine Worte nach und trank ihrerseits einen Schluck Bier. »Man sollte meinen, dass sie kämpfen, um ihr eigenes Leben zu retten.«

»Sicher, aber es ist eine lausige Motivation, wenn es einem nur darum geht, seine Haut zu retten. Darum sind Söldner auch so miserable Soldaten, nicht wahr? Sie kämpfen, weil sie überleben und den Scheck sehen wollen.«

»Oh ja.« Nun machte Vic eine finstere Miene, doch die dazugehörige Geste galt ihrem Bier. »Das Zeugs ist ja wirklich übel. Ethan, wir beide und alle Veteranen wissen, dass Weglaufen die sicherste Methode ist, um bei einem Gefecht das Leben zu verlieren.«

»Aber genau darum geht es ja. Das ergibt doch keinen Sinn. Das ist völlig verrückt. Um zu überleben, soll man mitten im Kampfgewühl bleiben? Nein, jeder Überlebensinstinkt verlangt von einem, dass man vor einer Gefahr davonläuft. Man muss schon einen Grund haben, um sich gegen diese Instinkte behaupten zu können.«

»Gutes Argument.« Sie schaute wieder auf ihr Bier. »Ich hab schon ausgetrunken. Du hättest mehr als zwei Bier holen sollen.«

»Hast du nicht gerade eben gesagt, dass das übles Zeugs ist?«

»Ist es ja auch. Trotzdem ist es Bier.«

»Na, jedenfalls«, fuhr Stark fort, »verbringen wir unser Leben mit dem Kampf für … für was eigentlich? Die Vereinigten Staaten von Amerika? Für den Schutz unserer Familien? Für die Verfassung? Oder einfach nur, weil wir versuchen, in einer Welt das Richtige zu tun, in der so vieles falsch läuft? Was von alldem trifft hier und jetzt zu?«

Vic rieb mit dem Zeigefinger über ihre Nasenspitze, während sie nachdachte. »Das Richtige zu tun«, antwortete sie schließlich.

»Das will ich zumindest hoffen. Aber du musstest auch erst mal nachdenken, nicht wahr?«

»Ja, natürlich.« Ihr Blick wanderte zu irgendeinem fernen Punkt. »Man kann solche Gefechte nur überstehen, wenn man nicht über alle möglichen Dinge nachdenkt. Zum Beispiel, dass man jeden Moment sterben könnte. Aber wenn man keine Ahnung hat, wieso man überhaupt kämpft, dann glaube ich, dass die Leute zweifeln werden.«

»Kann sein.« Stark schnaubte abfällig. »Das würde sogar passen. Die Einzigen, die mit dem Mil nicht klarkommen, sind die, die das Denken nicht einstellen können.«

»Und? Woran denkst du jetzt gerade?«

Er sah sich um und betrachtete die Soldaten, die sich inzwischen im Korridor und in den Lokalen drängten. »Ich denke darüber nach, dass wir noch mal Glück gehabt haben. Diese Schlacht stand viel zu dicht vor einer Niederlage unserer Seite. Woher wollen wir wissen, dass das Gleiche nicht noch einmal passiert, wenn jemand zu ungestüm auf uns losgeht?«

Unwillkürlich musste sie lachen. »Ethan, du hast einen Grund zum Kämpfen geliefert, der genügen wird, bis uns was anderes eingefallen ist. Okay, eigentlich sogar zwei Gründe.«

»Und welche sollen das sein?«

»Du bist der eine. Und dann ist da noch ein anderer Grund.«

»Ich bin ein Grund?« Stark sah sie ungläubig an. »Von was zum Teufel redest du überhaupt?«

»Die Leute brauchen Helden und Anführer, Ethan. Du bist beides. Denk drüber nach. Überleg mal, wie du letztlich alles zusammengehalten hast, als man in den anderen Abschnitten der Front immer nervöser wurde. Du hast ihnen gesagt, dass sie dich enttäuschen, sollten sie tatsächlich die Flucht ergreifen.«

»Das habe ich doch gar nicht gesagt, oder?«

»Vielleicht nicht mit diesen Worten, aber es war der Gedanke dahinter. Und sie haben dich nicht enttäuscht, weil sie auch nie von dir enttäuscht worden sind. Wenn irgendwas außer Kontrolle gerät, ist auf einmal Stark da, hält alles zusammen und passt auf jeden auf. Viel mehr als das kann man von einem Commander nicht erhoffen.«

»Ja, klar.« Er wich ihrem Blick aus, aber wohin er auch schaute, lächelten ihn Soldaten an und salutierten. »Wie wäre es, wenn dieser Commander nebenbei auch noch eine Ahnung davon hätte, was er eigentlich tut?«

Vic grinste ihn an. »Na, komm schon, Ethan, so einen Commander haben wir doch *noch nie* gehabt.«

»Ich habe viele Leute enttäuscht und im Stich gelassen, Vic. Die sind jetzt alle tot, und ich bin dafür verantwortlich.«

»Du kannst dir nicht die Schuld daran geben, dass diese Leute weggerannt sind und …«

»Die meine ich nicht. Ich rede von den Leuten in meinem Trupp. Gott, wie viele von ihnen sind tot? Ich sehe sie noch immer alle vor mir.«

Ihr Lächeln verschwand, und sie starrte auf die leere Bierdose. »Wir werden doch alle von irgendwelchen Geistern geplagt, Ethan. Der eine mehr, der andere weniger. Wenn du nicht erträgst, dass irgendeiner deiner Untergebenen jemals ums Leben kommen kann, dann ist das hier sowieso der falsche Job.«

»Vermutlich ja. Ist schon eine seltsame Art, sich den Lebensunterhalt zu verdienen.« Er drückte die Dose zusammen und warf sie in den Abfalleimer. »Da fällt mir ein, ich habe noch was zu erledigen.«

»Okay«, erwiderte sie, als er losging. »Ethan?«

»Ja.«

»Du hast wirklich gute Arbeit geleistet. Quäl dich nicht, nur weil es nicht perfekt war.« Sie zog einen Mundwinkel hoch. »Was rede ich da eigentlich? Ich will Ethan Stark dazu bewegen, sich keine grauen Haare wachsen zu lassen, nur weil nicht alles ganz perfekt abgelaufen ist! Da habe ich ja bessere Chancen, wenn ich den Mond dazu zu überreden versuche, sich eine Atmosphäre zuzulegen.«

»Ja, warum versuchst du das nicht einfach mal? Du scheinst dich schließlich zu hoffnungslosen Fällen hingezogen zu fühlen.« Sie lachte immer noch, als er sich bereits auf dem Rückweg zum Hauptquartier befand, von wo aus er zielstrebig in sein Quartier ging. Er nahm vor dem Terminal Platz und atmete ein paar Mal tief durch. Als er dann endlich seine Komm-Einheit aktivierte, wusste er nur zu gut, dass er diese eine Sache schon viel zu lange vor sich hergeschoben hatte. »Corporal Gomez.«

Augenblicke später meldete sie sich mit leiser, aber fester Stimme. »*Sí, Sargento.*« Sie sah hundsmiserabel aus, ihr Gesicht bleich und eingefallen. Dabei versuchte sie dennoch, so gerade wie irgend möglich dazusitzen.

»Entspannen Sie sich, Anita. Wie geht es Ihnen?«

Sie sank ein wenig in sich zusammen. »Ganz okay. Ziemlich heftiger Kampf, wie, Sarge?«

»Ich habe schon etliche harmlosere Kämpfe mitgemacht. Sie haben hervorragende Arbeit geleistet, das können Sie mir glauben.«

Ihr Gesicht bekam etwas Farbe, da sein Lob sie erröten ließ. »*Gracias, Sargento.*«

Erst nach kurzem Zögern fragte er schließlich: »Wie viele haben wir verloren, Anita?«

Wieder brauchte sie etwas Zeit, um sich zu sammeln. »Kidd. Sie hat sich wirklich sehr gut geschlagen, aber sie wurde von zu vielen Seiten gleichzeitig beschossen. Sechs oder sieben Treffer. Hoxely. Ihm wurde ein riesiges Loch in die Brust gerissen. Und Maseru. Noch so jung, der Kleine. Ihm unterlief ein Fehler zu viel, aber das war wohl weniger seine Schuld. Er hatte einfach nicht genug Zeit, um alles Wichtige zu lernen.«

Drei Tote. Überraschend wenig. »Mehr nicht?«

»Nicht, was die Toten angeht. Aber da sind ja immer noch die Verwundeten. So gut wie jeder hat was abbekommen. Am schlimmsten hat es Billings erwischt. Sie hat einen Treffer an der Schulter abgekriegt, da ist alles komplett hinüber. Die Ärzte bauen für sie gerade ein neues Schultergelenk wieder auf. Chen wurde wieder von einer Salve an der Hüfte getroffen. Da muss wohl eine Zielscheibe aufgemalt worden sein.«

»Und was ist mit Murphy? Er wurde getroffen und …«

»Oh ja, stimmt.« Sie sah ihn mit großen Augen an. »Oh Mann, ich muss völlig daneben sein, wenn ich ihn vergesse. Murphy hat einen Arm verloren.«

»Einen Arm.« *Doch nicht tot, aber …* »Er hat einen ganzen Arm verloren?«

Gomez nickte. »Ja. Ich weiß nicht so recht, was ihn erwischt hat. Vielleicht ist er einem Bunkerknacker in den Weg geraten. Auf jeden Fall ist bis zur Schulter alles weggerissen worden. Und ein Teil von der Schulter selbst wohl auch. Auf der Seite ist auch alles voll mit Schrapnellen.«

»Wie zum Teufel hat er das überlebt?«

Das leicht verkrampfte Grinsen zeugte mehr von der Erinnerung an die Anspannung in der Situation als von Humor. »Ein echter Glückspilz. Irgendwer stand gerade einen Meter von ihm entfernt, der ihm sofort einen von diesen riesigen Gefechtsverbänden angelegt hat. Sie wissen schon, das Zeugs, das das Blut sofort gerinnen lässt. Damit war auch mehr oder weniger das riesige Loch in der Rüstung verschlossen. Jedenfalls hat das gereicht, um Murphy in einen Überlebensbeutel zu packen. Ich kann mir zwar noch immer nicht erklären, wie er das so lange durchgehalten hat, aber er war schon immer einer von den Zähen, nicht wahr, *Sargento*?«

»Ja, ja, er ist wirklich zäh«, stimmte Stark ihr zu und wurde das Gefühl nicht los, dass sie dieser »Irgendwer« war, der Murphy gerettet hatte.

»Sie können ihm doch einen neuen wachsen lassen, oder? Einen neuen Arm? Haben wir das Zeugs dafür hier oben?«

»Ja. Entweder kümmern sich die Mil-Ärzte oder die der Zivs darum. Ich werde dafür sorgen, dass sie das erledigen.«

»Gut, Murphy war deswegen nämlich in Sorge.« Wieder grinste sie ihn an. »Als er in seinem Überlebensbeutel steckte, hab ich zu ihm gesagt: ›Sei froh, dass der Sarge nicht hier ist, sonst würde er sagen, dass es schade ist, dass du den Arm, aber nicht den Kopf verloren hast. Immerhin war wenigstens der Arm manchmal für das eine oder andere zu gebrauchen.‹«

Jetzt konnte sich auch Stark ein Lachen nicht mehr verkneifen. »Anita, Sie sind ein verdammtes Miststück.«

Sie strahlte ihn breit an. »*Gracias, Sargento.*«

»Gehen Sie es ruhig an. Sie alle. Und erholen Sie sich so lange, wie Sie es für erforderlich halten.«

»Wir haben ja gar keine andere Wahl. Die Ärzte wollten uns eigentlich alle im Lazarett behalten, aber die haben noch immer mehr als genug mit den wirklich schwer Verletzten zu tun. Gut, was? Rund um die Uhr Bettruhe verordnet, das ist doch mal was.«

»Genießen Sie es. Ich bezweifle, dass so was noch mal vorkommen wird.« Die Verbindung wurde beendet. Stark löschte das Licht in seinem Quartier wieder, dann legte er sich auf sein Bett, schloss die Augen und hoffte darauf, nicht in die Gesichter von Kidd, Hoxely und Maseru zu sehen.

Am folgenden Morgen saß er noch immer mit seiner Tasse Kaffee im nächsten Trainingsraum, als Vic hereinkam und sich zu ihm an den Tisch setzte. »Guten Morgen, Sonnenschein.«

»Auch so.«

»Was hast du heute Morgen gemacht?«

»Trainiert«, sagte Stark und verzog den Mund, als er die

steifen Schultern kreisen ließ. »Ich habe schon viel zu lange kein Krafttraining mehr gemacht.«

Vic schenkte sich einen Kaffee ein und lächelte Stark an. »Wir waren ja auch anderweitig beschäftigt.«

»Ich weiß. Aber ich weiß auch, was mit meinen Muskeln geschieht, wenn ich meine tägliche Trainingsroutine nur für kurze Zeit unterbreche. Apropos, wann hast du eigentlich das letzte Mal trainiert?«

»Jetzt hast du mich erwischt. Das war kurz bevor wir unsere Plätze in der ersten Reihe eingenommen haben, um den Tod der Dritten Division mitzuerleben.« Sie nickte, als sie Starks Miene sah. »Ich nehme die Routine ja wieder auf, versprochen. Du musst mich nicht so angewidert ansehen.«

»Ich sehe nicht dich angewidert an, sondern den Kaffee. Bei all diesem Luxus im Hauptquartier dachte ich immer, dass die Offiziere auch guten Kaffee serviert bekommen. Mann, was habe ich mich geirrt. Wie kann das sein, dass ich beim gesamten Mil noch nie auch nur einmal einen guten Kaffee bekommen habe?«

»Wahrscheinlich ist das in irgendeiner Vorschrift geregelt.« Vic trank einen kleinen Schluck. »Uh! Das ist ja noch schlimmer als das, was wir bekommen. Okay, Ethan, wir müssen uns über ein paar Dinge unterhalten.«

»Wir müssen uns über tausend Dinge unterhalten. Um was genau geht es?«

»Um Offiziere.«

Stark seufzte leise. »Vic, wir hatten bislang noch keine Zeit, uns zu überlegen, wie wir sie zur Erde schaffen sollen. Sobald ich …«

»Diese Offiziere meine ich nicht. Wir selbst brauchen welche. Einige stellvertretende Commander sind okay, andere überhaupt nicht. Wir müssen Offiziere benennen, und die können wir nur aus den Reihen der Unteroffiziere rekrutieren.« Sie sah sich um, bis sie das Terminal entdeckte, das in die Wand eingelassen war. »Ah, ich wusste doch, dass eins von denen hier sein muss. Hier, sieh mal. Da haben wir die Organisationsstruktur unserer Division. Woher sollen wir so viele Unteroffiziere nehmen, die gut genug sind, um all diese Positionen zu besetzen?«

»Wir nehmen sie nirgendwo her, weil wir das nicht machen müssen. Das hast du mir selbst gesagt, weißt du noch? Es gibt einfach zu viele Offiziere. Also besetzen wir nur Positionen, die wir ... ähm ... die wir auch besetzt sehen wollen.«

»Geschickt formuliert, Ethan«, merkte Reynolds lächelnd an. »Gutes Argument, aber damit bleiben immer noch genug Stellen übrig, die besetzt werden wollen.«

»Was ist denn mit den Leuten, die diese Posten momentan innehaben?«

»Du willst mich auf den Arm nehmen, wie? Einige sind auf diesen Posten genau richtig, aber andere sind hoffnungslos überfordert. Und ein paar können zwar die Arbeit bewältigen, wollen das aber eigentlich nicht.«

»Das ist übel.« Stark lehnte sich nach hinten und warf den leeren Kaffeebecher geschickt in den Recyclingschacht. »Sie haben mein tiefstes Mitgefühl. Mir gegenüber sollte niemand anfangen zu klagen, dass er einen Dienst verrichten muss, mit dem er gar nichts zu tun haben will. Ich weiß genau Bescheid.«

»Und dann«, fuhr Vic fort, »sind da noch diejenigen, die einfach nicht auf den Posten gehören, auf dem sie sitzen.«

»Zum Beispiel?«

»Zum Beispiel Kalnick.«

»Oh. Ja.« Stark starrte vor sich hin. *Damit muss ich mich ja auch noch befassen, und das so bald wie möglich.*

»Okay, ich verstehe, was du meinst. Aber wie machen wir aus einem Sergeant, einem Corporal und einem Private einen Colonel, Major oder Captain?«

»Nun, es gibt Erfahrung, die man im Dienst sammeln kann«, machte Vic klar. »So wie zum Beispiel gestern.«

»Ich bin mir nicht sicher, ob ich mehr Erfahrungen dieser Art ertrage. Und da ich nicht vorhabe, eine Offensive gegen den Feind zu starten, wird es so bald keine weitere Gelegenheit geben, auf dem Gebiet praktische Erfahrung zu sammeln.«

»Sehe ich auch so. Also müssen wir ein Trainingsprogramm erstellen.«

»Ein Trainingsprogramm? Was soll denn da trainiert werden?«

Sie zuckte mit den Schultern. »Na ja, ich würde sagen, wie man große Einheiten befehligt und kontrolliert. Wir werden uns auf die Simulatoren verlassen müssen, dass mit ihrer Hilfe wirklich zu vermitteln ist, wie man mit großen Einheiten umgeht. Natürlich erst, wenn wir sie repariert haben.«

»Repariert? Was ist denn defekt?«

»Gar nichts, wenn dir Märchensimulationen lieber sind als die Realität.«

Stark stutzte. »Ich dachte immer, die haben hier die neuesten und besten Gefechtssimulationen.«

»Nein. Okay, sie sind schon ziemlich gut, aber das Neueste und Beste geht nie an die Front, sondern landet im Pentagon oder irgendwo anders, wo von der Front nichts zu sehen ist. Willst du wissen, was mit den Simulationen nicht stimmt?« Vic beugte sich vor und tippte auf das Display. »Schau, du kannst von hier auf die Simulationen zugreifen.« Das Display erwachte zu farbenprächtigem Leben, die Symbole zeigten die Positionen der Amerikaner und die des Gegners an. »Kommt dir das bekannt vor?«

»Ja.« Stark musste sich ein Schaudern verkneifen. »So sah es aus, bevor Meecham die Dritte Division vorrücken ließ.«

»Sehr gut. Dies hier ist die Simulation, die sie durchgespielt haben, um Meechams Plan zu testen. Sieh es dir an.« Sie aktivierte das Programm und ließ Stark zuschauen, wie der Angriff der Brigade begann.

Stark kniff die Augen zu, weil er hoffte, so die Erinnerung an dieses sinnlose Abschlachten zu verdrängen. »Vic, ich glaube nicht, dass ich mir das ansehen kann.«

»Das ist die Simulation, Ethan. Sieh hin!«

Es kostete ihn große Mühe, ihrer Aufforderung nachzukommen, doch schließlich machte er die Augen wieder auf – und zog gleich darauf verwundert die Augenbrauen zusammen. »Die zeigt ja auch den Feind.«

»M-hm.«

»Wieso laufen diese Einheiten da hinten nur hin und her, anstatt dem Angriff entgegenzugehen?«, wunderte er sich.

»Weil Meechams Theorie besagt«, antwortete Vic geduldig, »dass der Feind von unseren kleinen Ablenkungsmanövern völlig verwirrt ist. Du erinnerst dich an diese Manöver? Ihretwegen kann sich der Feind in der Simulation nicht entscheiden, wo er seine Truppen hinschicken soll.«

Stark gab einen verächtlichen Laut von sich. »Hey, da fehlen ja etliche feindliche Positionen. Das war wohl auch nötig, damit Meechams Plan funktionierte, wie?« Als Vic nickte, zeigte Stark auf die Symbole, die das Vorrücken der amerikanischen Brigade darstellten. »Sieh dir das an! Die behalten alle perfekt ihre Formation bei! Das ist ja lächerlich. Diese Soldaten waren dazu hier oben gar nicht in der Lage.«

»Für Meechams Plan mussten sie aber eine perfekte Formation weiter beibehalten«, hielt Vic ihm vor Augen. »Ethan, ich habe mit den Affen gesprochen, die diese Simulation programmierten. Der Befehl lautete, immer den Plan funktionieren zu lassen. Also programmierten sie die Simulation so, dass der Plan reibungslos verläuft. Verstehst du?«

Auf dem Display wurde nur von versprengten Positionen aus auf die Amerikaner gefeuert, dann drehten sich die feindlichen Einheiten um und zogen sich zurück – was wie eine ironische Anspielung auf das Desaster wirkte, das Stark heute nur mit größter Mühe hatte abwenden können. »Nein, ich verstehe nicht. Simulationen sind dazu da, dass sie uns zeigen, was in der Realität geschehen wird.«

»Mh-mh.« Vic bewegte mahnend den Zeigefinger. »Nicht ›in der Realität‹, Ethan. Sondern in einer Welt, die so zurechtgeschnitten ist, dass der Plan aufgeht. Sieh doch nur hin. Damit Meechams Plan funktioniert, muss der Feind genau so reagieren, wie es seine Theorie vorhersagt. Und unsere Streitkräfte müssen exakt das tun, was er sich überlegt hat. Ganz ohne Rücksicht darauf, ob das Gelände das hergibt und ob die Soldaten so trainiert sind, dass sie das vorgegebene Tempo einhalten können. Und wenn es dann zur entscheidenden Konfrontation kommt, muss der Gegner überwältigt werden von der geballten Wucht der … wie hieß es noch gleich … der vereinten Paradigmen?«

»So was in der Art.« Stark schüttelte fassungslos den Kopf. »Ich kann das einfach nicht glauben. Diese verdammten Generäle halten sich doch tatsächlich für Götter! Wenn die Welt nicht zu meinem Plan passt, dann ändere ich halt die Welt so lange, bis sie passt.«

»Genau. Und dann verkündest du, dass die Pläne hervorragend sind, denn immerhin hast du sie auf dem modernsten Simulator laufen lassen, den man sich nur vorstellen kann.«

Stark rieb sich die Augen. »Dann sind alle Simulationen auf die gleiche Weise programmiert worden? Darum sind also so viele Operationen so kläglich gescheitert, obwohl sie auf Teufel komm raus simuliert worden sind?«

»Davon würde ich ausgehen. Die meisten Leute haben gedacht, dass Simulationen programmiert werden, um brauchbare Antworten zu erhalten. Tatsächlich wurden die Simulationen aber so programmiert, dass sie genau die gewünschten Ergebnisse lieferten.«

»Warum haben wir davon nie etwas erfahren?«, presste Stark aufgebracht raus. »Die Programmierer sind Unteroffiziere. Wie kann es sein, dass sie nie ein Wort darüber haben verlauten lassen?«

»Sicherheitsaspekte, Ethan. Alles, was mit dem Design der Simulationen zusammenhängt, unterlag extrem hoher Geheimhaltung. Die Programmierer wurden Sicherheitsüberprüfungen der allerhöchsten Priorität unterworfen, sodass sie aus Angst vor Entdeckung niemandem auch nur ein Wort anvertrauten. Angeblich wurde das gemacht, damit der Feind nichts über unsere Simulationen herausfinden kann. Ich schätze aber, es diente auch dem Zweck, *uns* die Wahrheit zu verschweigen.«

»Es gibt doch nichts Besseres als Sicherheitsvorschriften, um Fehler, Arroganz und pure Dummheit unter den Teppich zu kehren«, meinte Stark mürrisch. »Okay, aber können die Programmierer diesen Mist auch wieder beheben? Können sie Simulationen so programmieren, dass sie die Realität wiedergeben?«

Vic zögerte. »Sie sagen, dass sie das können.«

»Aber du glaubst ihnen nicht. Wieso nicht?«

»Weil ich darüber nachgedacht habe und ich mir nicht sicher bin, ob wir jemals eine Simulation so programmieren können, dass sie anschließend auch wirklich das tut, wozu sie angeblich in der Lage sein soll.« Vic lehnte sich zurück und schien die Simulation zu betrachten, in der die praktisch unversehrten amerikanischen Truppen unaufhaltsam vorrückten, um in allen Richtungen den simulierten Sieg zu erringen. »Nimm doch nur mal das Gelände. Ist dir jemals untergekommen, dass eine Karte wirklich haargenau das Gelände wiedergegeben hätte?«

»Natürlich nicht. Es gibt immer Abweichungen. Sogar hier oben, wo angeblich kein Staubkorn sich jemals von der Stelle rührt und wo jeder Quadratzentimeter erfasst und vermessen worden ist. Es gibt immer einen Stein, der da liegt, wo er nicht liegen soll, oder der nicht da zu finden ist, wo er eingezeichnet wurde.«

»Ja, die Felsgremlins«, warf Vic ein und sprach damit jene mythischen Wesen an, die ein Gelände immer dann in kleinen Details veränderten, nachdem eine mutmaßlich endgültige Landkarte erstellt worden war. Da Senioroffiziere stets darauf bestanden, dass die Karte recht hatte, machten die Unteroffiziere ihre Witze darüber, dass irgendjemand in der Zwischenzeit offenbar ganze Berge, Bäume und Seen verschoben haben musste. »Wie gesagt, nicht einmal das Gelände kann von einer Simulation zu hundert Prozent korrekt dargestellt werden«, fuhr sie fort. »Was ist aber dann mit den unsicheren Faktoren, die man nicht mal eben vom Orbit aus scannen und digitalisieren kann? Du weißt schon, Ethan. Wie gut eine Waffe wirklich schießt, wie schnell ein Soldat gehen wird, wie viel Munition er braucht, wie oft er ein anvisiertes Ziel auch tatsächlich trifft. Und das sind nur die Unwägbarkeiten auf unserer Seite. Jetzt überleg mal, was die Daten für den Gegner angeht. Welche Angaben sind da wirklich präzise?«

Stark dachte kurz nach und schüttelte den Kopf. »Nicht viele. Willst du damit sagen, dass eine Simulation nicht viel mehr ist als ein Haufen Schätzungen, der einem anderen Haufen Schätzungen gegenübergestellt wird?«

»Ganz genau. Schätzungen, die bis zur zehnten Nachkommastelle präzise sein können, die aber trotzdem Schätzungen bleiben. Selbst dann, wenn du dir alle erdenkliche Mühe gibst, eine ganz neutrale Realität darzustellen, was allem Anschein nach ohnehin nicht so oft vorkommt.«

»Hm, ich würde sagen, dass deswegen auch diese Fantasyspiele, mit denen einige Soldaten die Zeit totschlagen, genauso realistisch wirken wie die Simulationen.«

»Ja. Was die Computer angeht, ist es genau das Gleiche.«

»Na großartig. Also sind Simulationen kein Wundermittel, selbst wenn wir versuchen, sie so realistisch wie möglich zu machen. Und wie können wir unseren Leuten dann die Dinge beibringen, die sie brauchen, um Offizier zu sein?«

Mit einer Kopfbewegung deutete Vic auf das Terminal. »Ich habe mich da ein bisschen umgesehen und in den verschiedenen Ordnern einen ganzen Berg an Stabsedukationskursen entdeckt. Vermutlich sollten die Offiziere die in ihrer Freizeit absolvieren.«

»Stabsedukationskurse? SEKs?« Stark sprach die Abkürzung wie ein Wort aus, was beim Militär immer dann Routine war, wenn das Kürzel es hergab. »Wer hat sich denn diesen Namen ausgedacht?«

»Das darfst du mich nicht fragen, aber ich vermute, jemand hat das irgendwann im Spaß vorgeschlagen, und dann hat es den Generälen gefallen. Und daraufhin hat dann niemand mehr den Mut gehabt, die Herrschaften aufzuklären.«

»Und welche SEKs haben unseren Offizieren besonders gefallen?«

»Zum Beispiel der hier: *Effektives Gefechtsmanagement.*«

»Soll das ein Witz sein?« Stark beugte sich ein Stück weit

vor und sah Vic dabei skeptisch an. »Wie zum Teufel ›managt‹ man ein Gefecht? Ich dachte immer, Gefechte wären ein zu großes Durcheinander, das man gar nicht managen kann.«

»Ich habe keine Ahnung, Ethan, aber offenbar ist nicht nur jemand dahintergekommen, wie man ein Gefecht ›managt‹, sondern auch, wie das ›effektiv‹ zu erledigen ist.«

»Oh ja. Wenn unsere Offiziere tatsächlich so gut im Managen von Gefechten sein sollten, frage ich mich nur, wieso deren Gefechtspläne normalerweise so gut wie nie etwas taugten. Oder wieso wir wie verrückt kämpfen mussten, um doch noch irgendwie zu siegen.«

»Du kannst nicht alles haben, Ethan. Entweder sind deine Gefechte sehr gut gemanagt, oder sie sind sehr gut geplant. Du musst dich schon entscheiden.«

»Du hast völlig recht. Was habe ich mir bloß dabei gedacht? Okay, welche anderen Kurse gibt es noch?«

»Mal sehen.« Vic blätterte durch die Menüs. »Hier hast du zum Beispiel dutzende Kurse über Menschenführung.«

»Kurse über Menschenführung? Offiziere sollten sich in Weiterbildungskursen Wissen über Menschenführung aneignen?«, fragte er verwundert.

»Sieht so aus. Wir haben hier noch *Führungsgrundlagen*, *Führungswissen für Commander* …«

»Commander? Wer außer denen braucht denn dieses Wissen? Gibt es etwa auch ›Führungswissen für Untergebene‹?«

»Bislang habe ich das nicht entdeckt, könnte aber durchaus noch irgendwo versteckt sein. Aber schau mal hier. Da hätten wir noch *Führungswissen für Fortgeschrittene*, *Basiswissen Menschenführung* – wobei ich mich frage, wie sich das von den Grundlagen unterscheidet –, *Führungswissen für Stabsoffiziere*, *Menschenführung in Krisensituationen*, *Effektive Menschenführung* …«

»Dann sind alle anderen Arten von Menschenführung also nicht effektiv?«

»Wenn ich mir unsere Erfahrungen ansehe, kann ich das nur bestätigen. Hmm, hier noch was Interessantes: *Umfassende Menschenführung.*«

»Was auch wieder etwas ganz anderes sein wird als *Effektive Menschenführung.* Ich frage mich nur, ob sie es als ›umfassend‹ bezeichnen müssen, damit niemand denkt, es könnte sich um halbherzige Menschenführung handeln.«

»*Menschenführung in der Karrieremitte*!«, fuhr Vic fort, ohne auf Starks spitze Bemerkung einzugehen. »Das ist wohl für die Offiziere, die während der ersten Hälfte ihrer Karriere in Sachen Menschenführung gar nichts gelernt haben.«

»Lieber Himmel!«, schimpfte Stark. »Diese Leute sollten uns führen. Wer glaubt denn ernsthaft, dass sie darüber mehr lernen, wenn sie vor dem Computer sitzen und sich ›Fallstudien‹ ansehen, anstatt Zeit mit ihren Truppen zu verbringen?«

Wieder verzog Vic den Mund. »Vermutlich war das eine von diesen Ideen, die sich ganz gut anhörten, als sie das erste Mal vorgestellt wurden, und die dann wie meistens nach kurzer Zeit völlig aus dem Ruder liefen. Oh … ich fasse es ja nicht!«

»Was jetzt? Noch mehr Leitfäden, wie man seine Untergebenen führt oder auch nicht führt?«

»Nein.« Vic machte Platz, damit Stark den Monitor sehen konnte. »Eine andere Reihe von Kursen. *Gefechtsmanagement.*«

Stark musste laut auflachen. »Aber klar doch. Wenn es zum Gefecht kommt, kümmert der Unsinn über Menschenführung auf einmal nicht mehr. Denn für Gefechte muss man natürlich ein Manager sein, sonst kann man eine Schlacht schließlich nicht effektiv führen. Warum in Gottes Namen sollte irgendein Mensch Zeit mit diesem Müll vergeuden?«

»Ich weiß es nicht. Vielleicht haben ja diese Codes da oben was zu bedeuten. Ah, da haben wir's ja: ›Erfolgreich abgeschlossener Kurs zwingend erforderlich für die Beförderung nach O4‹.«

O4 war der Code für den Dienstgrad eines Army Majors oder eines Navy Lieutenant Commanders. »Dann konnte also ein Offizier nicht Major werden, solange er nicht all diese Kurse absolviert hatte?«

»Das gilt für einen Großteil der Kurse. Jetzt wissen wir endlich, was unsere Offiziere in der Zeit gemacht haben, in der sie uns hätten führen sollen.«

Stark drückte die Finger gegen seine Schläfen, um einen einsetzenden Kopfschmerz zurückzudrängen. »Also gut. Der Großteil dieser Kurse ist Müll. Die Simulationen sind ebenfalls Müll, da sie nur zeigen, was sie zeigen sollen. Und wir wissen auch, dass den Offizieren eingetrichtert wurde, zu befehligen und zu kontrollieren sei das Gleiche wie Mikromanagement. Also müssen wir eigentlich so ziemlich alles rausschmeißen, was derzeit vorhanden ist. Das heißt, wir müssen ein eigenes Trainingssystem aufbauen.«

»Ähmm ... ja«, stimmte Vic zögerlich zu.

»Das werden wir dann wohl in unserer im Überfluss vorhandenen Freizeit erledigen, richtig?«

»Ethan, es ist ja nicht so, als hätten wir eine andere Wahl.«

»Doch, zumindest eine: Ich könnte mich noch schnell erschießen. Oder ich kapituliere und lasse mich von unseren vormaligen Offizieren erschießen. Aber ich werde weder das eine noch das andere machen.«

»Du hast das alles ja nicht alleine am Hals«, betonte Vic.

»Was so ziemlich der einzige Grund sein dürfte, wieso ich

noch nicht völlig den Verstand verloren habe.« Er fasste nach ihrem Handgelenk und drückte es kurz auf die Weise, die für Freundschaft stand. »Okay, wir kriegen das schon hin. Irgendwie. Erst mal musst du aber dein Training absolvieren, und ich muss unter die Dusche.«

»Ich wollte weder auf das eine noch das andere hinweisen«, sagte sie lächelnd. »Ich schätze, auf jeden von uns warten einige Dinge, die zwar lästig sind, die uns aber guttun.«

»Glaube ich auch. Wir sehen uns später.« Stark ließ sich auf seinen Stuhl zurücksinken, nachdem Vic gegangen war, und wunderte sich, wieso die Mondschwerkraft auf einmal so sehr an ihm zu ziehen schien. Er schloss die Augen und versuchte, die Erinnerungen an die Schlacht auszublenden. Doch sie wurde in den tanzenden Lichtern hinter seinen Lidern wieder und wieder abgespielt; Explosionen und umherschwirrende Symbole, die sich in einem niemals endenden Tanz vermischten. Als er die Augen schließlich aufmachte, sah er die ungewohnte Umgebung des Trainingsraums im Hauptquartier, die ihn unmissverständlich an den endlosen Strom aus Problemen erinnerte, die ihn zu allen Seiten umgaben. Das Summen seiner Komm-Einheit war da eine willkommene Abwechslung.

»Stark?«

»Ja, was gibt's, Bev?«

Sergeant Manley klang so, als tue es ihr leid, ihn stören zu müssen. »Ich weiß, du hast wirklich viel zu tun, Ethan, aber die Zivs haben sich wieder gemeldet.«

»Die Zivs.« Die Zivilisten. Die Bewohner der Kolonie. Die Leute, für deren Schutz Stark und seine Soldaten kämpften, mit denen sie aber nur selten zu tun hatten.

»Ja, sie wollen mit jemandem reden, der hier das Sagen hat. Und das bist du.«

»Das bin ich«, stimmte Stark ihr ein wenig frustriert zu. *Ich schätze, ich kann die Zivs nicht noch länger vertrösten. Eine Sache mehr, um die ich mich kümmern muss.* »Gibt es irgendwelche verwaltungstechnischen Probleme, mit denen ich mich befassen muss?«

»Tut mir leid, aber mein Büro arbeitet mit der gewohnt atemberaubenden Effizienz, also kann ich dir auch keine Ausrede liefern, wieso du jetzt nicht mit den Zivs reden kannst.«

»Okay, okay. Gib mir die Nummer, dann melde ich mich bei ihnen.« Die Vid-Schirme hier im Hauptquartier waren größer und mit mehr Extras ausgestattet, deshalb benötigte er ein paar frustrierende Sekunden länger, um die zusätzlichen Funktionen zu durchschauen. Schließlich wechselte das Bild, und zwei Zivs waren zu sehen, die an einem metallenen Konferenztisch saßen. Der Mann machte einen geplagten, aber entschlossenen Eindruck, der zu seinem grauen Haar passte. Die Frau erkannte er sofort wieder, da er sich einmal mit ihr getroffen hatte. Das war zwar nur ein paar Tage her, erschien ihm aber wie eine Ewigkeit. »Ms. Sarafina. Lange nicht gesehen.«

Die Frau sah ihn sichtlich überrascht an, dann flüsterte sie dem Mann hastig etwas ins Ohr. Der nickte und sagte an Stark gewandt: »Mein Name ist Campbell. James Campbell. Ich bin der Koloniemanager.«

»Freut mich, Sie kennenzulernen. Ms. Sarafina hatte mir schon ein wenig über Sie erzählt.«

»Sind Sie autorisiert, für die militärischen Streitkräfte auf dem Mond zu sprechen?«

Stark reagierte mit einem flüchtigen Lächeln. »Ich denke, das kann man so sagen. Tut mir leid, wenn ich bislang noch keine Zeit hatte, um mit Ihnen zu reden. Aber wir hatten hier ein paar Probleme.«

»Das haben wir uns schon gedacht.« Nach kurzem Zögern fuhr Campbell fort. »In den letzten Tagen fanden in großem Umfang militärische Aktivitäten statt. Unsere Sensoren haben ein enorm hohes Maß an Explosionen auf der Oberfläche festgestellt.«

»Wir haben wie verrückt gekämpft, wenn Sie das meinen.«

»Ist die Kolonie … Also, wie sicher ist …«

»Wir halten unsere Stellungen, Mr. Campbell. Die Kolonie ist in Sicherheit.«

»Danke. Nun … ähm … Ihr Titel ist Sergeant?«

»Wenn Sie sich mit mir gut stellen wollen, dann ist das richtig.«

Campbell schaute ratlos drein. »Sergeant Stark, was genau ist mit Ihren Vorgesetzten passiert?«

»Sie meinen unsere Offiziere?« Stark musste feststellen, dass er weder darüber reden noch den Zivilisten in die Augen sehen konnte. *Das ist das erste Mal, dass ich mit jemandem darüber rede, der nicht mit dabei war und der damit auch die Schuldgefühle nicht versteht. O Gott, was haben wir nur getan?* »Die sind alle in Sicherheit.«

»Ich verstehe nicht. Seit Tagen haben wir keinen Offizier mehr gesehen, und wir können auch mit keinem Kontakt aufnehmen. Wenn, haben wir nur mit Unteroffizieren wie Ihnen zu tun, und die weigern sich, uns irgendwelche Informationen zu geben. Die normale Kommunikation mit der Erde ist ohne Erklärung unterbrochen worden. Es dürfen keine Shuttles abfliegen, und es treffen keine neuen Shuttles ein. Was ist da los, Sergeant Stark?«

Stark senkte den Blick und konzentrierte sich auf die Unterkante des Komm-Terminals. »Mr. Campbell, ich muss Ihnen leider mitteilen, dass unsere Offiziere entwaffnet und verhaftet wurden. Wir befolgen nicht länger deren Befehle.«

Diese Erklärung schien bei Campbell und Sarafina gleichermaßen auf Ratlosigkeit zu stoßen, da sie sich ansahen, als hofften beide, dass der andere etwas dazu sagen konnte.

»Wessen Befehle befolgen Sie?«, wollte Sarafina schließlich wissen.

»Unsere eigenen.«

»Ihre eigenen.« Auf einmal begann Campbell zu verstehen. Er hob eine Hand, um weiteren Fragen seiner Adjutantin zuvorzukommen. »Sergeant Stark, wollen Sie uns erzählen, dass Sie nicht länger einer rechtmäßigen Autorität gehorchen? Dass Ihre Streitkräfte eine Meuterei angezettelt haben?«

Einen Moment lang kniff Stark die Augen zu, dann nickte er. »Ja. Richtig, Sir. Das ist eine lange Geschichte«, fügte er an, als er sah, wie Campbell und Sarafina vor Schock bleich wurden. »Sagen wir, die Dinge hatten sich ganz massiv zum Schlechten hin entwickelt. Wir mussten die Kontrolle übernehmen, wenn wir überleben wollten.«

»Ich … Aber was ist mit all den Soldaten, die wir vor Kurzem haben eintreffen sehen …?«

»Größtenteils tot«, erwiderte Stark ohne Umschweife.

Campbell sah für ein paar Sekunden auf seine Hände, da er offenbar darum bemüht war, seine Gedanken zu ordnen und die Fassung zu wahren. »Aber wenn Sie nicht länger die Befehle Ihrer Offiziere ausführen, wer hat denn dann das Sagen?«

»Ich.« Diesmal wirkte es so, als würde Sarafina jeden Moment ohnmächtig werden. »Das war nicht meine Idee«, fügte er hastig an. »Na ja, vielleicht ist vieles davon meine Schuld. Ich weiß es nicht. Aber anschließend wollten alle, dass ich die Führung übernehme. Daher bin ich jetzt der Commander.«

Wieder folgte eine Pause, dann warf Campbell Stark einen fordernden, aber nervösen Blick zu. »In dem Fall muss ich

Sie fragen, welche Absichten Sie hinsichtlich dieser Kolonie verfolgen.«

»Unser Job ist es, für die Sicherheit der Kolonie zu sorgen. Genau das werden wir auch tun.«

»Aber wenn Sie doch keine amerikanischen Soldaten mehr sind …«

»Wir sind immer noch amerikanische Soldaten!«, explodierte Stark, woraufhin beide Zivilisten zusammenzuckten und sich gegen die Rückenlehne ihrer Stühle drückten, als wollten sie vor ihm zurückweichen. »Tut mir leid«, entschuldigte er sich mürrisch. »Es gibt hier einige Dinge, die wir noch nicht geregelt haben. Aber wir sind amerikanische Soldaten, und das werden wir auch bleiben. Wir haben nur keine Lust mehr, völlig sinnlos zu sterben, nur weil ein paar Idioten mit einer Handvoll Sternen auf der Schulterklappe sich einen Namen machen wollen und dafür jeglichen gesunden Menschenverstand über Bord werfen.«

»Ich möchte mich entschuldigen, ich wollte Ihnen nichts unterstellen …«

Campbell atmete einmal tief durch.

»Das sind völlig überraschende Neuigkeiten. Auf so etwas waren wir nicht gefasst«, sagte Campbell.

»Das war keiner von uns.«

»Dann werden Sie die Kontrolle über die Kolonie also nicht an eine fremde Macht übergeben?«

»Nein.«

»Sie werden uns so energisch verteidigen wie zuvor?«

»Ja.«

»Sie betrachten sich immer noch als Amerikaner?«

»Auf jeden Fall.«

»Und Ihre langfristigen Ziele sind …?«

»Unbestimmt.«

»Sergeant Stark, ich kann verstehen, dass Sie diese Information nur ungern mit mir teilen möchten, aber sie ist von größter Bedeutung.«

Campbell schüttelte den Kopf, die Lippen hatte er zu einer schmalen Linie zusammengekniffen.

»Lassen Sie es mich erklären. Wir unterstehen dem Kriegsrecht, Sergeant. Das ist schon so, seit diese Kolonie existiert. Uns wurde ein sehr geringes Maß an Eigenständigkeit zugestanden, und das auch nur, solange wir nichts tun, was als ›Sicherheitsproblem‹ einzustufen ist. Aber wir verwalten uns nicht selbst. Wir verfügen auch nicht über irgendwelche Möglichkeiten, uns gegen Ihre Streitkräfte zur Wehr zu setzen, sollten Sie Maßnahmen gegen uns ergreifen. Einfach ausgedrückt: Sie sind unsere neuen Herren, und ich muss wissen, welche Absichten Sie verfolgen.«

»Ich habe Ihnen alles gesagt, was ich zu diesem Zeitpunkt sagen kann.«

Campbell warf Sarafina einen verzweifelten Blick zu, dann wandte er sich wieder an Stark. »Ich trage die Verantwortung für jeden Zivilisten in dieser Kolonie. Ich kann diese Leute nicht beschützen, wenn ich von Ihnen nicht wenigstens die grundlegendsten Informationen bekomme.«

Stark verzog keine Miene. *Gerede über Verantwortung. Von einem Ziv. Der ein Politiker ist. Meint er es ernst? Alles, was mich das Leben bislang gelehrt hat, sagt mir, dass ich ihm nicht trauen darf.*

Auf einmal beugte sich Sarafina vor und sah ihn fast flehend an. »Sergeant Stark, bitte. Unsere Leute verlassen sich auf uns.«

*Zwei Zivs, die beide mehr um »ihre Leute« als um sich selbst besorgt zu sein scheinen. Und soweit ich das einschätzen kann, hat Sarafina sich an ihr Versprechen gehalten, kei-*

*nem von unseren Offizieren auch nur ein Wort von dem weiterzugeben, was ich ihr berichtet hatte. Wenn ich das nicht respektieren kann, was dann?*

Stark rieb sich übers Kinn und dachte darüber nach, was er antworten sollte. »Sie wollen wissen, welche langfristigen Ziele wir verfolgen? Nun, wir wissen es nicht«, räumte er schließlich ein. »Das ist die Wahrheit. Niemand von uns hatte bislang die Zeit, sich darüber Gedanken zu machen. Und genauso wenig wissen wir, was wir mit Ihnen Zivs machen sollen, den Zivilisten. Wir wollen nicht von Ihnen hintergangen werden. Aber ich glaube, es gibt in unseren Reihen niemanden, der Ihnen vorschreiben will, was Sie tun oder lassen sollen.«

»Sergeant Stark, es gibt eine ganze Reihe von Dingen, die ich ohne Genehmigung des Militärs nicht tun darf.«

»Ich kann Sie zu den Arrestzellen durchstellen, wenn Sie mit einem der Offiziere reden wollen. Aber ob einer von ihnen mit dem einverstanden ist, was Sie tun wollen, oder nicht, ist jetzt völlig bedeutungslos.«

Campbell wahrte ein Pokerface und drehte sich zu Cheryl Sarafina um, als die wieder zu reden begann: »Sergeant Stark, sollen wir das so verstehen, dass Sie kein Interesse daran haben, den zivilen Teil der Kolonie zu kontrollieren?«

»Ich habe Ihnen schon gesagt, dass keiner von Ihren Leuten etwas machen darf, was für meine Leute Probleme mit sich bringt. Aber ich habe mehr als genug damit zu tun, den Überblick über die militärische Seite meiner Arbeit zu behalten. Außerdem sollten Soldaten Zivilisten keine Befehle erteilen. Es sollte genau umgekehrt sein, oder nicht? Also, ich habe kein Interesse daran, Ihnen irgendwelche Vorschriften zu machen. Und lassen Sie mich Ihnen ganz ehrlich sagen, ich glaube nicht, dass irgendjemand vom Mil etwas mit Ihnen zu tun haben will.«

Sarafina reagierte aufgebracht: »Wir haben dem Militärpersonal hier oben nie etwas angetan. Wir haben Sie unterstützt, wo wir nur konnten. Wir wissen Ihre Opfer zu schätzen. Nur weil es uns nicht erlaubt war –«

»Entschuldigen Sie, aber es sollte nicht so klingen, dass Sie persönlich etwas dafür können.« Stark rang sich zu einem Lächeln durch. »Es geht nicht um Sie im Speziellen. Meine Leute, also das Militär, kennen keine Zivilisten. Sie sind gesondert aufgewachsen, sie arbeiten gesondert, und sie sterben auch gesondert. Üblicherweise behandelt man sie sehr schlecht, sobald sie mit Zivilisten zusammenkommen. Jedenfalls auf der Erde. Darum mögen Soldaten keine Zivilisten. Kann sein, dass Sie hier oben anders sind, aber es wird eine Weile dauern, wenn ich meine Leute davon überzeugen will.«

Campbell nickte. »Ich glaube, ich verstehe, was Sie meinen. Sie sind so etwas wie eine vom Rest abgetrennte Subkultur. Vielleicht wüssten wir das besser zu schätzen, wenn man uns erlauben würde, die militärischen Vid-Sendungen anzusehen und …«

»Nein, wir hassen diese Mil-Vids. Das sind Sendungen, die während eines Gefechts von unseren Kommando- und Kontrollsystemen zusammengestellt werden. Wir sterben, die Zivs sehen sich das und fühlen sich gut unterhalten, und die Regierung kassiert das Geld für die Werbespots, die eingeblendet werden. Verstehen Sie?«

Jetzt machte Sarafina eine entsetzte Miene. »Gladiatoren. Man behandelt Sie wie Gladiatoren.«

»Was soll's? Die Regierung kassiert, die Zivs werden unterhalten. Wen kümmert da schon, was wir davon halten?«

»Jetzt verstehe ich«, sagte Campbell bedächtig. »Sie kommen sich ausgenutzt vor.«

»So kann man es auch ausdrücken.«

»Aber welche Ziele verfolgen Sie, Sergeant Stark? Was genau versuchen Sie zu erreichen?«

Stark musste plötzlich lachen, Verbitterung und Wut hatten ihn erfasst. »Wenn ich das wüsste.« Er wurde wieder ernst und wandte den Blick für einen Moment nach unten. »Alle diese Soldaten, von denen Sie gesprochen haben ... die neu eingetroffen waren, Ms. Sarafina ...« Die kurze Begegnung schien eine Ewigkeit her zu sein. »Wie ich schon sagte, die meisten von ihnen sind tot. Dieser idiotische General Meecham hat sie gegen starke Verteidigungsanlagen anrennen lassen, und als das nicht funktionierte, fiel ihm nichts Besseres ein, als genau das Gleiche immer wieder zu machen. Wir haben dem ein Ende gesetzt. Darum haben wir die Kontrolle an uns genommen. Aber indem wir das Abschlachten gestoppt haben, sind uns auch noch viel mehr andere Dinge in den Schoß gefallen, und momentan arbeiten wir an der Frage, wie wir das alles in den Griff bekommen.«

Campbell kniff die Augen ein wenig zusammen. »Dann haben Sie das alles *tatsächlich* nicht bis zum Ende durchdacht. Es ist spontan passiert, und jetzt versuchen Sie, mit den Konsequenzen aus dem Ganzen klarzukommen.«

»Ich würde sagen, dass das eine gute Zusammenfassung unserer Lage ist.«

»Sergeant Stark, Sie haben eine große Dummheit begangen.« Campbell ließ eine Pause folgen, in der Stark Wut in sich aufsteigen spürte. »Damit meine ich nicht Ihre Entscheidung, die Kontrolle über das Militär hier oben an sich zu nehmen. Wie klug das war, können nur Sie selbst beurteilen. Nein, ich rede davon, dass Sie sich darüber mit mir unterhalten. Wenn ich Ihre Aussagen mit dem kombiniere, was ich zwischen den Zeilen lesen kann, dann weiß ich weitaus mehr über Ihre Situation, als das bei jemandem der Fall sein sollte, über dessen Loyalität Sie nichts wissen.«

*Er hat recht. Ich und meine große Klappe. Ich hätte diesen Anruf nicht ohne Vic entgegennehmen sollen, damit sie mir sagt, wann ich den Mund zu halten habe. Ich kenne weder diesen Kerl, noch weiß ich wirklich etwas über Sarafina. Beide sind Zivs. Und sie sind Politiker. Oder Unternehmer. Ich bin mir nicht sicher, was bei den zweien zutrifft, aber ich hatte noch nie die Veranlassung, zu glauben, einer von beiden könnte sich für das interessieren, was für mich oder für jeden anderen Mil-Affen wichtig ist.* »Und warum erzählen Sie mir das? Wieso entlocken Sie mir nicht erst noch mehr Informationen, ehe Sie mir sagen, ich sollte besser den Mund halten?«

»Weil ich glaube, dass das Militär und die Zivilisten hier oben aufeinander angewiesen sind. Ich werde für den Moment so ehrlich zu Ihnen sein, wie Sie es gerade eben zu uns waren.«

»Sie sind ein Politiker«, gab Stark kühl zurück.

Anstatt eine feindselige Reaktion auszulösen, entlockten Starks Worte dem Mann nur ein Lachen. »Ja, das bin ich. Aber das bedeutet in diesem Fall nicht das, was Sie glauben. Warum dieses Misstrauen gegenüber Politikern? Nein, sagen Sie nichts, ich werde für Sie antworten. Politiker manipulieren die Gesetze, die sie selbst erlassen, damit sie und ihre Freunde davon profitieren. Sie nehmen hohe Summen von Unternehmen entgegen und richten ihre Politik nach dem aus, was diese Unternehmen wollen. Sie lenken staatliche Gelder in Projekte, die ihnen persönlich wichtig sind. Ist das so weit eine zutreffende Zusammenfassung?«

»Es ist ein Anfang.«

Wieder lachte der Mann, diesmal mit einem verbitterten Unterton. »Ja, das denke ich auch. Sergeant Stark, ich habe nirgendwo ein Stimmrecht. Jeder Cent des Budgets für unsere Kolonie ist vom Kongress ganz exakt zugewiesen worden. Die Unternehmen bestimmen über jeden Aspekt der Kolonie, den das Militär nicht kontrollieren will. Ich kann keine Gesetze erlassen, ich kann kein Geld ausgeben. Ich kann nur zu den Leuten gehen, die diese Dinge kontrollieren, und sie um eine kleine Spende für die Leute in der Kolonie bitten, die lediglich darüber entscheiden dürfen, wer auf dem Stuhl sitzen darf, den ich zurzeit innehabe.«

»Warum machen Sie dann überhaupt mit? Warum lassen Sie sich wählen?«

»Weil es wichtig ist. Wenn ich mich nicht zur Wahl stelle, kommt stattdessen ein anderer auf den Posten, den die Kolonie gar nicht interessiert und der das alles nur als Sprungbrett für andere, wirklich wichtige Posten ansieht. Zugegeben, politische Bonuspunkte kann man hier wohl kaum sammeln, dafür ist die Machtlosigkeit dieses Amtes viel zu offensichtlich. Aber es ist möglich, wenn man nur dazu bereit ist, die Lage der Kolonisten noch weiter zu verschlechtern.«

»Hm.« Stark dachte darüber nach und nickte. »Ein undankbarer Job. Das Konzept ist mir bekannt. Okay, gehen wir davon aus, dass Sie mir gegenüber ehrlich sind – was wollen Sie mir damit sagen?«

»Dass diese Entwicklung völlig unerwartet gekommen ist. Ich habe keine Ahnung, wie der Rest der Kolonie auf diese Neuigkeiten reagieren wird. Allerdings glaube ich, dass Ihr Handeln meinen Leuten eine Gelegenheit bietet, ihren eigenen Status im Verhältnis zu den Behörden daheim auf der Erde zu verändern.« Campbell sah zu Sarafina, die daraufhin nickte. »Meine Adjutantin hat mir gesagt, dass sie Ihnen unsere Situation erklärt hat.«

»Sie sprach davon, dass Sie so was sind wie … ähm … Lohnsklaven?«

»Das trifft es im Kern. Praktisch jeder Zivilist hier oben hat eine Vereinbarung unterschrieben, dass er die Kosten für seinen Transport zum Mond und die anschließende Unterbringung zurückzahlen wird. Jeder hielt das für eine wunderbare Gelegenheit, weil alle davon überzeugt waren, dass es bei den Gehältern hier auf dem Mond eine Leichtigkeit sein würden, diese Beträge aufzubringen. Danach, so glaubten alle, würden sie hier ein Leben führen können, das weitaus mehr Gutes zu bieten hätte als alles, was man daheim auf der Erde erwarten konnte.«

»Ich nehme an, die Lage für die Zivs hat sich wohl nicht verbessert, seit ich zum Mil gegangen bin«, mutmaßte Stark.

»Sie hat sich sogar noch verschlechtert. Vertikal und horizontal eingestiegene Unternehmen haben so viele Arbeitsplätze unter ihre Kontrolle gebracht, dass sie über nahezu sämtliche Arbeitsbedingungen und Löhne bestimmen können. Daheim sitzt die Regierung den Unternehmen seit Kurzem nicht mehr im Nacken, aber das hat nur zur Folge, dass die Unternehmen seitdem nur noch *uns* im Nacken sitzen. Wir haben gedacht, hier oben wird es besser als auf der Erde, aber inzwischen ist es bloß noch schlimmer gekommen. Man kann nirgendwo anders eine Anstellung finden, und die Geschäfte werden allesamt von den Unternehmen betrieben, die für ihre Waren unverschämte Preise verlangen. Und natürlich enthielten die Verträge für die Rückzahlungen auch noch versteckte Hinweise auf die Erhebung von Zinsen auf die offenen Darlehensbeträge.«

Unwillkürlich musste Stark an hitzige Diskussionen zwischen seinem Vater und seiner Mutter denken. »Das heißt, Sie wachen jeden Morgen auf und sind ein bisschen ärmer als am Vortag.«

»Ganz genau.«

»Das klingt ganz so, als würden die Unternehmen Ihr langsames Sterben vorantreiben, während unsere Vorgesetzten uns einen raschen Tod bescheren.«

»Das ist eine exzellente Zusammenfassung der Situation, Sergeant Stark.«

»Und was hat nun das, was wir getan haben, mit Ihrem Problem zu tun?«

Campbell sah ihn eindringlich an. »Das wissen Sie wirklich nicht, stimmt's? Sergeant Stark, uns blieb nie eine andere Wahl, als diese Bedingungen auszuhalten. Kein Anwalt, den wir bezahlen konnten, war jemals in der Lage, sich gegen die Rechtsabteilungen der Konzerne durchzusetzen. Uns wird ein politischer Repräsentant in Washington verweigert. Kein Politiker auf der Erde würde sich für uns engagieren, weil die alle von den Konzernen bezahlt werden. Und hätten wir jemals versucht, uns zur Wehr zu setzen, dann hätte uns das Militär hier oben im Auftrag der Behörden auf der Erde deren Willen aufgezwungen. Aber nun führen Sie nicht länger die Befehle dieser Behörden aus.«

»Derzeit nicht, auch wenn ich nicht weiß, wie bewusst ihnen das inzwischen überhaupt ist.«

»Sergeant Stark, ich weiß nur wenig über das Militär, aber ich nehme an, dass Sie mit Blick auf Essen, Wohnen und andere Bedürfnisse in etwa das Gleiche brauchen wie alle anderen Leute auch. Das heißt, Sie brauchen diese Kolonie, damit die Ihnen hilft, an diese Dinge zu kommen.«

»Ich würde sagen, das trifft zu.«

Sarafina beugte sich erneut vor. »Wir brauchen uns gegenseitig. Ganz gleich, für welche langfristigen Ziele Sie sich auch entscheiden mögen, Sergeant Stark, Sie werden auf die Kooperation der Kolonie angewiesen sein. Wir können diese Kooperation bieten, und zwar im Tausch für Ihren Schutz und Ihre Unterstützung, wenn wir eine politische und wirtschaftliche Entschädigung verlangen.«

Stark verzog den Mund und versuchte, über das Angebot nachzudenken. *Ich weiß nicht genug. Ich weiß einfach nicht genug, um beurteilen zu können, ob das ein gutes Angebot ist. Oder ob das überhaupt eine gute Idee ist. Außerdem macht mir das, was ich da angefangen habe, jetzt schon genug Angst. Will ich etwa auch noch die Schuld an einer rebellierenden Kolonie auf mich nehmen?* Er saß stumm da, während sich seine Gedanken unentwegt im Kreis drehten.

»Sergeant Stark«, sagte der Koloniemanager Campbell schließlich. »Mir ist klar, dass Sie über das, was wir Ihnen gesagt haben, in Ruhe nachdenken müssen. Und zweifellos werden Sie auch mit Ihren Beratern darüber reden wollen. Können wir vielleicht für morgen ein weiteres Gespräch vereinbaren? Oder auch ein persönliches Treffen?«

*Meine Berater? Ich habe keine … doch, habe ich wohl. Leute wie Vic und Manley und andere Infanteristen, die Erfahrung auf Gebieten besitzen, von denen ich nichts weiß.* »Das klingt nach einer guten Idee. Reden wir wieder. Vielleicht nicht morgen, aber bald. Es spielt sich einfach zu vieles gleichzeitig ab.« Er wollte die Verbindung beenden.

»Warten Sie.« Campbell hob eine Hand, um Stark aufzuhalten. »Da ist noch etwas. Sie haben gesagt, dass viele Soldaten getötet wurden.«

Stark saß einen Moment lang reglos da, dann nickte er verhalten. »Ja. Sehr viele. Wieso?«

»Ich nehme an, dass es dementsprechend auch eine Menge Verwundete gibt.«

»Das ist richtig.«

»Wir wissen, dass die medizinischen Kapazitäten des Militärs begrenzt sind. Wir haben hier oben ein hochmodernes Krankenhaus für die Zivilisten.« Campbell brachte ein spöttisches Lächeln zustande. »Konzern-VIPs und Politiker, die die Kolonie besuchten, wollten die Gewissheit haben, dass sie gut versorgt sind, sollten sich bei ihrem Besuch irgendwelche Komplikationen einstellen. Wenn Sie also für Ihre Soldaten noch Betten benötigen oder falls Behandlungen notwendig sein sollten, die Ihnen nicht zur Verfügung stehen, können wir uns um sie kümmern.«

»Tatsächlich? Das ist großartig. Aber ich weiß nicht, wie wir das bezahlen sollen.«

»Bezahlen?« Campbell schüttelte nachdrücklich den Kopf. »Wir sind diejenigen, die sich für Ihren jahrelangen Schutz der Kolonie revanchieren. Wenn Sie für Ihre Soldaten irgendwelche medizinische Betreuung benötigen, stellen wir Ihnen die gern kostenlos zur Verfügung.«

*Und wir stehen damit in eurer Schuld. Wenn ich nur wüsste, ob ich diesen Zivs vertrauen kann oder nicht. Ich weiß allerdings, dass wir Hilfe gut gebrauchen könnten. Meine Verwundeten könnten diese Hilfe gebrauchen. Und Campbell hat es von sich aus vorgeschlagen, ohne dass ich erst darauf zu sprechen kommen musste.* Stark lächelte und hoffte, dass seine Mimik ehrliche Dankbarkeit vermittelte. »Danke, das ist wirklich sehr freundlich von Ihnen. Sagen Sie mir, wie wir Ihre Ärzte erreichen können, dann werden sich meine Leute umgehend bei Ihren melden.«

Dann wurde der Bildschirm wieder dunkel. Nach kurzem Zögern tippte Stark Sergeant Reynolds' Adresse ein und stutzte, als alles dunkel blieb. »Bist du da, Vic?«

»Ja.«

»Stimmt mit deinem Vid irgendwas nicht?«

»Alles in Ordnung. Ich komme nur gerade aus der Dusche, und ich biete nicht jedem beliebigen Anrufer eine kostenlose Show.«

»Und wenn ich dafür bezahle?«, neckte Stark sie.

»Soldat, du wirst niemals genug Geld haben, um für diese Show bezahlen zu können. Was ist los?«

»Wir müssen eine Stabsbesprechung abhalten.«

»Könnten wir stattdessen nicht wieder ein Selbstmordkommando unternehmen?«, fragte sie.

»Tut mir leid. Aber lass es uns mit dem Mittagessen zusammenlegen, dann können wir wenigstens eine sinnvolle Sache erledigen.«

Es wurde zu einem verspäteten Mittagessen. Stark schob sich die letzte matschige Fritte in den Mund, dann sah er sich am Tisch um. »Ich habe da eine große Sache, aber die bewahren wir uns bis ganz zum Schluss auf. Hat sonst noch jemand ein wirklich heißes Thema?«

»Heiß ist alles.« Sergeant Gordasa tippte mit einem Finger auf sein Terminal. »Es gibt eine Menge Dinge, die uns Sorgen machen sollten. Essens- und Wasservorräte. Lebenserhaltungssysteme.«

»Dass wir keine Selbstversorger sind, wissen wir«, sagte Vic. »Warum muss das jetzt besprochen werden?«

Gordasa schüttelte den Kopf. »Wir sind einer Selbstversorgung vermutlich näher, als Sie es für möglich halten. Außerdem verfügen wir über sehr viele Rationen, die für die Affen der Dritten Division gedacht waren, denn die brauchen sie jetzt nicht mehr.« Er ignorierte die Wut, die seine Worte auslösten; er wusste, sie war nicht gegen ihn gerichtet. »Aber begrenzt sind die Vorräte trotz allem, zumal wir ja keine Ahnung haben, wie lange diese Situation bestehen bleiben wird. Und wir haben immer noch sehr viele Offiziere hier, die alle durchgefüttert werden müssen, bis wir sie wegschicken können. Und was ist gestern passiert? Da habt ihr Helden einen Haufen Gefangene gemacht, die auch alle was essen wollen. Was tun wir mit diesen Leuten?«

»Möchten Sie irgendwas vorschlagen?«, fragte Stark.

»Oh ja, das will ich. Gebt sie ihnen zurück. Die sind die Vorräte nicht wert, die sie uns wegnehmen.«

»Gefangene sind extrem wertvoll«, wandte Vic ein.

»Nicht für uns«, widersprach Gordasa. »Sicher, unsere Offiziere wollten Information aus ihnen herausholen, um die nächste Offensive zu planen. Wir planen aber keine Offensiven, richtig? Was bringen die uns außer unseren eigenen Leuten, wenn wir sie gegeneinander austauschen?«

Plötzlich hob Sergeant Manley den Kopf und sah grübelnd in die Runde. »Hey, das ist es. Wir tauschen.«

»Ein Gefangenenaustausch versteht sich von selbst, aber wir haben viel mehr von ihren Leute als die von unseren.«

»Nein, nein, wir machen einen Tauschhandel. Der Feind will sein Personal zurückhaben, wir wollen Essen und andere Vorräte. Also tauschen wir.«

Etwas an dieser Idee störte Stark. »Wir tauschen Leute gegen Essen? Ein Mensch ist kein Sack Kartoffeln.«

»Manchmal könnte man das schon glauben, aber darum geht es jetzt nicht. Wir brauchen die Kartoffeln, aber nicht die Leute.«

Vic lächelte. »Ethan, die Idee gefällt mir. Dann sind wir die Gefangenen los, und wir bekommen die Sachen, die wir wirklich brauchen. Und vermutlich ernten wir noch ein paar humanitäre Bonuspunkte, weil wir die Gefangenen so schnell haben gehen lassen.«

Stark versuchte zu überlegen, ob mit diesem Vorschlag irgendwelche Probleme verbunden waren. Er starrte auf die

Tischplatte, dann nickte er. »Okay, dann machen wir's so. Tanaka, benutzen Sie diese Standleitung, um deren Hauptquartier den Tausch vorzuschlagen. Sorgen Sie dafür, dass auf unserer Seite jemand sitzt, der gut reden kann, damit sich der Handel für uns lohnt.«

»Auf jeden Fall. Gordasa? Sind Sie ein guter Schacherer?«

»Ich?«, konterte Sergeant Gordasa pikiert. »Ich halte mich an die Regeln. Darüber beklagt ihr Affen euch doch immer.«

»Wenn wir einen Schacherer haben wollen«, schlug Manley vor, »dann sollten wir Yurivan holen.«

»Stacey Yurivan?« Vic warf Stark einen skeptischen Blick zu. »Willst du ihr den Zugang zum Hauptquartier erlauben?«

»Was könnte schlimmstenfalls passieren? Schon gut, vergesst, dass ich das gefragt habe.« Stark sah seine Stabsmitglieder nacheinander an. »Können wir ihr eine so große Sache anvertrauen?«

»Stellen Sie ihr jemanden an die Seite, dem Sie vertrauen können«, meinte Gordasa. »Jemanden, der genau beobachtet, welchen Deal sie aushandelt.«

»Stellen wir ihr zwei Leute an die Seite«, gab Vic zurück. »Gordasa, Sie konzentrieren sich ganz auf die technische Seite des Deals. Tanaka, Sie behalten Yurivan im Auge. Jeder Kontakt mit dem Feind findet nur statt, wenn Sie alle drei anwesend sind.«

»Stacey würde uns niemals hintergehen«, protestierte Jill Tanaka.

Wieder nickte Stark. »Da haben Sie völlig recht. Aber sie würde versuchen, einen Deal auszuhandeln, der ihr persönlich einen saftigen Profit einbringt. So was können wir uns nicht erlauben. Wenn sie dabei erwischt wird, rückt uns das alle in ein schlechtes Licht.«

»Ich werde ihr keine Lüge auftischen, wieso ich anwesend bin«, machte Tanaka klar.

»Das sollen Sie auch gar nicht. Außerdem wird Yurivan das sowieso auf der Stelle durchschauen.«

»Nicht zu vergessen«, fügte Vic ironisch hinzu, »dass sie stolz darauf sein wird, dass sie gleich zwei Aufpasser braucht. Also gut, Ethan. Jetzt hast du lange genug den Mund gehalten. Lass uns dein großes Thema in Angriff nehmen.«

Er zögerte kurz, da er sich dessen bewusst war, dass alle Blicke auf ihn gerichtet waren. »Es geht um die Kolonie. Die Zivs. Sie wollen wissen, was wir machen.«

»Zum Teufel mit ihnen«, murmelte jemand.

»Nein«, widersprach Stark energisch. »Wir sitzen alle in einem Boot. Wir können nicht lange durchhalten, wenn sich die Zivs gegen uns wenden. Ist irgendjemand hier bereit, amerikanische Zivs zu erschießen, nur weil sie nicht tun, was wir ihnen sagen?«

Schweigen.

»Dachte ich's mir doch. Wie ich schon vor einer Weile zu Vic gesagt habe, kommen mir die Zivs hier anders vor als daheim. Sie leben schon lange gleich hinter der Frontlinie und wissen daher, dass wir nicht bloß irgendein tolles Vid-Spiel veranstalten, nur damit sie unterhalten werden.«

»Selbst wenn Sie damit recht haben«, merkte Gordasa an, »und auch wenn ich das aus eigener Erfahrung in gewisser Weise bestätigen kann – was haben wir mit denen zu schaffen?«

»Der oberste Ziv, ein Typ namens Campbell, möchte wissen, ob wir die Zivs unterstützen, wenn sie sich gegen die Regierung stellen.«

Alle schauten erschrocken und wütend zugleich drein. »Ich finde«, sagte Vic nach einer Weile, »dass wir uns mit der einen Revolution zufriedengeben sollten, die wir angezettelt haben. Warum sollten wir uns jetzt mit Zivs abgeben?«

Die meisten am Tisch nickten zustimmend.

Stark verkrampfte die Hände auf der Tischplatte und starrte sie sekundenlang wortlos an. »Es ist noch nicht lange her, da habe ich Vic gefragt, wofür wir eigentlich kämpfen. Sie sagte, selbst wenn sich kein guter Grund finden lässt, sei es immer noch so, dass wir etwas Richtiges tun. Soweit ich das einschätzen kann, gilt das auch für die Zivs. Sie werden ausgenutzt. Und sie wollen gerecht behandelt werden.«

»Vermutlich geht es ihnen nur darum«, warf Tanaka in unterkühltem Tonfall ein, »uns auszunutzen und uns ansonsten so zu behandeln, wie sie es immer tun.« Die anderen nickten. »Man kann Zivs nicht trauen.«

»Ich bin als Ziv aufgewachsen«, sagte Stark, was von einigen am Tisch mit einem sichtlichen Schock aufgenommen wurde. »Ich weiß das. Ihr alle seid in Forts mit Mil-Eltern und Mil-Freunden aufgewachsen. Aber ich nicht.«

»Aber jetzt bist du ein Mil«, betonte Vic.

»Ich bin als Ziv aufgewachsen«, wiederholte er. »Das sind nicht zwangsläufig schlechte Menschen. Ich habe in Uniform die gleiche Behandlung von ihrer Seite erfahren wie ihr auch. ›Halt dich von Ziv-Vierteln fern, weil die Leute gewalttätiger Abschaum sind. Lass dich von Ziv-Händlern nicht übers Ohr hauen. Du wirst zu üblen Einsatzorten gekarrt, wo du angeschossen wirst, weil die Konzerne der Zivs glauben, so noch ein bisschen mehr Geld machen zu können.‹ All das habe ich genauso oft gehört wie ihr. Außerdem habe ich an der ersten Operation teilgenommen, von der ein Vid verbreitet wurde, um die Zuschauer zu unterhalten. Ich weiß wirklich Bescheid. Aber ich kenne auch die andere Seite. Das sind Leute. Und es sind unsere Leute.«

»Was erwartest du jetzt?«, fragte Vic. »Verlang nicht von uns, diesen Zivs von jetzt auf gleich bedingungslos zu vertrauen. Das wird nicht passieren. Dafür hat man uns zu oft auflaufen lassen.«

»Wie gesagt, ich weiß das alles. Ich will bloß mit ihnen reden und herausfinden, ob sie es ehrlich meinen. Und ob es Gemeinsamkeiten zwischen ihnen und uns gibt. Bei Gott, die sollte es wohl geben. Was ist daran so schlimm, wenn wir mit ihnen reden?«

»Vermutlich hat Eva das Gleiche zu Adam über die Schlange gesagt«, entgegnete Vic.

Stark betrachtete die Gesichter um ihn herum und erkannte, dass er die anderen nicht überzeugt hatte, wohl auch, weil sie nicht willens waren, sich überzeugen zu lassen. »Also gut, dann gehen wir das Ganze von einer anderen Seite an. Glaubt hier irgendjemand, dass wir ohne die Kooperation der Zivs überleben können? Möchte sich jemand ein paar Gedanken darüber machen, was passieren wird, wenn die Zivs beschließen, mit allen Mitteln gegen uns zu arbeiten? Möchte irgendjemand die Führung der Ziv-Kolonie übernehmen? Wie wäre es mit dir, Bev? Das wäre doch eine gewaltige verwaltungstechnische Herausforderung.«

»Oh-oh«, gab Manley zurück. »Das wäre gleichzeitig auch ein gewaltiger Albtraum für mich. Ich habe keine Ahnung von ihren Systemen.« Sie schaute sich mürrisch um. »Stark hat recht. Wir können uns noch so sehr wünschen, dass sich die Zivs in Luft auflösen, aber das wird nicht passieren. Wir werden uns mit ihnen befassen müssen.«

»Ich vereinbare ein Treffen mit ihnen«, ergänzte Stark. »So wie dieses Treffen hier, aber mit den Vertretern der Zivs. Dann werden wir reden. Wir machen keine Versprechungen, wir handeln zuvor nichts mit ihnen aus. Sind alle damit einverstanden? Vic?«

»Verhandeln werde ich«, gab sie mit finsterer Miene zurück. »Aber erwarte nicht, dass ich ihnen um den Hals falle und sie abknutsche.«

Gordasa hob eine Hand. »Das scheint ja nun beschlossen zu sein. Ich habe noch zu viel zu tun und zu wenig Zeit, um alles zu schaffen. Gibt es sonst noch etwas zu besprechen?«

»Nein«, antwortete Stark. »Wenn ich weiß, wann wir uns mit den Zivs treffen, gebe ich Bescheid.«

»Oh Freude«, murmelte Vic nicht ganz so sehr zu sich selbst und löste bei den anderen Gelächter aus, als sie den Raum verließen. »Tut mir leid, Ethan«, sagte sie. »Das ist mir einfach rausgerutscht.«

»Ja. Ganz sicher. Gib mir wenigstens die Chance, es zu versuchen.«

»Klar. Dir vertraue ich ja auch. Aber den Zivs …« Sie ließ den Rest unausgesprochen. »Apropos Vertrauen. Bist du wirklich glücklich darüber, dass Stacey die Verhandlungen wegen der Gefangenen führt?«

Stark lachte schnaubend. »Ich bin schon seit einer ganzen Weile über gar nichts mehr glücklich. Aber ich glaube, dass niemand einen besseren Deal für uns herausholen kann als sie.« Er sah auf die Uhr und atmete frustriert aus. Mehr als einen halben Tag verloren. Unglaublich. *Gestern habe ich fast den ganzen Tag ums Überleben gekämpft, und heute sitze ich den halben Tag in einer Besprechung und wünschte, ich könnte so was Einfaches erledigen wie gestern.* Er hielt inne und presste die Lippen zusammen. »Apropos Stacey: Jetzt erwartet mich etwas wirklich Schwieriges.«

Vic sah ihn fragend an. »Und das wäre?«

»Kalnick. Stacey ist in seinem Bataillon.«

»Oha. Was wirst du machen?«

»Das Einzige, was mir übrigbleibt. Er hat meine Befehle nicht befolgt, und das wird er auch in Zukunft nicht tun. Ich brauche einen neuen Commander für das Bataillon.«

Vic nickte entschlossen und näherte sich der Tür. »Okay, dann lass uns hingehen.«

»Nein.« Stark streckte die Hand aus, um sie zurückzuhalten. »Ich muss das allein erledigen. Aber du kannst mir einen Gefallen tun und für mich ein Treffen beim Fünften Bataillon vereinbaren. Alle Senior-Unteroffiziere sollen anwesend sein.«

»Also nicht nur du und Kalnick?«

»Nein. Er will mich persönlich angreifen, und das kann er unter vier Augen ohne Weiteres tun. Aber wenn er sein Verhalten vor den Unteroffizieren rechtfertigen muss, kann er nicht behaupten, die anderen hätten ihn dazu gezwungen.«

Sie nickte. »Stimmt. Viel Glück.«

»Danke.« Die holzvertäfelten Wände des Hauptquartiers kamen ihm längst viel zu vertraut vor, was dazu führte, dass er jedes Mal noch erstaunter war, wenn sie im Korridor auf einmal in das kahle Mondgestein übergingen, dem man in der Stadt überall begegnete. *Ich muss diesen Müll loswerden. Der ist einfach nur peinlich. Auf der Erde ist das Zeugs das Zehnfache in Titan wert. Man muss es nur da runterbringen.* Es war immer wieder befreiend, wenn er das Hauptquartier verließ, so als ob er gleich wieder zu seinen Kameraden gehörte, wenn er sich eine Weile unter sie mischte.

Ein standardmäßiger Besprechungsraum, der zuvor vorwiegend von Offizieren genutzt worden war, um die neuesten Versionen der allgemein und ewig gültigen Wahrheit aus dem Hauptquartier zu verkünden, die immer dann neugefasst wurden, wenn der Befehlshaber wechselte. Jetzt saßen hier die Sergeants des Fünften Bataillons mit versteinerter Miene vor Stark, ausgenommen Stacey Yurivan, die weiter hinten ein schiefes Grinsen aufgesetzt hatte.

»Zunächst einmal«, begann Stark an die Anwesenden gerichtet, »möchte ich Ihnen und Ihren Leuten dafür danken, wie gut Sie alle sich in der letzten Schlacht geschlagen haben. Wir haben den Bastarden wirklich wehgetan. So bald werden die keinen Vorstoß mehr wagen.« Einige versteinerte Mienen nahmen einen sanfteren Zug an. »Aber ich muss mich zu etwas anderem äußern.« Die sanften Züge verschwanden gleich wieder. »Wir hatten eine erhebliche Verzögerung, als Ihr Bataillon in Stellung gehen musste. Fast hätte das nicht mehr zeitig geklappt. Nicht etwa, weil Sie nicht anders konnten, sondern weil Ihr Commander Sie nicht gehen lassen wollte. Das hätte uns viele Menschenleben kosten können. Es hätte uns sogar um den Sieg bringen können.«

Kalnick saß da und starrte finster vor sich hin, während sich ein anderer Sergeant zu Wort meldete: »Und? Worauf wollen Sie hinaus? Was wollen Sie, Stark?«

*Bleib respektvoll. Behandle diese Affen so, wie du selbst auch behandelt werden möchtest.* Er wählte seine Worte mit Bedacht und vermied Begriffe wie »Befehl« und »Gehorsam«.

»Ich will für dieses Bataillon einen Commander, auf den ich zählen kann. Ich will einen Commander, auf den jeder Soldat hier zählen kann. Die Soldaten und Sie alle verdienen einen Commander, der für seine Leute da ist, wenn es darauf ankommt.«

Mit rotem Kopf stand Kalnick auf. »Was Sie eigentlich wollen, ist das Gleiche, was jeder verdammte Offizier haben wollte: Unteroffiziere, die nur tun, was man ihnen sagt. So ist es doch, nicht wahr, Stark? Oder sollte ich besser General Stark sagen?«

Stark sah ihn nur an und wahrte seine ausdruckslose Miene, auch wenn ihn das viel Mühe kostete. Er schwieg, um sich seine Wut nicht anmerken zu lassen. Kalnicks trotzige Haltung schien unter Starks beharrlichem Blick ins Wanken zu geraten. »Also?«, legte Kalnick nach. »Sollte ich?«

»Nein.«

»Sie wollen mich nur loswerden, weil ich eigenständig denke.«

»Nein.«

Ein anderer Sergeant erhob sich und warf ein: »Alles zu verneinen ist ja eine schöne Sache, aber wie wäre es mit ein paar Details mehr, Stark? Woher sollen wir wissen, dass Kalnick nicht doch recht hat und dass es nur darum geht, dass wir jeden Befehl aufs Wort genau ausführen, ohne Fragen zu stellen?«

»Fragen Sie Milheim«, antwortete Stark, was jeden in der Gruppe reagieren ließ. »Milheim, der Stellvertretende Commander des Vierten Bataillons. Ihm gefiel nicht, wie seine Truppen zum Einsatz kommen sollten. Also hat er es mir und Reynolds gesagt und eine Alternative vorgeschlagen, mit der wir einverstanden waren. Oder Geary. Wir haben ihr überlassen, welche Route sie nehmen will, nachdem die Lücke wieder geschlossen war. Sie war an Ort und Stelle, wir haben sie entscheiden lassen.« Er hob den Arm und richtete den Zeigefinger anklagend auf Kalnick. »Ihr Commander hat keinen Vorschlag gemacht. Er hat keine Alternativen geboten. Sie haben alle gehört, wie ich ihn gefragt habe, nicht wahr? Hat einer von Ihnen Kalnick irgendetwas dazu sagen hören, wie er stattdessen vorrücken wollte? Nein, haben Sie nicht, weil er nichts gesagt hat. Er wollte einfach nur auf seinem Hintern sitzenbleiben, während das Vierte Bataillon und wir da oben vom Feind in Stücke geschossen wurden. Darum geht es mir. Wir sind ein Team, aber Kalnick will nicht in einem Team mitspielen. Wenn ihm nicht gefällt, wie etwas abläuft, dann will er einfach nach Hause gehen, während man auf uns einprügelt.«

»Das ist eine Lüge!« Kalnick wurde bleich vor Zorn und hob einen zitternden Arm: »Wer ist gestorben und hat Sie zu Gott gemacht?«

»Die Dritte Division ist gestorben«, warf Stark ihm an den Kopf. »Jedenfalls zum größten Teil. Und die Sergeants haben mich zum Commander gemacht. Ich wollte diesen Job nicht, aber jetzt habe ich ihn, und ich werde meine Arbeit so gründlich erledigen, wie ich das kann. Und das bedeutet auch, dass ich keinen Commander eines Bataillons in meinen Reihen dulden kann, der Befehle einfach ignoriert.« Jetzt war ihm doch ein »Befehl« rausgerutscht, aber niemand in der Gruppe reagierte darauf allergisch. Offenbar hatte die Diskussion diesen Punkt bereits als abgehakt hinter sich gelassen.

»Stark hat recht.« Nun war auch Yurivan aufgestanden und erklärte ernst: »Kalnick, ich habe mich noch nie um die Regeln gekümmert, aber ich habe auch noch nie meine Kumpels in anderen Einheiten im Stich gelassen.«

»Ich habe nichts gemacht!«

»Ja, und genau das ist doch das Problem. Mir ist gerade bewusst worden, dass ich mal an der Front getroffen werden könnte und ich mich dann darauf verlassen müsste, dass du kommst, um mir zu helfen. Das hat mir Todesangst eingejagt.« Sie sah zu den anderen Sergeants. »Leute, wir brauchen einen anderen Commander. Nicht nur, weil Stark Kalnick nicht vertrauen kann, sondern auch, weil wir jemanden brauchen, dem *wir* vertrauen können.«

»Finde ich auch.«

»Ich ebenfalls.«

»Will irgendjemand Kalnick als Commander behalten?« Vereinzelt wurden Hände in die Luft gereckt. »Wer kann den Job noch erledigen? Irgendwelche Vorschläge, Stark?«

Er schüttelte den Kopf, während er sich bemühte, sich seine Erleichterung nicht anmerken zu lassen. *Lass sie entscheiden, sie werden das schon machen. Zeig ihnen den Weg, aber zwing sie nicht, ihn auch einzuschlagen.* »Es liegt nicht an mir, euch das vorzuschreiben. Ich schätze, irgendwann wird das wohl mal der Fall sein, wenn wir eine Armee bleiben sollten. Aber im Moment wählt ihr einen Commander, dem ihr vertraut.«

»Dann nominiere ich Demetrios!«

»Was?«, widersprach Demetrios. »Wem von euch habe ich jemals was angetan?«

»Was ist mit Falco?«

»Hey!« Kalnick drehte sich wutentbrannt zu seinen Kameraden um. »Ihr alle habt entschieden, dass ich diesen Posten übernehme! Ich bin der Commander dieses Bataillons, und ihr könnt mich nicht einfach rauswerfen, nur weil Stark und seine Handlanger das bestimmen.«

»Ich bin nicht Starks Handlanger«, widersprach jemand.

»Ich auch nicht«, rief ein anderer.

»Was ist los, Kalnick? Bist du sauer, weil wir *deine* Befehle nicht ausführen?«

»Kalnick, warum schaffst du nicht deinen Hintern hier raus, bevor wir dir einen Tritt verpassen?«

»Geht doch alle zum Teufel. Denn genau da wird Stark euch auch hinführen.« Damit machte er auf dem Absatz kehrt und verließ mit stampfenden Schritten den Raum, so gut das in der geringen Schwerkraft möglich war.

Stark nickte den Sergeants zu. »Danke für Ihre Unterstützung, in der Schlacht und auch jetzt gerade. Das hier ist eine gute Einheit. Ich muss jetzt nicht noch länger bleiben. Sagen Sie mir einfach Bescheid, wer von Ihnen diese Einheit befehligen wird.«

Ein schmaler Sergeant stand auf, sein Gesicht kam Stark von der Besprechung bekannt vor, bei der man Stark zum Commander gemacht hatte. »Werden Sie den Namen, den wir Ihnen nennen, akzeptieren oder anerkennen?«

Eine sehr gewichtige Frage. Stark spürte, wie die Anspannung wieder anstieg, während er den Blick über seine Zuschauer wandern ließ. »Anerkennen.« Gemurmel setzte auf allen Seiten ein. »Hört mir zu. Ihr habt mich zum Commander gemacht. Wenn ich nicht das Kommando führe, dann mache ich meine Arbeit nicht richtig. Mein Job besteht darin, bei den großen und wichtigen Themen die Entscheidungen zu treffen. Wenn euch meine Entscheidungen nicht gefallen, schmeißt mich raus und sucht euch einen anderen, der dumm genug ist, diesen Job anzunehmen. Also sagt ihr mir, was ihr wollt und warum ihr es wollt. Ich weiß, ich sollte euch gut zuhören, denn ihr Affen wisst genau, wovon ihr redet. Trotzdem kann es sein, dass ich aus den unterschiedlichsten Gründen letztlich nicht das tue, was ihr euch wünscht. Und dafür werde ich mich nicht entschuldigen.«

Ein langes Schweigen schloss sich an, dann nickte der schmale Sergeant und lächelte flüchtig. »Gesprochen wie ein echter Sergeant. Okay. Aber wenn Sie unsere Entscheidung zurückweisen, wollen wir die Gründe dafür erfahren.«

»Einverstanden. Gut, wenn Sie mich dann entschuldigen würden. Ich habe noch gut ein Dutzend anderer Baustellen vor mir.« Stark verließ den Raum und merkte erst jetzt, als er sich entspannte, wie verkrampft sein Magen die ganze Zeit über gewesen war. Im Korridor war er gerade nach rechts abgebogen, da sah er Sergeant Kalnick, der mit verschränkten Armen und trotziger Miene dastand.

Kalnick musterte ihn mit unverhohlenem Hass im Blick. »Meinen Glückwunsch, ›General‹. Ich schätze, ich werde jetzt zu meinem Trupp zurückgeschickt.«

»Irrtum.« Stark kam näher, bis er dem Mann gegenüberstand. »Eine Schlange wie Sie kann ich nicht in meiner Reichweite gebrauchen. Sie werden mit sofortiger Wirkung dem Verwaltungsdienst zugeteilt und unterstehen Sergeant Manley.« Falls Kalnick das Verlangen verspürte, für noch mehr Unruhe zu sorgen, war die Verwaltung dafür ein denkbar ungeeigneter Ort. »Wenn wir einen Überblick über das genaue Prozedere haben, kehren Sie mit einem der nächsten Shuttles mit den Offizieren nach Hause zurück.«

»Das können Sie nicht machen! Die werden mich standrechtlich erschießen!«

»Das werden die nicht tun. Sagen Sie einfach die Wahrheit, dass Sie meine Autorität nie anerkannt und meine Befehle nicht befolgt haben. Sie werden jede Sicherheitsüberprüfung problemlos überstehen. Ich würde nur gerne eine Sache wissen: Was habe ich Ihnen eigentlich getan?«

»Sie meinen, außer dass Sie sich für was Besseres halten? Und dass Sie für den Ruhm alles tun? Und dass Sie eine Sache begonnen haben, von der Sie nicht wissen, wie Sie sie zu Ende führen sollen?«

Bedächtig schüttelte Stark den Kopf. »Was den dritten Punkt angeht, werde ich wohl nicht anders können als zuzugeben, dass ich das tatsächlich nicht weiß. Keiner von uns weiß, wie es ausgehen wird, und es stimmt, dass ich den Anstoß dazu gegeben habe. Aber was den Rest betrifft … ich bin nicht besser als irgendein anderer hier, jedenfalls nicht als

Mensch. Vielleicht bin ich ein besserer Sergeant als einige andere, und viele Sergeants scheinen zu glauben, dass ich der Richtige bin, um sie zu führen. Aber ich halte mich nicht für einen besseren Menschen.«

»Schöne Worte, nur glaube ich kein einziges davon. Ich werde wiederkommen, Stark, und dann werde ich versuchen, die anderen vor diesem Desaster zu bewahren, in das Sie alle reingeritten haben.«

Stark lächelte wie ein Wolf, den man soeben herausgefordert hatte. »Tun Sie das, Kalnick. Aber wenn Sie versuchen sollten, auch nur einem einzigen Soldaten ein Haar zu krümmen, werde ich mir Ihren Kopf auf einem Silbertablett servieren lassen. Haben Sie das verstanden?« Ohne auf eine Antwort zu warten, wandte sich Stark ab.

## Teil zwei – Mut der zweiten Art

Eine weite Ebene, so verlassen und leer, wie es nur auf dem Mond möglich war. Ausgedehnte flache Lachen aus feinem Staub wechselten sich ab mit Inseln nackten Felsgesteins. Auf der einen Seite fanden sich die Hügel der Kolonie, die auf der Mondoberfläche saß, auf der anderen Seite gähnende Leere bis hin zum viel zu nah erscheinenden Horizont, der vor dem Schwarz der endlosen Nacht verschwand. Auf der Erde wäre eine solche Fläche ein Acker oder ein Park, oder man hätte sie längst mit Häusern zugebaut. Hier dagegen war es ein nutzloses Grundstück, ohne Konzentration irgendwelcher Mineralien, ohne dicht unter der Oberfläche befindliches Eis – ohne jeglichen Ansporn für den menschlichen Unternehmergeist. Vielleicht würde man eines Tages die Kolonie dort erweitern und die Ebene nutzen, um eine neue Landestelle anzulegen. Für den Moment war es nur eine leblose Fläche, die einem einzigen Zweck diente.

Ein Objekt flog über den Himmel. Die gepanzerten, schon lange steifgefrorenen Gliedmaßen waren in ungelenken Haltungen erstarrt, während der Körper sich um sich selbst drehte. Dann landete der tote Soldat auf einem Hügel ähnlicher Überreste. Noch bevor der Tote zur Ruhe gekommen war, folgte ihm bereits der Nächste, diesmal mit nur drei Extremitäten, die vom grellen Schein der Sterne hervorgehoben wurden. Als der Leichnam schließlich zur Ruhe kam, ragte ein Arm so zum Himmel, dass es aussah, als ob der gefallene Soldat einen letzten, sinnlosen Versuch unternahm, die blauweiße Kugel seiner Heimat anzurufen, die stumm über allem hing und wachte.

»Was zum Teufel ist denn hier los?«, wollte Stark wissen.

Die Mannschaft, die auf der Ebene am Werk war, unterbrach die Arbeit und drehte sich zu ihm um, wobei ihre Körperhaltung selbst in der starren Gefechtsrüstung verriet, dass jeder von ihnen wusste, er war bei etwas Verbotenem ertappt worden. Niemand sagte ein Wort.

»Ich will wissen, was Sie hier machen!«, forderte Stark in frostigem Tonfall. Er ging zu dem schweren Lader, der benutzt wurde, um die Toten zu transportieren, und spähte hinein. Auf der Ladefläche lagen die Leichen so kreuz und quer, dass man sie auf die gleiche Weise hingeworfen hatte, wie man sie nun entlud. »Was ist eigentlich mit Ihnen los?« Er nahm am Rande wahr, dass seine Stimme vor Wut bebte, und versuchte, diese Wut zu unterdrücken.

»Na ja, wir haben davon jede Menge zu bergen«, erklärte einer aus der Gruppe zögerlich.

»›Davon‹? Meinen Sie damit die sterblichen Überreste Ihrer Kameraden? Ja, meinen Sie das, Corporal?«

»Wir … wir wollten nicht …«

»Ich will es gar nicht wissen. Sie hören mir jetzt zu. Sie alle.« Stark hob einen Arm und zeigte mit ausgestrecktem Finger auf die diversen Hügel aus Leichen. »Das da sind die sterblichen Überreste Ihrer Freunde, Ihrer Brüder und Schwestern. Sie werden sie mit Respekt behandeln, und Sie werden jeden Einzelnen von ihnen an seinen Platz tragen. Sie werden alle Toten ordentlich in Reih und Glied hinlegen. Wenn ich noch einmal sehe, dass Sie die Toten wie Sandsäcke behandeln, dann werde ich jeden von Ihnen so zurechtstutzen, dass er sich wünschen wird, nie geboren worden zu sein. IST DAS KLAR?« Die letzten drei Worte kamen ihm wie ein

Kampfschrei über die Lippen und platzten förmlich aus den Lautsprechern des Komm-Kanals.

Ausgedehntes Schweigen schloss sich an, und nach einer Weile hoben die Arbeiter der Crew die Toten behutsam hoch und legten sie in Reih und Glied hin, sodass es langsam wirkte, als wäre dies ein Friedhof, wenn auch ganz ohne Gräber und Grabsteine. Stark stand einen Moment lang da und beobachtete den Trupp, während er sich zu beruhigen versuchte. Dann machte er kehrt und ging los, wobei er sein zügiges Tempo beibehielt, bis er beim Hauptquartier ankam. Er ging an der Tür zu seinem Quartier vorbei, ebenso am Kommandozentrum, bis er den Trainingsraum erreicht hatte, der sich zu einem zwanglosen Treffpunkt für die Stabsoffiziere entwickelt hatte. »Vic?«

Sie sah ihn mit müden Augen an, als sie den Blick von ihrem Palmtop abwandte. »Augenblick. So, jetzt. Was ist los?«

»Wer zum Teufel beaufsichtigt die Teams, die die Toten bergen?«

Reynolds antwortete nicht sofort, sondern trank zunächst den kalten Kaffee, dessen Geschmack dafür sorgte, dass sie sich schütteln musste. »Was ist geschehen?«, fragte sie schließlich.

»Gar nichts. Außer dass sie die Toten behandeln, als hätten sie Wäschesäcke vor sich. Weiter nichts.«

»Oh verdammt. Tut mir leid, Ethan. Ich muss mich im Augenblick um zu viele Dinge gleichzeitig kümmern.«

Aus einem unerfindlichen Grund beruhigte ihn dieses Eingeständnis. »Ich weiß. So geht es uns allen. Ich hatte ja auch noch nicht daran gedacht, ihnen mal auf die Finger zu sehen.«

Sie rieb sich die Augen und machte einen müden und betretenen Eindruck. »Ethan, du weißt, wie Bestattungen oft ablaufen, wenn es viele Tote zu beklagen gibt. Weißt du noch? Bei diesen Kämpfen in Asien? Wo sie eine menschliche Woge nach der anderen gegen uns haben Sturm laufen lassen? Das waren so viele getötete Gegner, dass wir mit dem Beerdigen gar nicht mehr nachkamen.«

»Das hier sind keine Gegner. Nicht, dass es andernfalls einen solchen Umgang mit den Toten rechtfertigte. Aber das hier sind auch noch unsere eigenen Leute.«

»Wenn es zu viele sind, ist es irgendwann egal, Ethan. Die Leute stumpfen ab, und nach einer Weile behandeln sie Leichen wie ... na ja, wie Säcke voll mit Wäsche. Vielleicht ist es sogar so was wie ein Abwehrmechanismus, indem man den Toten das Menschliche nimmt. Du weißt, was ich meine. Wenn du das erste Mal jemanden erschießt, wird dir anschließend übel. Beim nächsten Mal ist es schon leichter. Und nach einer Weile denkst du gar nicht mehr darüber nach.«

»Das ist keine Entschuldigung«, beharrte Stark und ließ sich in einen Sessel sinken. Sein Gesicht war vor Wut rot angelaufen. »Man kümmert sich um seine Toten.«

»Das weiß ich. Ich will das auch nicht entschuldigen, ich hab dir nur erklärt, wie es abläuft.« Sie sah ihm aufmerksam in die Augen. »Das hier hat auch was mit Patterson's Knoll zu tun, richtig?«

»In meinem Kopf dreht sich nicht immer alles nur um diesen wertlosen Hügel«, stritt Stark ab, obwohl seine Zornesröte gleichzeitig verblasste.

»Ja, natürlich«, stimmte Vic ihm in einem Tonfall zu, der das genaue Gegenteil ihrer Worte bedeutete. »Unsere Toten auf dem Hügel wurden ja alle angemessen beerdigt, wenn ich mich nicht irre.«

»Erst, als wir zu ihnen gelangen konnten.« Stark starrte mit leerem Blick vor sich hin. »Nachdem sie die Stellung überrannt hatten, nahmen sie ihnen alles weg, was sie irgendwie gebrauchen konnten, dann verstümmelten sie auch noch ein paar von ihnen und überließen sie erst einmal den Tieren.«

»Das tut mir leid.«

»Dann nahmen wir die Stellung wieder ein«, redete Stark mit schwacher Stimme weiter. »Sie schickten Teams hin, um die Leichen zu bergen. Ich war einem dieser Teams zugeteilt.«

»Was?« Vic konnte die Fassungslosigkeit in ihrem Tonfall nicht verhindern. »Welcher Idiot schickt jemanden zum Aufräumen zu einem Massaker, das derjenige mit knapper Not überlebt hat?«

»Das weiß ich leider nicht, aber falls ich es eines Tages doch noch herausfinden sollte, werde ich denjenigen grün und blau prügeln.« Er schüttelte sich, als die Erinnerungen auf ihn einstürmten. »Ich will, dass die Toten gut behandelt werden.«

»Das kann ich verstehen. Ich werde von jetzt an besser darauf achten, und zwar persönlich.« Sie beugte sich weit genug vor, um eine Hand auf seinen Oberarm legen zu können. »Ich wünschte, ich könnte diesen Schmerz vertreiben, Ethan.«

»Ist doch gar nicht wahr. Dann wäre ich schließlich nicht mehr derselbe, nicht wahr?«

»Verletzte Tiere sind gefährlich, Ethan. Das heißt nicht, dass ich Angst *vor dir* hätte, aber ich habe Angst *um dich*. Auch wenn du zum jetzigen Zeitpunkt nicht mehr allzu viel anrichten kannst.«

Stark grinste sie zynisch an. »Ich habe immer noch die Möglichkeit, die Kolonie zu einer allumfassenden Revolution anzustacheln, vergiss das nicht.«

»Tue ich nicht.«

»Apropos ›verletzt‹«, fügte er hinzu. »Das erinnert mich an etwas. Etwas, das ich längst hätte erledigen sollen.« Er stand auf, sein Blick wanderte nervös durch den Raum. »Ich muss einen Freund besuchen.«

»Rash Paratnam?«

»Ja. Ihn hat es während Meechams Offensive erwischt, aber er erholt sich ganz gut. Ich sollte bei ihm vorbeischauen und ›Hallo‹ sagen.«

»Ist das alles, was du tun wirst?«

Er hielt kurz inne, dann sah er sie an und lächelte listig. »Im Moment brauche ich jeden Freund, den ich kriegen kann, Vic.«

»Amen«, pflichtete sie ihm bei. »Viel Glück. Und grüß den großen Affen von mir.«

»Werd ich tun.« Er machte sich auf den Weg und folgte einem Korridor nach dem anderen, bis die Wände von nacktem zu weiß gestrichenem Mondgestein wechselten. Das universelle Rote Kreuz kennzeichnete den Zugang zum militärischen Medizinkomplex. Stark blieb stehen, um sich zu vergewissern, dass er seinen Helm abgenommen hatte. Wer es in diesen Tagen auf die Krankenstation schaffte, würde in der Regel auch überleben, dennoch war eine kleine Geste nötig, um den Toten Respekt zu bekunden. Stark biss sich auf die Lippe und achtete darauf, dass er sich auf dem richtigen Weg befand, während er überfüllte Abteilungen durchquerte.

»Sergeant Stark?« Die Frauenstimme hatte etwas vage Vertrautes. Er drehte sich um und sah in müde Augen, die ihn aus einem müden Gesicht anschauten. Es war die Ärztin, die ihn vor Wochen, die jetzt wie eine Ewigkeit erschienen, aus dieser Abteilung entlassen hatte.

Er nickte. »Es freut mich, Sie zu sehen.«

Die Ärztin lächelte ihn ironisch an. »Sie hatten mir doch versprochen, so bald nicht wieder herzukommen.«

»Hey, diesmal kann ich ja selbst gehen und muss nicht getragen werden. Wie geht es Ihnen?«

Sie zuckte mit den Schultern. »Sehr viel Arbeit. Ihr Freund Meecham hat eine Menge Soldaten auf dem Gewissen. Und das Vergnügen, das dann ein paar Tage später folgte, hat uns noch einige Besucher mehr eingebracht.«

»Meecham ist nicht mein Freund. Und ich hoffe, dass Sie von jetzt an kaum noch Verletzte zu sehen bekommen.«

»Das glaube ich, wenn es wirklich weniger werden.« Sie deutete mit einer Kopfbewegung in Richtung der Kolonie. »Sie haben es arrangiert, dass ein paar von unseren Verwundeten ins Ziv-Krankenhaus geschickt werden konnten?«

»Ja. Aber der oberste Ziv war derjenige, der den Vorschlag gemacht hat.«

»Tatsächlich? Die sind da gut eingerichtet. Ein paar Leute haben wir schon hingeschickt. Einer von Ihren Leuten ist auch dabei. Ein Mann namens Murphy.«

*Murphy! Er lebt noch, was bedeutet, dass er das auch weiterhin tun wird.* Stark konnte förmlich fühlen, wie ein Teil der Anspannung von ihm abfiel. *Zu viele Fragen, die ich nicht stellen will, weil ich Angst vor den Antworten habe. Gott sei Dank fallen wenigstens ein paar Antworten gut aus.* »Woher wissen Sie, dass er zu mir gehört?«, wunderte er sich.

»Er hat es uns gesagt.« Wieder grinste sie, was diesmal von einem leichten Funkeln in ihren Augen begleitet wurde. »Er hat immer wieder gefragt, ob der ›Sarge‹ weiß, dass er in ein Ziv-Krankenhaus gebracht wird. Er wollte keine Ruhe geben, bis wir ihm sagten, dass Sie selbst das befohlen haben.«

»Das habe ich nicht. Jedenfalls nicht konkret auf Murphy bezogen.«

»Ich weiß«, konterte sie und zwinkerte ihm zu.

Stark musste lächeln. »Darf ich Sie etwas fragen?«

»Nur zu. Aber am Samstag habe ich schon was vor.«

»Das war auch nicht, was ich fragen wollte«, sagte er und lachte auf. »Schlafen Sie eigentlich jemals?«

Die Ärztin tat so, als müsse sie erst einmal nachdenken. »Schlafen? Das hab ich früher mal gemacht. Glaube ich jedenfalls. Ist aber auch schon lange her.« Abrupt wurde sie ernst. »Viel zu viel zu tun, wie Sie wissen.«

»Ja, ich weiß.« Die Betten voll mit Verwundeten um sie herum unterstrichen das Gesagte.

»Ich werde mein Bestes geben, um die Soldaten von hier fernzuhalten. Solange wir kämpfen, wird es zwar immer ein paar Verwundete geben, aber ich werde die Zahl so niedrig wie möglich halten.«

»Sie wollen uns wohl arbeitslos machen, wie?«, fragte die Ärztin. »Aber wie gesagt: Das glaube ich erst, wenn ich es sehe. Trotzdem viel Glück mit Ihrem Vorhaben. Nach wem suchen Sie eigentlich? Ich kann Ihnen bestimmt weiterhelfen.«

»Paratnam. Sergeant Rashamon Paratnam in … Bereich 16C.«

»Da rechts, dann die dritte links, und schon sind Sie da.«

»Danke.« Er hielt kurz inne. »Danke für alles. Sie alle hier sind wahre …« Er verstummte, da er nach dem richtigen Wort suchte.

»Engel?«, führte die Ärztin den Satz für ihn zu Ende, ohne sich einen sarkastischen Unterton zu verkneifen. »Ja, die Flügel schließen wir immer gut weg, damit sie bei den Inspektionen ordentlich aussehen. Diese weißen Federn sauber zu halten, ist wirklich eine Plage.«

»Das glaube ich Ihnen aufs Wort. Wir sehen uns.«

»Ich will es nicht hoffen. Es sei denn, Sie kommen ganz allein hier hereinspaziert.«

»Abgemacht.« Stark ging weiter, bis er Bereich 16C erreicht hatte. Paratnam lag im Bett, den Blick auf einen Vid-Schirm gerichtet, ohne wirklich etwas zu sehen. Er war dünner und blasser, als Stark ihn von ihrer letzten Begegnung in Erinnerung hatte. Stark atmete einmal tief durch und kam näher, sodass sein Freund auf ihn aufmerksam wurde.

»Hi, Rash.« Er setzte sich ans Bett und biss sich nervös auf die Lippe.

»Hi, Ethan«, kam eine Antwort, die keinerlei Wiedersehensfreude erkennen ließ.

»Wie geht es dir?«

»Gut. Jedenfalls mit Blick auf die Umstände.«

»Kümmert man sich gut um dich?«

»Ja.«

»Was macht das Bein?«

»Das ist okay.«

»Ähm, Rash, hör zu, ich …«

»Erzähl mir von meiner Schwester«, unterbrach Paratnam ihn.

Stark hielt den Blick nach unten auf den sauberen weißen Steinboden gesenkt, der nahtlos in eine makellos weiße Wand überging. »Hat es dir niemand gesagt?«

»Sag du es mir.«

»Sie ist tot, Rash.«

»Das weiß ich. Wie ist es passiert?«

»Rash …«

»Sag es mir, verdammt noch mal!«

Stark hob den Kopf und sah Paratnam an. »Soweit wir das sagen können, wurde sie gleich beim ersten Sperrfeuer des Feinds von einer Salve aus einer Kettenkanone getroffen. Sie wurde förmlich zerschnitten. Sie hatte nicht den Hauch einer Chance. Es tut mir leid.«

Paratnam sah mit finsterer Miene zur Seite. »Das hast du ja nicht gemacht.«

»Das sagst du zwar, aber so kommt es nicht bei mir an.«

»Ich habe keinen Einfluss darauf, wie was bei dir ankommt.«

Stark sah ihn verwundert an, dann sagte er: »Okay, hör zu. Ich muss dich etwas fragen, Rash. Du weißt, was passiert ist, ja? Nachdem du getroffen wurdest?«

»Du meinst, dass ihr Jungs dann übernommen habt? Ja, das weiß ich.«

»Himmel, Rash, jetzt überschlag dich nicht gleich vor Dankbarkeit. Wir haben eingegriffen, um das zu retten, was von der Dritten Division noch übrig war.«

»Wir haben euch nicht darum gebeten.«

»Natürlich nicht. Ihr Idioten wart ja auch viel zu sehr damit beschäftigt, den Beweis zu liefern, dass selbst die dicksten Dickschädel in der Army nicht gegen Kugeln gefeit sind.« Stark warf seinem Freund einen verärgerten Blick zu. »Rash, wir brauchen jetzt gute Führer. Ich wollte dich fragen, ob du bleiben würdest, um uns zu helfen.«

Rash sah ihm wieder in die Augen, aber sein Gesicht ließ nicht erkennen, was in ihm vorging. »Das würde meine Eltern ganz sicher richtig glücklich machen, meinst du nicht auch? Die Tochter im Kampf gefallen, der Sohn ein Verräter. Wirst du es ihnen erzählen?«

Stark kniff die Augen zu und ballte die Fäuste. »Nein. Aber ich hätte ihnen auch nicht erzählen wollen, dass ihr beide tot seid. Darum habe ich etwas unternommen.« Er stand auf und nickte, sein Blick ging an Paratnam vorbei. »Okay, ich kenne jetzt die Antwort. Keine Sorge, Rash. Du wirst mit den anderen Leuten aus der Dritten Division heimkehren, die nicht bleiben wollen. Schade, dass du nicht hier sein wirst. Ich hätte dich wirklich gut gebrauchen können.« Dann wandte er sich ab.

»Hey, Ethan …«

Stark hielt inne, drehte sich aber nicht zu ihm um. »Ja?«

»Nichts. Man sieht sich.«

Stark verließ das Krankenhaus, indem er sich einen Weg zwischen den verwundeten und den unversehrten Soldaten sowie dem Pflegepersonal hindurch bahnte, die sich in den Gängen drängten. *Wie kann ich von so vielen Leuten umgeben sein und mich trotzdem so allein fühlen? Ich muss was trinken. Nein. Bier hat noch nie eine Antwort geliefert! Ich muss mit Vic reden.*

Vic schaute zu, wie er in den Trainingsraum zurückkam und sich in den Sessel fallen ließ, was sich in der geringen Schwerkraft wie in Zeitlupe abspielte. »Soll ich dich fragen, wie es mit Rash gelaufen ist?«

»Nein.«

»Tut mir leid, Ethan.«

»Vic, ich habe mich noch nie so verdammt einsam gefühlt. Nicht mal, als ich allein an diesem Kraterrand zurückblieb und mich dem Feind in den Weg stellte, damit mein Zug sich in Sicherheit bringen konnte. Manchmal kommt es mir so vor, als wäre da sonst niemand mehr.«

»Na, du hast ja immer noch mich, mein Großer.«

»Was genau bedeutet das?«

Vic atmete seufzend aus und richtete einen flehenden Blick hinauf zum Himmel. »Ganz ruhig, Junge. Es bedeutet so viel wie Kameradin. *Comprendido*?«

»Das dachte ich mir. Und das ist auch genau das, was ich brauche. So wie immer.«

Sie grinste, als hätte sie gerade an einen Witz denken müssen. »Braver Junge. Mir haben zwar alle erzählt, dass man dich nicht dressieren kann, aber ich wusste immer, ich schaffe das.«

»Wow, danke. Und welche Belohnung bekomme ich nun?«

»Ich lasse dich nachts von meinem Lächeln träumen.«

Stark musste lachen und merkte, wie ihm dabei ein Teil seiner Last von den Schultern genommen wurde. »Vic, es gibt wirklich niemanden, der mich so gut aus einem Tief herausholen kann wie du. Danke.«

»Mensch, Ethan, ich muss dir doch einen Grund liefern, damit du mich in deiner Nähe behältst.«

»Hier ist noch einer: Wenn wir uns mit den Zivs treffen, möchte ich, dass du mir hilfst. Ich bin nicht der Hellste, wenn es ums Verhandeln geht.«

Vic verzog den Mund. »Wir treffen uns also wirklich mit den Zivs?«

»Was ist daran so schlimm?«

»Puh, lass mich mal überlegen. Beschimpfungen. Misstrauen. Arroganz. Findest du irgendwas davon schlimm, Ethan?«

Er verkniff sich eine wütende Erwiderung. »Hör zu …«

»Ach, ja, ich habe doch glatt den Unterhaltungsfaktor vergessen. Werden wir uns gegenseitig beschießen müssen, damit die Zivs was zu lachen haben?«

»Okay, das reicht! Ich habe dir mehr als ein Mal gesagt, dass diese Zivs gar nicht so übel sind.«

»Erzählt mir der Mann, der selbst zugibt, nicht der Hellste zu sein.« Vic zuckte übertrieben zusammen, als sie seine finstere Miene sah. »Okay, tut mir leid. Geh nicht gleich in die Luft. Willst du meine ehrliche Meinung hören, oder soll ich dich wie einen General behandeln und auf alles mit einem eifrigen ›Jawohl, Sir‹ antworten?«

»Ich möchte«, erklärte Stark geduldig, »dass du unvoreingenommen an die Sache herangehst und die Situation neutral bewertest. Ich möchte nicht, dass du mit einer vorgefassten Meinung dasitzt, wenn es losgeht. Du bist eine gute taktische Denkerin, und du ziehst auch nicht voreingenommen in eine Schlacht, oder? Du verschaffst dir einen Überblick über die Situation und entscheidest erst dann, wo du deine Streitkräfte hinschickst.«

»Wenn man klug ist, macht man das so«, räumte sie ein. »Ich werde mein Bestes geben, aber ich habe zu oft diese Verbotsschilder ›Hunde und Soldaten müssen draußen bleiben‹ gesehen, als dass ich komplett unvoreingenommen bleiben kann. Wann findet dieses wundervolle Treffen statt?«

»Morgen früh. Wie gesagt, ich werde dich dabei brauchen, damit du mir hilfst.«

»Ich werde da sein«, versicherte sie ihm.

Stark starrte auf die graue Leere eines ausgeschalteten Displaymonitors. *Sieht so aus, als müsste ich ganz allein gegen den Rest der Welt antreten. So wie immer. Ich hatte mal Freunde an meiner Seite, aber dann haben sie mich zu ihrem Boss gemacht.* Er forschte in seinem Herzen nach, während er Vic zu ignorieren versuchte, die dicht neben ihm ihrer Arbeit nachging und dabei versuchte, ihn zu ignorieren. Dennoch fand er keine besseren Antworten. *Tu, was richtig erscheint. Was soll ich sonst auch tun?* Der graue Bildschirm bot ihm keine Lösung.

Die sich anschließende lange Nacht hatte auch nicht zu irgendwelchen nennenswerten Weisheiten geführt. Stark grummelte mürrisch vor sich hin, als er seinen Platz einnahm. Der Besprechungsraum befand sich fast am äußersten Rand des Hauptquartiers, lag damit so weit wie möglich in Richtung

Kolonie, dass er nach Starks Dafürhalten als neutrales Gebiet angesehen werden konnte.

*Vor allem werde ich den Zivs nicht zeigen, in welchem Märchenland der General hier lebte.* Außerdem sorgten seiner Meinung nach unbequeme Konferenzräume dafür, dass Besprechungen kürzer ausfielen und schneller Entscheidungen getroffen wurden. Er saß an einem langen Metalltisch mit Standardmaßen, hergestellt aus Monderz. Sein provisorischer Stab hatte links und rechts von ihm Platz genommen, ihnen gegenüber saß Koloniemanager Campbell ebenfalls inmitten einer Schar aus Adjutanten.

Campbell wirkte nervös, auch wenn er das recht gut überspielte. Sarafina gleich neben ihm lächelte Stark flüchtig an. Die übrigen Zivilisten starrten entweder auf die Tischplatte oder schauten zur Decke. Stark drehte sich zu Vic um, weil er ihr etwas zuflüstern wollte. Doch die Worte blieben ihm im Hals stecken, da ihm auffiel, dass seine eigenen Leute sich genauso gebärdeten wie die Kolonisten. *Oh Mann, das wird wohl genauso übel werden, wie ich es befürchtet hatte.*

»Ich nehme an, wir sollten jetzt mal beginnen«, sprach er in die Runde. »Allerdings bin ich mir nicht so sicher, wie das ablaufen soll.«

»Das weiß keiner von uns«, erwiderte Campbell und lächelte bemüht. »Es ist lange her, seit Amerikaner das letzte Mal eine Revolution angezettelt haben.«

Ein Mann mit breitem Gesicht ein Stück weiter am Tisch setzte sich abrupt kerzengerade hin. »Mir war nicht bekannt, dass hinsichtlich dieser Situation schon etwas entschieden worden ist. Das Potenzial für extrem gravierende …«

»Ja, ja«, unterbrach Campbell den Mann entnervt. »Das ist Jason Trasies, Sicherheitschef der Kolonie.«

»Und diese Verantwortung nehme ich sehr ernst«, betonte Trasies mit Nachdruck.

Starks Leute bedachten Trasies mit frostigen Blicken, der sie alle auf eine Weise ansah, als stelle er sich gerade vor, wie sie in Häftlingskleidung dasaßen. »Ich kann Ihnen versichern«, erklärte Stark in ruhigem Tonfall, »dass die Kolonie nicht in Gefahr ist.«

»Was uns zu verdanken ist«, fügte Vic an. »Wir nehmen unsere Verantwortung nämlich auch sehr ernst.«

»Wir wären um ein Haar von unserer eigenen Navy angegriffen worden!« Eine Frau links von Campbell beugte sich vor und schaute in die Runde wie ein Reh, das soeben eine Gruppe Jäger entdeckt hatte. »Wir haben keine normale Kommunikation, wir bekommen unsere regulären Vorräte nicht geliefert. Außerdem wurde mir gesagt, dass wir massiv angegriffen werden und ...«

»M'am«, ging Stark dazwischen. »Die schweren Angriffe sind vorbei. Wir haben den Feind zurückgetrieben und ihm so wehgetan, dass er sich so schnell nicht wieder blicken lassen wird.«

»Sie haben sie getötet! Sie haben viele von ihnen getötet! Und jetzt wollen Sie diese Kolonie übernehmen?«

»Ms. Pevoni.« Campbell warf ihr einen verärgerten Blick zu. »Ich hatte Ihnen bereits erklärt, dass das Militär nicht daran interessiert ist, die Kolonie unter seine Kontrolle zu stellen. Man hat mich sogar wissen lassen, dass wir mehr Freiheiten erhalten sollen, als wir bislang jemals hatten.«

»Und Sie vertrauen denen?«, stichelte Trasies. »Haben sie einen Eid abgelegt, dass sie Ihre Entscheidungen respektieren werden?«

Stark merkte, dass sein Gesicht zu glühen begann, doch Bev Manley kam ihm zuvor. »Keiner von uns braucht Nachhilfeunterricht in Sachen Ethik, und erst recht nicht von einem Konzernschießhund«, meinte sie mit einem gespielt gefälligen Lächeln, während ihre Worte bei Trasies genau ins Schwarze trafen.

»Ich arbeite für die Kolonie«, gab Trasies steif zurück.

»Sie arbeiten für mich«, korrigierte ihn Campbell, dessen Gesicht nun auch rot angelaufen war. »Ich werde keine weiteren Beleidigungen dulden, die gegen die Vertreter des Militärs gerichtet sind.«

Wieder meldete sich Pevoni zu Wort. »Es ist keine Beleidigung, wenn man ihre eigene jüngste Vergangenheit zur Sprache bringt. Das ist nun mal das Verhalten, das sie an den Tag …«

»Wer zum Teufel sind Sie eigentlich?«, wollte Vic wissen.

»Yvonne Pevoni, Verbindungsperson für die Konzerne und die Regierung«, kam die herablassende Antwort der Zivilistin. »In dieser Funktion bin ich dafür verantwortlich, den Charakter der Personen zu bewerten, mit denen wir zu tun haben. Ich kann mir nicht vorstellen, für bewaffnete kriminelle Elemente eine wohlwollende Einschätzung abzugeben, die …«

»Jetzt reicht es mir«, fiel Stark ihr ins Wort. »Campbell, Ihre Leute benehmen sich unmöglich!«

Trasies lief vor Wut tiefrot an. »Wir benehmen uns unmöglich? Für wen bitte halten Sie …«

»Sergeant Stark hat recht«, ging Campbell dazwischen und schaute sich aufgebracht um. »So kommen wir nicht weiter. Wir brauchen eine Pause.«

»Gute Idee«, meinte Stark und nickte zustimmend.

»Und etwas Privatsphäre, während ich mit meinem Stab rede, falls das für Sie annehmbar ist.«

»Selbstverständlich«, willigte Stark ein, ohne von den stechenden Blicken sichtbar Notiz zu nehmen. »Wir werden im Flur warten, sofern das nicht zu lange dauern wird. Wie viel Zeit brauchen Sie?«

»Eine halbe Stunde. Wenn wir es in der Zeit nicht hinkriegen, werden wir wahrscheinlich sehr viel länger benötigen.«

»Okay.« Stark stand auf und führte seine Leute nach draußen. Im Korridor drehte er sich zu ihnen um.

Vic lehnte sich gegen die Wand und zog ihren Palmtop hervor. »Dann kann ich die Zeit ja wenigstens nutzen, um was Sinnvolles zu tun«, merkte sie an und begann zu tippen.

»Das würde ich auch gern«, knurrte Stark. »Also gut, Leute. Was ist da drinnen passiert?«

»Das weißt du so gut wie wir«, erwiderte Bev Manley mit einem verbitterten Lächeln. »Die Zivs haben versucht, uns zu überfahren. In Bars passiert so was ständig.«

»Ich weiß, dass dieser Sicherheitschef ein Problem darstellt, und ich könnte auch auf diese selbstherrliche ›Verbindungsperson‹ verzichten, aber ...«

»Die stellen alle ein Problem dar, Ethan. Die halten uns für gefährlich und versuchen nur, sich von uns zu holen, was sie brauchen. Aber weiter wollen sie mit dem Mil nichts zu tun haben.«

»Seht ihr alle das genauso?«, fragte Stark und sah einen Soldaten nach dem anderen an, die alle bestätigend nickten. Vic schaute kurz von ihrer Arbeit auf und nickte ebenfalls. »Auch Campbell und Sarafina? Die beiden machten auf mich keinen feindseligen Eindruck.«

»Campbell machte aber auch nicht unbedingt den Eindruck, dass er da drinnen das Sagen hatte«, konterte Reynolds unbeeindruckt.

»Er hat bislang noch nie sehr viel zu sagen gehabt. Daran muss er sich erst gewöhnen.«

»Wenn sich einer von *meinen* Untergebenen so aufführen würde wie dieser kleine Widerling Trasies«, meinte Manley, »hätte ich ihn schon längst in Stücke gerissen und an die Ratten verfüttert.«

»Commander«, meldete sich Gordasa zu Wort. »Diese Zivs brauchen uns, so wie es immer der Fall ist. Wir aber brauchen sie nicht.«

»Hm.« Wieder sah Stark seine Leute der Reihe nach an. »Ich hatte da drinnen ein ganz seltsames Gefühl. Es kam mir vor, als wüsste ich genau, wie sich Campbell fühlte. Ich hatte den Eindruck, dass ich mit den Zivs reden kann. Aber ihr sagt mir jetzt alle, dass es euch nicht so ergangen ist.«

»Kein bisschen«, antwortete Manley für die Gruppe.

»Und wieso empfinde ich das so ganz anders?«

Vic grinste ironisch, ohne den Blick von ihrem Palmtop zu nehmen. »Du wurdest als Ziv geboren, Ethan. Du entwickelst dich halt zu einem zurück.«

Gordasa schüttelte den Kopf. »Der Commander ist kein Ziv.«

»Jedenfalls keiner von deren Schlag«, stimmte Stark ihm zu. »Ich habe mich vor langer Zeit dem Mil angeschlossen, so wie ihr Affen auch. Aber ich bin wie diese Zivs aufgewachsen. Vielleicht verstehe ich sie aus dem Grund ja ein bisschen besser. Keine Ahnung, ob das stimmt. Ich weiß nur, dass wir die Zivs sehr wohl brauchen werden, wenn auch vielleicht nicht gerade jetzt. Wer wird mit den Behörden auf der Erde sprechen und ihnen erklären, dass wir ihnen ihre Offiziere zurückgeben, wenn sie im Gegenzug unsere Familien hochschicken?«

Einen Moment lang herrschte Stille, schließlich nickte Manley widerwillig. »Mit uns werden die Behörden nicht reden, das ist schon mal klar. Was das Pentagon angeht, sind wir ein Tabuthema.«

»*Verdad*«, stimmte Gordasa ihm zu. »Und wenn wir irgendwelche Ersatzteile brauchen, was irgendwann der Fall sein wird, wenn sich das hier noch lange hinzieht, müssen wir ein Hintertürchen zu den Firmen finden, die die Sachen herstellen.«

»Ein Hintertürchen?« Vic horchte auf. »Es ist möglich, über inoffizielle Kanäle Ersatzteile für Anzüge zu bekommen? Diese Teile unterliegen alle der strengsten Geheimhaltung, die werden nur offiziell verkauft.«

Gordasa lächelte und antwortete achselzuckend. »Wenn man will, kann man alles über inoffizielle Kanäle bekommen. Das wissen Sie alle so gut wie ich. Ich selbst habe mich noch nie an diesen Spielchen beteiligt, aber ich weiß darüber Bescheid.«

»Also«, ergriff Stark wieder das Wort, »seid ihr Affen jetzt mit mir einer Meinung, dass wir mit diesen Zivs reden müssen?« *Das hätte ich lange vor diesem Zusammentreffen mit den anderen besprechen müssen. Dabei sah alles so einfach und so logisch aus. Aber fürs nächste Mal bin ich gewappnet.* »Und dass wir mit ihnen zusammenarbeiten müssen?«

»In einem gewissen Umfang müssen wir das wohl.« Bev Manley sah sich um, die anderen nickten mal mehr, mal weniger widerwillig. »Gefallen tut es aber niemandem, Stark.«

»Niemandem gefällt eine Regierung, Bev, trotzdem brauchen wir sie.« Stark sah auf seine Uhr, dann zur Tür. »Wenn wir gleich wieder reingehen, werde ich Trasies zurechtweisen, sobald er wieder den Mund aufreißt. Vielleicht kann ich Campbell ja zeigen, wie es gemacht wird. Vic, du gönnst dieser Pevoni einen todbringenden Blick, wenn es so aussieht, als wollte sie wieder etwas sagen.«

»Kann ich ihr nicht nach dem Treffen einfach folgen, bis

ich sie mir ganz ohne Zeugen in einer düsteren Gasse vornehmen kann?«

Stark verkniff sich einen Lacher, obwohl die anderen sich nicht beherrschten. »Okay, es ist ja nicht so, als hätte ich keine Ahnung, was ihr empfindet. Aber lasst uns gleich einfach mal sehen, was wir da drinnen mit den anderen anfangen können.«

Schließlich war die Zeit um, und Stark kehrte mit seinen Leuten in den Konferenzraum zurück. Campbells Miene war die eines Mannes, der sich nicht anmerken lassen wollte, wie aufgebracht er eigentlich war. Sein finsterer Blick wanderte von einem Adjutanten zum nächsten und blieb schließlich bei Trasies hängen. »Wie es scheint, gibt es einige Themen, die erst einer beträchtlichen Koordinierung bedürfen, bevor eine erfolgreiche Vereinbarung zustande kommen kann.«

»Wir haben aber nicht allzu viel Zeit«, machte Stark ihm klar. »Wo hakt es denn?«

»Ich fürchte, die speziellen Themen sind so explosiv, dass hier und jetzt jede weitere Diskussion unseren Chancen auf eine Zusammenarbeit eher abträglich sein dürfte.« Campbell atmete seufzend durch und schaute frustriert drein. »Sie trifft keine Schuld. Das ist eine Sache, die wir unter uns klären müssen.«

»Ich verstehe. Wenn Sie von uns irgendwelche Informationen oder unsere Unterstützung brauchen, während Sie Klarheit schaffen ...«

»Wir sind durchaus in der Lage, selbst zu entscheiden.«

Stark kniff die Augen zusammen und konzentrierte sich ganz auf den Sicherheitschef. »Und ich bin mir sicher, dass Mr. Campbell fähig ist, sich selbst zu äußern. Oder meinen Sie etwa, dass Sie hier das Sagen haben?«

Campbell hob die Hände, um der Unterhaltung ein Ende

zu setzen, ehe sie noch weiter eskalierte. »Ich halte es für das Beste, wenn unsere Besprechung an diesem Punkt erst einmal endet.«

Nun hob Stark seinerseits eine Hand und wandte ein: »Nein, denn eine Sache muss jetzt noch angesprochen werden, und dabei brauchen wir Ihre Hilfe. Wir haben unsere Offiziere in Gewahrsam genommen, aber wir wollen sie loswerden. Sie sollen zurück zur Erde.«

Sarafina sah interessiert zu Campbell, obwohl sie an Stark gerichtet sagte: »Dann sind die Offiziere wohlauf? Keinem von ihnen ist etwas geschehen?«

»Sie sind sicher aufgehoben, aber sie sind über ihre Inhaftierung nicht glücklich. Ich will sie nach Hause schicken, damit sie für uns keine Bedrohung mehr darstellen.« *Und damit keiner von meinen Soldaten auf die Idee kommt, sich volltrunken auf einen Offizier zu stürzen, weil er mit ihm noch eine Rechnung offen hat. Selbst ich träume ja manchmal davon, Captain Noble ausfindig zu machen und ihn ein paar Mal von der Wand abprallen zu lassen.* »Aber daheim will niemand mit uns reden. Sie dagegen können mit ihnen verhandeln und zu einer Vereinbarung gelangen, damit wir diese Offiziere nach Hause schaffen.«

Campbell nickte, legte aber gleichzeitig die Stirn in Falten. »Es sollte nicht so schwierig sein, etwas Entsprechendes zu vereinbaren, sofern Sie uns erlauben, wieder die Kommunikationskanäle zu benutzen.«

»Da wäre noch etwas. Im Austausch für die Offiziere wollen wir, dass unsere Familien raufgeschickt werden.«

»Die Familien. Ja, natürlich. Wir benötigen eine Liste der inhaftierten Offiziere und eine mit den Namen der Leute, die im Austausch herkommen sollen …«

Yvonne Pevoni fuchtelte aufgeregt mit den Händen. »Ich

kann nicht dazu raten, sich in diese Sache einzumischen. Wir würden uns mitten in eine kritische Situation manövrieren …«

»Und wir würden im Namen dieser Individuen handeln«, fügte Trasies in frostigem Tonfall an.

Wieder bekam Campbell einen roten Kopf, dann sah er nach links und rechts, wo ihn seine Berater erwartungsvoll anschauten. »Das hier«, erwiderte er bedächtig und eindringlich, »ist eine humanitäre Maßnahme. Wir handeln in niemandes Namen, wenn wir die Voraussetzungen schaffen, damit gefangene Offiziere gegen Angehörige der Leute ausgetauscht werden können, die hier oben bleiben.«

»Ich kann nicht …«, begann Pevoni.

»Jede weitere Diskussion erübrigt sich«, fuhr Campbell sie an. »Ms. Sarafina, Sie werden mit Sergeant Starks Leuten in dem Umfang zusammenarbeiten, der nötig ist, um die Verhandlungen zu führen.«

»Danke«, sagte Stark, dessen Gefühlsregungen in diesem einen Wort viel deutlicher mitschwangen, als es ihm lieb war. Er sah zu Vic, die sichtlich zur Kenntnis genommen hatte, dass Campbell demonstriert hatte, wer auf seiner Seite letztlich die Entscheidungen fällte. »Sergeant Reynolds wird für Sie unsere KP sein.« Die Zivilisten sahen ihn ratlos an. »Oh, tut mir leid. Kontaktperson. Die Person, mit der Sie zusammenarbeiten, Ms. Sarafina.«

Campbell stand auf, schaute vor sich und machte eine grimmige Miene. »Es gibt noch viel zu klären. Es tut mir leid, dass dieses Treffen nicht produktiver verlaufen ist.«

»Das tut mir auch leid.« Stark streckte die Hand aus und drückte kraftvoll zu, als Campbell sie ergriff. Sein Blick wanderte flüchtig über die anderen Zivilisten, dann wartete er, bis die Gruppe den Raum verlassen hatte. Schließlich hielt er seinen Leuten seine Hand hin. »Na, habt ihr das gesehen? Ich habe ihn angefasst, und es ist nichts Grausames geschehen.«

»Hast du deine Armbanduhr noch?«, wollte Vic wissen. »Falls ja, wollte er sie nur nicht haben.«

Stark reagierte mit einem aufgebrachten Blick. »Ich kann den Zivs nicht vorschreiben, mit welcher Geisteshaltung sie ans Werk gehen wollen. Aber von meinen eigenen Leuten erwarte ich, dass sie zu mir stehen.«

»Wir haben nichts gesagt, das …«

»Stimmt, aber euer negatives Gehabe muss sogar für jeden zufälligen Beobachter offensichtlich gewesen sein! Ich sage das jetzt noch einmal: Wir werden mit den Zivs zusammenarbeiten. Wer von euch dazu nicht bereit ist, muss es mir nur sagen. Dann werde ich ihm einen Job geben, bei dem er ganz sicher niemals einen Ziv zu sehen bekommt!«

Ein Unwetter schien sich seinen Weg durch die Korridore des Hauptquartiers zu bahnen, so finster war Starks Miene, als er aufgebracht davonstapfte. Er war so außer sich, dass die geringste Provokation ihn Blitze hätte schleudern lassen. Aber jeder, der ihn näher kommen sah, ging sofort auf sicheren Abstand zu ihm.

*Ich kann es einfach nicht fassen, dass sich jeder so dumm und so starrsinnig verhält. Die Zusammenarbeit mit den Zivs ist wichtig. Wieso will das außer mir niemand einsehen? Seit wann bin ich der einzig Vernünftige?* Er befand sich in der Nähe jener leerstehenden Ansammlung von Räumen, in denen der kommandierende General sein Quartier gehabt hatte. Abrupt blieb er stehen, da sich seine Wut mit einem Mal gegen drei Soldaten richtete, die vor einer kleinen Tür standen.

»Wer zum Teufel sind Sie?«, knurrte er sie an.

»Die Gärtner«, antwortete der Corporal, was von den

zwei Privates neben ihm mit einem eifrigen Nicken bestätigt wurde. Die beiden starrten beharrlich den Corporal an, weil sie vermeiden wollten, dass Starks Aufmerksamkeit von ihrem Vorgesetzten auf sie überging.

»Die …« Stark verzog irritiert das Gesicht, ehe er nachhakte: »Die Gärtner? Dann gibt es hier einen … Garten?«

»Ja, Sir. Zwei Gärten.«

»Zwei Gärten!« Stark gab dem Corporal ein Zeichen. »Zeigen Sie mir diese Gärten.« Während der Mann mit der Tür hantierte, sah sich Stark um. »Sagen Sie, befinden wir uns hier nicht ganz in der Nähe der Räume des kommandierenden Generals?«

Der Corporal nickte. »Das ist richtig. Das ist so eine Art Hintereingang, damit wir nicht immer sein Büro durchqueren müssen, wenn wir in den Garten oder wieder hinaus wollen.« Er machte die Tür auf und ging vor Stark hindurch.

»Eine Hintertür zum Quartier des Generals«, murmelte Stark, während er sich ausmalte, welche Verletzungen der Sicherheitsvorschriften damit verbunden sein mochten. Dann sah er den Garten und blieb stehen. Die Anordnung erinnerte ihn an die Innenhöfe, die sich überall über die Kolonie verteilt fanden – ein quadratischer Raum mit Fenstern in der Decke oder in einer Wand, um nach draußen schauen zu können. Doch durch diese Fenster war nicht die sonst übliche Ansicht der kargen Mondlandschaft zu sehen, die Fenster waren große Monitore, auf denen ein blauer Himmel mit ein paar Wolken zu sehen war. Voller Erstaunen wandte Stark den Blick von diesen Bildern ab und betrachtete die Wände aus völlig plan geschliffenem Stein, die mit viel Liebe zum Detail bemalt worden waren. Sanft ansteigende Hügel und Ruinen von einer Art, wie Stark sie aus Nahost kannte, waren hier abgebildet. Vor den Mauern mit ihren aufgemalten Bäumen und anderer Vegetation fanden sich Beete mit echten Blumen in leuchtenden Farben sowie gepflegte, sauber in Reih und Glied angeordnete Büsche. Die für ihr Gedeihen nötige Helligkeit besorgten Lampen, die das gesamte Farbspektrum abdeckten und so Sonnenlicht nachahmten. Der Boden wurde von einem dichten, intensiv grünen Rasen bedeckt, dessen einzelne Halme wegen der geringen Schwerkraft etwas schmaler als sonst wuchsen. Jeder Einzelne von ihnen war mit großer Sorgfalt auf eine einheitliche Länge geschnitten worden.

Stark wurde auf einmal bewusst, dass der Corporal und seine beiden Assistenten dastanden und ihn beobachteten. Ihre Mienen verrieten nicht, was in ihnen vor sich ging. »Und das hier war für den kommandierenden General?«, fragte Stark schließlich.

»Ja, dieser hier«, erwiderte der Corporal. »Der andere ist für den Stabschef.«

»Der andere ... ist der genauso wie der hier?«

»So gut wie. Er ist nur exakt zwei Quadratmeter kleiner, und hat einen Übertopf weniger.« Nach einer kurzen Pause fügte er hinzu: »Und das Gemälde ist nicht ganz so gut.«

»Weil der kommandierende General den größten und schönsten Garten haben muss, richtig?« Abermals nickte der Corporal. »Und Sie sind dazu abgestellt, diese Gärten zu pflegen?«

»Ganz richtig.«

Die vollkommene Absurdität der Situation ließ ihn seinen Ärger vorerst vergessen. *Was für eine Vergeudung von guten Soldaten. Aber dafür können sie ja nichts.* »Sieht so aus, als hätten Sie hier wirklich gute Arbeit geleistet. Aber was fangen wir jetzt damit an?«

»Ähm ... wie bitte?«, fragte der Corporal verblüfft, während die beiden Privates einander besorgt anschauten. »Das hier ... das ist für den kommandierenden General.«

»Das bin derzeit ich«, machte Stark ihm geduldig klar. »Weder will ich einen Garten haben, noch kann ich einen gebrauchen.« Trauer und Empörung waren den Gesichtern der Privates deutlich anzusehen. »Ich bestreite ja nicht, dass Sie hier verdammt gute Arbeit geleistet haben. Aber irgendwie müssen wir das hier auch rechtfertigen, nicht wahr? Was soll ich mit einem Garten?«

»Der jeweilige General hat hier üblicherweise wichtige Gäste empfangen«, erwiderte ein Private. »Kleine Partys und so.«

»Kleine Partys?«

»Ja, Sie wissen schon, Drinks und Fingerfood. Köttbullar und diese Cocktailwürstchen, die man mit einem Zahnstocher aufspießt. Und Frühlingsrollen.«

»Frühlingsrollen?« Die kleinen philippinischen Teigtaschen hatten etwas fast schon Mythisches an sich, vor allem für jene Soldaten, für die ein Snack normalerweise aus Chips von auf dem Mond angebauten Kartoffeln bestand. Die wurden hauchdünn geschnitten, gebacken und so sparsam gesalzen, dass sie nach abgestandenem Papier schmeckten. »Hier oben gab es Frühlingsrollen?«

»Ja, für die Generäle.«

Stark ließ sich gegen den Türrahmen sinken und rieb sich die Augen. *Wieso kann mich hier überhaupt noch irgendeine Sache wundern?* Er betätigte seine Komm-Einheit. »Vic?«

»Hier«, meldete sie sich verhalten.

»Ich brauche dich da, wo ich gerade bin.«

»O mein Gott, Ethan, ich würde ja liebend gern, aber hier stapelt sich die Arbeit bis zur ...«

»Vic, ich bin nicht mehr sauer.«

»O ja, du klingst wirklich wie die Ruhe selbst.«

»Vic, du musst dir das ansehen, sonst glaubst du es nicht.«

»Tja, als ich den Spruch das letzte Mal von einem Mann zu hören bekommen habe, war ich nicht annähernd so beeindruckt, wie er erwartet hatte.«

»Ich glaube nicht, dass ich das wissen will. Hör zu, Vic, komm einfach her und sieh dir das an.«

»Okay, okay, ich bin in einer Minute da.« Tatsächlich schaffte sie es sogar innerhalb von gut fünfundvierzig Sekunden, wobei sie mit der schnellen, gleitenden Gangart unterwegs war, derer sich Mondveteranen bedienten, wenn sie zügig längere Strecken zurücklegen mussten. Stark machte einen Schritt von der Tür weg und winkte Vic zu sich, damit sie einen Blick auf den Garten warf. Reynolds starrte lange Zeit die Anlage an, dann auf einmal begann sie so sehr zu lachen, dass sie Mühe hatte, sich auf den Beinen zu halten.

»Hey, Ethan. Das ist alles dein Gras!«

Stark schaute sie mürrisch an. »Ich hasse Gras.«

»Genau deshalb ist das ja lustig. O Gott! Das einzige Gras auf dem ganzen Mond, und das gehört ausgerechnet dem einen Typen, der es am liebsten zertrampeln würde.« Wieder bekam sie einen Lachanfall, der ihr schier den Atem raubte.

»Schön, dass es dir gefällt«, murmelte Stark und betätigte wieder seine Komm-Einheit. »Tanaka, kommen Sie in den Garten des Generals.«

Sergeant Tanaka brauchte sogar noch weniger Zeit als Vic. »Dann haben Sie ihn also gefunden?«

»Sie wussten davon?«

»Kann man so sagen. Allerdings hat außer den Gärtnern kein Unteroffizier im Hauptquartier jemals diesen Garten zu sehen bekommen. Aber gehört haben wir davon alle.« Sie machte einen langen Hals, um einen Blick durch die Tür zu werfen. »Hübsch. Was werden Sie damit anfangen?«

»Ausbaggern und irgendwo auf der Oberfläche abladen wäre eine Möglichkeit.«

»Auf keinen Fall!«, protestierten Vic und Jill Tanaka gleichzeitig, während der Corporal und seine Assistenten vor Schreck bleich wurden.

»Wieso nicht?« Mit einer Hand deutete er auf die Blumen. »Ich kann doch nicht etwas haben, das niemand sonst benutzen darf.«

»Wir könnten doch allen erlauben, den Garten zu besuchen«, schlug Tanaka vor.

»Das glaube ich nicht, Jill«, wandte Vic ein. »Tausende von Stiefeln auf dem kleinen Fleckchen Gras? Selbst bei der niedrigen Schwerkraft wäre das in kürzester Zeit alles zu Morast zertreten.« Der Corporal nickte bestätigend.

»Wie wäre es mit einer Lotterie?«, überlegte Stark. *Irgendeinen Nutzen muss man doch daraus ziehen. Ich möchte lieber gar nicht darüber nachdenken, was es gekostet hat, diesen Garten anzulegen und zu pflegen, während uns Ersatzteile verweigert wurden, weil das verdammte Budget es angeblich nicht zuließ. Hat irgendjemand deshalb eine Kugel abbekommen*? »Hey, ich hab's!«

»Was hast du?«, wollte Vic wissen.

»Wir haben bereits Soldaten, die bei einer Lotterie eine Niete gezogen haben: bei der Gefechtslotterie. Von unseren Verwundeten rede ich. So was wäre doch gut, oder nicht? Und niemand würde sich hinstellen und behaupten, dass sie es nicht verdient haben, ein paar Stunden im Garten zu verbringen.«

Vic lächelte angetan. »Das ist fair und angemessen. Niemand kann sich beschweren, wenn ein Verwundeter eine gewisse Sonderbehandlung erfährt. Das gefällt mir. Ich rede mit den Ärzten, damit sie einen Plan erstellen, wer wann den Garten benutzen darf.« Dann zeigte sie auf den Corporal. »Sie müssen uns sagen, wie viele Leute wir jeden Tag da reinschicken können, ohne dass alles verwüstet wird.«

»Das weiß ich doch gar nicht«, hielt der Mann dagegen. »So ist der Garten noch nie benutzt worden.«

»Dann schätzen Sie einfach«, erwiderte Stark. »Wir können die Zahl jederzeit anpassen, wenn Sie sehen, dass etwas in Mitleidenschaft gezogen wird.« Er zog die Augenbrauen zusammen. »Ich vermute, wir werden Wachen aufstellen müssen, um sicherzustellen, dass nicht alle hingehen und sich eine Blume als Souvenir pflücken und dass auch niemand seinen Abfall zurücklässt.«

Tanaka nickte bedächtig. »Das ist ratsam. Wir stellen ja keine Zeremonialwachen mehr vor den Quartieren der Offiziere auf, und damit haben wir Leute zur Verfügung, die das hier übernehmen können.«

»Zeremonialwachen? Ach, vergessen Sie's. Das will ich gar nicht wissen.« Stark betrachtete nachdenklich einen der großen Übertöpfe. »Hey, Jill, noch eine Sache. Mir ist aufgefallen, dass Sie sich ein paar Mal mit Sergeant Yurivan getroffen haben.«

»Richtig. Wir haben uns schon mal getroffen. Mit Stacey hat man immer jede Menge Spaß.«

»So kann man das wohl auch bezeichnen. Ich möchte, dass diese Pflanzen hier vor ihr sicher sind. Richten Sie Stacey Yurivan aus, wenn ich irgendwo auch nur eine einzige Bemerkung höre, dass auf dem Schwarzmarkt frische Blumen angeboten werden, dann werde ich sie so lange zum Wachdienst am Mondpol verdonnern, dass sie glaubt, sie ist ein Weltraumpinguin. Ist das klar?«

»Stacey würde so was nicht tun«, protestierte Tanaka.

»Es sei denn, es springt was für sie dabei heraus. Sorgen Sie nur dafür, dass sie versteht, was ich gerade eben gesagt habe.«

Vic folgte Stark, als er den Raum verließ. »Hey, du bist ja wieder menschlich.«

»Wozu du nichts beigetragen hast.«

»Komm schon, Ethan. Du hast doch gesehen, wie sich Trasies und Pevoni aufgeführt haben. Ich traue ihnen nicht. Ist das denn so unvernünftig von mir?«

»Was die beiden angeht? Nein. Das wäre in etwa so, als würde ich Yurivan den Garten anvertrauen.«

Sie grinste. »Nur würde Stacey im Gegensatz zu Trasies keinem Soldaten wehtun. Wirklich schade, dass wir sie nicht für die Mächte des Guten bändigen können.«

»Vielleicht sollten wir das machen.«

Reynolds sah ihn verdutzt an. »Ist das dein Ernst? Welcher Job wäre denn für ihre besonderen Begabungen der richtige?«

»Der einer Aufpasserin für Ratten wie Trasies.«

»Jetzt sag nicht, du willst sie zur Sicherheitschefin machen!«

»Genau das habe ich vor.« Stark lächelte flüchtig. »Im Herzen bin ich immer noch ein Truppführer, Vic. Und was macht ein Truppführer? Er betraut die Leute mit dem Job, für den sie am geeignetsten sind. Er wählt den Besten, dem er einen bestimmten Auftrag geben kann. Wir müssen gerade einem Haufen hinterlistiger Leute etwas entgegensetzen, die versuchen werden, uns in den Rücken zu fallen und uns auszuschalten. Und wer ist die listigste Person auf unserer Seite, die in der Lage ist, ihnen bei ihren Vorhaben zuvorzukommen?«

»Stacey Yurivan. Aber meinst du, sie wird in deinem Stab mitarbeiten wollen? Ihr beide seid nicht gerade die besten Freunde.«

»Keine Ahnung. Sie hat mir bei Kalnick Rückendeckung gegeben. Aber das war womöglich mehr Selbsterhaltungstrieb als Unterstützung meiner Person.« Vic zog ihre Komm-Einheit hervor, woraufhin er stutzte: »Wen rufst du an?«

»Stacey. Sie wird das Angebot eher annehmen, wenn es von mir kommt. Außerdem ist mir eben bewusst geworden, dass es für dich von Vorteil sein kann, wenn du jemanden nimmst, der nicht zu deinem engsten Kreis hier im Hauptquartier gehört. Es wird bereits darüber geredet, dass du dich mit zu vielen Freunden umgibst, die loyal zu dir stehen, egal, was du tust.«

»Wie bitte?«, gab Stark aufgebracht zurück und schlug mit der flachen Hand gegen die Korridorwand. Das Klatschen hallte weit den Flur hinunter nach. »Wenn ihr absolut loyal hinter mir steht, dann möchte ich wirklich nicht erleben, was meine Feinde mit mir machen würden.«

»Vielen Dank.«

»Du weißt, was ich meine. Wer hat dieses Gerede begonnen? Jemand wie Kalnick? In der Vergangenheit haben Unteroffiziere nie gegeneinander gearbeitet.«

»In der Vergangenheit, Ethan, hatten wir einen gemeinsamen Gegner: die Offiziere. Gegen andere Unteroffiziere Stimmung zu machen, wäre so ausgelegt worden, dass man sich auf die Seite der Offiziere stellt. Kennst du irgendjemanden, der das gewagt hätte?«

»Niemanden, der auf dem Schlachtfeld überleben wollte.«

»Richtig. Aber jetzt haben die Offiziere nichts mehr zu sagen. Jetzt können wir diese gehässigen kleinen Spiele untereinander austragen. Außerdem sind ein paar Leute von ihren neuen Aufgaben so hoffnungslos überfordert, dass sie händeringend nach jemandem suchen, dem sie die Schuld an ihren Problemen geben können. So wie Gabriel im Zweiten Bataillon, Erste Brigade.«

»Sergeant Gabriel? Mir ist nichts von Problemen in ihrem Bataillon bekannt.«

»Das liegt daran, dass Sergeant Gabriel dir nichts von ihren Problemen erzählt. Sie lässt ihren Leuten völlig freien Lauf, weil sie sie nicht kontrollieren kann oder nicht kontrollieren will.«

Stark hörte sich das mit einem Kopfschütteln an. »Wenn sie es nicht erzählt, woher weißt du es dann?«

»Ich habe meine Quellen, wie du weißt. Wir werden sie austauschen müssen, Ethan.«

»Nein.« Stark hielt inne und genoss einen Moment lang Vics überraschte und verärgerte Miene. »Weder du noch ich werden das tun. Nageru führt die Erste Brigade. Ich werde ihm sagen, dass er Gabriel zur Ordnung rufen oder notfalls durch jemanden ersetzen soll, der dieser Aufgabe gewachsen ist.«

Reynolds lächelte betreten. »Ja, stimmt. Ich bin so sehr an Offiziere und ihr Mikromanagement gewöhnt, dass das mein erster Reflex ist. Danke, dass du mich daran erinnert hast.« Gereizt tippte sie auf ihrer Komm-Einheit. »Wo zum Teufel steckt sie? Stacey? Hier ist Vic Reynolds. Ich will mich jetzt sofort mit dir treffen.«

»Wieso?«, kam Yurivans Antwort.

»Das ist eine Überraschung.«

»Ich habe damit nichts zu tun, Reynolds.«

»Womit hast du nichts zu tun?«

»Mit der Sache, zu der ich mich dir gegenüber erklären soll.«

»Ich bin enttäuscht, Stacey. Eine allgemeine Ablehnung? Von dir?«

»Das spart Zeit. Also? Muss ich die Zahnbürste einpacken, wenn ich zu dem Treffen komme?«

»Ich wüsste nicht, warum. Komm einfach rüber, ich muss dich was fragen.«

»Roger. Ich wollte mir sowieso mal den Luxus ansehen, in dem ihr als Ethans Freunde leben dürft. Bin gleich da.«

Vic sah zu Stark. »Sollen wir im Büro warten? Auf dem Weg dahin können wir uns noch Kaffee holen.«

»Ein Bier wäre mir lieber«, meinte Stark. »Aber ich sollte wohl besser alle Sinne bei mir haben, wenn wir mit Stacey reden.«

»Sie ist uns zwar so oder so überlegen, aber das ist eine gute Idee.« Sie warteten und verbrachten die Zeit damit, mit dem Löffel die festen Würfel aus milchfreiem Kaffeeweißer im Becher hin und her zu bewegen. Dank der geringen Schwerkraft auf dem Mond tanzten die beigefarbenen kleinen Blöcke auf dem Kaffee und tauchten nur dann in die dunkle Flüssigkeit ein, wenn sie mit einem Gegenstand nach unten gedrückt wurden. Wie bei den meisten Vorräten war auch das maximale Verbrauchsdatum des Kaffeeweißers schon lange überschritten. Das gehörte zu den Dingen beim Militär, an die man sich mit der Zeit gewöhnte. Und damit ging auch ein gewisser perverser Stolz einher, schließlich wurden regelrechte Vergleichswettbewerbe abgehalten, welche Einheit den übelsten Kaffee braute und die ältesten Zutaten hatte.

»Hey, Vic.« Yurivan stand in der Tür und sah skeptisch zwischen Reynolds und Stark hin und her. »Was gibt's?«

»Entspann dich, Stace. Das hat nichts mit den illegalen Wetten zu tun, die in einem Lagerraum in den Buford Baracks laufen.«

»In den Buford Barracks sind illegale Wetten angenommen worden?«, fragte Yurivan verwundert. »Ich bin … schockiert.«

»Klar, Stace. Das kannst du dir gern sparen. Was würdest du dazu sagen, wenn du unsere Sicherheitschefin wirst?«

»Häh?« Yurivan sah völlig ungläubig drein. »Und wo ist die Pointe?«

»Es gibt keine Pointe. Wir brauchen jemanden, der raffinierter denken kann als unsere Feinde. Und das bist du.«

»Na, dann lehne ich dankend ab. Ich habe keine Lust, mich auf meine Loyalität hin durchleuchten zu lassen.«

»Das würde auch keiner von dir verlangen. Durchleuchtungen finden nicht mehr statt. Nein, unsere Sorge gilt der Sicherheit nach außen. Spione, Sabotage, Beobachtung der Absichten unserer Feinde. Und zwar auch mit Blick auf die Zivs in der Kolonie, von denen der eine oder andere irgendetwas versuchen könnte. Interesse?«

Yurivan warf Stark einen Seitenblick zu, noch während sie an Reynolds gerichtet konterte: »Warum sollte ich daran Interesse haben?«

»Weil du versuchen würdest, besser zu sein und weiter vorauszudenken als die klügsten Köpfe, die unsere Feinde auf uns hetzen können. Komm schon, Stace. Keine Spiele mehr mit der Militärpolizei und dem lokalen Sicherheitsoffizier. Du könntest herausfinden, ob du es auch mit den Jungs und Mädels der nationalen Behörden aufnehmen kannst.«

Yurivan bewahrte ihr Pokerface. »Die spielen in einer ziemlich anspruchsvollen Liga, Vic.«

Stark warf ihr ein spöttisches Lächeln zu. »Kommen Sie schon, Stacey. Von nichts kommt nichts.«

»Ja, ja, und ohne Fleiß kein Preis.«

Vic zuckte mit den Schultern. »Na ja, Stace, wenn dir das zu anspruchsvoll ist …«

»Reynolds«, fiel Yurivan ihr lachend ins Wort. »Wenn du mich ködern willst, musst du dir aber mehr Mühe geben. Ich bin schon von Experten komplett auf den Kopf gestellt worden.«

»Und ist irgendeiner von denen aus dir schlau geworden?«

»Natürlich nicht.«

»Wen wundert's?«, gab Reynolds mit höflicher Miene zurück. »Also? Willst du den Job oder nicht?«

»Vielleicht. Ich muss drüber nachdenken.«

»Gut. Dann sag mir Bescheid.« Von Stacey Yurivan kam ein kunstvoller Salut, begleitet von einem Lächeln wegen irgendeines Insiderwitzes, dann machte sie auf einem Absatz perfekt kehrt und marschierte aus dem Büro. Als ihre Schritte im Gang leiser und leiser wurden, musste Vic auf einmal leise lachen.

»Was ist denn so lustig? Sie wird das Angebot nicht annehmen«, erklärte Stark missmutig.

»Doch, das wird sie«, versicherte Vic ihm. »Stacey braucht nur etwas Zeit, um ihre anderen illegalen Aktivitäten einzustellen, bevor sie Sicherheitschefin wird. Sie hat da ihren eigenen Ehrenkodex. Ich sag's dir, in ein paar Tagen wird sie sich melden und annehmen.«

Stark sah zur offenen Tür, als könnte der offene Durchgang ihm irgendwelche Antworten liefern. »Wie kommst du darauf? Ich konnte ihre Gedanken jedenfalls nicht lesen.«

»Das liegt daran, Ethan, dass du ein Mann und dadurch mit einem wunderbar schnörkellosen und unkomplizierten Verstand gesegnet bist.«

»Ich nehme an, das ist ein Kompliment.«

»So in etwa. Es bewirkt, dass du von anderen Leuten ausgenutzt wirst, aber es bringt dir auch jede Menge Vertrauen ein. Stacey ist anders.«

»Das war mir schon bekannt. Vertrauen ist ein Begriff, der mir nicht in den Sinn kommt, wenn ich an sie denke.«

»Aber sie hat noch nie einem anderen Soldaten wehgetan«, hielt Vic ihm vor Augen. »Deren Brieftaschen ausgenommen. Aber sie wird den Job annehmen. Dieser Chance, es dem System auf die denkbar beste Weise heimzuzahlen, wird sie nicht widerstehen können. Das ist für sie so verlockend, dass sie dafür auch bereitwillig Teil unseres Systems wird.«

Unwillkürlich musste Stark lächeln. »Weißt du, die letzten paar Tage waren wirklich übel. Aber wenn ich mir jetzt vorstelle, dass Trasies und Pevoni demnächst Stacey Yurivan am Hals haben werden, macht mich das richtig glücklich.«

»Gut. Und während du so glücklich bist, kannst du dir ja ein paar Gedanken darüber machen, woher wir die Kandidaten nehmen, die die vielen freien Offiziersposten besetzen sollen.«

»Danke für den Tritt, der mich in die Realität zurückbefördert.« Stark trank seinen Kaffee aus. »Ich werde mir jetzt ein Bier genehmigen, und das solltest du auch tun.«

»So spricht jemand, der das Sagen hat.« Vic applaudierte. »Triff weiter so gute Entscheidungen, dann werden die Leute eines Tages von Starks großem Sieg reden.«

»Nur, dass sich der im Moment mehr wie Custers letztes Aufgebot anfühlt.«

»Du bist aber nicht Custer, Ethan. Und solltest du dich jemals so aufführen, werde ich dir einen Schlag auf den Kopf verpassen.« Nachdenklich hob sie den Kopf. »Wo wir gerade von dieser Schlacht und von Offizieren im Allgemeinen reden … es ist schon eigenartig, dass kaum jemand von Captain Benteen spricht.«

»Wer war denn das?«

»Einer von Custers Untergebenen. Ich weiß von ihm, weil ich in Fort Riley in Kansas aufgewachsen bin. Da gab es dieses alte Kavalleriemuseum. In den Geschichtsbüchern heißt es immer Custer hier, Custer dort. Unmittelbar vor der Schlacht teilte Custer sein Regiment in drei Gruppen auf. Eine Gruppe führte er selbst, eine zweite ging an Reno, der mit seinen Leuten geradewegs auf den Gegner zuhalten und angreifen sollte. Den Rest übergab er an Benteen, dem er den Befehl gab, auf weitere Anweisungen zu warten. Aber Benteen beschloss, diesen letzten Befehl zu ignorieren. Womöglich ahnte er bereits, dass das Ganze in einer Katastrophe enden würde, denn er wählte einen Punkt aus, der gut verteidigt werden konnte, und ließ seine Leute in Stellung gehen. So konnten sie Renos Truppen retten, indem sie auf deren Verfolger losgingen, als der den Rückzug antreten musste. Ohne Benteens Entscheidung wären nicht nur die Leute an Custers Seite ums Leben gekommen, sondern die gesamte Siebte Kavallerie. Benteen hat sie alle gerettet, und trotzdem redet nie ein Mensch von ihm.«

»Vic, wenn du so viel Aufhebens um einen Offizier machst, der Befehlsverweigerung begangen und stattdessen das getan hat, was er für klug und richtig hielt, werden andere Offiziere das ebenfalls für eine gute Idee halten. Wo kämen wir denn da hin?«

Sie lächelte ironisch. »Du hast recht. Was habe ich mir bloß dabei gedacht?«

Stark wurde wieder ernster. »Aber weißt du was? Du hattest da eine gute Idee. Warum muss das Militär unbedingt so arbeiten, wie wir das gewöhnt sind? Warum können wir es den Leuten nicht erlauben, ihre Einheiten intelligent zu führen? Warum müssen sie immer blind jedem Befehl gehorchen? Und wenn sie nicht in der Lage sind, ihre Einheiten intelligent zu führen, warum lassen wir sie dann überhaupt Truppen befehligen?«

»Wie willst du eine Schlacht leiten, wenn die Leute ihre Befehle nicht befolgen?«

»Vielleicht besser, als es jetzt der Fall ist. Ich muss mir das mal in Ruhe durch den Kopf gehen lassen. Wie man einen Mittelweg finden kann, damit alle Leute auf das gleiche Ziel konzentriert sind, gleichzeitig aber ihren Verstand gebrauchen dürfen. Kann natürlich auch sein, dass das gar nicht machbar ist.«

»Ich weiß nicht, ob es jemals ausprobiert wurde. Vielleicht hat die Technik es bislang nicht erlaubt. Ich will sagen, dass du mit Signalflaggen, Hörnern oder Walkie-Talkies nicht die Informationen durchgeben kannst, die erforderlich sind, um eine solche Schlacht im Griff zu haben. Man muss von oben nach unten delegieren.« Vic seufzte, lächelte dann aber erfreut, als Stark ihr ein Bier hinstellte, das sie gleich darauf in einem Zug austrank. »Während du dir überlegst, wie man den Kampf anders führen kann, werde ich ein neues Treffen mit dieser Ziv Sarafina verabreden, damit wir über den Austausch reden. Vielleicht bringt sie ja ihre kleine Freundin mit.«

»Welche kleine Freundin?«

»Na, dein Date, erinnerst du dich noch? Wie hieß sie noch gleich?«

»Robin«, meinte Stark amüsiert. »Das war kein Date, sondern ein Verhör. Zwar ein nettes Verhör, aber ich habe unentwegt Fragen beantwortet. Sie hat sich seitdem nicht mehr bei mir gemeldet.«

»Armer Ethan, immer nur Pech bei den Frauen.«

»Wahrscheinlich machst du ihnen Angst, Sergeant. Und abgesehen davon habe ich jetzt ohnehin keine Zeit mehr für Verabredungen.«

Vic seufzte leise. »Oh ja, eine Armee zu führen ist kein Vergnügen. Aber wenigstens bekommst du noch deinen Schlaf.«

»Ja, manchmal.«

Und wieder ein Tag, der nicht ohne eine Besprechung verstreichen konnte. Starks Stab saß da, starr und steif, wie Wächter, die ihr eigenes Wohlergehen hüteten. Campbells Assistenten dagegen reagierten auf jede Bemerkung erst nach einem Zögern oder warfen sofort mit Beleidigungen um sich. Nebensächlichkeiten wurden herausgepickt und endlos lang diskutiert, bis sie sich irgendwann in einem Nebel aus winzigen Umformulierungen von Definitionen verloren. Stark sah auf die Uhr und musste zum x-ten Mal dagegen ankämpfen, dass ihm der Kragen platzte. *Ich hatte es ja für eine gute Idee gehalten, dieses Treffen so lange dauern zu lassen, bis wenigstens ein paar Dinge entschieden worden sind. Wie sehr ich mich doch geirrt habe.* Während drinnen gestritten und gefeilscht wurde, ging außerhalb des Konferenzraums ein ganz normaler Arbeitstag zu Ende, man aß zu Abend und vertrieb sich die Zeit bis zum Schlafen, als die Nachtschicht übernommen hatte.

Starks Blick war auf Campbell fixiert, dessen Verärgerung nur durch seine Erschöpfung gedämpft wurde. »Ich höre nichts, was mich glauben lässt, dass wir wirklich noch irgendetwas entscheiden werden«, sagte Stark.

Zwar nickte Campbell, doch die Müdigkeit reduzierte diese Bewegung auf ein solches Minimum, dass sie fast nicht wahrnehmbar war. »Alle ab nach Hause«, befahl er seinen Leuten kurz und knapp. Jeder von ihnen erhob sich mehr oder weniger geschafft von seinem Platz und schlurfte nach draußen. Den Vertretern des Militärs ließen sie dabei kaum einen Blick zukommen. Lediglich Sarafina blieb noch sitzen und sah Campbell ausdruckslos an.

»Ihr Affen könnt auch gehen«, wandte sich Stark an seine Leute, sah aber nicht zu, wie sie den Raum verließen.

Lediglich Reynolds war noch geblieben und atmete laut und bedächtig durch. »Falls es jemandem etwas bedeutet: Ich bin nicht glücklich.«

»Besten Dank«, murmelte Stark. »Campbell, Sie müssen nicht bleiben. Es war auch so schon ein verdammt langer Tag.«

»Sehe ich auch so«, erwiderte der andere Mann und deutete mit einer Handbewegung auf seine verbliebene Assistentin. »Aber ich muss Ihnen noch gute Neuigkeiten mitteilen.«

»Von der Art könnte ich durchaus etwas gebrauchen.«

»Ms. Sarafina hat beachtliche Fortschritte bei den Verhandlungen über den Austausch der Offiziere gegen Ihre Familien gemacht«, berichtete er und fügte hinzu: »Ich wollte Ihnen das eigentlich am Morgen sagen.«

»Wir haben ja Morgen«, gab Stark zurück. Hoch über ihnen hing wie immer die blauweiße Erde, die sich nicht dafür interessierte, dass ihre Rotation nach wie vor auch das Leben jener Menschen reglementierte, die längst nicht mehr davon betroffen waren. »Wieso haben Sie das nicht schon früher erwähnt?«

Campbell zögerte einen Moment lang. »Ich bin mir längst nicht mehr sicher, wie meine Berater reagieren werden, selbst wenn es sich um gute Neuigkeiten handelt. Ich hielt es für das Beste, diesen Punkt von allen strittigen Themen abzutrennen.«

Stark brachte ein Lächeln zustande. »Dem kann ich nicht widersprechen. Alles andere scheint wirklich umstritten zu sein. Dann gab es keine nennenswerten Hürden zu überwinden?«

»Nein. Die Behörden in Washington wollten diese Offiziere wohl sehr dringend zurückhaben. Möchten Sie sie wirklich gehen lassen? Das müssen doch sehr gute Leute sein, wenn das Pentagon sie gar nicht schnell genug zurückbekommen kann …« Campbell unterbrach sich, da Stark und Reynolds beide lachen mussten. »Habe ich irgendetwas Amüsantes gesagt?«

»Nein, es ist nur die Vorstellung, unsere Offiziere könnten sehr gute Leute sein«, sagte Vic und musste nach Luft schnappen. »Das Pentagon will sie nur aus zwei Gründen zurückhaben. Erstens will man da erfahren, was genau sich hier oben abgespielt hat. Wahrscheinlich haben sie nur ein paar grobe Informationen, und das dürfte sie wahnsinnig machen. Neunzig Prozent der Arbeit im Pentagon dient allein dem Zweck, Informationen für Senioroffiziere zusammenzustellen, die eigentlich gar nicht informiert werden müssten. Diese Offiziere müssen sich inzwischen sehr langweilen, da sie sicher zum tausendsten Mal zu hören bekommen haben, dass es noch immer nichts Neues zu berichten gibt.«

»Verstehe. Informationen zu sammeln ist durchaus sinnvoll. Und was ist der andere Grund?«

»Sündenböcke«, antwortete Stark fast beiläufig. »Die wollen Meecham und vielleicht auch noch ein paar andere um einen Kopf kürzer machen. Sonst müssten sie selbst ihre Schuld eingestehen, und das kommt unter keinen Umständen infrage. Nicht einmal dann, wenn diese Leute ihn höchstpersönlich hergeschickt und für seine Pläne grünes Licht gegeben haben.«

Campbell schüttelte den Kopf und ließ ihn ein Stück weit nach vorn sinken. »Und da habe ich Ihnen vor gar nicht allzu langer Zeit einen Vortrag in Sachen Politik gehalten. Wie es scheint, haben Sie mit der unerfreulichen Seite der Politik bereits genügend Erfahrungen gesammelt.«

»Gibt es denn auch eine erfreuliche Seite?«

»Ja. Vielleicht werde ich sie Ihnen irgendwann mal zeigen.«

»Ich kann es kaum erwarten«, gab Stark ironisch zurück. »Hey, Vic, wo ist die Datenmünze mit der aktuellen Angehörigenliste?«

»Als ich sie das letzte Mal gesehen habe, lag sie da auf deinem Schreibtisch, wo du sie hingelegt hast, nachdem ich sie dir gegeben hatte.«

»Oh. Ja, stimmt.« Stark stand auf und gab Campbell und Sarafina ein Zeichen, dass sie mitkommen sollten. »Kommen Sie, mein Büro ist nicht weit von hier entfernt. Ich gebe Ihnen die Münze, damit Sie alles vorbereiten können.«

Die Korridore, in denen normalerweise etliche Soldaten unterwegs waren, um das eine oder andere zu erledigen, waren auf jene sonderbare Weise verlassen und still, wie es in der Zeit nach Mitternacht üblich war, obwohl Mitternacht hier oben auf dem Mond eine völlig willkürliche Zeitangabe darstellte. Stark öffnete die Tür zu seinem Büro, trat ein und suchte seinen Schreibtisch ab. Es dauerte einen Moment, dann hielt er die Datenmünze in den Fingern. »Hier ist sie«, sagte er triumphierend.

»Du hast sie tatsächlich gefunden?«, fragte Vic erstaunt. »Es geschehen noch Zeichen und Wunder.«

Campbell nahm die Münze, betrachtete sie kurz und gab sie dann an Sarafina weiter.

»Irgendwie seltsam, das Schicksal so vieler Menschen in meiner Hand zu halten, auch wenn es nur für einen Augenblick war. Spüren Sie diese Last auch, Sergeant Stark?«

»Nicht allzu oft. Nur einmal am Tag, und danach liegt sie für den Rest des Tages auf meinen Schultern.«

Campbell lächelte verständnisvoll. »Wenn es sonst nichts

mehr gibt, würde ich gern zur Kolonie zurückkehren. Andernfalls fangen zu viele Beobachter an, sich über meinen Verbleib zu wundern, und spekulieren womöglich, ob ich mit Ihnen zusammen irgendwelche heimtückischen Pläne aushecke.«

»Gute Idee.«

Anstatt zur Tür zu gehen, verharrte er mitten in der Bewegung, da er Starks Gefechtsrüstung entdeckt hatte, die gegen die Wand gelehnt dastand.

»Stimmt etwas nicht?«, fragte Stark schließlich.

»Nein.« Campbell schüttelte den Kopf. »Ich habe nur noch nie so dicht vor einer solchen Rüstung gestanden.« Er streckte eine Hand aus, zögerte dann aber. »Darf ich sie anfassen?«

»Von mir aus gern. Das Äußere können Sie nicht beschädigen.«

»Wie seltsam.« Campbell schüttelte den Kopf, als er mit einem Finger auf den Brustpanzer gedrückt hatte. »Ich dachte, das wäre so starr und fest wie Stahl. Aber ein klein wenig gibt das Material nach.«

»Das ist richtig.« Vic stellte sich zu ihm und drückte auf einen Arm. »Es ist so entwickelt, dass es minimal flexibel ist.«

»Aber ich dachte, eine Panzerung muss so stabil wie möglich sein.«

»Ja und nein.« Mühelos wechselte Vic in die Rolle der Instruktorin, in die jeder Veteran schlüpfen musste, sobald neues Personal eintraf. »Dinge, die aus sehr starrem Material bestehen, sind dadurch auch empfindlich. Wenn sie aufbrechen, zerplatzen sie sofort in unzählige Splitter. Das wäre für unsere Rüstungen äußerst unpraktisch. Also gibt die Materialmischung auf Druck ein wenig nach, um die einwirkende Kraft zu absorbieren und auf die restliche Struktur zu verteilen. Zugleich darf sie aber auch nicht so sehr nachgeben, dass der Stoß uns ebenso verletzen würde, wie es eine Kugel täte, die die Rüstung durchschlägt.«

»Aber wir bekommen noch immer genug blaue Flecken«, fügte Stark hinzu und lachte. »Nach einem Gefecht sehen wir manchmal so aus, als hätten wir einen Spießrutenlauf hinter uns gebracht, bei dem jeder mit einem Knüppel auf uns einprügeln durfte.«

»Das ist der Preis, den wir dafür in Kauf nehmen«, redete Vic weiter. »Im Idealfall wäre eine Rüstung sehr leicht, äußerst stabil und völlig flexibel. In der Realität müssen wir einen Kompromiss zwischen diesen Eigenschaften akzeptieren.«

»Der beste Kompromiss, den Sie bekommen können?«, fragte Campbell lächelnd. »Seltsam. Da versuchen wir, über die gute Seite der Politik zu diskutieren, dabei ist Ihre Rüstung das perfekte Beispiel genau dafür.«

Vic zog eine Augenbraue hoch und fragte: »Wie meinen Sie das?«

»So funktioniert Politik am besten«, führte Campbell aus. »Jeder will etwas ganz Bestimmtes haben. Ein paar Leute beharren darauf, dass sie um jeden Preis genau dieses Etwas haben müssen. Andere Leute bestehen darauf, dass sie etwas anderes unbedingt zu kriegen hätten, das allerdings nicht zu dem passt, was die erste Gruppe will. Damit man überhaupt irgendwelche Arbeiten erledigt bekommt, muss man einen Kompromiss eingehen und einen Mittelweg finden. Der wird zwar nicht alle eigenen Vorstellungen erfüllen, aber zumindest den größeren Teil der Bedürfnisse befriedigen.«

»Na toll«, meinte Stark. »Unsere Rüstungen sind also wie Politik? Dann werde ich dieser verdammten Rüstung nie mehr trauen können.«

Erneut lachte Campbell auf, wurde jedoch gleich wieder ernst. »Sergeant Stark, sind die Kompromisse bei Ihrer Rüstung eine schlechte Sache? Oder bewirken sie, dass diese Panzerung funktioniert?«

»Sie bewirken, dass sie funktioniert«, musste Stark zugeben.

»Im Idealfall sollte die Politik auch so arbeiten. Das Resultat ist nicht die perfekte Lösung, aber es ist auch keine schlechte Lösung. Der Kompromiss ist doch das, was die Dinge in einer unvollkommenen Welt letztlich funktionieren lässt.«

Vic reagierte mit einem humorlosen Grinsen. »So wie ich das sehe, leistet unsere Rüstung wesentlich bessere Arbeit als das, was die Politik in der letzten Zeit zustande bringt.«

»Da kann ich nur zustimmen«, meinte Campbell, der wieder ernst dreinschaute. »Technologie ist aber nun mal auch direkter und klarer als alle menschlichen Beziehungen.«

»Ihre Rüstung ist dunkelgrau«, warf Sarafina ein. »In den Vids, die ich gesehen habe, bevor ich auf den Mond gekommen bin, haben die Rüstungen nicht so ausgesehen, wenn ich mich recht erinnere.«

Stark nickte bestätigend. »Das haben Sie ganz richtig gesehen. Grau ist die Standardeinstellung, aber wenn wir im Einsatz sind, wird die Camo aktiviert.«

»Camo?«

»Tut mir leid. Camouflage. Das steht für alles, was uns hilft, nicht gesehen zu werden. Wir verwenden den Begriff Camo für alle aktiven und passiven Gegenmaßnahmen, die es einem Gegner erschweren, uns zu entdecken.«

»Auf dem Schlachtfeld«, warf Vic ein, »hängt das Überleben oft vor allem davon ab, dass man nicht gesehen wird. Wenn man Sie sieht, kann man Sie gezielt anvisieren, und das lässt Ihre Überlebenschancen ganz drastisch sinken.«

»Richtig«, pflichtete Stark ihr bei. »Wenn also die Camo aktiviert ist, scannt der Anzug die Umgebung und verändert Farbgebung und Helligkeit. So wie ein … wie heißt diese Echse noch gleich?«

»Ein Chamäleon?«

»Richtig. Nur noch besser. Im Schnee wird die Rüstung weiß, aber wenn es hier und da zu tauen beginnt, bekommt sie auch ein paar braune oder grüne Flecken.«

Campbell betrachtete aufmerksam die Rüstung. »Dann dürften Sie ja kaum noch zu sehen sein.«

»Richtig, allerdings verfügt der Feind über Zielerfassungssysteme, mit denen er uns trotzdem aufspüren kann. Manchmal siegen wir, manchmal verlieren wir.«

Die beiden Zivs sahen ihn einen Moment lang verdutzt an, dann äußerte sich Sarafina: »Ich kann nicht verstehen, wie Sie darüber so gelassen und offen reden können.«

Stark zuckte kurz mit den Schultern. »So liegen die Dinge eben. Wir geben unser Bestes, damit wir überleben und den anderen Kerl besiegen.«

»Sie meinen ›den anderen Kerl töten‹«, korrigierte Sarafina ihn.

»Ja, das kann man so sagen. Aber selbst das tun wir nur, wenn wir unbedingt müssen. Manchmal ist es nicht nötig, aber im Wesentlichen geht es bei dem Job schon darum, andere Leute zu töten.« Während er redete, streckte Stark eine Hand aus, um seine Waffe zu berühren, die einsatzbereit in ihrer Halterung ruhte. »Darum war das Gewehr schon immer der beste Freund des Soldaten. Jedenfalls seit seiner Erfindung.«

Campbell kam näher und beugte sich vor, um sich die Waffe so gründlich wie möglich anzusehen, ohne sie dabei anzufassen. »Dieses Gewehr sieht genauso aus wie Waffen dieser Art, die ich auf der Erde auf verschiedenen Bildern gesehen habe.«

»Das liegt daran, dass es auch weitgehend identisch mit diesen Waffen ist. Die Mündungsgeschwindigkeit wurde deutlich gesenkt, wodurch ganz erheblich die Gefahr gebannt ist, dass man Projektile in den Orbit schickt. Natürlich sind die Zielerfassungssysteme unserer Anzüge mit Sperren versehen, die uns daran hindern, geradewegs nach oben zu schießen. Aber man könnte ja auch auf jemanden schießen wollen, der sich ein Stück über einem aufhält, und wenn man ihn dann nur um ein paar Millimeter verfehlt, ist das Projektil bereits auf dem Weg in den Orbit. Daheim sind hohe Geschwindigkeit und große Reichweite unverzichtbar, um mit einem Schuss einen Treffer zu erzielen. Aber hier oben gibt es keine Luft, die Widerstand bieten könnte, und die Schwerkraft zieht ein Projektil nicht so schnell nach unten. Sie möchten ja nicht eine Kugel einmal um den Mond herum schicken.«

»Aber wenn die Kugeln gar nicht so schnell fliegen, müssten sie dann nicht einfach von Ihrer Rüstung abprallen?«

»Berechtigte Frage, aber die Antwort lautet Nein. Denn die Kugeln sind nicht einfach nur massives Metall. Soweit ich weiß, werden solche schon seit Jahrzehnten nicht mehr vom Militär benutzt. In jedem Geschoss befindet sich eine Sprengladung. Sobald die Kugel auf ein Hindernis trifft, löst sie einen Panzerbrecher aus, der sich mit hoher Geschwindigkeit in das Ziel bohrt. Diese Munition durchschlägt die meisten Personenpanzerungen und tut höllisch weh. Wenn die Kugel aber lange Zeit kein Hindernis trifft, weil sie aller Vorsicht zum Trotz doch in eine zu große Höhe geraten ist, wird die Sprengladung auf eine andere Weise gezündet, damit die Kugel in viele kleine Stücke zerrissen wird, die niemandem etwas tun.«

»Sehr gut gelöst«, fand Campbell.

»Tja, wenn es darum geht, Menschenleben auszulöschen,

sind Menschen schon immer äußerst erfinderisch vorgegangen«, stimmte Vic ironisch zu. »Sehen Sie sich doch nur diesen Krieg an, den wir hier oben führen. Auf der Erde ist alles ruhig und friedlich, da würde ein großer Krieg den Leuten nur Unannehmlichkeiten bescheren und dafür sorgen, dass Dinge kaputtgehen. Hier oben ist sowieso alles tot, da schaffen wir höchstens neue Krater.«

»Nicht alles ist tot«, wandte Sarafina leise ein. »Die Kolonie lebt.«

»Stimmt. Und wir ebenfalls. Zumindest für den Augenblick. Ich schätze, einige Leben zählen mehr als andere.«

»Himmel, Vic«, gab Stark mit rauer Stimme zurück. »Das wissen wir seit einer Ewigkeit.«

Sarafina schüttelte den Kopf und senkte den Blick. »Wie es scheint, müssen wir diese Lektion auch noch lernen.«

Für einen Moment nahm Vics Miene einen sanfteren Ausdruck an. »Sie müssen die Welt so nehmen, wie sie ist. Das ist die Wirklichkeit, mit der wir alle zu leben haben.«

»Falsch.« Stark setzte ein grimmiges Grinsen auf. »Die Wirklichkeit wird sich ändern, und wir werden das bewerkstelligen.«

»Das ist ein ziemlich ehrgeiziges Ziel«, stellte Campbell fest.

»Wir setzen schon länger unser Leben aufs Spiel, als es uns bewusst ist. Und wissen Sie was? Wenn man schon sein Leben für eine Sache riskiert, dann sollte es wenigstens auch eine große Sache sein. Eine, die es wert ist, dafür zu sterben.«

»Das hier ist eine große Sache«, stimmte Vic ihm zu.

»Eine, die es wert ist, untereinander sein Leben und seine Ehre dafür zu opfern?«, wollte Campbell wissen.

»Ist das eine Art Angebot?«

»Eine Art, Sergeant Stark, eine Art.«

So weitläufig und doch so umschlossen. So wie bei jedem Zivilflughafen auf der Erde wurde auch das Hauptterminal des Raumhafens der Mondkolonie von einem großen Saal beherrscht, der sich in alle Richtungen schier endlos erstreckte. Unterbrochen wurde diese Weite in regelmäßigen Abständen von metallverstärkten Säulen aus Mondgestein, die die massive Decke trugen. Diese Decke war auffallend dick, da sie einem Shuttle standhalten können musste, sollte das im schlimmsten aller Fälle eine Bruchlandung erleiden und dabei das Gebäude treffen.

Zwischen den Säulen drängten sich Scharen von Menschen, deren Laufrichtung auf den ersten Blick chaotisch erschien. Bei näherem Hinsehen entpuppte sich das Chaos aber als eine Art Ballett in drei Teilen. Der erste Teil bewegte sich in Richtung Ausgang, der zweite Teil war im Eintreffen begriffen, während der dritte Teil an Ort und Stelle verharrte und die beiden anderen Gruppen bewachte oder weiterdirigierte.

Zivilisten blieben in Grüppchen stehen, um das Schauspiel anzusehen und sich dabei besonders die Soldaten anzuschauen, die als unbekannte Gesichter in ungewohnter Kleidung in diese isolierte Kleinstadtumgebung eingedrungen waren, wie es sie daheim schon lange nicht mehr gab. Es war eine Umgebung, die unabsichtlich auf dem Mond geschaffen worden war und die an die ruhigen Kleinstädte einer längst vergessenen Zeit erinnerte, als die Menschen dort in stillen Nächten zum Erdtrabanten hochgeblickt hatten.

Stark musste unwillkürlich lächeln, als er die Zivs betrachtete. Hier und da entdeckte er Teenager, die mit großen Augen das Geschehen verfolgten und dabei so taten, als könnte die Anwesenheit des Militärs sie nicht beeindrucken. *Ich könnte auch einer von ihnen sein. Zum Beispiel der Junge da in der kurzen Jacke. Schon witzig, wohin einen das Leben führt.* Dann schlich sich ein beunruhigender Gedanke ein: *Wenn mir ein Fehler unterläuft, dann ruiniere ich damit vielleicht nicht nur mein Leben, sondern auch das Leben all dieser Menschen.*

Auf einer Seite des Trubels in der Halle kam es zu ruckartigen Bewegungen, als eine lange Reihe Uniformierter das Terminal durchquerte. Offiziere. Die ehemaligen Vorgesetzten von Stark und seinen Kameraden, die nun unter Bewachung zu ihren Shuttles gebracht wurden, um nach Hause zurückzukehren. Einige von ihnen gingen betont aufrecht und schauten sich trotzig um, als hätten sie noch immer die Befehlsgewalt über alles, was sie sahen. Andere versuchten, möglichst nicht aufzufallen, weil sie sich schämten oder Angst vor dem hatten, was die vertauschten Rollen hier für sie bedeuten mochten. Sie brannten darauf, zu den Shuttles zu gelangen, weil die sie in eine Welt bringen würden, in der sie wieder etwas zu sagen hatten. Stark beobachtete irritiert, wie einer der Wachleute mit seinem Gewehrkolben einer an ihm vorbeigehenden Offizierin einen Stoß versetzte. Der brachte die Frau aus dem Gleichgewicht, was sich auf die umgebende Menschenmenge so übertrug wie die Wellen, die sich ausbreiteten, wenn man einen Stein ins Wasser warf.

Mit ein paar schnellen Schritten war Stark am Ort des Geschehens. »Sie da!«

Der Wachmann drehte sich zu ihm um. Sein erschrockener Blick stand im krassen Gegensatz zur hastig aufgesetzten Unschuldsmiene. »Wer? Ich?«

»Ja, Sie.« Stark fasste die Offizierin an der Schulter, die gestoßen worden war, und zog sie zu sich heran. Die Frau schien zwischen blankem Entsetzen und Empörung zu schwanken. An den Wachmann gerichtet sagte er: »Ihr Befehl lautet, niemanden zu misshandeln. Ist das richtig?«

»Ähm … ja, Sir.«

»Dann werden Sie sich bei diesem Colonel dafür entschuldigen, dass Sie sie grundlos angegriffen haben.« Die anderen Wachen hatten sich inzwischen zu ihnen umgedreht und verfolgten das Geschehen. »Wenn sie sich danebenbenimmt, haben Sie das Recht, sie zu maßregeln. Wenn sie Ihnen das Gewehr abnehmen will, haben Sie das Recht, sie zu erschießen. Aber sonst werden Sie sie höflich behandeln.«

Der Wachmann bekam einen roten Kopf und presste die Lippen aufeinander. »Uns haben die nie höflich behandelt.«

»Genau darum geht es ja. Wir wollen besser sein als sie. Und das werden wir auch sein.« Stark sah den Wachmann lange an. »Ich warte.«

»Okay … ähm … ich wollte sagen, jawohl, Sir.« Der Mann schluckte und nickte der Offizierin zu. »Ich entschuldige mich dafür, dass ich Sie grundlos angegriffen habe, Colonel.«

Starks Blick wanderte zu der Frau. »Und Sie werden jetzt diese Entschuldigung annehmen.«

Sie lief vor Wut tiefrot an. »Ich werde ganz sicher nicht …«

»Doch, das werden Sie! Und jetzt verschwinden Sie von hier.« Nachdrücklich drehte Stark sie weg und schob sie zurück in die Schlange, die zu den Shuttles unterwegs war. Schließlich wandte er sich wieder dem Wachmann zu. »Ich erwarte von keinem von euch Affen, dass ihr solchen Leuten Respekt entgegenbringt. Aber behandelt sie höflich. Macht es reflexartig. So etwas nennt man Disziplin, und das sollten sich alle hier gut merken. Wir werden bald unsere eigenen Offiziere haben, und ich will nicht, dass sich bis dahin irgendeiner von euch das Zuhören abgewöhnt, wenn Offiziere etwas sagen.«

»Woher bekommen wir eigentlich unsere Offiziere?«, wollte ein anderer Wachmann wissen.

»Aus den Reihen von euch Affen. Und zwar die Besten von euch.« Stark sah den Unglauben, der den Leuten ins Gesicht geschrieben stand. »Das ist mein Ernst. Jeder von euch kennt jemanden, der gut genug ist, um euch zu führen, und der auch gut genug ist, dass ihr ihm folgt. Sagt ihnen, dass wir in Kürze Freiwillige auffordern werden, sich für die Offiziersposten zu melden. Wir wollen die besten Leute, die wir bekommen können.«

Stummes Nicken und vereinzelte »Jawohl, Sir«-Rufe waren die Reaktion aufs Starks Worte, der sich zum Gehen wandte und sich zur nächsten Schlange begab, in der sich die Neuankömmlinge von der Erde drängten. Mit einer Mischung aus Neugier und Neid auf die Soldaten, deren Eltern ihr Lebenswerk mit ihren Kindern geteilt hatten und die nun umgekehrt das Leben ihrer Kinder teilen würden, betrachtete er diese Männer und Frauen.

Ein schmaler, ältlicher Mann sah Stark an. Er musterte ihn auf eine Weise, die Stark automatisch dazu veranlasste, seine Haltung ein wenig zu korrigieren. Der Mann verließ die Schlange, ignorierte den Ruf eines Begleiters und kam mit den typischen wackligen Schritten eines Neuankömmlings auf dem Mond auf ihn zu. Vor Stark blieb er stehen und nahm Habtachtstellung ein, dann salutierte er mit äußerster Präzision.

Stark erwiderte die Geste. »Kennen wir uns?«

»Nein, Sie kennen mich nicht, Sergeant Stark. Aber mein Sohn hatte das Glück, einige Jahre in Ihrem Trupp zu dienen. Er sprach oft von Ihren Führungsqualitäten.«

»Ihr Sohn?« Das Gesicht des Mannes, die Gestik und Mimik, die bedächtige Sprechweise – auf einmal wusste er Bescheid: »Private Mendoza. Sie sind sein Dad.«

»Das ist korrekt.«

Stark lächelte den Mann an. »Dann sollte ich wohl Lieutenant Mendoza sagen. Es freut mich sehr, Sie kennenzulernen, Sir.«

»Mir war nicht bewusst, dass mein Sohn mit Ihnen über mich geredet hat.« Es war schwierig, zu erkennen, was der ältere Mendoza davon hielt, da er sich genau wie Mendo nach außen hin ruhig und distanziert gab.

»Nur ein Mal. Er ist ein guter Soldat, Lieutenant. Ihrem Sohn geht es gut. Beim letzten Gefecht hat er eine kleinere Verletzung davongetragen, aber nichts, was ihn den Dienst hätte ruhen lassen müssen.«

»Danke, ich bin dankbar für diese Neuigkeiten. Aber Sie sollten wissen, dass ich pensioniert bin, Sergeant Stark. Mr. Mendoza genügt völlig.«

»Tut mir leid. Nach allem, was ich über Sie gehört habe, sind Sie ein sehr guter Offizier, daher sind Sie für mich auch immer noch ein Lieutenant.« Stark entdeckte Reynolds, die gekommen war, um einen Blick auf die Neuankömmlinge zu werfen. »Hey, Vic. Mendos Dad ist hier. Darf ich vorstellen? Lieutenant Mendoza.«

Reflexartig salutierte Reynolds. »Freut mich, Sie kennenzulernen, Sir.«

Lieutenant Mendoza sah sich suchend um. »Man hatte mich wissen lassen, dass auf dem Mond keine Disziplin mehr herrscht. Daher ist es umso erstaunlicher, mit militärischen Ehren empfangen zu werden.«

»Was genau hatten Sie denn erwartet?«, wollte Vic wissen.

»Die Behörden daheim haben uns gewarnt, dass selbst Offiziere im Ruhestand hier oben befürchten müssen, von einem wütenden Mob gelyncht zu werden.«

»Auf dem Mond kann man niemanden lynchen«, machte Stark trocken klar. »Dafür reicht die Schwerkraft nicht aus.

Man hängt einfach da und spannt automatisch die gesamte Halsmuskulatur an, um weiteratmen zu können. Es dürfte ein paar Stunden dauern, ehe die Muskeln ermüden, die dafür sorgen, dass die Luftröhre nicht zugedrückt wird. Ausprobiert haben wir es aber noch nie«, fügte er hastig hinzu, als er sah, wie Lieutenant Mendoza eine Augenbraue hochzog. »Hin und wieder versucht mal jemand, sich auf diese Weise das Leben zu nehmen, aber das hat noch nie funktioniert. Wenn sie so jemanden finden, machen sich die Helfer jedes Mal über ihn lustig, bevor sie ihn vom Seil schneiden.«

»Wie ich sehe, muss ich über die Lebensbedingungen hier oben noch viel lernen, aber es scheint zumindest so, dass Soldaten hier immer noch Soldaten sind.«

»Ich werte das als Kompliment«, sagte Stark lächelnd. »Wenn Sie Ihr Quartier bezogen und sich mit Ihrem Sohn getroffen haben, würde ich mich gern etwas ausführlicher mit Ihnen unterhalten, Sir. Ich glaube, wenn Sie Mendo … entschuldigen Sie, wenn Sie Ihrem Sohn ähnlich sind, könnten Sie mir bei ein paar Dingen eine große Hilfe sein.«

»Selbstverständlich.« Lieutenant Mendoza salutierte abermals, dann kehrte er auf seinen Platz in der Warteschlange zurück.

Stark sah zu Reynolds. »Das war eine angenehme Überraschung. Was führt dich eigentlich her? Erwartest du jemanden?«

Vic zuckte mit den Schultern und strahlte Gleichgültigkeit aus. »Man weiß nie, wann ein vertrautes Gesicht auftaucht.« Sie drehte sich ein wenig zur Seite und deutete mit einer Kopfbewegung auf die Schlange derjenigen, die den Mond verließen. »Alles nur Offiziere heute.«

»Ja. General Meecham und all seine kleinen Unter-Generäle wurden gleich ins allererste Shuttle verfrachtet. Ich bezweifle, dass er noch mal einen Fuß auf den Mond setzen wird.«

»Zu schade«, sagte sie unüberhörbar spöttisch. »Hast du dich denn wenigstens von ihm verabschiedet?«

»Natürlich nicht. Was der Kerl von mir zu hören bekommen sollte, habe ich ihm schon vor einer Weile erzählt.«

Vic grinste ohne einen Hauch von Humor. »Ich hörte, dass die nächsten Shuttles jene Unteroffiziere fortbringen werden, die lieber heimkehren anstatt bei uns hier oben zu bleiben.«

»Ja, ich weiß.« *Guten Flug, Rash. Du wirst mir fehlen, alter Freund, aber ich will hoffen, dass du nicht zurückkommst. Wie lange ist es her, seit wir als zwei Privates hinter Felsen in Deckung gehen mussten, weil der Feind testen wollte, wie gut unsere Rüstungen sind? Oder als wir in dieser Bar in eine Schlägerei gerieten und anschließend von der halben Indig-Bevölkerung in der Stadt gejagt wurden? Mann, das ist eine Ewigkeit her. Aber wenn er wieder herkommt, dann wird er Teil einer Armee sein, die uns niederringen soll. Dann wird er auf uns schießen und von uns beschossen werden. Rash, komm bloß nicht zurück.* »Wie viele haben eigentlich beschlossen abzuhauen?«

»Du meinst, wie viele Soldaten der Dritten Division lieber heimkehren wollen? Ungefähr zwei Drittel der Überlebenden.« Sie hielt einen Moment lang inne, ihr Gesichtsausdruck war sehr gefasst. »Diese Zahl ist so winzig, dass ich kaum darüber nachdenken möchte.«

Zwei Drittel. Zwei Drittel von wie vielen? Sie waren ja immer noch damit beschäftigt, nach Meechams fehlgeschlagener Offensive ihre Toten zu zählen. Da war es sehr viel einfacher, diejenigen zu zählen, die überlebt hatten. So hätte es nicht kommen dürfen. Die Dritte Division hätte nicht gegen uneinnehmbare feindliche Befestigungen gehetzt werden dürfen. Aber die Dinge liefen ohnehin nie so ab, wie die Generäle es geplant hatten. »Wie können die nur zur Erde zurückkehren?«, fragte Stark leise. »Nach allem, was man ihnen angetan hat!«

»Mach ihnen keinen Vorwurf, Ethan. Im Herzen sind sie keine Mondveteranen. Ihr Zuhause ist immer noch ihr Zuhause da unten auf der Erde. Außerdem stehen sie unter Schock, nachdem sie dank Meechams Offensive zerfleischt wurden. Und vergiss nicht, dass sie schon verwirrt und desorientiert waren, weil man sie Hals über Kopf hier raufgeschickt hatte.«

Stark konnte sich ein selbstironisches Lächeln nicht verkneifen. »Sie sind nicht die Einzigen, die verwirrt sind. Ich mache ihnen auch keinen Vorwurf, Vic. Jeder trifft seine eigenen Entscheidungen, und ich befinde mich nicht gerade in der Position, meine Entscheidung als die beste hinzustellen.«

»Noch nicht.« Sie deutete auf die Schlange der Neuankömmlinge. »Hey, da kommt jemand, der dich persönlich begrüßen möchte. Du bist heute sehr gefragt.«

»Bin ich nicht zu beneiden?« Stark sah den Mann an, der sich ihnen mit unsicheren Schritten näherte. Etwas seltsam Vertrautes umgab den Fremden. *Ich habe den Kerl noch nie gesehen. Wieso meine ich dann aber, ich müsste ihn kennen?*

Der Mann, der einige Jahre jünger als Stark war, salutierte gut gelaunt. »Private Grant Stein meldet sich zum Dienst.«

»Stein.« Jetzt ergab das vertraute Gesicht einen Sinn, da es zu halb verschütteten Erinnerungen passte. Stark hatte Mühe, die Fassung zu bewahren, während Vic ihn und den Neuzugang aufmerksam beobachtete. »Sind Sie mit Kate Stein verwandt? Mit Corporal Kate Stein?«

»Richtig, ich bin ihr kleiner Bruder.«

Stark musste schlucken und gegen den Schock ankämpfen. »Ich wusste gar nicht, dass sie … das heißt … also … Sie sind so viel jünger, als sie es war, als sie …«

»Ich war noch ein Kind, als sie auf Patterson's Knoll … ähm … fiel. Vielleicht können Sie mir ja irgendwann einmal etwas über Kate erzählen, Sergeant«, fügte der junge Mann verlegen hinzu.

»Ähm … ja, sicher. Normalerweise habe ich …« Stark schüttelte hilflos den Kopf, da er emotional komplett aus der Bahn geworfen worden war und sich gleichzeitig darüber ärgerte, dass er beim besten Willen nicht klar denken konnte. »Wie haben Sie es geschafft, hier raufzukommen? Der Austausch ist nur für Angehörige vorgesehen.«

Wieder grinste Stein auf eine Weise, die Stark sofort an seine Schwester denken ließ. »Die Zivs stürmen die Meldestelle für den Austausch. Wenn Sie den richtigen Preis bezahlen, ist alles möglich. Jemand hat meine Akte so geändert, dass ich jetzt einen Verwandten hier oben habe. Ganz einfach.«

»Ganz einfach?«, wiederholte Vic energisch. »Sie sind ein Private, ein Soldat im aktiven Dienst, und man hat Sie herkommen lassen? Ob Sie nun Verwandte hier haben oder nicht, warum sollten die Behörden so etwas mitmachen?«

»Ich bin ja nicht der Einzige«, protestierte Stein. »Warum sie das zulassen, weiß ich nicht. Aber außer mir gibt es noch fünf oder sechs andere.«

»Das ist sehr eigenartig.« Vic sah zwar Stark an, als sie redete, aber ihre Worte waren offenbar an Grant Stein gerichtet. »Warum schicken die uns Verstärkung?«

Etwas an ihrem Tonfall verärgerte Stark. »Woher zum Teufel soll ich das wissen? Abgesehen davon sind die meisten Angehörigen, die herkommen, ohnehin Militärs im Ruhestand. Die sind auch eine Art Verstärkung. Vielleicht nicht gerade für die Front, aber sie können Tätigkeiten übernehmen, die es den Soldaten möglich machen, stattdessen da draußen zu kämpfen.«

Reynolds biss sich auf die Unterlippe, dann nickte sie widerwillig. »Stimmt. Tja, dann willkommen auf dem Mond, Private Stein. Ich bin mir sicher, Sie und Sergeant Stark haben viel zu bereden.« Sie salutierte vor Stark, was für sie untypisch förmlich wirkte. »Bitte um Erlaubnis, mich wieder meiner Arbeit widmen zu dürfen.«

»Ja, natürlich.« Stark erwiderte den Salut und sah Vic dabei fragend an, doch sie nickte nur und machte sich umgehend auf den Weg.

»Ist sie eine Freundin von Ihnen?«, fragte Private Stein beiläufig.

»Ja, eine sehr gute Freundin.« Stark konzentrierte sich wieder auf den Mann, in dessen Gesicht ein Geist aus der Vergangenheit zu sehen war. »Hören Sie, Sie müssen sich erst mal eingewöhnen. Nehmen Sie an den Orientierungsbesprechungen teil. Aber danach melden Sie sich bei mir, und dann werde ich Ihnen alles über Ihre Schwester erzählen, was ich weiß.«

»Das wäre wundervoll! Danke.« Private Stein strahlte vor Freude, salutierte zackig und kehrte in die Schlange der Neuankömmlinge zurück.

*Ich hätte nie gedacht, jemals einem Bruder von Kate zu begegnen.* Stark musste gegen einen Schauer ankämpfen. Jede Nacht tobte die vor Ewigkeiten verlorene Schlacht in seinem Kopf. Jede Nacht kamen Kate Stein und all seine Kameraden ums Leben. Und nun war Grant Stein hier und holte diesen Albtraum aus den Tiefen der Nacht an den helllichten Tag. *Wieso jetzt? Was hat das zu bedeuten?* Gleich darauf sah er vor seinem geistigen Auge Vic, wie sie in aufgebrachtem Tonfall zu ihm sagte: *Vielleicht bedeutet es ja nur, dass du Kate Steins Bruder kennengelernt hast.* Vielleicht.

Skeptisch betrachtete Stark das Fenster. Obwohl das synthetische »Glas« extrem dick und an einer Seite die rasiermesserscharfe Notfallversiegelung zu erkennen war, die sofort reagieren und sich durch jedes Material hindurchschneiden würde, um das Fenster zu verschließen, sollte es aus irgendeinem Grund brechen, wurde Stark das Unbehagen nicht los, das er bei diesem Anblick empfand. Dementsprechend konnte er sich auch nicht an der bleichen Schönheit der in Grau gehaltenen toten Landschaft erfreuen, da er vor allem an die Luftleere dieser Einöde denken musste. Auf der einen Seite war die Landebahn des Raumhafens zu sehen, eine ausgedehnte, völlig ebene Fläche, die unablässig gewissenhaft von allem Staub befreit wurde. Auf der Landebahn waren die gedrungenen Formen von Shuttles zu sehen, die in der Mitte von schwarzverbrannten Flächen standen und nach oben zeigten. Zugangsschläuche waren an die Luken angeschlossen, um eine Verbindung zur Kolonie herzustellen.

Er wagte noch einen Blick, da die Aussicht ihn entgegen allen Erwartungen faszinierte. Viele Male war er auf der Oberfläche unterwegs gewesen und hatte die wenigen Türme der Kolonie gesehen, die man aus Mondgestein gebaut hatte, aber das Innere eines solchen Turms hatte er noch nie gesehen. »Warum sind wir hier?«

Stacey Yurivan zeigte auf die geschlossene Tür. »Ich habe einen Shuttlekommandanten gefunden, der bereit ist, zu reden, allerdings nur an einem ihm genehmen Ort in der Nähe des Raumhafens.«

»Ein Shuttlepilot will mit uns reden? Für wen arbeitet er? Für einen der Konzerne oder für die Regierung?«

»Weder noch. Unsere ehemaligen Vorgesetzten wollten unsere ehemaligen Offiziere so schnell von hier wegschaffen, dass sie auch selbständige Unternehmer angeheuert haben, um den Transport zu übernehmen.«

»Und was hat er zu erzählen?«, fragte Reynolds, die fast in einer Ecke stand und damit noch weiter vom Fenster entfernt war als Stark. »Die Offiziere der ersten Austauschwelle sollten inzwischen zu Hause sein, aber ganz sicher hat man schon während des Rückflugs begonnen, sie auszufragen.«

»Darauf kannst du wetten«, meinte auch Stark. »Die meisten Senioroffiziere waren Teil der ersten Welle. Ich wünschte, ich hätte sie belauschen können, als sie befragt wurden. Die zweite Runde besteht zum größten Teil aus Junioroffizieren, nicht wahr?«

»Überwiegend. Und wie Stacey schon sagte, wurden mit der zweiten Welle zusätzliche Shuttles hochgeschickt. Wir werden noch eine dritte Welle benötigen, weil ja auch die Überlebenden der Dritten Division weggebracht werden wollen. Was weiß dieser Pilot, Stace?«

Yurivan zog betont die Schultern hoch. »Neues über die Lage auf der Erde unten. Ich dachte, das wäre interessant.«

»Ich kann's kaum erwarten«, konterte Stark ironisch. »Haben Sie irgendwelche Zivs dazu eingeladen?«

»Muss ich das?«

»Ja, das müssen Sie. Aber es müssen nur ein paar sein. Campbell und seine oberste Adjutantin.«

Vic nickte zustimmend. »Die zwei verdienen es, dabei zu sein, immerhin haben sie den Austausch in die Wege geleitet.« Während Yurivan mit den Führern der Zivilisten Kontakt aufnahm, wandte sich Vic an Stark: »Was glaubst du, was sie über uns reden? Daheim, meine ich.«

»In ein paar Minuten werden wir es wissen. Viel Gutes wird's wohl nicht sein.«

Reynolds verzog nachdenklich das Gesicht. »Bestimmt versuchen sie, uns als abtrünnigen Abschaum hinzustellen. Ich kann mir vorstellen, dass sie dich als biertrinkenden, aufsässigen Möchtegern-Warlord abkanzeln.« Sie sah ihn mit zusammengekniffenen Augen an. »Obwohl das gar nicht so viel Aufwand wäre.«

»Sehr witzig. Und was machen sie aus dir? Die Hurenkaiserin des Mondes?«

»Warum nicht? Ich wollte immer schon eine Hurenkaiserin sein. Vielleicht verbessern sie ja meinen Körper, wenn sie das Vid fälschen.«

»An deinem Körper muss nichts verbessert werden.«

»Das sagst du«, gab sie lachend zurück. »Hast du mich etwa die ganze Zeit über in meiner Gefechtsrüstung bewundert, Ethan Stark?«

»Aber sicher. In deiner Gefechtsrüstung. Ich habe eben ein Faible für Frauen, die aussehen wie Gorillas mit überdimensionalen Muskeln und riesig großen Köpfen. Sind die Zivs auf dem Weg hierher, Stace?«

»Jawohl.« Yurivan ging zu einer Reisetasche, die in einer Ecke lag, kramte darin herum und holte eine Flasche mit einer dunklen Flüssigkeit heraus.

»Was ist das?«, wollte Stark sofort wissen.

Seine Sicherheitsoffizierin grinste ihn an. »Ein Bestechungsversuch. Und eine Methode, um den Redefluss unseres Shuttlekommandanten nicht versiegen zu lassen.«

»Rum«, stellte Reynolds fest. »Und guter Stoff. Woher hast du den, Stace?«

»Aus dem Bestand des Offiziersclubs.«

»Ich wusste nicht, dass du Zugriff auf die Bestände des Offiziersclubs hast. Sergeant Gordasa hat nie ein Wort davon erwähnt.«

Yurivan zuckte flüchtig mit den Schultern. »Na ja, ich habe Gordy gar nicht erst damit behelligt. Er hat auch so schon ziemlich viel um die Ohren, musst du wissen.«

»Ach so«, gab Vic zynisch lächelnd zurück. »Dann wird er ab jetzt noch etwas mehr um die Ohren haben, wenn er mit der Bestandsaufnahme dieser Vorräte beginnt.«

»Meinetwegen.« Stacey stellte die Flasche und ein Glas auf den Tisch. »Eure Zivs sollten jetzt eingetroffen sein. Ich hole sie und den Typen vom Shuttle ab.«

Einige Minuten später lehnte sich der lizensierte Shuttlekommandant James Plant auf seinem Stuhl nach hinten und trank genüsslich einen Schluck Rum. »Der ist wirklich exzellent«, stellte er lächelnd fest. »Allerdings nehme ich an, dass sich dieser Eindruck durch die besonderen Umstände noch verstärkt, nicht wahr? Nicht viele Leute können von sich behaupten, einen Rum getrunken zu haben, der von der Karibik aus eine so weite Reise unternommen hat. Wohl aus dem privaten Bestand des befehlshabenden Generals, richtig?«

Stark schüttelte den Kopf. »Aus dem Bestand des Offiziersclubs. Aber ich vermute, dass der nur Generälen ausgeschenkt wurde.«

»Kann ich gut verstehen.« Plant trank noch einen Schluck. »Was wollen Sie von mir erfahren?«

»Wie kommen Sie darauf, dass wir etwas von Ihnen erfahren wollen?«

»Ich bin kein Idiot. Ich habe keinen Zugriff auf irgendwelche Geheimnisse, aber ich bin Ihren Vorgesetzten gegenüber auch nicht zu Loyalität verpflichtet. Man hat mich nur vorübergehend angeheuert, und meine Zeit hier ist begrenzt. Wenn Sie also Fragen haben, sollten Sie die jetzt stellen und mit Ihren Spielchen aufhören.«

Stacey Yurivan nickte beiläufig. »Was erzählt man Ihnen über die Situation hier oben?«

Plant trank wieder einen Schluck und schaute nachdenklich drein. »Eigentlich nicht viel. Und definitiv nicht genug, um die Neugierde derjenigen zu stillen, die wissen wollen, was los ist – was für so ziemlich jeden gilt. Anfangs wurde behauptet, dass es sich um Sicherheitsmaßnahmen aufgrund von feindlichen Aktivitäten handelt. Dann war von technischen Problemen in Verbindung mit Sonneneruptionen die Rede, durch die die Kommunikation zur Kolonie unterbrochen worden sei. Geglaubt hat das natürlich niemand. Und schließlich wurde aus offiziellen amerikanischen Quellen verbreitet, dass die öffentliche Ordnung zusammengebrochen sei, was irgendwelchen nicht näher benannten kriminellen Elementen zugeschrieben wurde, die von ausländischen Mächten bezahlt würden.« Wieder lächelte Plant. »Aber natürlich nicht von meiner speziellen fremden Macht.«

»Natürlich nicht. Was verbreiten sie über Stark und die anderen?«

»Sehr wenig.« Commander Plant spreizte die Hände. »Offiziell heißt es, dass hier Anarchie herrscht. Für kurze Zeit wurde behauptet, Koloniemanager Campbell sei von einem wütenden Mob umgebracht worden. Alle rechtmäßig eingesetzten Autoritätspersonen hätten daraufhin Verstecke aufgesucht, da sie ein ähnliches Schicksal befürchtete.«

»Für einen Toten sehen Sie aber noch ziemlich gut aus«, sagte Stark zu Campbell, der mit einem Lächeln reagierte.

»Allerdings«, fuhr Plant fort, »wurde Mr. Campbells Ableben in dem Moment widerlegt, da er als Unterhändler für den Austausch der Gefangenen in Erscheinung trat. Ihre Regierung hat daraufhin ihre Haltung korrigieren müssen und entschieden, dass er doch nicht tot sei.«

»Das höre ich gern«, kommentierte Campbell sarkastisch.

»Danke. Leider muss ich Ihnen aber sagen, dass sie stattdessen behaupten, der Stress der Mondumgebung habe Sie labil werden lassen.«

»Verstehe. Dann sind das sozusagen gute und schlechte Neuigkeiten in einem Durchgang.«

Plant nickte, trank noch einen Schluck Rum und griff dann in eine Tasche seines Overalls, die in Höhe des Oberschenkels eingearbeitet war. »Ich habe hier eine Aufzeichnung, die für Sie von Interesse sein könnte.« Der Shuttlekommandant erweiterte den Bildschirm seiner mobilen Einheit und drehte ihn so, dass alle etwas sehen konnten. »Das ist die Kopie eines von Ihrer Regierung veröffentlichten Vids. Es ist aus gewissen Gründen wertvoll, zu denen ich gleich noch etwas sagen werde.« Er tippte auf das Terminal und startete die Wiedergabe. Auf dem Schirm waren ein paar Männer und Frauen in schmutzigen, zerrissenen Uniformen zu sehen, die Waffen trugen und sie nach Belieben abfeuerten. Eine Pause legten sie nur ein, um aus bunten und unterschiedlich geformten Flaschen zu trinken. Die Perspektive zuckte wild hin und her, als würde derjenige, der dieses Vid aufnahm, vor Angst wie verrückt zittern.

»Sieht aus, als hätten sich diese Soldaten seit Wochen nicht mehr gewaschen«, meinte Yurivan amüsiert. »Woher haben die diese Leute? Vom Ranger-Bataillon?«

Einer der Männer blieb vor einer Tür stehen und trat einmal kräftig dagegen, sodass sie aufflog. Er huschte nach drinnen und kam Augenblicke später wieder nach draußen, nun aber in Begleitung einer kreischenden, in Tränen aufgelösten Frau.

»Was soll das Ganze darstellen?«, fragte Stark.

»Sie«, sagte Plant. »Oder besser gesagt: die Soldaten hier oben. Laut der Geschichte, die damit verbreitet wird, hat ein unbekannter, gestörter Abtrünniger sich zum Anführer der rebellierenden und außer Kontrolle geratenen Soldaten ernannt. Das hier«, er deutete auf den Bildschirm, »ist angeblich ein heimlich aufgenommener Zwischenfall, bei dem seine Untergebenen zivile Frauen überfallen und verschleppen, um damit einen Harem aus Sklavinnen zu bereichern.«

»Sie machen Witze«, meinte Vic amüsiert. »Tja, Ethan, sieht ganz so aus, als wärst du endlich dahintergekommen, wie du Frauen rumkriegst.«

»Sehr witzig«, meinte Stark. »Wenigstens ist Campbell für sie nicht der einzige Gestörte. Jetzt hat er immerhin mich an seiner Seite.«

Im Vid war zu sehen, wie die schmuddeligen Soldaten mit ihren Gewehrkolben die Frau hin und her schubsten. Plötzlich kam eine kleine Gestalt durch die offene Tür herausgerannt, offenbar ein Kind, das sich an seine Mutter klammern wollte. Eine Soldatin grinste gehässig und verpasste dem Jungen einen Tritt, dann hob sie ihr Gewehr. »Hey«, rief Vic, die nicht länger lachte. Ehe sie mehr als diese eine Silbe herausbringen konnte, waren die Schüsse einer automatischen Waffe zu hören, und das Kind wurde auf die Straße geschleudert, wo es regungslos liegen blieb.

»Das ist nicht mehr witzig«, knurrte Stacey Yurivan, »das ist nur noch krank. Ist eigentlich nur mir aufgefallen, dass diese Affen sich bewegen, als würde bei ihnen Erdschwerkraft herrschen?«

»Nein.« Stark starrte auf den nun wieder dunklen Bildschirm. »Selbst wenn diese potthässlichen Möchtegern-Soldaten nicht schon auffällig genug wären, muss jeder die normale Schwerkraft bemerken. Ich würde ja zu gern denjenigen in die Finger bekommen, der dieses Video produziert hat. Dem würde ich zeigen, wie verdammt brutal es im Kampf zugeht.«

»Keine Sorge«, meinte Commander Plant und steckte die Einheit wieder ein. »Sehr vielen Leuten auf der Erde ist die Sache mit der Schwerkraft auch aufgefallen. Ein peinlicher Fehler, aber offenbar hatte man es so eilig, dieses Vid in Umlauf zu bringen, dass niemand sich irgendwelche Gedanken gemacht hat. Ihre Regierung hat dann widerrufen, dass es sich um Originalaufnahmen handelt, und stattdessen behauptet, man habe tatsächliche Ereignisse nachstellen wollen. Der letzte Rest an Glaubwürdigkeit war da aber schon lange verspielt. Seitdem versucht man, sämtliche existierende Kopien des Vids aus dem Verkehr zu ziehen. Ein bemerkenswertes Vorhaben, wenn man sich die Dimensionen und die völlige Sinnlosigkeit eines solchen Versuchs vor Augen hält.«

»Man sollte meinen, dass unsere Regierung inzwischen endlich gelernt hat, wie man richtig lügt«, knurrte Reynolds. »Commander Plant, gab es keine Bestrebungen, die Namen derjenigen publik zu machen, die hier oben diesen Aufstand angezettelt haben? Absolut gar nichts?«

Plant schüttelte den Kopf.

»Mich wundert, dass die unsere Namen nicht ins Spiel bringen und uns so an den Pranger stellen.«

»Das ist gar nicht so verwunderlich«, warf Plant ein. »Bedenken Sie doch mal, dass jeder Anführer sowohl Hass als auch Bewunderung auf sich lenken kann. Ich glaube, die haben zu viel Angst, dass die Öffentlichkeit auf die Idee kommen könnte, Sie zu bewundern, wenn man dem Aufstand Ihr Gesicht und Ihren Namen verleiht.«

»Die halten uns für so bedeutsam?«, fragte Stark und musste auflachen.

»Nein, aber ich glaube, denen ist klar, wie schwach sie selbst als Führer dastehen, wenn man sie mit Ihnen vergleicht. Sie handeln wagemutig, Sie setzen Ihr Leben für andere Menschen aufs Spiel, Sie täuschen niemanden, und Sie bereichern sich auch nicht insgeheim, während Sie nach außen hin vorgeben, selbstlos zum Wohl anderer aktiv zu werden. Damit sind Sie das exakte moralische Gegenteil der gegenwärtigen Führungsriege Ihres Heimatlandes. Man muss kein Riese sein, um zwischen Zwergen herauszuragen.«

Stark schaute vor sich, da ihm Plants Worte peinlich waren. Erleichtert atmete er auf, als Campbell das Wort ergriff: »Was passiert sonst noch? Haben die Ereignisse hier noch irgendwelche anderen Auswirkungen auf die Erde?«

»Oh ja«, sagte Plant und machte einen amüsierten Eindruck. »Lassen Sie mich überlegen. Die Einnahmeverluste aus den Mondinvestitionen haben die Gewinnprognosen mehrerer großer Konzerne drastisch sinken lassen. Man fürchtet sogar, diese Investitionen vollständig abschreiben zu müssen. Als Folge davon sind die Aktienkurse gesunken, was den Markt insgesamt hat einbrechen lassen. Nach allem, was ich mitbekomme, ist der durchschnittliche Bürger besorgt; besonders, da ein großer Teil der US-Wirtschaft auf Dienstleistungen ausgerichtet ist, die nicht lebensnotwendig sind, und die Leute langsam aufhören, Geld für solche Dienstleistungen auszugeben.«

Sarafina machte kurz die Augen zu. »Wir haben eine Rezession ausgelöst?«

»Danach sieht es aus. Ihre Regierung hat zwar eine Reihe

von Maßnahmen in die Wege geleitet, aber jemand, der seine Glaubwürdigkeit erstmal verspielt hat, wird nur schwer Vertrauen erzeugen können.«

Campbell nickte und sah den Piloten aufmerksam an. »Was ist mit anderen Ländern? Zum Beispiel mit Ihrem Heimatland? Was denkt man da über die Situation?«

»Was man da denkt?«, wiederholte Plant und ließ sich die Frage durch den Kopf gehen. »Die warten ab. Amerika ist zu mächtig. Was wird aus Ihnen hier werden? Können Sie dem doppelten Druck standhalten, der Ihnen von zu Hause genauso entgegenschlägt wie von der Koalition, die schon seit Jahren hier oben gegen Sie kämpft?«

Starks Lächeln hatte rein gar nichts mit Belustigung zu tun. »Diese Koalition hat eine blutige Nase und sehr viele blaue Augen bei dem Versuch bekommen, gegen uns vorzugehen. Seitdem sind sie viel leiser.«

»Verstehe. Natürlich gab es Gerüchte, aber alle echten Informationen werden zensiert. Ihre Regierung ist nicht die einzige, die gern kontrolliert, was ihre Bürger wissen.« Plant sah auf sein Handgelenk, an dem ein Chronometer aufgeregt zu zwitschern begonnen hatte. »Ich fürchte, meine Zeit ist um. Ich muss zu meinem Schiff zurückkehren, um es startklar zu machen.« Bedauernd betrachtete er die Flasche Rum. »Tja, da unsere Shuttles von Ihrer Regierung gemietet worden sind, werden sie von Ihren Zollinspektoren überwacht. Uns wurde gesagt, dass jegliche Schmuggelware beschlagnahmt wird.«

»Schnaps ist keine Schmuggelware«, hielt Yurivan dagegen.

Plant zuckte mit den Schultern. »Da es nach Ihrer Regierung geht, gilt für mich, dass alles, was aus der Kolonie mitgenommen wird, als Schmuggelware behandelt wird, bis diese Situation geklärt ist.«

»Ist das wahr?« Stacey grinste ihre Kameraden an. »Dann sind diese Sachen jetzt alle viel mehr wert als vorher?«

»Ganz genau. Wie ich sehe, sind Sie kaufmännisch bewandert.«

»Es werden wieder Shuttles herkommen, müssen Sie wissen. Diese Blockade ist nicht absolut lückenlos. Die potenziellen Gewinne könnten … ziemlich hoch ausfallen.«

»Kann ich mir vorstellen. Ich werde das im Gedächtnis behalten und dafür sorgen, dass meine eigenen Vorgesetzten von den Möglichkeiten erfahren, die sich hier ergeben.« Commander Plant stand auf und nickte den anderen zu, die sich ebenfalls von ihren Plätzen erhoben. »Ich bedanke mich für die Gastfreundschaft.«

Sie sahen ihm hinterher, wie er von Stacey Yurivan begleitet den Raum verließ. Dann setzten sie sich wieder hin und ließen sich eine Weile das Gehörte durch den Kopf gehen. Schließlich drehte sich Vic zu Stark um und sagte kopfschüttelnd: »Ethan Stark, du hast einen ganzen Berg aus Dominosteinen umgeworfen.«

»Ich habe nur versucht, eine verheerende Dummheit aufzuhalten«, protestierte er. »Ich will nichts, als das Richtige tun und Menschenleben retten.«

»Sag ich doch.« Vic ging zur Tür und winkte Campbell, Sarafina und Stark. »Wenn ihr mich entschuldigen würdet, ich brauche ein bisschen Ruhe, sonst bin ich am Ende noch so gestört wie unsere Anführer.«

»Ich glaube«, wandte Campbell in einem gespielt pikierten Tonfall ein, »dass ich persönlich als labil, aber nicht als gestört bezeichnet wurde.«

»Stimmt. Ich bitte um Entschuldigung. Ethan, ich glaube, du hast in nicht mal einer Stunde noch einen Termin.«

»Einen Termin?«, stöhnte er auf. »Welchen denn?«

»Eine persönliche Angelegenheit. Erinnerst du dich?«

Er verzog den Mund. »Oh ja, jetzt erinnere ich mich. Ich sollte mich besser auf den Weg machen.«

Grant Stein stand an der Wachstation, von der aus es in den Bereich des Hauptquartiers ging. Wie zuvor lächelte er auch jetzt, als Stark auf ihn zukam. »Sie sind früh dran. Kommen Sie.« Der wählte ein Tempo, bei dem der jüngere Mann ein Stück weit hinter ihm zurückblieb. Er war auf dem Weg zu seinem Quartier, überlegte es sich dann aber anders. *Ich brauche eine neutrale Umgebung. Und ein ruhiges Fleckchen, wo wir nicht alle paar Minuten gestört werden. Ich weiß schon, wohin wir gehen.* Er passierte sein Quartier und wurde erst langsamer, als er die mit Holz verkleidete zweiflügelige Tür erreichte, hinter der sich die Suite des kommandierenden Generals befand.

Stein sah sich interessiert um, als sie eintraten. »Coole Hütte. Ich wette, Ihnen gefällt das hier.«

»Ich habe kaum Freizeit«, antwortete Stark verhalten. »Nehmen Sie Platz. Möchten Sie irgendwas? Kaffee oder etwas anderes?«

»Nein, Sergeant … oh, ich glaube, ich sollte wohl besser Commander sagen.«

»Das ist Ihnen überlassen. Ein Titel ist nicht so wichtig wie der Mensch, der ihn führt.« Stark rieb sich das Genick und lächelte wehmütig. »Schon seltsam. Ich habe so viele Erinnerungen an Kate, aber ich habe keine Ahnung, was Sie von mir hören wollen. Ich nehme an, über den Kampf hat man Ihnen schon genug erzählt.«

»Patterson's Knoll?« Grant Stein schüttelte den Kopf. »Nicht sehr viele Details. Ich meine, es gibt ja auch nur ein paar Leute, die die Einzelheiten kennen, nicht wahr?«

»Ja, da dürften Sie recht haben.« Stark setzte sich bedächtig hin und kaute auf seiner Unterlippe. »Ursprünglich wurde unsere Einheit reingeschickt, um auf ein paar Indigs einzuprügeln, die ihre Erzbestände nicht für wenig Geld an einen Konzern abgeben wollten, der seinerseits viel Geld an unsere Politiker gezahlt hatte. So was kommt oft vor, nicht wahr? Diese speziellen Indigs verfügten über ein ganz brauchbares Mil, aber unser Commander, der bloß ein Colonel war, weil der General sich mit dem Rest der Brigade woanders aufhielt … dieser Colonel meinte, wir würden die schon überrennen können. Vielleicht hätten wir das auch tatsächlich gekonnt, bloß stellten wir zu spät fest, dass diese Indigs sich Verstärkung aus dem Ausland geholt hatten. Jede Menge Waffen, reichlich Munition, und sogar ein paar ganz gute Truppen.«

Grant Stein nickte, während Stark weiterredete: »Na ja, nicht mal unser Colonel konnte ignorieren, dass wir geradewegs auf eine größere Indig-Streitmacht zusteuerten. Aus allen Richtungen wurden wir mit jeder nur denkbaren Munition beworfen. Er hatte nur zwei Kompanien bei sich, und uns hatte er weit vor den anderen marschieren lassen. Wie ich später hörte, glaubte er, mit dem forschen Vorgehen eine gute Presse zu bekommen. Der Colonel gestattete uns nur, lediglich ein kleines Stück zurückzufallen, obwohl wir längst viel zu weit von irgendwelchen unterstützenden Kräften entfernt waren. Wir hielten auf einem freien Gelände an. Ich glaube, er dachte, dass man uns im schlimmsten Fall von dort evakuieren würde. Aber unsere Maschinen konnten gar nicht bis dahin durchkommen. Die Flugabwehr war bestens auf uns vorbereitet, und wir waren viel zu weit weg von den großen Flughäfen. Ich weiß nicht, was sich dieser Idiot von Colonel Patterson dabei gedacht hat, jedenfalls saßen wir die ganze Nacht da fest. Es gab nur eine dünne Erdschicht, und gleich darunter befand sich Felsgestein, also war es nicht mal möglich, uns einzugraben. Wir konnten nur dasitzen, während die Offiziere ihre Besprechungen abhielten. Auf einmal wurden wir wieder beschossen. Von allen Seiten. Dann sprach sich herum, dass unsere Komm-Verbindung zum Hauptquartier gestört wurde. Der Störsender wurde noch stärker und blockierte unser gesamtes Komm.«

Stark hielt kurz inne, um einen Anflug von Panik zu unterdrücken, die durch die bloße Erinnerung ausgelöst wurde.

»Sie feuerten mit allem auf uns, was sie hatten. Kleine Kaliber, schwere Waffen. So ging es den ganzen Morgen über, den ganzen Nachmittag über. Ich glaube, am Morgen hätten wir noch ausbrechen und uns den Weg freikämpfen können. Aber die Offiziere verhinderten das. Ich weiß nicht, wie lange man Patterson nach diesem Massaker hat leben lassen oder ob sie ihn schon gegen Mittag gekriegt hatten. Gegen Nachmittag hatten wir so viele Leute verloren, dass ein Fluchtversuch unmöglich geworden war. Wir konnten nur da kauern und warten.«

Plötzlich nahm er einen Schmerz wahr, sah nach unten und stellte fest, dass er die Hände so verkrampft hielt, dass sich rote und weiße Flecken gebildet hatten. Nur mit Mühe konnte er die Finger lösen.

»Ich sah Kate fast den ganzen Tag nicht. Wir klammerten uns am Untergrund fest und beteten. Niemand rührte sich von der Stelle, außer es wurde versucht, sich um die Verwundeten zu kümmern. Aber nach einer Weile waren Verbandszeug und Medikamente ohnehin aufgebraucht, und die Sanitäter waren alle tot. Von ein paar Schrammen abgesehen wurde ich einfach nicht getroffen. Die Nacht brach an, und sie stellten den Beschuss ein. Ich machte mich auf die Suche nach Überlebenden und entdeckte Kate.«

Er brach ab, da er einen Moment lang keinen Ton herausbringen konnte.

»Sie war ... schwerverwundet.« *Warum kann ich ihm nicht sagen, dass ihr die Beine weggerissen worden waren? Gott, ich kann es nicht aussprechen. Nicht mal jetzt.* »Sie konnte sich nicht bewegen. Und sie konnte nicht bewegt werden. Sie wollte nicht, dass ich bleibe. Sie hat die Nacht nicht überlebt. Das weiß ich genau. Sie hat nicht überleben können.«

Stark stand auf und drehte sich weg, sodass er die Wand ansah. Er ließ den Kopf sinken, während er seine Gedanken ordnete.

»Ich musste weglaufen. Ich musste alle Überlebenden einsammeln, die noch laufen konnten, und mit ihnen davonlaufen. Es war nicht meine Schuld, weil ich gar nichts anderes hätte tun können. Trotzdem durchlebe ich das Ganze in fast jeder verdammten Nacht wieder. Ich wünschte, ich hätte etwas unternehmen können, ganz egal, was. Aber es läuft immer auf das Gleiche hinaus, weil es nicht anders enden konnte. Das wusste Kate genau. Sie gab mir noch einen letzten Ratschlag mit auf den Weg und rettete mir das Leben, während ich ihres nicht retten konnte. Seitdem versuche ich immer, einen Unterschied zu bewirken, aber nichts kann die Vergangenheit jemals verändern.«

Abrupt drehte er sich zu Grant Stein um und erfasste dessen Gesichtsausdruck, der sich veränderte und tiefes Mitgefühl erkennen ließ. *Er wollte mich wohl nicht sehen lassen, wie schrecklich nahe ihm der Tod seiner Schwester ging. Ich kann es ihm nicht verübeln.* »Viel mehr als das kann ich Ihnen nicht erzählen. Tut mir leid, dass es keine letzten Worte oder etwas in dieser Art gab. Ich schätze, wir standen so sehr unter Schock, dass wir nicht mal mehr klar denken konnten.«

Stein wartete eine Weile, nachdem Stark geendet hatte, dann nickte er. Seine Miene verriet seine Trauer. »Dann fiel es Ihnen schwer, meine Schwester zu verlassen?«

»Schwer? Es fiel mir schwerer als alles, was ich jemals tun musste. Ich sage Ihnen, zu sterben ist ganz einfach. Manchmal zu einfach. Kate wollte nicht, dass ich auf die leichte Tour davonkomme. Das war ihre Art.«

»So gut habe ich sie nie gekannt.«

»Oh.« Abermals ließ Stark den Kopf sinken. »Tut mir leid. Ich wünschte, ich hätte …«

»Ich bin mir sicher, dass Sie getan haben, was Sie konnten«, versicherte Stein ihm. »Aber sehen Sie sich doch an, was jetzt ist. Sie haben hier wirklich das Sagen? Es gibt nicht irgendeinen … Rat … oder etwas in der Art, dem Sie Rede und Antwort stehen müssen?«

»Ein Rat?« Stark kniff ein wenig die Augen zusammen, als versuche er, zu ergründen, wie ernst Grant Stein diese Frage meinte. »Nein, ich habe das Sagen. Ich bin gewählt worden, und das war es dann erst mal. Ich schätze, wenn ich mir einen richtig üblen Fehler leiste, werden sie mich auch wieder absetzen. Aber das ist bislang nicht passiert, und solange es so bleibt, bin ich der Einzige, der hier das Sagen hat.«

»Aber Sergeant Reynolds scheint Ihnen sehr nahezustehen.«

»Sie ist eine verdammt gute Soldatin und eine verdammt gute Freundin.«

Stein lächelte. »Ich verstehe.«

Stark verspürte plötzliche Gereiztheit. *Was kümmert mich, was dieser Mann denkt? Er ist nicht Kate. Aber bei Gott, er ist ihr so ähnlich. Jedenfalls äußerlich.* »Nun, weiter fällt mir nichts ein. Haben Sie sich schon gut eingelebt?«

»Es ist wirklich ganz anders, als ich es mir vorgestellt

habe. Jetzt verstehe ich auch, warum die Neuen einen Mondveteranen brauchen, der ihnen bei der Eingewöhnung hilft.«

Stark zögerte, da ihm klar war, dass die Aussage des jungen Manns zugleich so etwas wie eine Bitte war. »Ich werde dafür sorgen, dass Sie einen guten Soldaten an Ihre Seite bekommen. Ich gehe hier so in Arbeit unter, da bleibt für so etwas keine Zeit übrig. Tut mir leid.«

»Oh, das ist schon okay. Ich hatte nur gehört, dass Kate Sie damals unter ihre Fittiche genommen hatte, und da dachte ich …«

*Verdammt, das ist eine Schuld, die ich noch begleichen muss.* »Es dürfte für keinen Soldaten von Nutzen sein, wenn er sich derzeit ständig in meiner Nähe aufhalten würde. Ich werde aber ein wachsames Auge auf Sie haben. Wenn Sie Kate auch nur ein klein wenig ähneln, werden Sie sowieso keine Probleme haben.«

»Danke«, sagte Grant und strahlte ihn an. »Es ist aber okay, wenn ich mich hin und wieder mal mit Ihnen unterhalte, oder? Sie stellen sozusagen eine lebendige Verbindung zu Kate dar.«

»Ähm, ja, klar.« Demonstrativ sah Stark auf seinen Palmtop. »Sieht so aus, als würde die nächste Eingewöhnungsbesprechung anstehen. Die sollten Sie besser nicht verpassen. Brauchen Sie jemanden, der Sie nach draußen bringt?«

»Nein, danke, Commander.« Stein stand auf, salutierte kurz und verließ den Raum.

Stark starrte eine Weile auf die Tür, durch die Stein gegangen war, allein in dem großen Büro, das früher als Vorzimmer zum Büro des Generals gedient hatte.

Irgendwann schaute Vic Reynolds vorbei und sah sich verwundert um. »Ethan? Mir wurde gesagt, dass du gesehen wurdest, wie du hier reingegangen bist. Was machst du?«

»Ich denke nach.«

»Es gibt tatsächlich Wunder!« Sie kam rein, setzte sich zu ihm und ließ den Blick durch den Raum wandern. »Nett hier. Und wie war dein Treffen mit Grant?«

»Ganz gut, würde ich sagen.«

Sie zog die Augenbrauen hoch. »Hört sich aber nicht nach ganz gut an. Wo ist das Problem?«

»Keine Ahnung.« Stark zuckte vor Unbehagen mit den Schultern. »Es kommen halt viele Erinnerungen hoch, weißt du?«

»Kann ich mir vorstellen. Wirklich wissen werde ich das hoffentlich nie. Das ist aber nicht alles, oder?«

Wieder hob er die Schultern flüchtig an. »Es scheint alles in Ordnung zu sein, aber irgendwie … auch nicht. Ich weiß nicht, wie ich das erklären soll.«

»Bist du dir sicher, dass er echt ist?«

»Was? Du meinst, ob er wirklich Kates Bruder ist? Oh ja, ganz sicher.«

»Aber er ist nicht Kate, nicht wahr? Ich meine, du kennst den Mann nicht, Ethan.«

»Wenn er nur ein klein wenig von Kate hat …«

»Falls, Ethan. Falls er das hat.«

»Okay, trotzdem schulde ich ihm was. Allein schon Kate zuliebe.«

»Ich kann nicht widersprechen, weil ich zu wenig über Kate weiß. Aber lass mich dir eine Frage stellen: Wenn Grant Stein dich über so viele Jahre hinweg so bewundert hat, warum hast du dann bis jetzt nie von ihm gehört? Warum hat er dir nie geschrieben, dich nie besucht?«

»Ich weiß es nicht. Vielleicht war es für ihn zu schmerzhaft, darüber zu reden.«

»Über einen Zwischenfall, über den er alles erfahren will?

Er scheint mir nicht der Typ dafür zu sein, darüber nicht reden zu können. Aber vielleicht hast du ja recht.« Seufzend holte Vic ihren Palmtop hervor. »Bereit für ein paar Verwaltungsangelegenheiten?«

»Oh, Himmel, Vic. War mein Tag nicht schon anstrengend genug? Was denn für Verwaltungsangelegenheiten?«

»Unsere neuen Offizierskandidaten. Ich habe den ersten Schwung Namen zur Begutachtung hier.« Sie lehnte sich zurück und tippte etwas auf dem Palmtop ein, der daraufhin eine Fülle an Daten anzeigte. Sie sah auf den Bildschirm, klickte das eine oder andere an, dann musste sie grinsen. »Und wir müssen entscheiden, welche disziplinarische Maßnahme wir gegen einen dieser Offizierskandidaten ergreifen.«

»Jetzt schon? Was hat er angestellt?«

»Vor ein paar Tagen hat er seinen Wohnwürfel und den angrenzenden Raum in ein Doppelabteil verwandelt.«

Stark musste ungläubig lachen. »Du machst Witze. Wie hat er das denn angestellt?«

»Offenbar hatte seine Waffe einen defekten Schießmechanismus. Er wollte das Problem selbst beheben, indem er den Schießschaltkreis wieder am Treibsatz festgeschweißt hat.«

»In seinem Würfel?« Er konnte einen weiteren Lacher noch eben zurückhalten. »Er kann von Glück reden, dass er noch lebt.«

»Das hat er auch gesagt«, merkte Vic an. »Er meinte, ihm sei ein Fehler unterlaufen, er könne das alles gar nicht glauben und so weiter und so fort. Es liegt jetzt an dir«, sie richtete den Zeigefinger auf Stark, »über seine Strafe zu entscheiden und auch zu entscheiden, ob er nach dieser Sache weiterhin ein Kandidat sein kann oder nicht.«

»Hm.« Stark rieb sich übers Kinn und starrte die Decke

an. »Er gibt zu, dass ihm ein Fehler unterlaufen ist. Himmel, er weiß ja sogar, dass er etwas falsch gemacht hat. Allein das macht ihn schon intelligenter als die meisten Offiziere, die wir zurückgeschickt haben.«

»Gutes Argument.«

»Geben wir ihm noch eine Chance.«

»Keine Strafe?«

»Er wird Offizier, ein richtiger Offizier, der für das verantwortlich ist, was er macht und wie er es macht. Das ist schon eine harte Strafe. Warten wir mal ab, ob er seine Lektion gelernt hat.«

»Noch ein gutes Argument.« Reynolds tippte wieder auf ihren Palmtop. »Was ist das für ein Gefühl, Gott zu spielen?«

»Normalerweise nicht sehr schön. Die meisten Entscheidungen werden schwieriger sein als das da gerade eben.«

»Ja, so wie die nächste Sache.«

»O nein«, stöhnte er. »Was jetzt noch?«

»Wir haben gut zwanzig Offiziere, die ihren Austausch bislang hinausgezögert haben. Keine geschlossene Gruppe, sondern Einzelpersonen und Zweier- und Dreiergrüppchen. Jetzt sagen sie, dass sie bleiben wollen.«

»Was? Wieso?«

»Damit sie als Offiziere dienen können. In unserer Division. Natürlich sind das alles Junioroffiziere, überwiegend Lieutenants, ein paar Captains.«

Kopfschüttelnd sah er Reynolds an. »Damit hätte ich nie gerechnet. Zugegeben, ich habe ein paar anständige Offiziere kennengelernt, aber ...«

»Was machen wir mit ihnen? Trotzdem zurückschicken?«

»Ich ... nein, wir können gute Offiziere gebrauchen. Leute mit der richtigen Ausbildung. Aber woher wissen wir, ob sie es ernst meinen?«

»Wir könnten sie beim Wort nehmen«, überlegte Vic. »Aber damit haben wir in der Vergangenheit nicht allzu oft Glück gehabt, nicht wahr?«

»Stimmt.« Stark hob nachdenklich eine Hand, um Reynolds von einer Erwiderung abzuhalten. »Das könnte die Lösung sein.«

»Was könnte die Lösung sein?«

»Die Vergangenheit. Wir wissen, wie diese Offiziere in der Vergangenheit ihre Untergebenen behandelt haben. Wir fragen einfach bei ihren Einheiten nach. Wenn sie sich fair verhalten haben, ist das ein gutes Zeichen dafür, dass sie es ernst meinen.«

»Ein hervorragender Vorschlag, Sergeant Stark. Hmmm.«

»Was ist ›Hmmm‹?«

»Eine dieser Offizierinnen ist Conroy.«

»Conroy? Unsere Conroy?«

»Sieht so aus. Ja, ihre Akte gibt an, dass sie uns befehligt hat.«

»Ich habe sie nicht mehr gesehen, seit sie unseren Zug auf diesem fehlgeschlagenen Überfall geführt hat.«

»M-hm. Die Aktion, bei der du als Nachhut den Helden spielen durftest.« Demonstrativ ignorierte sie Starks finstere Miene. »Die gleiche Aktion, die dazu führte, dass Lieutenant Conroy gefeuert wurde.«

»Sie haben sie rausgeschmissen, weil sie euch zu mir zurückgeschickt hat, nicht wahr?«

»Ja«, bestätigte Vic. »Aber ich dachte, sie hätten sie sofort nach Hause geschickt. Sie muss in der Zwischenzeit irgendeinen anderen Job gehabt haben.«

Stark machte einen Moment lang die Augen zu und dachte daran zurück, wie er unter massivem Feindbeschuss die Stellung gehalten hatte, damit sein Zug sich in Sicherheit bringen konnte, während ihm nur die eine Frage durch den Kopf ging, ob wohl noch rechtzeitig Verstärkung eintreffen würde, um ihn zu retten. »Wahrscheinlich dachten die Generäle, es ist eine schlimmere Strafe für sie, weiter auf diesem toten Felsbrocken zu versauern.«

»Das heißt, sie soll noch eine Weile bleiben?«, fragte Vic leise.

»Das würde ich sagen. Aber überprüf sie und sprich mit den Leuten, die zuletzt mit ihr zu tun hatten.«

»Also traust du nicht mal Conroy, wie? Nicht, dass ich was dagegen einzuwenden hätte.«

»Vic«, entgegnete er und seufzte schwer. »Ich traue Offizieren schon seit so langer Zeit nicht mehr, dass ich gar nicht weiß, wie es sich anfühlt, sich auf einen von denen zu verlassen. Ich würde das ja gern abstellen, aber das wird wohl noch eine ganze Weile dauern.« Dann verstummte er.

Reynolds betrachtete ihn, wie er auf seinem Platz in sich zusammengesunken dasaß und die Wand anstarrte. »Was für ein Problem hast du, Ethan?«

»Ich habe nicht nur ein Problem, sondern ein paar tausend, Vic.«

»Ich weiß. Über zwei davon haben wir gerade gesprochen. Welches Problem lässt dich jetzt so niedergeschlagen dasitzen?«

Er grübelte über ihre Frage nach. »Ich bin von Soldaten umgeben, Vic. Wie kann es sein, dass ich mir trotzdem so isoliert vorkomme?«

»Ah.« Sie nickte verstehend und stellte den Palmtop zur Seite. »Weil du isoliert bist. Wir tun derzeit nichts anderes, als alles zu versuchen, um Herr der Lage zu bleiben. Du kannst deine Freizeit nicht mit ein paar Kameraden verbringen, weil du keine Freizeit hast.«

»Ja, daran liegt das, nicht wahr?« Plötzlich setzte er sich gerade hin und schaute entschlossen drein. »Ich will mich immer noch mit Lieutenant Mendoza treffen. Und wann habe ich das letzte Mal mit Mendo oder Corporal Gomez oder irgendjemandem aus meinem Trupp geredet? Lass uns etwas Zeit dafür abzweigen, Vic.«

»Wir haben keine Zeit, die wir abzweigen könnten.«

»Dann nehmen wir uns eben einfach Zeit. Wie wäre es, wenn wir hier im Hauptquartier mit den Affen zu Abend essen und danach zusammen ein paar entspannte Stunden verbringen?«

»Das könnte eine gute Sache werden«, fand Reynolds lächelnd. »Ich schau mal, wen wir alles einladen. Soll Stein auch kommen?«

»Stein? Nein.«

Verdutzt zog sie die Augenbrauen hoch. »Ich dachte, er will Zeit mit dir verbringen, um seinen großen Helden anzuhimmeln.«

»Genau.«

»Wo ist das Problem? Kommst du nicht damit klar, dass dir ein Hündchen hinterherläuft?«

»Darum geht es nicht.« Stark legte die Stirn in Falten, den Blick auf den Boden gerichtet, als hätte sich dort irgendein faszinierendes, aber verwirrendes Bild aufgetan. »Kate Stein ist vor langer Zeit gestorben, Vic. Auch wenn mir die Schlacht von Patterson's Knoll noch so sehr zu schaffen macht, weiß ich doch, sie ist tot. Aber jetzt taucht auf einmal ihr Bruder auf, und sobald ich ihn sehe, muss ich an sie denken. Das fühlt sich für mich nicht richtig an. Die Toten sollten beerdigt bleiben.«

»Ja, das sollten sie«, stimmte sie ihm mit sanfter Stimme zu. »Ich kann Grant Stein irgendeiner Tätigkeit zuteilen, damit er anderswo beschäftigt ist und hier nicht auftauchen kann.«

»Nein. Warum sollte er dafür bestraft werden, dass ich nicht damit klarkomme? Aber ich brauche keinen Geist an meinem Tisch, wenn ich mich mal für eine Weile entspannen will. *Verdad*?«

»*Verdad. Comprendido.*« Vic stand auf und griff nach Starks Hand. »Komm mit, Soldat. Verlassen wir diesen goldenen Käfig und hängen wir mit anderen Leuten ab.«

»Klingt gut. Aber vergiss darüber nicht das Abendessen.«

»Werde ich nicht. Allerdings wird es ein paar Tage dauern, um das zu arrangieren.«

»Ein paar Tage? Für wann ist der dritte Austausch vorgesehen?«

Vic sah auf ihren Palmtop. »Cheryl sagt, dass das heute in einer Woche sein soll.«

»Cheryl? Du meinst Sarafina?«

»Wen sollte ich sonst meinen?«

Stark grinste ironisch. »Ihr seid schon beim Vornamen angekommen? Du freundest dich doch nicht mit einer Ziv an, Vic?«

Sie tat so, als hätten seine Worte sie beleidigt. »Ms. Sarafina ist uns eine große Hilfe gewesen.«

»Dem kann ich nicht widersprechen«, meinte Stark. »Ich bin froh, wenn wir endlich die letzten Offiziere und die Leute von der Dritten Division los sind, die sich uns nicht anschließen wollen. Noch eine Woche. Ich wüsste nicht, was in einer Woche passieren sollte, das den Austausch verhindern könnte.«

»Stark! Commander Stark!«

Er verharrte mitten in der Bewegung, da ihm die Dringlichkeit der Worte nicht entgangen war. *Ich schätze, das späte Abendessen wird für mich noch etwas später werden.* »Hier. Sind Sie das, Jill?«

»Ja«, bestätigte Sergeant Tanaka hastig. »Ja, Sir. Es gibt hier ein großes Problem. Wir brauchen Sie so bald wie möglich im Kommandozentrum.«

»Was ist denn?«, fragte Stark, der bereits weiterging und sich seinen Weg zwischen den Gruppen aus erschrocken dreinschauenden Soldaten hindurchbahnte. »Wieder ein Angriff?«

»Nein, glaube ich nicht. Es ist die Navy.«

»Die Navy?« Amerikanische Kriegsschiffe hatten die Kolonie schon seit ihrer Grundsteinlegung beschützt und sich mit feindlichen Raumstreitkräften angelegt. Sie waren auch an Blockaden von Kolonien anderer Staaten und gegnerischer Streitkräfte beteiligt gewesen. Nachdem Starks Truppen rebelliert hatten, hatte die Aufgabe der Navy darin bestanden, die eigene Kolonie zu blockieren. Mit Blick auf die Reichweite der Verteidigungsanlagen der Mondbasis wahrten sie dabei aber respektvollen Abstand. »Sie greifen nicht an?«

»Ich glaube nicht. Aber ich weiß es nicht sicher.«

»Ist Reynolds da?«

»Nein, ich rufe sie sofort.«

Stark beschleunigte seine Schritte, um erkennen zu lassen, dass er es eilig hatte. Gleichzeitig achtete er darauf, keine beunruhigte Miene zu machen, weil er wusste, dass seine Soldaten ihn beobachteten. *Okay, euer Boss muss nur schnell wohin, aber das ist kein Grund zur Sorge, klar*?

Er nahm sich die Zeit, mal nach links und mal nach rechts

zu sehen und dabei den Soldaten zuzulächeln, die mit einem Grinsen und einem Salut reagierten. *Als ich noch meinen Trupp befehligte, musste ich nur dafür sorgen, dass zwölf Leute die Ruhe bewahrten. Jetzt sind es Tausende. Das ist fast so, als würde ich in einem Aquarium leben, in dem man mich von allen Seiten beobachten kann.* Zum ersten Mal wurde ihm bewusst, wie verlockend doch das Hauptquartier mit seinen Einschränkungen für Besucher sein konnte. *Es wäre einfacher, wenn sie mich nur dann zu sehen bekommen würden, wenn mir der Sinn danach steht. Aber für gewöhnlich sind die einfacheren Möglichkeiten auch die falschen. Ich will, dass diese Affen mich sehen, und ich will sie ja auch sehen. Dann macht es meinen Job eben etwas schwieriger. Aber es ist immer noch mein Job.*

Im Hauptquartier ging er durch die zunehmend prachtvoller ausgestatteten Korridore, bis er die holzvertäfelte Tür zum Kommandozentrum erreicht hatte. Er trat ein, die Wachhabenden drehten sich auf ihren Stühlen um und sahen ihn besorgt und ratlos an. Auf dem Hauptdisplay, das üblicherweise einen Abschnitt der Front auf der Mondoberfläche zeigte, zuckte ein seltsames dreidimensionales Bild hin und her. Die leuchtenden Symbole bewegten sich in Mustern, die ohne Bezug zur Oberfläche waren. Es wirkte, als würden Glühwürmchen in einer riesigen Arena planlos umherschwirren und sich gegenseitig umkreisen, anstatt dem Verlauf des Geländes zu folgen. Als sich das Display leicht veränderte, um das Geschehen weiterhin in seinem ganzen Umfang darstellen zu können, tauchte an einer Seite auf einmal ein ausladender Bogen auf, der sich aus Gefahrenmarkierungen und Bedrohungssymbolen zusammensetzte.

Argwöhnisch betrachtete Stark das Display. »Was zum Teufel soll denn das da sein?«

Tanaka bewegte einen Anzeiger hin und her und hob verschiedene Symbole hervor. »Das sind Kriegsschiffe der Navy. Unserer Navy. Die Größe des Symbols entspricht der Größe des Schiffs.«

»Also steht ein großes Symbol für ein großes Schiff.«

»Richtig.«

»Was ist das riesengroße Ding da?«

»Das sind wir. Der Mond.«

Mit einem Mal ergab das Ganze einen Sinn. Stark rief sich die Anflugroute zum Mond ins Gedächtnis, die sie vor dem ersten Angriff genommen hatten, also vor sehr langer Zeit. *Ja, genau. Wir waren da draußen im Truppentransporter, und da war der Mond, als wir näher kamen.* »Und was ist nun eigentlich los?«

»Da ist eine Gruppe von Schiffen, von denen wir gerufen werden. Diese zwei hier drüben.«

Stark kniff die Augen ein wenig zusammen. »Die werden beschossen.«

»Ganz richtig, und zwar von dieser größeren Gruppe Kriegsschiffe dort drüben.«

»Warum schießen Navy-Schiffe auf andere Navy-Schiffe? Vic«, rief er, da sie soeben das Kommandozentrum betrat, aber nach ihrem kurzen Erholungsschlaf noch nicht richtig wach war. »Kennst du dich mit diesem Navy-Kram aus?«

»Natürlich nicht, oder sehe ich etwa aus wie eine Matrosin?« Misstrauisch sah sie sich die ungewohnten Symbole an. »Warum beschießen die Schiffe da einander?«

»Keine Ahnung. Und Tanaka weiß es auch nicht. Allerdings rufen sie uns.«

»Dann antworte gefälligst? Oder bist du nicht der Kerl, der immer wissen will, was gerade los ist?«

»Das schon, aber …« Stark deutete auf das Display. »Ich

komme mit diesem Navy-Zeugs nicht klar. Da gibt es kein Vorne und kein Hinten.«

»Auch kein Oben und kein Unten. Ich weiß, das ist irgendwie verrückt.«

Tanaka hob die Hand und rief: »Sie rufen uns wieder, und sie bestehen darauf, mit Ihnen zu reden, Commander Stark.«

»Die kennen meinen Namen?«

Sergeant Tanaka lief rot an. »Als sie danach fragten, habe ich ihnen gesagt, dass Sie das Kommando haben.«

»Ist schon okay. Das ist schließlich kein Geheimnis. Ich wollte nur wissen, woher sie das haben. Also gut, dann verbinden Sie mich mit ihnen.« Das Vid flackerte kurz, dann war eine Frau in einem Raum zu sehen, der zitterte und wackelte. Sie konzentrierte sich ganz auf Stark.

»Sie sind Stark?«

»Ja.« Offenbar eine Unteroffizierin, auch wenn Stark aus diesem Blickwinkel keinerlei Rangabzeichen ausmachen konnte. »Und Sie sind …?«

»Chief Petty Officer Wiseman. Alex Wiseman. Wir benötigen Ihre Hilfe.« Der Raum wurde plötzlich von einer schweren Erschütterung erfasst, woraufhin mehrere Alarmsirenen los gellten.

»Wir?« Stark versuchte, sich trotz der ungewohnten Szene und der damit verbundenen Ereignisse zu konzentrieren. »Wer ist wir?«

»Die Unteroffiziere dieser beiden Schiffe. Wir haben die *Subic Bay* und die *Guantanamo Bay*.«

»Was meinen Sie damit, Sie ›haben sie‹?«

Wiseman schaute finster drein, doch der Ausdruck machte einem sorgenvollen Blick Platz, als das Schiff von weiteren Erschütterungen getroffen wurde. »Dies hier ist die *Subic Bay*, und wir haben sie unter unsere Kontrolle gebracht. Die Unteroffiziere auf der *Guantanamo Bay* haben das Gleiche getan. Momentan werden wir von den anderen Schiffen hier draußen angegriffen, und wir versuchen, uns so gut wie möglich zu verteidigen, ohne das Feuer zu erwidern.«

»Das scheint aber nicht so gut zu funktionieren.«

»Ganz und gar nicht. Wir benötigen Schutz. Können Sie uns den gewähren?«

»Vic?«, fragte Stark. »Können wir das?«

»Das möchte ich bezweifeln.«

Wiseman schaute weiter finster drein. »Sie haben äußerst schlagkräftige Verteidigungsanlagen auf der Oberfläche. Wenn wir uns in deren Reichweite begeben, werden die anderen Schiffe uns nicht folgen können.«

»Commander Stark!« Tanaka schien ihm ins Ohr zu flüstern, doch Wisemans ausbleibende Reaktion verriet, dass sie davon nichts hören konnte. »Wenn wir diese Schiffe in die Reichweite unserer Waffen gelangen lassen, könnten sie uns erhebliche Schäden zufügen, bevor es uns gelingt, sie außer Gefecht zu setzen.«

Wiseman rutschte unruhig hin und her, gab einen Befehl und wandte sich wieder Stark zu. »Wir stecken etliche Treffer ein. Bislang nichts Bedenkliches, aber viel Zeit bleibt uns nicht mehr. Werdet ihr Schlammkriecher uns nun helfen oder nicht?«

»Woher wissen wir, dass das alles echt ist?«, hakte Stark nach. »Woher wissen wir, dass das nicht bloß ein Trick ist, um von uns durchgelassen zu werden und dann das Feuer zu eröffnen?«

»Sehen Sie etwa nicht, dass wir uns hier mitten im Gefecht befinden?«, brüllte Wiseman aufgeregt.

»Nein. Ich sehe, dass der Raum zittert und wackelt. Ich

höre Sirenen. Was das zu bedeuten hat, weiß ich nicht. Ich bin ein Soldat der Bodentruppen.«

Wiseman sah ihn verblüfft an, dann nickte sie und hob beide Hände. »Okay, okay, ich habe verstanden. Ich bin hier auf der Brücke, und die ist das Kommandozentrum des Schiffs. Wir manövrieren so, dass wir den Waffen ausweichen können, die auf uns abgefeuert werden. Torpedos. Die verursachen das Wackeln und Zittern, wenn sie mit geringem Abstand zu unseren Schiffen detonieren.«

»Das könnten Sie simulieren.«

»Ja, stimmt.« Wiseman schaute vor sich auf den Boden, drehte dann aber den Kopf zur Seite, als jemand ihr einen Vorschlag zurief. »Hey, genau. Ich öffne unsere Schiffssysteme für Sie. Dann können Sie sehen, dass wir tatsächliche Schäden erleiden.«

Wieder meldete sich Tanaka im Flüsterton in Starks Ohr. »Wenn sie uns ihre Systeme öffnen, könnten wir die Kontrolle übernehmen.«

»Also vertrauen sie uns oder sind völlig verzweifelt«, gab Stark auf dem gleichen privaten Kanal zurück. »Tun Sie's. Sagen Sie mir, was Sie sehen?«

»Eine Minute … ja, einige Systeme sind ausgefallen. Sieht echt aus.«

»Gut.« Stark wandte sich wieder an Chief Wiseman, die angespannt auf ihrem Platz zusah, wie das Schiff durch die Detonationen der Torpedos weiter durchgeschüttelt wurde. »Was ist passiert? Erklären Sie mir ganz kurz und knapp, wieso Sie beschossen werden.«

»Ihretwegen, würde ich sagen. Wir wissen nicht viel über die Lage da unten bei Ihnen. Es heißt, dass Sie und die anderen Unteroffiziere die Kontrolle übernommen haben. Alle Senior-Unteroffiziere auf den Schiffen stehen seit Wochen unter Arrest. Eine Erklärung gab es nicht, aber wir kamen dahinter, dass die Offiziere auf unseren Schiffen eine Meuterei befürchteten.«

»Klingt so, als hätten die genau gewusst, was sie tun.«

»Ich schätze, einmal mussten sie mit ihren Vermutungen ja richtigliegen. Aber vermutlich wäre nichts weiter passiert, wenn sie nicht versucht hätten, unsere Arbeit zu erledigen. Nur, dass sie nicht wussten, was sie da taten. Unser Captain hat schließlich in einem der Maschinenräume den Tod von einem halben Dutzend Matrosen verursacht, weil es durch seine idiotischen Befehle zu einer Explosion kam. Daraufhin haben die Juniorunteroffiziere uns befreit. Die Offiziere gerieten in Panik und wollten das Feuer auf uns eröffnen, woraufhin wir sie als eine Form von Selbstverteidigung unter Arrest gestellt haben. Vor einem Kriegsgericht wird das dennoch als Meuterei ausgelegt werden.«

»Das klingt stimmig«, sagte Vic über ihren Kanal. »Können wir sie unter unseren Verteidigungsschirm holen?«

»Woher soll ich das wissen? Kennt sich irgendwer mit Navy-Kram aus?«, rief Stark über den allgemeinen Kanal. »Irgendjemand?«

»Ich weiß genug, um sagen zu können, dass sie mit diesen großen Schiffen nicht allzu nah an die Oberfläche herankommen dürfen«, meldete sich Sergeant Gordasa zu Wort.

»Was? Wieso?«

»Weil ich mich mit der Logistik auskenne. Navy-Schiffe verbrennen sehr viel Treibstoff, wenn sie dicht über der Mondoberfläche eine Position halten müssen. Wir mussten schon einige Male aus unseren eigenen Beständen eine Notbetankung vornehmen. Wenn diese großen Schiffe über der Kolonie in Stellung gingen, wären bei ihnen im Handumdrehen die Treibstofftanks leer.«

»Wiseman.« Stark wartete, bis die Frau ihn ansah. »Meine Leute sagen, dass Sie mit Ihren großen Schiffen nicht unter unseren Verteidigungsschirm fliegen können, um da länger zu verharren. Das ist eine Frage des Treibstoffs.«

»Treibstoff? Verdammt!« Frustriert schlug sich Chief Wiseman mit der Faust aufs Bein und sah zu jemandem, der von der Kamera nicht erfasst wurde. »Ja, da haben Sie verdammt recht, dass Sie das schon eher hätten erwähnen sollen!«, herrschte sie irgendwen an und murmelte dann: »Und so was nennt sich Ingenieur. Okay, eine andere Fluchtroute gibt es nicht. Wir haben nur die Wahl, ob wir kämpfen oder das Schiff verlassen wollen. Sind Sie bereit, auf andere Amerikaner zu schießen?«

Stark hielt inne und ließ sich die Frage durch den Kopf gehen, auch wenn sein Instinkt ihm die Antwort längst gegeben hatte. »Nein. Nicht wenn uns noch eine andere Wahl bleibt.«

»Dachte ich mir schon. Dann steigen wir aus.«

»Haben Sie genug … ähm … Rettungsbojen und so weiter?«

Wiseman musste unwillkürlich grinsen, als sie Stark unbeholfen nach den richtigen Begriffen suchen hörte. »Wir haben Rettungsboote, außerdem zwei bewaffnete Shuttles auf jedem Schiff. Wir bringen alles mit.«

»Was wird aus Ihren Schiffen?«, warf Vic ein, die sich jetzt unmittelbar an Chief Wiseman wandte.

»Die werden unsere ehemaligen Kameraden wahrscheinlich in kleine Stücke schießen, um sicherzustellen, dass wir sie nicht auf Automatik einstellen, damit sie ohne uns weiterkämpfen. Mir soll's nur recht sein. Dann muss ich mir nicht länger Gedanken darüber machen, wie wir diese Klapperkisten zusammenhalten.«

»Und Ihre Offiziere?«

»Unter Arrest, wie ich schon sagte.«

»Dann werden sie ebenfalls in Stücke geschossen?«

Wiseman grinste zynisch. »Oh, hoppla.«

Stark schüttelte den Kopf. »So läuft das hier nicht. An unseren Händen soll kein Blut kleben.«

»Wenn ich sie freilasse, werden sie das Feuer auf die Rettungsboote eröffnen!«

»Können Sie nicht einfach alle Stationen unbrauchbar machen?«

»Scuttle?« Chief Wiseman sah zur Seite, dann nickte sie. »Ja. Wir bereiten alles vor. Auf dem Weg nach draußen lassen wir die Offiziere frei. Ein paar Rettungsboote bleiben zurück, damit die auch entkommen können. Stellt das Ihr weiches Herz zufrieden, Schlammkriecher?«

»Ja, Holzauge.«

Auf Wisemans Brücke ertönte ein neuer Alarm, der nicht nur lauter war, sondern auch dringlicher klang. »Hört sich so an, als sollten Sie sich auf den Weg machen.«

»Ausnahmsweise bin ich Ihrer Meinung, Soldat. Ich melde mich aus dem Shuttle bei Ihnen.«

»*Roger.*« Stark unterbrach die Verbindung und konzentrierte sich wieder auf das Display, wo die Symbole sich über den weiten Bogen der Mondoberfläche bewegten. Das Ganze ergab jetzt etwas mehr Sinn. Die winzigsten Gefahrensymbole mussten wohl für Torpedos stehen, die die beiden aufgegebenen Schiffe zu Wracks zerschossen. »Wie konnten die überhaupt so lange überleben? Die anderen sind ihnen im Verhältnis sechs zu eins überlegen.«

»Wenn ich raten soll«, entgegnete Vic, »dann sind auf den anderen Schiffen die Seniorunteroffiziere ebenfalls unter Arrest gestellt worden, und die Offiziere erledigen deren Job mehr schlecht als recht.«

»Das stimmt«; meinte Tanaka und nickte bestätigend. »Aber jetzt haben Sie ein anderes Problem, Commander.«

»Na großartig. Was ist es jetzt?«

»Diese bewaffneten Shuttles. Die verfügen über einige schwere Waffen, weil sie dafür bestimmt sind, gegen Piraten vorzugehen und das Mutterschiff im Gefecht zu unterstützen. Werden wir sie auf unserem Raumhafen landen lassen?«

»Bleibt uns denn eine andere Wahl?«

»Na ja, was passiert, sollten sie dann anfangen, zu schießen? Das Ganze könnte trotz allem immer noch ein Trick sein.«

Wortlos betrachtete Stark das Display, dann zeigte er auf eines der großen Symbole, das förmlich glühte, da neue Markierungen auf Schäden im kritischen Bereich aufmerksam machten. Einen Augenblick später war an der Stelle ein dunkles Symbol zu sehen, das für die komplette Zerstörung der bezeichneten Einheit stand. »Die haben gerade eben ein Schiff in die Luft gehen lassen. Wenn das ein Trick ist, war es ein verdammt teurer.«

»Und das zweite Schiff ist auch zerstört«, ergänzte Vic. »Haben die Rettungsboote und die Shuttles es noch rechtzeitig geschafft?«

»Jawohl«, meldete sich einer der Wachhabenden zu Wort. »Sehen Sie das da?« Ein Schwarm leuchtender Symbole entfernte sich zügig von den Markierungen, die für den Tod zweier Schiffe standen. »Rettungsboote werden auf den Scans immer besonders deutlich gekennzeichnet.«

»Sie versuchen in etwas davonzukommen, das so leicht zu erkennen ist?«, fragte Stark erschrocken.

»Man schießt doch nicht auf Rettungsboote«, murmelte der Wachhabende erschrocken.

»Man schießt auch nicht auf seine eigenen Schiffe«, wandte Vic ein. »Können sie es unversehrt bis zu uns schaffen?«

»Ich glaube schon.« Plötzlich wurden mehrere Symbole hervorgehoben. »Oder auch nicht. Diese Schiffe haben Kurs auf sie genommen.«

»Wollen sie sie einsammeln oder abschießen?«, fragte Stark.

»Lässt sich noch nicht sagen. Sie sind noch nicht in Waffenreichweite.«

»Torpedos, oder? Kennt eigentlich jemand den Unterschied zwischen Raketen und Torpedos?«

»Das ist beides so gut wie das Gleiche«, antwortete ein anderer Wachhabender. »Aber Flugzeuge und Bodeneinrichtungen feuern Raketen ab, während Raumschiffe Torpedos benutzen.«

»Was? Wieso?«

»Keine Ahnung, Commander. Das ist so eine Navy-Sache.«

Stark warf Vic einen finsteren Blick zu. »Als hätte ich nicht schon genug Probleme. Soll ich jetzt auch noch dahinterkommen, wie die Navy denkt?«

»Mich musst du nicht fragen. Ich hab da noch nie durchgeblickt.«

»Trotzdem müssen wir dafür sorgen, dass die Rettungsboote sicher landen. Diese Leute zählen auf uns.«

»Dagegen ist auch nichts einzuwenden.« Vic warf Stark einen Seitenblick zu. »Aber was ist mit den Shuttles? Willst du die auch landen lassen?«

»Verdammt, Vic, was soll ich denn sonst machen?« Wortlos deutete er auf das Display, auf dem ein halbes Dutzend großer Symbole den Rettungsbooten und den sie begleitenden Shuttles nachjagte. Weitere Symbole flammten auf und zeichneten die Flugbahnen der Waffen nach, die von den Shuttles abgefeuert wurden, um die Verfolger aufzuhalten.

Zum Einsatz kam dabei ein temporäres Minenfeld, das sich weit über dem Mond ausbreitete.

»Minen?«, fragte Stark, dem bei den Gefahrensymbolen auffiel, dass sie Ähnlichkeiten mit denen für Landminen aufwiesen. »Wie lange halten diese Weltraumminen?« Von allen Seiten begegneten ihm nur ahnungslose Blicke.

»Lange kann das nicht sein«, meinte Vic. »Sonst würden die innerhalb kürzester Zeit in kommerziell genutzten Raum driften.«

»Variable Lebensspanne«, rief Tanaka von ihrem Terminal, auf dem eine technische Datenbank angezeigt wurde, über die ihre flinken Finger hin und her tänzelten. »Maximal dreißig Minuten.«

»Das ist nicht viel«, murmelte Stark. »Allerdings sind diese anderen Schiffe sehr dicht hinter ihnen. Augenblick. Was machen sie denn jetzt?«

Symbole flackerten auf, um Kurzstreckenbeschuss von den Navy-Schiffen anzuzeigen, der dem Minenfeld galt. Zahllose Minen starben einen vorzeitigen Tod, als die Schiffe kurz vor dem Feld abbremsten und sich eine Schneise durch das Gefahrengebiet schossen. »Ich würde sagen, diese Schiffe haben die Minen ihrer Schwesterschiffe ohne Mühe entdeckt. Aber den Rettungsbooten hat das noch mal ein wenig Zeit eingebracht«, meinte Vic.

»Aber nicht genug Zeit«, warf Tanaka missmutig ein. »Das hier ist die zu erwartende Abfangflugbahn.« Langgestreckte Kurven zogen sich plötzlich über das Display. »Diese großen Schiffe haben zwar erheblich mehr Masse als die Shuttles, aber auch einen viel stärkeren Antrieb, um das alles von der Stelle zu bewegen. Die Rettungsboote dagegen machen nicht den Eindruck, dass sie für schnelles Vorankommen ausgelegt sind. Es wird knapp werden. Verdammt knapp.«

»Die Rettungsboote werden es schaffen«, erklärte Vic entschieden. »Ich kann einen taktischen Plan lesen, und dieser Plan sagt ganz klar, dass die Rettungsboote zeitig in den Schutzbereich unserer Verteidigungsanlagen gelangen werden.«

»Ja«, stimmte Stark ihr zu. »Aber diese Shuttles sind hinter ihnen, um sie zu beschützen. Die haben die großen Schiffe ganz dicht im Nacken, wenn sie in Reichweite kommen. Um die mache ich mir Sorgen.«

»Du kannst dir um die gesamte Kolonie Sorgen machen.«

»Das weiß ich selbst! Was ist, wenn ich den Shuttles die Landung verweigere, und sie landen trotzdem? Ich kann nicht auf die eigenen Leute schießen.«

»Manchmal muss man das aber machen, wenn man den ganzen Rest retten will.«

Stark hielt inne, als er diese eiskalten Worte hörte. Sein Blick wanderte unwillkürlich zu dem Silver-Star-Abzeichen auf Vics linker Brust. *Sie weiß, wovon sie redet. Sie hat auf einen Lieutenant geschossen, um den Rest ihres Zugs zu retten. Sie hatte keine andere Wahl. Ist das hier genau das Gleiche?* »Vic, wir schulden es diesen Leuten.«

»Ich weiß, sie haben dafür gesorgt, dass der Weg zur Kolonie offen bl-«

»Das meine ich nicht, Vic. Weißt du noch, als der Feind seine Gegeninvasion versuchte? Ganz zu Beginn dieser mittlerweile so verfahrenen Sache?« *Neue Sterne waren im endlosen Schwarz über dem noch ungewohnten Terrain des Mondes aufgeblüht, angsterfüllte Soldaten hatten hinauf zum Himmel geblickt, von dem Wissen erfüllt, dass die Navy ihnen so viel zusätzliche Galgenfrist zu verschaffen versuchte, wie es nur möglich war.* »Sie haben die Invasionsstreitmacht lange genug aufgehalten, damit wir unsere Verteidigung aufbauen konnten. Hätten sich diese Matrosen nicht in den Weg gestellt, um zu kämpfen und notfalls ihr Leben zu opfern, dann wären wir hier unten längst tot. Wir sind ihnen *sehr viel* schuldig, Vic.«

Sie schwieg einen Moment lang und nickte dann verstehend. »Ja, du hast recht. Aber wie begleichen wir eine Schuld, ohne dabei unsere gegenwärtige Verantwortung in Gefahr zu bringen?«

Stark schaute mit finsterer Miene auf das Display und überlegte fieberhaft. *Lassen wir sie einfach landen und gehen das Risiko ein? Oder weisen wir sie ab und lassen sie da draußen sterben? Nein! Dazu wird es nicht kommen. Nicht, solange ich das Sagen habe. Warum gibt es nicht noch irgendeine andere Option?*

»Commander?«, meldete sich Sergeant Tanaka in drängendem Tonfall bei ihm.

»Ja, Jill?«

»Ich habe den obersten Ziv in der Leitung. Campbell. Er sagt, es ist sehr dringend. Der Mann klingt nicht sehr glücklich.«

»Dann können wir uns ja die Hand reichen. Stellen Sie ihn durch.«

Campbell wirkte fast panisch, als sein Gesicht auf dem Vid-Display auftauchte. »Sergeant Stark, meine Leute am Raumhafen melden mir, dass in der Nähe der Kolonie eine Raumschlacht tobt.«

»Ich weiß«, gab Stark ruhig zurück, um den Zivilisten genauso wenig in Unruhe zu versetzen, wie er es bei jedem nervösen Private machen würde. »Auf ein paar Schiffen der Navy gibt es Ärger. Deren Crews sind auf dem Weg zum Raumhafen.«

»Ärger?« Starks Gelassenheit färbte in keiner Weise auf

Campbell ab. »Reden Sie von Meuterei? Mein Gott! Und sie kommen hierher?«

»Das ist richtig.« Stark sah auf das Display neben Campbells Bild. »Die meisten davon in Rettungsbooten.«

»Sergeant, das ist eine gravierende Eskalation der Ereignisse. Wenn die Regierung den Eindruck bekommt, dass wir versuchen, von hier aus aktiv eine Revolution zu exportieren, dann …«

»Ich habe keinen Einfluss darauf, wer wovon was für einen Eindruck bekommt. Ich befasse mich nur mit der aktuellen Situation.«

»Wenn Sie die Rettungsboote hier landen lassen, kann das ganz erhebliche Folgen für die Austauschvereinbarung Familien gegen Offiziere haben. Und eine Raumschlacht mit unseren eigenen Schiffen unmittelbar über der Kolonie wird die Situation für jeden hier umso gefährlicher machen. Das dürfen Sie nicht zulassen.«

Stark wahrte eine ausdruckslose Miene, obwohl ihn Wut erfasste. »Erzählen Sie mir nicht, dass ich jemandem Hilfe verweigern soll, der Hilfe benötigt!«

»Die Kolonie …«

*Die Kolonie kann mich mal!* »Übertreiben Sie es nicht, Campbell! Ich habe es hier mit einem massiven Problem zu tun. Aber ich werde niemanden sich selbst überlassen, nur weil das für mich bequemer ist.«

Campbell verstummte, sein Gesicht war das eines Mannes, der gegen eine aus dem Nichts aufgetauchte Mauer gelaufen war. Nach einem Moment setzte er zu einem neuen Anlauf an, diesmal in einem flehenden Tonfall: »Sergeant Stark, ich bitte …«

Auf dem Display flogen Geschosse hin und her, Symbole bewegten sich von den Verfolgern auf die Shuttles und die von ihnen behüteten Rettungsboote zu, Gegenfeuer schoss von den Shuttles in die Gegenrichtung. »Für so was habe ich jetzt keine Zeit«, fiel Stark dem anderen Mann ins Wort. »Sie hören von mir, wenn diese Krise vorbei ist.« Dann unterbrach er die Verbindung und sah aufgebracht zu Reynolds. »So was hat mir jetzt gerade noch gefehlt.«

»Erwarte von mir keine Kommentare zu den Zivs. Aber wir haben nur noch gut fünf Minuten, dann sind die Shuttles nahe genug, um für uns eine Bedrohung darzustellen.«

»Verdammt.« *Das wäre alles kein Problem, wenn diese verfluchten Shuttles nicht bewaffnet wären. Ich wünschte, ich könnte ihre Systeme … Moment mal.* »Hey, Tanaka.«

»Ja, Sir?«

»Diese Schiffe der Navy hatten uns doch ihre Systeme geöffnet. Könnten Sie in dieser Situation auch deren Waffensysteme abschalten?«

»Ähm … ja, Commander«, bestätigte sie nach einem flüchtigen Blick zu einem anderen Wachhabenden, der nachdrücklich nickte. »Wir sind in der Lage, jedes Waffensystem in jeder Einheit von hier aus fernzusteuern.«

»Gut. Rufen Sie die Shuttles und sagen Sie ihnen, dass wir die Kontrolle über ihre Waffensysteme übernehmen und sie abschalten, unmittelbar bevor sie in den Schutz unseres Verteidigungsschilds überwechseln.«

»Und wenn sie nicht einverstanden sind?«

»Dann lassen wir sie nicht durch. Das ist nicht verhandelbar.«

Eine Weile herrschte Stille, während sie beobachteten, wie sich die Symbole fast anmutig durch das All bewegten. Der helle Schwarm an Rettungsbooten wurde von vier größeren Symbolen vor sich hergetrieben, die für die Shuttles standen.

Deren offensive und defensive Waffen trafen in vielfarbigen Symbolen wie ein Insektenballett aufeinander.

»Commander?«, sagte Tanaka auf einmal.

»Ja.«

»Wiseman will darauf nicht eingehen. Sie sagt, die feindseligen Schiffe sind zu nah an ihnen dran, und wenn die Waffen nicht mehr arbeiten, könnte es sein, dass sie von ihren Verfolgern erledigt wird.«

»Stellen Sie sie zu mir durch. Chief Wiseman?«

»Jetzt hören Sie aber auf, Stark! Wir liefern uns hier oben eine verdammte Schlacht, und jetzt wollen Sie uns unsere Waffen wegnehmen?«

»Dafür lasse ich Sie ja unter unseren Verteidigungsschirm, was nicht passieren wird, wenn wir nicht von hier aus Ihre Waffen abschalten können.«

»Und wenn wir deswegen alle ausradiert werden? Hm? Ich sage Ihnen, wir könnten dabei draufgehen, wenn Sie das durchziehen.«

Starks Blick wanderte von den Symbolen in eine dunkle Ecke des Kommandozentrums. Er musste an die völlig schwarzen Schatten auf der Mondoberfläche denken und an das gleißend weiße Licht ringsum. *Schwarz und Weiß. So wie Leben und Tod. Klar voneinander getrennt und doch irgendwie miteinander verbunden. Da ist eine Schießgrube, die man unschädlich machen muss. Wen schickt man hin, damit er für die anderen Angehörigen des Trupps stirbt? Es ist simple Mathematik. Ein Toter ist weniger als drei oder vier Tote. Aber die Mathematik macht einem die Entscheidung nicht leichter, und sie fällt einem auch nicht leichter, wenn man sie wieder und wieder fällen muss.* »Chief Wiseman, einige tausend Leute zählen darauf, dass ich sie beschütze. Diese Leute sind meine oberste Priorität. Sie kommen in dieser Sekunde erst an zweiter Stelle. Daran kann ich nichts ändern.«

Es folgte ein Moment des Schweigens, dann sagte Wiseman niedergeschlagen: »Okay. Sie sollen Ihren Willen bekommen, Bodenaffe. Übernehmen Sie unsere Waffen, wenn Sie es für erforderlich halten. Aber überlassen Sie uns die Kontrolle, solange es geht, okay?«

»Wir werden unser Bestes geben.«

»Wenn ich es bis nach unten schaffe, schulden Sie mir ein Bier.«

»Diese Schuld werde ich mit dem größten Vergnügen begleichen.« Stark spürte Vics Hand auf seiner Schulter. Sie drückte einmal fest zu, und er konnte Vertrauen und Zustimmung daraus ablesen. Er musste gegen ein Schaudern ankämpfen und zwang sich, keine Regung zu zeigen, während er mitverfolgte, wie die Rettungsboote und die Shuttles sich kontinuierlich der Kolonie näherten, während gleichzeitig die Lücke zwischen den Meuterern und ihren Verfolgern zusehends schrumpfte. »Wissen die Orbitalabwehr-Stationen Bescheid, was da draußen los ist?«

»Ja, Sir«, bestätigte Tanaka. »Aber sie wollen das Feuer nicht eröffnen.«

»Kann ich ihnen nicht verübeln. Allerdings glaube ich, dass ein paar Warnschüsse ohnehin ausreichen werden. Sagen Sie ihnen, sie sollen sich austoben, bevor die Navy-Schiffe in Reichweite kommen. Wenn wir Glück haben, wird sie das verscheuchen, bevor das Ganze noch schlimmer wird.«

»Verstanden. Die Systeme schätzen, dass wir etwa jetzt in Reichweite der Shuttlewaffen geraten.«

»Übernehmen Sie sie, und schalten Sie sie ab.«

»Ja, Sir. Werden jetzt abgeschaltet.«

Noch nie hatte er jemandem die Waffen wegnehmen müssen, der selbst beschossen wurde. Es hatte immer irgendeine Lösung gegeben, die verhinderte, dass ein anderer dem Feind völlig schutzlos ausgeliefert war. *Ich muss besser planen. Ich muss vorausschauen, damit ich weiß, wie ich mit solchen Situationen umgehe, ohne mir selbst bestimmte Möglichkeiten zu blockieren.* »Haben wir noch ein Vid von Wisemans Shuttle?«

»Negativ, Sir. Die Navy-Schiffe sind jetzt nahe genug, um das Komm zu stören.«

»Dann überwinden Sie diese Störsender.«

Tanaka schüttelte den Kopf. »Diese Schiffe sind so groß, dass sie über wirklich leistungsfähige Geräte zur elektronischen Kriegführung verfügen. Wenn sie auf so kurze Entfernung stören, können wir deren Signal nicht durchdringen.«

»Haben wir noch immer die Kontrolle über die Shuttlewaffen?«, wollte Vic wissen.

»Das ist jetzt ohne Bedeutung«, betonte Tanaka. »Die Abschaltung war abgeschlossen, bevor wir den Kontakt verloren haben. Sie können die Waffen nicht wieder reaktivieren, ohne die Sperren im Kommandosystem zu umgehen.«

»Na und? Wir wissen doch auch, wie wir solche Sperren umgehen können«, hielt Vic dagegen. »Ethan, diese Shuttles könnten längst wieder über ihre Waffen verfügen!«

»Ja.« Er sah mit an, wie sich die Rettungsboote dem Raumhafen näherten. Er sah, wie Gefahrensymbole sich nach oben bewegten, als von den Verteidigungseinrichtungen der Kolonie Warnschüsse in Richtung der großen Schiffe abgegeben wurden. Er sah, wie die Shuttles sich damit abmühten, dem Beschuss durch die Verfolger auszuweichen.

»Ethan?«

»Lass sie landen.« Alles war noch weiter zusammengerückt. Die großen Schiffe schnappten nach den Shuttles. Eine weitere Salve aus den Waffenbatterien der Kolonie. Ein Shuttlesymbol begann in einem Schwarm aus Gefahrensymbolen zu flackern und erlosch dann. »Haben wir ein Shuttle verloren?«

»Lässt sich nicht sagen«, meldete Tanaka. »Zu viele Störsignale, und die Waffen stören zusätzlich. Kann sein, dass die Sensoren es nur aus den Augen verloren haben.«

Die drei verbliebenen Shuttles wurden auf einmal langsamer, was den Eindruck erweckte, als wollten sie dem vierten zu Hilfe eilen. *Wir werden sie alle verlieren. Verdammt. Ich hab's verbockt. Tut mir leid, Chief Wiseman.*

»Das vierte Shuttle ist immer noch da!«, rief ein Wachhabender. Das Symbol tauchte wieder auf, ein Schadensstatus wurde angezeigt. Die anderen Shuttles hielten sich alle in unmittelbarer Nähe auf, während sie der Mondoberfläche entgegensanken. Hoch über ihnen fielen die großen Schiffe zurück, ihre Steuerdüsen arbeiteten auf Hochtouren, um sie auf einen neuen Kurs in die Leere des Alls zu bringen, wo sie vor den Verteidigungsanlagen der Kolonie sicher waren. Es dauerte einen Moment, um zu begreifen, dass mit einem Mal alle Gefahrensymbole erloschen waren, während die Shuttles sich auf seltsam friedlich wirkenden Flugbahnen der Mondoberfläche näherten.

»Ist es vorbei?«, fragte Vic ungläubig. »Ist die Schlacht vorbei?«

»Sieht so aus«, antwortete Stark, dem erst jetzt bewusst wurde, dass er die ganze Zeit über den Atem angehalten hatte. Wieder sah er auf das Display und suchte nach jenen vereinzelten Schusswechseln, die typisch waren für eine langsam zur Ruhe kommende Schlacht an Land. »Ich würde sagen, dass Schlachten der Navy ordentlicher verlaufen als die von Bodentruppen.«

»Zumindest sehen sie ordentlicher aus.«

»Stark?« Aus Wisemans rauer Stimme war die Erleichterung allzu deutlich herauszuhören. »Sie schulden mir mehr als nur ein verdammtes Bier.«

Stark sah zu Tanaka. »Das Komm ist wieder da. Sind ihre Waffensysteme immer noch ausgeschaltet?«

Sie schaute auf ihr Display, dann hob sie verdutzt den Kopf. »Ja, Sir. Es sieht nicht so aus, als hätten sie auch nur versucht, sie zu reaktivieren.«

Stark nahm sich die Zeit, Vic einen Blick zuzuwerfen, der so viel bedeutete wie »Ich hab's dir doch gesagt«, was sie mit einem überzogenen Nicken beantwortete. »Willkommen auf dem Mond, Chief Wiseman. Stellen Sie Ihre Shuttles auf den Plätzen ab, die die Raumhafenleitung Ihnen zuweist.« Er sah auf die Schadensanzeige neben dem Symbol für das Shuttle. »Haben Sie Verwundete?«

»Ein paar. Die meisten von uns haben sich ein paar Beulen geholt, als wir hin und her geschleudert wurden, aber ein paar haben sich schon etwas ernster verletzt.«

»Sanitäter sind auf dem Weg zu Ihnen.« Stark sah zu Tanaka, die sofort den entsprechenden Befehl weiterleitete. »Haben Sie das Sagen, Chief Wiseman? Ich meine, über alle Matrosen, die mit Ihnen eintreffen?«

»Ähm … ich denke schon.«

»Ich brauche da eine verbindliche Antwort. Und ich muss Gewissheit haben, dass Sie über die Disziplin Ihrer Leute wachen werden.«

»Wenn sich ein Matrose danebenbenimmt, wird einer der Chiefs ihn sich vornehmen, und sein Kopf wird mit dem nächsten Schott Bekanntschaft schließen.«

»Gut. Ich komme in Kürze zum Raumhafen, um Sie zu begrüßen. Sorgen Sie dafür, dass bis dahin alle Ihre Leute bei

Ihnen bleiben. Die Unterbringung werden wir so schnell wie möglich regeln.«

»Okay, dann bis in Kürze. Wiseman, Ende.«

Stark ließ den Kopf sinken und beugte sich über seine Konsole, während die aufgestaute Anspannung allmählich von ihm abfiel. »Vic, sorg dafür, dass sich genügend Truppen zum Raumhafen begeben, die sich auf alle Eventualitäten gefasst machen sollen.«

»Du meinst gefechtsbereite Truppen?«

»Ja. Es könnte immer noch Ärger geben. Vielleicht wollen diese Matrosen meine Autorität nicht anerkennen. Vielleicht versuchen sie, einen Aufstand anzuzetteln. Ganz gleich, was kommen mag – ich will unsere Leute dort haben, damit sie jeden Ärger im Keim ersticken.«

»Wird erledigt.« Plötzlich musste Reynolds lachen. »Tja, Ethan Stark, ich darf dir gratulieren. Du hattest schon eine Armee, jetzt hast du auch noch eine Marine.«

»Eine Marine. Fantastisch. Interesse an einem Posten als Admiral?«

»Nein, danke. Blau steht mir nicht.« Sie salutierte knapp. »Ich kümmere mich um den Raumhafen. Die Reservekompanie, die in dem Sektor in Bereitschaft ist, sollte genügen, um mit allem fertigzuwerden, was den Matrosen in den Sinn kommen könnte.«

»Ich sagte, *ich* gehe hin.«

Vic tippte mit dem Zeigefinger auf Starks Brust. »Du bist einfach viel zu wichtig, als dass du vor Ort sein solltest, wenn irgendein fanatischer Matrose auf die Idee kommt, sein Shuttle in die Luft zu jagen und den halben Raumhafen zu zerstören.«

Er sah sie verbissen an. »Ich sollte dort sein.«

»Dann vertraust du mir nicht?«

»Natürlich vertraue ich dir.« *Untergebenen zu vertrauen und ihnen zuzutrauen, dass sie ihre Arbeit erledigen können, gehört auch dazu, sie zu führen – heißt es nicht so? Außerdem kann ich nicht überall gleichzeitig sein. Und das sollte ich auch nicht.* »Du hast recht. Ich werde versuchen, Campbell gut zuzureden, während du dich um die Matrosen kümmerst.«

Sie grinste ihn an. »Damit dürfte ich die leichtere Aufgabe haben.«

»Ja, das stimmt.« Stark verzog den Mund. »Irgendwie bin ich das falsch angegangen.«

»Was redest du da? Er ist ein Ziv und hat sich in Mil-Angelegenheiten einmischen wollen. Du hast ihn zum Teufel geschickt. Wo bist du da irgendwas falsch angegangen?«

Einen Moment lang grübelte er über die Angelegenheit nach und nahm weder die bunten Displays noch die Unterhaltungen der sehr erleichterten Wachhabenden um ihn herum wahr. »Die Art und Weise war nicht richtig. Frag mich im Augenblick bitte nicht nach dem Warum. Ich muss mir das erst durch den Kopf gehen lassen. Auf jeden Fall war es so nicht richtig. Geh du schon mal zum Raumhafen, ich werde mich in der Zwischenzeit entschuldigen.«

»Entschuldigen?« Vic sah ihn fassungslos an, zuckte dann aber mit den Schultern. »Ethan Stark entschuldigt sich. Allmählich glaube ich wirklich an Wunder. Na, dann viel Spaß.«

»Danke.« Während sie den Raum verließ, tippte Stark einen Code ein und musste nur Sekunden warten, bis die Rückmeldung kam. »Mr. Campbell? Es tut mir leid. Das war vorhin eine sehr angespannte Situation, in der sich die Ereignisse überschlugen, aber ich hätte Ihnen nicht so das Wort abschneiden dürfen.«

»Sergeant?« Der Koloniemanager reagierte sichtlich verwirrt auf den unerwartet verhaltenen Tonfall.

»Es tut mir leid, dass ich keine Rücksicht auf Ihre Bedenken genommen habe«, fuhr Stark höflich fort. »Die Raumschlacht ist vorüber, ein ganzer Schwarm Rettungsboote und vier Shuttles befinden sich im Landeanflug auf den Raumhafen. Meine Truppen stehen bereit, um die Ordnung zu wahren.«

»Was ist mit den Schiffen dieser Leute passiert?«

»Die wurden von den anderen Schiffen der Navy zerstört.«

Campbell rieb sich mit beiden Händen übers Gesicht. Er machte einen erschöpften Eindruck. »Die Regierung wird das überhaupt nicht freuen. Kriegsschiffe sind extrem teuer, und die Vorstellung, dass Ihre Revolte auf die Flotte überspringen könnte ...«

»Ich hatte damit nichts zu tun. Diese Matrosen wussten ja bis zu dem Moment, als sie zu mir durchgestellt wurden, noch nicht einmal, wer ich eigentlich bin.«

»Davon werden Sie weder einen Vorgesetzten noch die Regierung überzeugen können, Sergeant Stark.« Bedächtig schüttelte Campbell den Kopf. »Sind Sie sich sicher, dass es vorbei ist?«

»Es wird nicht mehr geschossen, und die großen Navy-Schiffe sind auf ihre Blockadepositionen zurückgekehrt. Soweit ich das beurteilen kann, ist es vorbei.«

»Ich werde Ms. Sarafina sagen, dass sie mit den Unterhändlern der Regierung Kontakt aufnehmen soll. Sie sollten sich lieber bei ihr entschuldigen, Sergeant Stark. Ihr wird man nämlich die Hölle heißmachen, und sie wird alles geben müssen, damit der nächste Austausch noch wie geplant stattfinden kann. Wundern Sie sich nicht, wenn die Regierung sich weigert.«

»Ich werde mich wundern«, gab Stark zurück. »Mr.

Campbell, daheim spielt sich im Moment sehr viel ab, von dem ich nichts weiß, aber eines ist sicher: Die Regierung braucht die Dritte Division zu Hause, und das sogar sehr dringend. Die Dritte Division besteht aus Leuten, die den Finger immer am Abzug haben und die abdrücken, ohne lange zu diskutieren. Das sind Kampfeinheiten für den Einsatz an vorderster Front. Diese Sorte ist im Moment im US-Militär sehr selten zu finden. Das kann ich Ihnen garantieren.«

Campbell kniff leicht die Augen zusammen und nickte schließlich. »Verstehe. Gut, ich werde dafür sorgen, dass Ms. Sarafina sich dieser Fakten bewusst ist. Vielen Dank, Sergeant. Für kommende Krisen müssen wir uns bessere Abläufe überlegen.«

»Ganz meine Meinung.« Stark schaute auf sein Display. »Die Shuttles und Rettungsboote treffen jetzt ein. Das muss ich überwachen.«

»Das kann ich verstehen. Wir unterhalten uns später.«

Stark beendete die Verbindung mit Campbell und beobachtete ungeduldig, wie die Rettungsboote auf die Landeplätze zurasten und erst auf den letzten Metern massiv abbremsten und abrupt landeten. Die Shuttles folgten in gemächlicherem Tempo und bedienten sich ihrer größeren Treibstoffreserven, um relativ sanft aufsetzen zu können. Stark aktivierte den Vid-Feed, der von Vics Gefechtsrüstung übertragen wurde, und suchte einen Moment lang den Weg vorbei an den Symbolen ihres Head-up-Displays, bis er ein uneingeschränktes Bild des Raumhafens fand.

Die unförmigen Rettungsboote lagen auf dem Landeplatz verteilt, schlichte Transporthüllen ohne Waffensysteme und nur mit den einfachsten Sensoren versehen, die unbedingt nötig waren. *Nichts als größere Müllcontainer, würde ich sa-*

*gen, die noch so eben ausreichen, um Matrosen in einem Stück auf den jeweils nächsten Planeten zu schicken.*

Unter Starks wachsamem Blick setzten die Shuttles mit genügend großem Abstand zu den Rettungsbooten auf, dabei wirbelten die Antriebseinheiten Staubwolken auf. Dieser feine Staub ließ sich nie restlos von den Startbahnen entfernen.

Stark betrachtete aufmerksam die Symbole auf seinem Display im Hauptquartier und führte diese Darstellung mit dem Bild zusammen, das er aus Vics Gefechtsrüstung erhielt. Vic hatte die vorhandene Kompanie aus Infanteristen in drei Gruppen von Zugstärke aufgeteilt und sie rings um den Bereich aufgestellt, wo die Rettungsboote und Shuttles auf dem Mond gelandet waren. »Vic, du hättest einen größeren Bereich abdecken können, wenn du diese Soldaten in Trupps aufgeteilt hättest.«

»Das ist mir schon klar. Aber mir ist daran gelegen, Ärger zu stoppen, bevor er überhaupt losgehen kann. Ein Zug ist nun mal visuell wesentlich beeindruckender als ein Trupp, nicht wahr?«

Er konzentrierte sich auf einen Zug, der aus drei Reihen beängstigender Gestalten bestand. Alle standen sie in ihrer Gefechtsrüstung so reglos da, als wären sie Schachfiguren, die Gewehre hielten. »Ja, richtig«, stimmte er ihr zu.

»Ich weiß, was ich hier tue, Ethan.« Die Worte kamen ihr ganz ohne Gefühlsregung über die Lippen, dennoch spürte Stark die darin mitschwingende Zurechtweisung.

»Okay, tut mir leid. Ich werde mich bemühen, zukünftig den Mund zu halten.«

»Das möchte ich erleben.« Dann wechselte Reynolds den Kanal und wandte sich an das Navy-Personal, während Stark nur zuhörte. »Chief Wiseman? Verlassen Sie jetzt Ihre Fahrzeuge.«

»Fahrzeuge?«, wiederholte Wiseman sarkastisch. »Okay, Bodenaffe, ich werde die Leute in den Rettungsbooten als Erste aussteigen lassen.« Kurz darauf klappte an jedem Rettungsboot eine große Luke auf und senkte sich langsam herab, was wegen der geringen Schwerkraft umso länger dauerte. Matrosen quollen nach draußen, die meisten von ihnen in der Gefechtsausrüstung, die sie an Bord ihrer Schiffe auch trugen. Ein paar Matrosen steckten jedoch in durchsichtigen, versiegelten Überlebenssäcken, die von ihren Kameraden nach draußen getragen wurden. Beim Anblick der Formationen aus gefechtsbereiten Bodentruppen blieben die Matrosen gleich wieder stehen, nachdem sie ihre Rettungsboote verlassen hatten, und sahen sich unschlüssig um. »Lassen Sie diese Matrosen Formation einnehmen«, befahl Wiseman über den allgemeinen Kommandokanal, dann bellten andere Chiefs aus der Menge heraus die Matrosen an, damit sie sich in Reih und Glied aufstellten, was mehr schlecht als recht gelingen wollte.

»O Gott«, ließ irgendein Soldat verlauten. »Ich will nicht hoffen, dass diese Matrosen gleich anfangen, zu marschieren. Da dürften wir einiges zu lachen bekommen.«

»Aufhören«, ging Stark energisch dazwischen. »Diese Matrosen haben gerade einen nahezu aussichtslosen Kampf lebend überstanden. Sie verdienen es, auf ihre Leistung stolz zu sein, und sie verdienen auch unseren Respekt. Behaltet also eure Witze für euch.«

»Schickt die Sanitäter hin«, befahl Reynolds. Daraufhin setzten sich zwei GTTs in Bewegung und glitten auf die erschrockenen Matrosen zu, die sichtlich nervös mitverfolgten, wie die gepanzerten Ambulanzen neben ihnen zum Stillstand kamen. Sanitäter eilten auf die Landefläche und rannten zu den eingepackten Verwundeten, wodurch die Formationen der Matrosen noch mehr in Unordnung gerieten. Chiefs gestikulierten aufgebracht in dem Bemühen, das Durcheinander zu bekämpfen. Unwillkürlich musste Stark lächeln. *Ich weiß genau, was die da gerade ihren Leuten sagen, und bin froh, dass ich es nicht hören kann.*

»Chief Wiseman«, meldete sich Vic wieder zu Wort. »Sie können die Shuttles jederzeit verlassen.«

Stark hörte aus ihrer Stimme eine Anspannung heraus, die außer ihm niemandem auffallen konnte. *Sie macht sich immer noch Sorgen wegen der Shuttlewaffen. Oder sie hat einfach nur Angst, dass irgendein Matrose einen falschen Schalter betätigt und den halben Raumhafen in Schutt und Asche legt.* »Wir haben ihre Waffen immer noch unter unserer Kontrolle, Vic.«

»Danke, Ethan.«

Chief Wiseman meldete sich, ihre Stimme ließ etwas von der Erschöpfung durchscheinen, die sie nach den jüngsten Ereignissen zwangsläufig verspüren musste. »Ich komme in einer Minute raus, wir müssen noch die Shuttles sichern.«

»Die Sicherung übernimmt der Raumhafen«, beharrte Vic. »Oder gibt es irgendeine interne Gefahr, die Ihnen Sorgen bereitet?«

»Eine interne Gefahr?« Wiseman machte keinen Hehl aus ihrer Verärgerung. »Was zum Teufel reden Sie da?«

»Sie sagen, Sie müssen die Shuttles sichern. Das heißt, Sie rechnen mit irgendeiner Art von Gefahr.«

»Nein, das heißt es nicht.«

»Und warum ist die Sicherheit dann für Sie Anlass zur Besorgnis?«, beharrte Vic gereizt.

»Das ist sie nicht. Wir sichern einfach nur die Shuttles.«

»Einen Moment«, ging Stark dazwischen. »Chief Wiseman, was meinen Sie damit, wenn Sie sagen, Sie müssen die Shuttles sichern? Was genau machen Sie dann?«

»Wir machen das Licht aus, fahren die Systeme runter und schließen die Luken. Was zum Teufel hat das alles zu bedeuten?«

Vic gab einen röchelnden Laut von sich, dann redete sie sehr beherrscht weiter: »Etwas zu sichern bedeutet, ein Gebiet abzusperren und Wachen aufzustellen.«

»Bei Ihnen vielleicht«, gab Wiseman zurück, »aber bei uns heißt es das nicht. Na, ich schätze, es passt schon irgendwie, dass Bodenstreitkräfte etwas völlig anderes meinen, wenn sie vom Sichern reden.«

Vic schaltete auf einen privaten Kanal um, auf dem nur Stark sie hören konnte. »Wie sollen wir mit diesen Leuten zusammenarbeiten? Die sprechen eine ganz andere Sprache als wir. Die Begriffe hören sich zwar gleich an, aber sie bedeuten nicht das Gleiche.«

»Jeder hat seinen eigenen Sprachgebrauch«, hielt Stark dagegen. »Sogar beim Mil. Unterhalt dich mal mit Gordasa über Vorräte. Oder rede mit einem Anwalt.«

»Danke, nein. Ich hab schon genug Probleme, mit Wiseman zurechtzukommen. Diese Frau geht mir völlig gegen den Strich.«

»Ach, wirklich, Vic? War mir gar nicht aufgefallen.« Er sah, dass Tanaka ihm aufgeregt winkte. »Was ist?«

»Die versuchen, die Gefechtssysteme der Shuttles abzuschalten, Commander. Sollen wir sie gewähren lassen?«

»Auf jeden Fall. Vic, die Matrosen schalten ihre Waffen ab. Wie fühlt sich die Lage bei dir an?«

»Das kannst du so gut sehen wie ich.«

»Ich habe nicht gefragt, wie die Lage aussieht, sondern wie sie sich anfühlt.«

»Tut mir leid, Commander.« Stark konnte ihr Grinsen förmlich spüren. »Es fühlt sich sicher an. Die Matrosen sind noch immer unter Schock. Wir teilen sie in kleinere Gruppen ein, um sie möglichst schnell einquartieren und ihnen etwas zu essen geben zu können. Sergeant Manley hat bereits begonnen, die Leute auf die verschiedenen Quartiere zu verteilen.«

»Gut. Manley soll unbedingt unseren Leuten klarmachen, dass sie es mit mir persönlich zu tun bekommen, wenn einer von ihnen mit den Matrosen Streit anfängt.« Stark atmete tief durch, um zur Ruhe zu kommen. »Stehen noch weitere Krisen für heute auf dem Plan?«

»Nur deine Dinnerparty.«

»Oh man …«

»Ganz genau. Ich würde keine Wetten darauf abschließen, dass die Dinnerparty nach Plan verlaufen wird.«

»Sergeant Stark?«

Stark horchte auf, sah in die Richtung, aus der die Stimme kam, und stand rasch auf. »Lieutenant Mendoza. Was führt Sie zu mir?« Er sah auf die Uhr und verkniff sich ein Gähnen. »Um diese Uhrzeit?«

»Ich werde meinen Grund kurzfassen, Sergeant. Ich fürchte, Ihr gesellschaftliches Beisammensein wurde abgesagt, um jeden Anschein von Unschicklichkeit zu vermeiden, der entstehen könnte, wenn Sie mit einem Offizier zu Abend essen.«

»Was?« Starks Müdigkeit war sofort vergessen. »Wer zum Teufel hat Ihnen das gesagt … Sir?«

»Niemand hat ausdrücklich einen Grund erwähnt …«

»Weil niemand irgendeinen Grund kennt« Stark schob seinen Palmtop zur Seite und ließ sich wieder in seinen Sessel fallen. »Nehmen Sie doch bitte Platz, Lieutenant. Hat die Neuigkeit von unserem kleinen Problem mit der Navy noch nicht überall die Runde gemacht?«

Lieutenant Mendoza setzte sich behutsam in den anderen Sessel, da er sich in der geringen Schwerkraft immer noch vorsichtig bewegen musste. »Ja, natürlich.«

»Dann hätten gewisse Leute eigentlich wissen müssen, wieso ich nicht beim Essen dabei sein konnte. Ich wäre wirklich gern gekommen, aber die Navy hat es vereitelt. Wir holen das nach.«

»Dann haben Sie keine Vorbehalte, sich mit einem Offizier zu treffen?«

»Lieutenant, ich habe noch nie viel darum gegeben, was andere Leute davon halten, was ich tue oder nicht tue. Ich werde jetzt ganz sicher nicht anfangen, mir darüber Gedanken zu machen. Ich muss mich für meine Absage entschuldigen, aber wir *werden* das Essen nachholen.«

»Danke, Sergeant.«

»Da Sie aber schon hier sind«, sagte Stark hastig, um Lieutenant Mendoza zurückzuhalten, der aufstehen und gehen wollte, »würde ich Sie gern etwas fragen.« Er hielt kurz inne und ordnete seine Gedanken. »Ihr Sohn ist ein wirklich guter Soldat. Er könnte noch um einiges aggressiver sein, aber er ist vernünftig und zuverlässig.«

Lieutenant Mendoza lächelte vor verhaltenem, aber unübersehbarem Stolz. »Vielen Dank, Sergeant.«

»Nein, ich habe zu danken. Es war ein Vergnügen, Ihren Sohn in meiner Einheit zu haben. Ich kann mir vorstellen, dass Sie auch sehr aufgeweckt sein müssen. Aber gleichzeitig wurden Sie zum Offizier ausgebildet und verfügen über reichlich Erfahrung.«

»Ja, ich habe viele Jahre im aktiven Dienst verbracht.«

Stark beugte sich vor und redete leise, aber eindringlich auf sein Gegenüber ein. »Es sieht so aus. Wir haben unsere alten Offiziere komplett zum Teufel gejagt, deshalb brauchen wir nun jede Menge neue. Gute neue Offiziere. Wir wollen alles richtig machen: aus den richtigen Gründen befördern, korrekt ausbilden und so weiter. Wir wissen, was wir nicht haben wollen: einen Haufen Politiker in Uniform, die ihrem Vorgesetzten alles recht machen wollen. Vor allem dürfen sie nicht einfach nur sagen und tun, was der Vorgesetzte am liebsten sehen oder hören möchte, während sie sich einen Dreck darum scheren, was für die ihnen unterstellten Leute wirklich wichtig ist. Um unsere Absichten verwirklichen zu können, müssen wir die Dinge anders angehen. Ich hoffe, Sie können uns dabei helfen herauszufinden, wie man das am besten hinkriegt.«

Lieutenant Mendoza nickte bedächtig und wandte den Blick nicht von Stark ab. »Ich werde mit Vergnügen Vorschläge unterbreiten, Sergeant. So wie Sie habe auch ich genügend Erfahrung mit den Schattenseiten des aktuellen Systems gesammelt.« Er ließ ein kurzes, bitteres Lächeln folgen. »Ich erinnere mich noch genau an dieses eine Dokument, das für mich den Ausschlag gab, in den Ruhestand zu wechseln. Das Pentagon gab eine Anweisung mit dem Zweck heraus, ›eine Ablaufverbesserung bei der Kriegführung und der Versorgung der Kriegführenden zu ermöglichen‹, so der genaue Wortlaut.«

»›Ablaufverbesserung‹?«, wiederholte Stark ungläubig. »›Bei der Kriegführung‹? Das haben die tatsächlich geschrieben?«

»Diesen Satz habe ich einfach nicht vergessen können, Sergeant.«

»Tja, Lieutenant, dazu kann ich nur sagen, dass ich an vielen Kampfhandlungen teilgenommen habe. Aber ich persönlich habe in den letzten Jahren keine nennenswerten Ablaufverbesserungen feststellen können, was das Führen von Kriegen angeht.«

»Ich bin mir sicher, dass Ihre Wahrnehmung korrekt ist. Sie sehen aber, dass eine Organisation, die solche Formulierungen verwendet, ihre eigentliche Funktion längst aus den Augen verloren hat. Stattdessen folgt sie bürokratischen Imperativen, die sich auf ›Abläufe‹ konzentrieren, nicht aber auf den gesunden Menschenverstand.«

Stark schüttelte den Kopf und griff nach der halbvergessenen Tasse Kaffee, die auf seinem Schreibtisch stand. Als er die kalte Flüssigkeit runterschluckte, verzog er den Mund. »Ich würde Ihnen ja gern einen Kaffee anbieten, Lieutenant, aber ich glaube, das würden Sie mir nie verzeihen. Dann können Sie also bestätigen, dass Sie auch genügend Missstände zu sehen bekommen haben. Können Sie uns zeigen, wie man diesen Mist verhindert?«

»Ich kann mein Bestes versuchen, Sergeant. Allerdings hat nichts von dem, was ich sage oder tue, irgendeine Bedeutung.«

»Ein Individuum kann viel bewirken, Lieutenant. Das mag vielen Leuten wehtun, aber ...«

»Das meine ich nicht. Ich will damit sagen, dass nicht ich hier das Kommando habe, sondern Sie. Nur Sie können die Grundlagen für die angestrebten Ziele schaffen. Viele Leute können Sie beeinflussen – auch zum Schlechten –, aber nur Sie können das hier durchziehen.«

Stark atmete frustriert aus, dann lachte er leise. »Eigentlich hätte ich damit rechnen müssen. Gibt es irgendetwas, für das ich nicht verantwortlich bin?«

»Ein Commander trägt für viele Dinge die Verantwortung, aber es gibt Weniges, das noch schwerer wiegt als die von Ihnen erwähnten Punkte. Sagt Ihnen der Name von Clausewitz etwas?«

Stark überlegte einen Moment lang. »Das ist dieser Deutsche, von dem Mendo … Entschuldigung … von dem Ihr Sohn hin und wieder redet.«

Lieutenant Mendoza lächelte ihn an. »Ich habe viele Stunden mit meinem Sohn über von Clausewitz' Arbeit diskutiert. Es gefällt mir, dass er die Erkenntnisse daraus mit seinen Kameraden teilt.«

»Das macht er tatsächlich, Lieutenant, aber es geschieht nur sehr verhalten. Er redet nicht allzu viel. Es kommt oft vor, dass ich jedes Wort einzeln aus ihm herausholen muss.«

»Das ist bedauerlich, aber verständlich«, sagte der Lieutenant und setzte dabei eine nachdenkliche Miene auf. »Meine Verantwortung als Offizier zwang mich, im Dienst mehr aus mir herauszugehen. Wie es scheint, hat der niedrige Dienstgrad seine ähnlich introvertierte Art nur noch verstärkt.«

Stark nickte. »Ich habe mein Bestes gegeben, Lieutenant, aber es war nicht meine Aufgabe, die Persönlichkeit meiner Soldaten zu verändern, nicht wahr? Aber ich wünschte mir, dass Mendo sich häufiger zu Wort meldete. Er hat was auf dem Kasten, und er kennt sich mit vielen theoretischen Dingen aus, die ich mir nie angeeignet habe.«

»Danke. Ich schlage vor, Sie geben meinem Sohn einen Posten, der es erforderlich macht, dass er seine Meinung äußert. Er wird sich dieser Herausforderung stellen. Was Theorien angeht, kann man deren Bedeutung aber auch durchaus überschätzen. Von Clausewitz allerdings hat sich seinen guten Ruf verdient. Das ist zumindest meine Meinung.«

»Und welche von seinen Erkenntnissen trifft jetzt und hier auf mich zu?«

»Sergeant, zu den Dingen, die von Clausewitz formuliert hat, gehört auch die Feststellung, dass es zwei Arten von Mut gibt, die ein guter Commander besitzen muss. Die erste Art von Mut, an die jeder sofort denkt, betrifft den Mut, in den

Kampf zu ziehen und sich auf dem Schlachtfeld zu behaupten. Die zweite Art von Mut betrifft den Bereich abseits des Schlachtfelds. Es ist der Mut, als Führer die richtigen Entscheidungen zu fällen, was die Ausbildung, die Ausstattung und die Planung anbetrifft. Es geht darum, die richtigen Entscheidungen zu treffen und dabei zu bleiben, auch wenn politische und bürokratische Kräfte noch so sehr versuchen sollten, sie zu unterwandern. Diese Art von Mut ist in vielerlei Hinsicht viel schwieriger als die erste, denn solche Entscheidungen müssen getroffen und umgesetzt werden, ohne dass feindliches Handeln sie antreibt oder erzwingt.«

»Hm«, brummte Stark, trank noch einen Schluck, verzog wieder das Gesicht und stellte den kalten Kaffee weg. »Ich komme nicht umhin, das zu tun, richtig? Seit ich das Kommando habe, muss ich dafür sorgen, dass alles richtig läuft.«

»Ich fürchte ja, Sergeant. Es gibt viele Möglichkeiten, um als Commander zu scheitern. Ich kann nicht von mir behaupten, dass ich in irgendeiner Weise ein perfekter Offizier war, und ich habe auch Fehler gemacht. Aber ich neige zu der Einstellung, dass mir diese Fehler aufgrund mangelnder Erfahrung oder mangelnden Wissens unterlaufen sind, aber nicht, weil ich im entscheidenden Moment an den hohen Prinzipien gescheitert wäre.«

Mit einer Hand rieb sich Stark die Augen. »Je mehr ich über diesen Job erfahre, umso weniger gefällt er mir.«

Lieutenant Mendoza beugte sich vor und sah ihn eindringlich an. »Wenn Ihnen alles gelingt, was Ihnen vorschwebt, dann ist es nicht ausgeschlossen, dass Sie einmal einen hochrangigen Kommandoposten bekleiden könnten, möglicherweise sogar die Befehlsgewalt über eine nationale Armee.«

»Himmel.« Stark überspielte nicht den Schauer, der ihn

erfasste. »Jagen Sie mir doch nicht so einen Schrecken ein. Sie sollten mich motivieren, Lieutenant.«

»Ist eine solche Aussicht tatsächlich dermaßen unerwünscht?«

»Allerdings. Am liebsten würde ich auf der Stelle nur wieder meinen Trupp befehligen.«

»Und warum machen Sie das nicht?«

Stark schaute sich hilflos um. »Ich kann nicht. Ich habe einen Job zu erledigen. Diese Leute hier verlassen sich auf mich. Ich kann sie nicht enttäuschen.«

Lieutenant Mendoza stand auf und nickte zufrieden. »Sergeant Stark, ich werde Ihnen helfen, so gut ich kann. Weil ich weiß, dass Sie das Richtige tun. Und weil ich Ihnen glaube, wenn Sie sagen, dass Sie weder diesen noch einen anderen ›Job‹ anstreben. Wenn Sie lange genug an dieser Einstellung festhalten, obwohl die Verlockungen eines gehobenen Dienstgrads kaum zu ignorieren sind, dann werden Ihre Bemühungen von Erfolg gekrönt sein.«

»Danke.« Stark stand ebenfalls auf und schüttelte die Hand, die Lieutenant Mendoza ihm entgegenstreckte. »Es gibt so viele Dinge, die ich noch auf die Reihe bringen muss. Da tut es gut zu wissen, dass ich mich an jemanden wie Sie wenden kann, wenn ich Hilfe benötige.«

Abermals lächelte Lieutenant Mendoza. »Vergessen Sie darüber aber nicht die Hilfe Ihrer Freunde, Sergeant. Die scheinen Ihnen in der Vergangenheit gute Dienste geleistet zu haben.«

»Ja, richtig. Hey, mir ist gerade etwas klar geworden. Sie sind hergekommen, um mich zu beurteilen, richtig? Um herauszufinden, wie ich mit diesem Job tatsächlich zurechtkomme, nicht wahr?«

»Sie haben recht. Ich habe nie die Einschätzung meines

Sohns angezweifelt, was Ihre Befähigung als Truppführer angeht, aber viele Commander der unteren Ebene sind überfordert, wenn die Verantwortung gewisse Dimensionen sprengt.«

»Das kann ich verstehen«, meinte Stark amüsiert. »Was nicht ist, kann immer noch werden. Gute Nacht, Lieutenant. Wir brauchen beide unseren Schlaf. Und keine Sorge, das Abendessen wird noch nachgeholt.«

»Daran habe ich keinen Zweifel mehr, Sergeant. Gute Nacht.«

Der Boden zitterte und bebte unter Stark, als feindliche Geschosse rings um den Hügel einschlugen. Jemand in der Nähe schrie schon seit einer ganzen Weile unter Schmerzen, gegen die selbst die Medikamente des Med-Kits nichts auszurichten vermochten. Vielleicht waren sie aber inzwischen auch einfach aufgebraucht. Die Schreie hatten jenes leichte Zittern an sich, das bedeutete, dass der betreffende Soldat nicht mehr lange zu leben hatte. Alles, was Stark sehen konnte, schien sich hinter einem dünnen Schleier aus Rauch, Staub, Angst und Erschöpfung zu befinden. Seit Stunden wurden sie nun schon ununterbrochen beschossen und bombardiert. Sein System dröhnte vor fluktuierendem statischen Rauschen und schweren Störsignalen, die dafür sorgten, dass sich keine Verbindung zu den noch lebenden Soldaten herstellen ließ, ganz gleich, wie viele das noch sein mochten. Über Starks linker Schulter war die Sonne zu sehen, die noch oberhalb der Baumlinie am Himmel hing, sich aber nur im Schneckentempo dem Horizont näherte. Sie kümmerte sich nicht um die Gebete der Soldaten, die den teilweisen Schutz durch die Dunkelheit herbeisehnten.

Eine Soldatin mit leerem Blick, die wenige Meter von

ihm entfernt lag, drehte plötzlich den Kopf zu ihm herum. Für Stark war das ein Schock, weil sie so starr dagelegen hatte, dass er sie schon seit einer ganzen Weile für tot gehalten hatte. Irgendwie war ihr der gepanzerte Helm abhandengekommen, Blut war aus einer langen, gezackten Schnittwunde an der Schläfe geströmt und seitlich über ihr Gesicht gelaufen, wo es längst zu einer fleckigen roten Maske getrocknet war. Ihre Lippen waren aufgeplatzt und aufgerissen, sie bewegten sich schwach, versuchten Worte zu bilden, die von der Geräuschkulisse aus unablässigen Explosionen und Salven aus kleineren Feuerwaffen hoffnungslos übertönt wurden. Stark versuchte, die Worte von den Lippen abzulesen. »Wo … ist … uns … nein, unser … Koma… Kommandant? Wo ist unser Kommandant?« Ein heftiges Zittern erfasste die Soldatin, die ihr Gesicht im blassgrünen Gras vergrub, ohne sich um das Blut zu kümmern, das an den Halmen klebte.

Stark riss die Augen auf, sein Atem ging in hastigen Stößen, seine Haut war nass geschwitzt.

*Verdammt. Das war einer von den üblen. Vic irrt sich zwar, wenn sie meint, ich hätte Patterson's Knoll niemals verlassen, aber ich statte diesem gottverdammten Ort jede Nacht einen Besuch ab.* Stille herrschte im Raum und bildete einen seltsamen Kontrast zu den Explosionen aus einer fernen Vergangenheit, die er in seinem Kopf noch immer hören konnte. Nicht greller Sonnenschein, sondern Dunkelheit umgab ihn, die nur durch den schwachen Schein der Nachtbeleuchtung ein wenig erhellt wurde. Die Luft fühlte sich kühl an und war auf eine Weise frei von jedem Geschmack, wie es nur wiederaufbereitete Luft auf dem Mond sein konnte.

Er legte die Stirn in Falten und klammerte sich an ein

flüchtiges Fragment des Traums. Diese andere Soldatin. Sie war eigentlich gar nicht da gewesen, nicht wahr? Und schon gar nicht, um nach einem Kommandanten zu fragen. Sie hätte nach einem Lieutenant oder Captain gesucht. Jetzt war er der Kommandant. Hatte sie ihn um Hilfe gebeten? *Na, großartig, jetzt vermischt mein Unterbewusstsein auch noch die Ereignisse auf dem Hügel mit den aktuellen Problemen! Das kann ich jetzt auch gebrauchen. Hat bloß noch ein Schwarm Zivs gefehlt, die alles ganz genau mitverfolgen und die hohe Qualität der Unterhaltung beklatschen.*

Stark lag auf seinem Bett und starrte zur Decke. Dabei stellte er sich die dicke Schicht Mondgestein vor, die sich über ihm befand, darauf eine dünne Patina aus Staub, und darüber der leere Raum, der sich düster und tonlos weiter erstreckte, als es sich irgendjemand vorstellen konnte.

*Wir Menschen. Wir sind allein hier draußen. Soweit wir das sagen können, ist unser Verstand der einzige, der in der Lage ist zu verstehen, dass wir von endlosem Nichts umgeben sind. Das sollte uns zu etwas Besonderem, zu etwas Bedeutendem machen. Und es sollte in uns das Verlangen wecken, uns alle dicht an dicht gedrängt zusammenzusetzen, als wäre die Erde unser Lagerfeuer. Als wäre sie das einzige wirkliche Licht und die einzige echte Wärme in einer langen, langen Nacht. Aber das tun wir nicht.*

Irgendetwas entging ihm. Nach allen Maßstäben, die Stark in den Sinn kommen wollten, hätten seine Soldaten und die Zivilisten der Kolonie natürliche Verbündete sein müssen, die für ein gemeinsames Ziel arbeiteten. Stattdessen gingen sie sich immer wieder gegenseitig an die Gurgel. *Wie kann es dann aber sein, dass* ich *nicht der Ansicht bin, die Zivs seien nur darauf aus, uns auszunutzen? Wie ist es möglich, dass* ich *mit ihnen reden kann? Ich habe die gleichen Erfahrungen gemacht wie jeder andere Uniformträger, also kann es daran nicht liegen. Macht es etwas aus, ob man als Ziv oder als Mil aufwächst? Ist das so grundlegend anders?*

Stark versuchte, eine weit zurückliegende Zeit hervorzuholen, die durch die verstrichenen Jahre und durch eindringliche Erfahrungen seit der Verpflichtung zum Militärdienst verschwommen zu sein schien. *Ich habe immer an andere Orte reisen wollen. Überall hin, wo ich hinwollte. Oh ja. Geh zur Tür raus, durchquer die Stadt, durchquer das Land. Ist Vic so aufgewachsen? Nein. Mil-Kinder wachsen in einem Fort oder auf einer Base auf. Umgeben von Mauern. Mit Toren. Man kommt viel rum, aber man befindet sich doch nur in einem Fort. Und selbst dort gibt es noch viele Ecken, die für alle tabu sind.*

Jetzt war er auf etwas gestoßen. *Ich denke jetzt auch so, nicht wahr? Die Welt ist für mich mit einem Zaun umgeben, und ich lebe innerhalb des Zauns. Da draußen, wo ich hinmuss, wenn ich nach Übersee geschickt werde, gibt es Leute, die versuchen, mich zu töten. Wenn ich zu Hause bin, wollen die Leute immer noch, dass ich innerhalb des Zauns bleibe.* Sogar die Kinder, wie ihm jetzt bewusst wurde. *Ich habe nie ein Kind von Soldaten getroffen, aber wir haben Witze über sie gerissen. Habe ein paar gesehen, oder? Aber ich habe mit keinem geredet. Sie waren anders. Hm. Und so wächst man auf und glaubt, dass niemand von denen da draußen einen leiden kann. Und wenn man groß ist und irgendwann allein rausgeht, dann können sie einen noch weniger ausstehen.*

*Das ist es. Zumindest zu einem Teil. Mil wächst drinnen auf, und die Zivs wollen nichts von ihnen wissen. Aber was ist mit den Zivs? Himmel, mein Leben ist auch nicht perfekt gelaufen. Die Freiheit, das zu tun, was ich tun will – solange ich das Geld habe, um es zu bezahlen. Geld ist in der Welt der*

*Zivs das Ein und Alles. Hast du viel, hören die Leute dir zu. Hast du wenig, dann … kannst du tun, was du willst, es kümmert eigentlich niemanden.*

Er setzte sich auf, sein Blick war unkonzentriert, als die Erinnerungen zum Leben erwachten. High School. Ein Lehrer, dem die undankbare Aufgabe zuteilgeworden war, Teenagern etwas über amerikanische Geschichte und über Bürgerpflichten beizubringen. Stark sah es mit einem Mal so deutlich vor sich, als würde er wieder auf dem unbequemen Stuhl sitzen. Gelangweilt saß er da und lud fast reflexartig häppchenweise Daten in sein Gehirn runter, damit er sie bei zwingend vorgeschriebenen Lernstandardtests wieder ausspucken konnte, um sie anschließend vollständig aus seinem Kopf zu löschen und Platz zu schaffen für die nächste Portion Wissen. Schon witzig, wie sich der Verstand eine solche Vorgehensweise angewöhnen konnte. Kein bisschen Mühe zu viel, und erst recht kein Gedanke daran, die Masse an Details auch nur im Ansatz verstehen zu wollen, die sie »lernen« sollten.

Der Lehrer, dessen Gesicht Stark noch so klar und deutlich vor sich sah wie vor all den Jahren, dessen Name aber irgendwo in der Vergangenheit verschollen war, saß an seinem Schreibtisch, sein Blick war wie bei den meisten seiner Kollegen auf das in den Schreibtisch integrierte Display gerichtet, während er die Lernstandards für diesen Tag vorlas. Doch an diesem Tag unterbrach er sich plötzlich und sah von seinem zu den anderen Displays, auf denen die gleichen Daten vorbeizogen.

»Was bedeutet das alles?«, fragte er.

Es folgte Schweigen, da die Schüler hektisch ihre Displays absuchten, aber nicht fündig wurden. »Sir?«, meldete sich schließlich eine Schülerin. »Wo ist die Antwort?«

»In euch selbst. Jedenfalls sollte sie da sein.«

Verständnislose Blicke, dann hob ein Junge seine Hand. »Warum müssen wir das wissen, wenn es nicht in einem Test vorkommt?«

Die Frage veranlasste den Lehrer dazu, langsam und betrübt den Kopf zu schütteln. »Nein. Das ist schon seltsam, nicht wahr? Ich will damit sagen, ich bin hier, um euch etwas über Bürgerpflichten beizubringen, aber nichts von dem, was ich euch vermittle, ist wirklich von Bedeutung, wenn es dazu in keinem Test eine entsprechende Frage gibt. Ich schätze, das bedeutet, dass sich eure Bürgerpflicht darauf beschränkt, diesen Test zu bestehen, richtig?«

Schweigend sahen die Schüler einander an. Stark erinnerte sich daran, dass er in diesem Moment im Geiste die eingeübte Notfallroutine durchging, weil zu befürchten war, dass der Lehrer jeden Augenblick auf sie losging. Doch der stand nur da und ließ nachdenklich den Blick schweifen. »Nun gibt es solche und solche Tests. Bei einigen sitzt ihr am Terminal und tippt auf die Antworten, die wir euch eingetrichtert haben. Auf diese Weise erhaltet ihr euer Diplom, die Schule steht gut da, wir bekommen Lehrboni ausgezahlt. Jeder gewinnt dabei. Aber es gibt auch noch andere Tests, die euch als Bürger auf die Probe stellen. Eines Tages werdet ihr wahlberechtigt sein. Wie viele von euch haben vor, zur Wahl zu gehen?«

Zögerlich ging die eine oder andere Hand hoch, der Lehrer konnte nur betrübt lächeln. »Ihr wisst, wir bringen euch allen möglichen Kleinkram bei, was eure Bürgerpflichten angeht. Aber die oberste Bürgerpflicht, nämlich die Pflicht, zur Wahl zu gehen, vermitteln wir euch nicht, oder? Wisst ihr, wie viele von euren Vorfahren gestorben sind, damit ihr wählen gehen könnt?« Er zeigte auf einen Schüler. »Wie viele von deinen Vorfahren haben im Kampf für die Freiheit ihr Leben verloren?«

»Im Kampf? Sie meinen, so wie beim Militär?« Der Schüler schien sich über das bloße Konzept hinter den Worten des Lehrers zu entrüsten. »Wir sind nicht … das würde meine Familie nie tun.«

»Ich bin mir sicher, dass sie es vor langer Zeit getan hat. Hört zu. All diese Informationen, die ihr vorgeblich lernt, bedeuten nichts, wenn ihr davon keinen Gebrauch macht. Du da: Was ist der Unterschied zwischen jemandem, der nicht zur Wahl geht, und jemandem, der nicht wählen gehen kann?«

»Ähm, ich … das gehört nicht zum Test.«

»Warum solltest du also eine Antwort darauf wissen müssen?«, fragte der Lehrer rein rhetorisch. »Lasst mich euch eine Frage stellen. Wenn ihr achtzehn werdet, dürft ihr wählen. Das ist ganz einfach, das könnt ihr online erledigen, ganz bequem von zu Hause oder vom Büro aus. Sie haben das Wählen für die Leute ganz einfach gestaltet, und trotzdem machen sich nur wenige die Mühe. Wieso?«

»Wieso sollte man?«, gab ein Schüler zurück und löste allgemeines Gelächter aus. »Ich meine, es bedeutet doch nichts.«

»Es bedeutet nichts? Die Fähigkeit, mit seiner Wahl darüber abzustimmen, wer die mächtigsten und einflussreichsten Frauen und Männer auf der Erde sein sollen, das bedeutet nichts?«

Ein anderer Schüler meldete sich zu Wort. »Es ist doch alles nur Show. Die mit dem dicken Geld entscheiden über die Kandidaten. Es macht nichts aus, für wen wir stimmen. Das weiß doch jeder.«

»Wieso müsst ihr denn für diese Kandidaten stimmen?

Warum gebt ihr nicht jemandem eure Stimme, von dem ihr glaubt, dass er besser ist, anstatt andere für euch entscheiden zu lassen?« Der Lehrer war lauter geworden, da er sich in das Thema weiter hineinsteigerte. »Du da, Stark. Bist du der gleichen Meinung wie deine Mitschüler?«

»Ja, ich schätze schon. Warum soll ich mir diesen Aufwand antun? Ich bin nicht reich, und damit bin ich auch nicht wichtig. Politiker kümmern sich nicht um das, was ich denke. Also ist es egal, was ich mache, es interessiert sowieso keinen.«

Der Lehrer ließ kurz den Kopf sinken, dann redete er so leise weiter, dass sie alle gut hinhören mussten, um ihn zu verstehen. »Wenn ihr das wirklich glaubt, dann wird es sich auch erfüllen. Wenn ihr nicht wenigstens den Versuch unternehmt, könnt ihr auch niemals Erfolg haben. Niemand kann euch das Wahlrecht wegnehmen, aber ihr könnt es aufgeben.« Als er wieder den Kopf hob, hatten seine Augen einen seltsamen Glanz. Es war für Stark und seine Mitschüler ein Schock, als ihnen klar wurde, dass es sich dabei um unvergossene Tränen handelte. »Ihr seid Bürger der Vereinigten Staaten von Amerika. Was ihr denkt und was ihr tut, ist wichtig. Jeder von euch kann einen Unterschied bewirken, wenn er nur hart genug dafür arbeitet!«

Weder Stark noch einer seiner Mitschüler glaubte ein Wort, und so saßen sie da und schwiegen, als ihr Lehrer den Klassenraum verließ. Am nächsten Tag war er wieder da und unterrichtete sie wie gewohnt, indem er von seinem Display ablas. Sein Gesicht war etwas blasser, seine Stimme klang etwas matter als am Tag zuvor.

*Ich frage mich, warum ich seit damals nie wieder daran gedacht habe, und jetzt auf einmal erinnere ich mich. Aber genau darum geht es. Die Mil-Kinder haben das nie gesehen, weil sie so tun konnten, als würden sie in einem exklusiven Kreis aufwachsen, obwohl sie in Wahrheit nur von allen anderen isoliert wurden.* Er machte das Licht an und tippte etwas auf seiner Komm-Einheit ein, dann wartete er ungeduldig das wiederholte Summen ab, bis jemand den Anruf annahm. »Campbell?«, fragte er sofort.

»Ja.« Im Gegensatz zu Stark hatte der Leiter der zivilen Kolonie offenbar keine Probleme mit dem Schlafen. »Wer ist da … Sergeant Stark?«

»Ja. Ich muss mich mit Ihnen treffen und über ein paar Dinge reden.«

»Wir können morgen früh einen Termin …«

»Nicht morgen früh, sondern jetzt. Wie schnell können Sie hier sein?«

»Das wird eine Weile dauern, bis ich um diese Zeit alle Assistenten mobilisiert habe.«

»Keine Assistenten. Nur wir beide.« Stark hielt inne und überlegte. »Nein, wir sollten schon ein paar Zuschauer haben. Bringen Sie bitte Sarafina mit, ich sage Reynolds Bescheid.«

»Um was geht es überhaupt?«, wollte Campbell wissen.

»Darum, besser miteinander auszukommen. Am Haupteingang zum militärischen Bereich wird eine Eskorte auf Sie warten und Sie in meinen Raum bringen. Einfach eine informelle Zusammenkunft.« *Bei der ich allen Anwesenden den Kopf wasche.*

»Gut, Sergeant. Ich werde zu Ihnen kommen, so schnell ich kann.«

Nicht einmal eine Stunde später saßen zwei zerknitterte Zivilisten mit zwei gleichermaßen zerknitterten Militärs an einem Tisch. Die Atmosphäre war gereizt. Vic schien sich nicht zwischen ihrer Verärgerung über Stark und ihrer Geringschätzung gegenüber den Zivilisten entscheiden zu können. Dennoch schaffte sie es, Sarafina mit einem flüchtigen Lächeln zu begrüßen. Stark stand auf und ging rastlos hin und her, nachdem sich die Tür zu diesem Raum geschlossen hatte. Dann sah er die Gruppe missgelaunt an. »Lassen Sie mich eines vorausschicken: Weder die Zivs, also die Zivilisten, noch die Soldaten sind Engel. Beide Seiten haben auf ihre eigene Art eine Macke.« Sofort zeigte er auf Vic, die zu einer Erwiderung ansetzte. »Warte, bis ich fertig bin. Jetzt zu Ihnen, Campbell, Sarafina. Tief in Ihrem Innern misstrauen Sie uns, weil Sie grundsätzlich jedem misstrauen, der Ihnen sagen kann, was Sie zu tun oder zu lassen haben. Sie suchen nach unseren verborgenen Absichten, weil Sie der Meinung sind, dass wir vorhaben, Sie über den Tisch zu ziehen. Denn genau das hat man immer wieder mit Ihnen getan. Sie wissen, Politiker und Unternehmer und alle anderen, die in der zivilen Welt etwas zu sagen haben, lassen sich notfalls immer noch kaufen, wenn alle anderen Stricke reißen. Aber Sie haben nicht das nötige Geld, also können Sie uns genauso wenig kaufen, wie Sie vor uns die Politiker kaufen konnten. Abgesehen davon sind das Spielregeln, mit denen wir Militärs nichts zu tun haben wollen, aber das ist etwas, das Sie auch nicht verstehen können. Außerdem haben Sie Angst. Sie haben Angst, weil Sie davon überzeugt sind, dass Sie das hier ganz sicher nicht richtig machen werden. Immerhin haben Sie Ihr Leben lang von jedem zu hören bekommen, dass Sie ohnehin nicht zählen, dass das Spiel immer manipuliert ist und Sie sowieso die Verlierer sind. So ist das Leben für die kleinen Leute in den USA lange Zeit gewesen. Wollen Sie dazu etwas sagen, Campbell?«

Der Koloniemanager warf Stark einen finsteren Blick zu.

»Das ist eine sehr schwierige und sehr gefährliche Situation. Es ist ratsam, Vorsicht walten zu lassen. Ich möchte betonen, dass wir in den letzten Jahren gewaltige Anstrengungen unternommen haben, um eine bessere Behandlung der Kolonie zu erreichen.«

»Aha. Und wie viel besser ist die Behandlung der Kolonie in dieser Zeit geworden? Werden Sie um Himmels willen nicht noch wütender. Sie sind ein kluger und scharfsinniger Mann, Sie hatten bloß nichts in der Hand, um aus einer Position der Stärke heraus Forderungen stellen und verhandeln zu können. Jetzt haben Sie etwas, nämlich die beste militärische Streitkraft zwischen hier und der Erde. Uns kann man nicht kaufen, denn wenn Geld für uns wirklich wichtig wäre, dann hätten wir uns nie für diesen Job entschieden. Aber wenn Sie uns auf Abstand halten, weil Sie nicht glauben wollen, dass Sie tatsächlich gewinnen können, dann werden Sie *garantiert* verlieren.«

Sarafinas Gesicht war eine sorgfältig gewahrte Maske, doch ihre Worte waren unüberhörbar giftig: »Wollen Sie damit sagen, dass wir unter einer Art Minderwertigkeitskomplex leiden?«

»Nennen Sie es, wie Sie wollen. Tatsache ist: Wenn Sie glauben, Sie seien nicht wichtig, dann sind Sie auch nicht wichtig. Ich habe das selbst mitgemacht. Ich kann mich daran erinnern, dass ich ein Ziv war, dass ich all diese großartigen Dinge sah, die ich angeblich alle erreichen konnte. Dabei wusste ich, dass ich in Wahrheit in einer großen Glaskiste stand, von der aus ich zwar alles sah, die mich aber daran hinderte, an diese Dinge heranzukommen. Ich wusste es, aber vielleicht war das, was ich wusste, in Wahrheit gar nicht so, sondern ganz anders. Denken Sie mal darüber nach.«

Dann wandte Stark sich an Reynolds. »Das Mil ist etwas

anderes, aber grundsätzlich sind wir auch der Meinung, dass man uns über den Tisch ziehen will. Wir leben hinter Mauern, und jeder, der sich außerhalb dieser Mauern aufhält, ist gegen uns. Vor allem die Zivs, nicht wahr? Aber weißt du was? Wir haben etwas, das sie nicht verstehen. Jeder im Mil ist davon überzeugt, dass er etwas bewirkt. Wir glauben, was wir tun, ist wirklich wichtig. Das ergibt aber keinen Sinn, denn die meiste Zeit über werden wir nur benutzt, und das wissen wir auch. Trotzdem sind wir sogar stolz auf uns und unsere Leistungen, wenn wir benutzt werden. Wir legen einen Eid ab! Zivs legen keinen Eid ab, ausgenommen die Politiker, aber bei denen weiß ja jeder, wie sehr sie an ihre eigenen Eide glauben.«

Vic betrachtete ihn und ließ so wie Sarafina keine Regung erkennen. »Worauf willst du hinaus?«

»Worauf ich hinauswill, ist, dass diese Zivs«, Stark zeigte auf Campbell und dessen Adjutantin, »das nicht verstehen. Sie wissen nichts mit Leuten anzufangen, die glauben, dass sie etwas bewirken. Es macht ihnen Angst, Leute zu erleben, die sich einer Sache verschrieben haben, die ihnen selbst völlig fremd ist. Darum haben sie immer mindestens ein wenig Angst vor uns. Zugegeben, vor unseren Waffen haben sie auch Angst, aber sie wissen, dass Waffen nur Werkzeuge sind. Es sind die Leute, die diese Werkzeuge benutzen, aus denen die Zivs nicht schlau werden. Dazu kommt, dass Zivs Tag für Tag von denen unterdrückt werden, die das dicke Geld haben oder die für die Leute mit dem dicken Geld arbeiten. Damit gibt es für die Zivs niemanden außer uns, auf den sie herabsehen können. Auch wir werden aus einer Menge von Gründen benutzt. Aber diese Zivs werden uns nicht benutzen, Vic. Denn sie brauchen uns zu dringend. Wir sind die Einzigen, die sie aus diesem Glaskasten ausbrechen lassen können, von dem ich eben gesprochen habe. Wir können diesen Kasten für sie in winzige Splitter zerschießen.«

»Also brauchen sie uns. Und wieso brauchen wir sie?«

»Damit das, was wir tun, einen Sinn hat! Was ist unsere Sache, Vic? Wen beschützen wir? Was sagt der Eid? Das Mil braucht eine Daseinsberechtigung, einen Grund, der mehr ist als das Töten von Leuten, um zu überleben. Ansonsten sind wir wie Priester ohne Religion. Wir können tun, was wir wollen, aber nichts davon bedeutet irgendetwas oder ergibt irgendeinen Sinn. Einen Sinn hat unsere Existenz nur, wenn wir Teil eines Ganzen sind. Vielleicht ist es in dem einen oder anderen Land nicht so, aber wir sind amerikanische Soldaten.« Er deutete auf die Zivilisten. »Wenn wir nicht für die Bevölkerung arbeiten, haben wir keine Daseinsberechtigung.«

Reynolds schwieg eine Weile, dann deutete sie ein Lächeln an. »Ich habe versucht herauszufinden, worauf wir hinarbeiten sollen. Welches Ziel wir erreichen wollen. Wir können schließlich nicht für den Rest unseres Lebens diese Frontlinie verteidigen. Aber wir können uns auch nicht selbst ein Ziel vorgeben, nicht wahr, Ethan? Dafür sind wir nicht ausgebildet, es ist nicht das, was von uns erwartet wird. Und selbst wenn wir es so wie jetzt tun könnten, hält uns etwas zurück.« Sie sah zu Campbell und Sarafina. »Unser Job ist es, das zu tun, was man uns sagt. Also, was sollen wir für Sie tun?«

Die beiden Zivilisten sahen sie völlig perplex an.

»Sie wollen von uns Anweisungen erhalten?«, fragte Campbell schließlich verdutzt.

»Keine Anweisungen, sondern Befehle.«

»Aber … aber *Sie* sind doch diejenigen, die die Macht haben. Sergeant Stark hat völlig recht. *Sie* sollten *uns* Befehle geben, so, wie er es gestern gemacht hat, als über der Kolonie die Raumschlacht tobte.«

»Wir sind Mil«, erklärte Vic geduldig. »Amerikanisches Militär. Wenn Sie uns hart genug rannehmen, werden sogar wir irgendwann brechen. Aber das würde uns weder mit Freude noch mit Stolz erfüllen. Ethan Stark hat recht. Das ist etwas, das häufiger vorkommt, als ich selbst für möglich gehalten hätte. Wir erteilen Zivilisten keine Befehle, schließlich führen wir auch nicht das Land. Es ist aber nicht so, als würde ich Ihnen trauen, denn das tue ich wirklich nicht. Ich rechne fest damit, dass Sie uns für Ihre eigenen Zwecke einspannen werden. Aber das ist auch Ihr gutes Recht. Was sollen wir für Sie tun?«

Campbell schaute verdutzt drein. »Wir wissen noch gar nicht, was wir wollen.«

»Das sind wir gewohnt«, sagte Vic und wandte sich an Stark: »Hast du für die Zivs alles vorbereitet?«

»Nein.« Er setzte sich zu ihnen und genoss die Situation. »Das ist deren Sache. Ich bin hier, um Ratschläge zu geben.«

»Und welchen Ratschlag haben Sie für uns?«, wollte Sarafina wissen.

»Sie besitzen jetzt viel Macht. Nutzen Sie sie, aber nutzen Sie sie gut. Es ist nichts verkehrt am amerikanischen System, es ist sogar ein verdammt gutes System. Wir haben es bloß den falschen Leuten überlassen.« Stark drehte sich zu Reynolds um. »Es ist wie mit dem Wahlrecht. Niemand im Mil geht wählen, weil wir der Meinung sind, dass wir sowieso unterlegen sind.«

Vic reagierte mit einem überzogenen Seufzer. »Ethan, wir sind ja auch unterlegen. So viel Mil gibt es nicht, es sind viel mehr Zivs. Wir könnten sie niemals überstimmen.«

»Das müssen wir auch gar nicht.« Stark sah wieder zu

Campbell. »Wie viele Leute gehen zur Wahl? Daheim, meine ich.«

»Sie meinen, wie viele Bürger tatsächlich ihre Stimme abgeben?«, gab er zurück. »Das bewegt sich aktuell bei etwa zwanzig bis dreißig Prozent.«

»So wie damals also, als ich noch klein war«, betonte Stark. »Vic, wir treten nicht gegen alle Zivs an, sondern nur gegen die, die wählen gehen. Vergiss nicht, dass nur eine einzige Stimme mehr nötig ist, um zu gewinnen.«

»Das verbessert natürlich die Chancen«, musste sie zugeben. »Aber im Moment ist uns mit irgendeiner Stimmabgabe nicht gedient. Wir sind Straftäter, und wenn sich die Zivs uns anschließen, werden sie auch zu Straftätern.«

Campbell war ihr einen trotzigen Blick zu. »Wir haben Rechte, die von anderen schon viel zu lange mit Füßen getreten werden. Sergeant Stark, Sie sind viel listiger, als ich geglaubt hatte. Ich verspreche Ihnen, ich werde meine Berater zur Vernunft bringen und eine Abstimmung innerhalb der Kolonie abhalten, die mir hoffentlich ein Mandat gibt, so dass ich offiziell mit Ihnen zusammenarbeiten kann.«

»Ich nehme Sie beim Wort«, entgegnete Stark. »Aber ich will ehrlich sein: Ich traue Trasies nicht.«

»Ich weiß, er hat sich bei unseren Besprechungen als sehr schwierig erwiesen …«

»Darum geht es mir nicht. Ich kann den Mann nicht leiden, aber ich kann mit Leuten zusammenarbeiten, auch wenn ich sie nicht leiden kann. Bei Trasies habe ich aber das Gefühl, dass mit ihm irgendetwas nicht stimmt.«

Campbell warf Sarafina einen fragenden Blick zu, auf den sie mit einem müden Kopfschütteln reagierte. »Sergeant Stark, wir haben wiederholt nach Hinweisen darauf gesucht, dass Sicherheitschef Trasies entgegen unseren oder

Ihren Interessen gehandelt hat. Wir haben nichts gefunden.«

Vic musste lachen. »Haben Sie tatsächlich erwartet, in Ihren Akten irgendwelche Hinweise zu finden? Sollte Trasies gegen Sie gearbeitet haben, dann würden Beweise dafür nicht in den Ziv-Systemen aufbewahrt werden, wo irgendjemand zufällig über sie stolpern kann. So etwas würde man im …« Mitten im Satz brach sie ab, dann fluchte sie. »Die würde man irgendwo in den Militärsystemen speichern.«

»Hätten wir sie dann nicht schon längst gefunden?«, wollte Stark wissen.

»Nein, nein, nein. Im Langzeitspeicher sind zig Millionen Dateien abgelegt, Ethan. Und Dokumente, die Sicherheitsthemen betreffen, werden mit Passwörtern und Firewalls geschützt. Die sind in gesonderten Bereichen abgelegt und haben falsche Dateinamen. Allein das verdammte Zeugs zu finden, bedeutet einen enormen Aufwand. Wenn man nicht wüsste, dass diese Dateien da irgendwo sind, würde man nie auf die Idee kommen, dass da etwas versteckt worden ist.«

»Falls da etwas ist, würde ich das gerne sehen«, sagte Campbell. »Aber Ihnen ist ja sicher klar, dass jegliche nachteilige Information angezweifelt werden wird. Dateien kann man schließlich auch fälschen.«

»Wir haben niemanden, der in der Lage wäre …«, begann Vic und unterbrach sich gleich wieder. »Vielleicht doch«, gestand sie ein. »Verdammt, so jemanden haben wir sogar ziemlich sicher. Aber wir werden nichts fälschen.«

»Ihnen ist aber klar, dass manche Leute das trotzdem behaupten werden.«

»Sicher, aber wenn wir Trasies mit gefälschten Dateien diskreditieren wollten, warum sollten wir damit bis jetzt warten? Das hätten wir wohl eher gleich nach dem ersten Treffen gemacht.«

»Stimmt«, musste Sarafina zugeben. »Und Ihr Sergeant Stark könnte so eine Täuschung gar nicht durchziehen, würde ich sagen. Er ist nämlich kein guter Lügner.«

Vic grinste. »Dann sind wir uns ja zumindest in einem Punkt einig. Und in dem Punkt, dass wir unsere Offiziere von hier wegschaffen wollten.«

Private Murphy lag festgeschnallt auf einem breiten Bett, das trotz der niedrigen Schwerkraft gut gepolstert war. Seine rechte Schulter und Seite waren mit einem grauen Kasten verbunden, der mit sanft blinkenden Lichtern und einem ganzen Bündel von Schläuchen versehen war, die zu Ventilen an der Wand führten. Murphys Gesicht war blass und eingefallen, begann aber vor freudiger Überraschung zu strahlen, als er Stark erblickte. »Hey, Sarge! Ich wollte sagen … ähm … Commander«, sagte er in einer Geschwindigkeit, die nach einer etwas zu schnell abgespielten Aufnahme klang und erkennen ließ, dass man seinen Metabolismus beschleunigt hatte, um eine zügigere Heilung zu ermöglichen.

»Ach, hören Sie schon auf.« Stark setzte sich links von ihm hin und zwang sich zu einem Lächeln. »Für Sie immer noch Sarge.«

»Danke, Sarge. Was machen Sie denn hier? Sie haben doch bestimmt Wichtigeres zu tun.«

»Für euch Affen hab ich immer noch Zeit. Wie geht's Ihnen, Murph?«

Der Mann grinste breit und zeigte mit dem linken Arm auf den grauen Kasten. »Hab meinen Arm verloren, Sarge. Und einen Teil der Schulter. Ich schätze, dafür kriege ich noch ein Purple Heart, richtig?«

»Ich denke ja. Aber es gibt auch einfachere Wege, um an ein Purple Heart zu kommen, Murph.« Stark betrachtete die Anzeigen und versuchte vergeblich, die Daten zu deuten. »Alles okay? Sie lassen alles nachwachsen? Keine Probleme?«

»Nichts, was mir jemand gesagt hätte.« Sein Lächeln wurde ein wenig verkrampft. »Aber ich hasse das Jucken.«

»Das Jucken?«

»Ja, Sarge. Das, was sie nachwachsen lassen, juckt wie verrückt. Vor allem die Teile, die noch nicht fertig nachgewachsen sind. Ich hab denen gesagt, dass mein Daumen mich wahnsinnig macht, aber die Ärzte erzählen mir, dass der noch nicht vollständig … regeneriert ist. Seltsam, wie?«

»Ja, wirklich.« Wieder sah Stark zu dem grauen Kasten. »Aber Sie können sich nicht kratzen. Himmel!«

»Richtig. Dafür pumpen sie mich mit Zeugs voll, damit ich nachts schlafen kann. Aber ich bin bald wieder auf den Beinen. Und ehe Sie es mitbekommen, bin ich schon wieder beim Trupp dabei. Und zwar so gut wie neu.«

»So soll es auch sein, Murph. Aber beim nächsten Mal versuchen Sie bitte nicht, eins von den schweren Geschossen mit bloßen Händen zu fangen. Ich möchte Sie wirklich nicht verlieren.«

»Wirklich nicht? Himmel, Sarge, ich gehe nirgendwo hin, solange Sie und Corporal Gomez auf mich aufpassen.«

Stark rang sich erneut zu einem Lächeln durch. »Wunder kann keiner von uns vollbringen. Konzentrieren Sie sich erst mal darauf, hier wieder rauszukommen. Gibt es irgendetwas, das ich für Sie tun kann?«

»Nein, ich … ähm, Sarge, dürfte ich Sie was fragen?«

»Klar, Murph. Um was geht's denn?«

Murphy rutschte auf dem Bett so hin und her, wie die Gurte es zuließen. Sein Blick wanderte in die entlegene Ecke des Raums. »Na ja, Sarge, es ist so, dass … Also, wir hatten hier ein paar Frauen zu Besuch.«

»Das ist doch schön.«

»Ziv-Frauen, meine ich.« Private Murphy, der in hundert Kämpfen gedient hatte, errötete tatsächlich. »Sarge, geht das in Ordnung, wenn man … na ja, Sie wissen schon, wenn man Ziv-Frauen näher kennenlernen will?«

Stark rieb sich ausgiebig über das Kinn, um sein amüsiertes Lächeln zu verbergen. »Sie wollen mit einer Ziv ausgehen, Murph?«

»Ja, sie ist wirklich nett, Sarge.«

»Nett ist sie also? Welcher Typ? Ginger oder Mary Ann?«

»Mary Ann, Sarge.«

»Tatsächlich? Ein richtiges Mädchen vom Land? Sie haben sich doch immer mehr für die glamourösen Gingers interessiert, Murph.«

Der Mann grinste. »Ich schätze ja, aber diese Frau ist echt was Besonderes, wissen Sie?«

*Ja, ich weiß.* »Ja.«

»Und sie scheint wirklich an mir interessiert zu sein.«

»Es gibt sicher Schlimmeres.«

»Ja, sicher«, sagte Murphy und nickte kurz. Starks ironischer Tonfall fiel ihm nicht auf. »Aber wäre das okay?«

»Natürlich ist das okay.«

Murphy strahlte ihn erleichtert an. »Das ist großartig.« Dann wurde er prompt wieder ernst. »Oh Mann, wie benimmt man sich bei einer Ziv-Frau?«

»Ach, kommen Sie, Murphy. Ich weiß doch, dass Sie schon dutzende Verabredungen hatten.«

»Ja, aber das waren alles Mil-Frauen, Sarge! Sie wissen schon, andere Soldatinnen oder die Töchter von Soldaten. Ziv-Frauen sind aber anders, nicht wahr?«

»Murphy, ich werde weder aus dem einen noch dem anderen Typ schlau, aber Ziv-Frauen und Mil-Frauen sind in den meisten Punkten identisch.«

»Sogar Corporal Gomez? Ich habe noch nie …«

»Okay, Corporal Gomez ist etwas anders als die durchschnittliche Ziv-Frau. Nicht, dass das in irgendeiner Weise etwas Schlechtes wäre. Denken Sie stets daran, dass ein Date mit einer Frau sich nicht von den meisten Kontakten mit anderen Menschen unterscheidet. Das Prinzip ist immer: Wie man in den Wald hineinruft, so schallt es auch heraus. Wenn Sie die Frau gleich beim ersten Date begrapschen, wird sie glauben, dass Sie weiter nichts von ihr wollen. Lassen Sie sich Zeit, um sie kennenzulernen. Hören Sie ihr zu, unterhalten Sie sich mit ihr. Vielleicht kommt von ihr dann ja das Gleiche zurück.«

»M-hm«, machte Murphy nachdenklich. »Also ist das eigentlich so, als würde man schießen lernen, richtig, Sarge? Man muss das Gefühl für die Waffe bekommen, man muss lernen, wie sie reagiert und so weiter, weil man sonst nicht ins Schwarze trifft.«

*Na, Murphy, bei* dem *Vergleich dürfte ein Date mit einer Ziv-Frau für dich genau das Richtige sein.* »Ganz genau. Und denken Sie immer dran: Wenn Sie mit einer Waffe nachlässig oder schlecht umgehen, schießen Sie sich früher oder später ins Bein.«

»Richtig, Sarge. Man respektiert seine Waffe. Das werde ich auch mit dieser Ziv machen. Versprochen.«

»Daran würde ich nie zweifeln, Murph.« Stark klopfte ihm behutsam auf die unversehrte Schulter. »Passen Sie gut auf sich auf, Sie Affe. Sie sind ein guter Soldat.«

Murphy lief wieder rot an und wich Starks Blick aus. »Danke, Sarge. Ich weiß, ich bin nicht der beste.«

»Sie sind verdammt gut, wenn Sie es sein wollen. Ich sehe wieder nach Ihnen.« Stark lächelte ihn aufmunternd an, als er ihn verließ. *Guter Junge. Hat sich mein Dad auch so gefühlt, wenn er mit mir geredet hat und mir Ratschläge geben wollte? Nicht, dass ich ihm je zugehört hätte. Aber ich schätze, Soldaten sind alt genug, um begriffen zu haben, dass Zuhören nie wehtut und manchmal sogar von Nutzen sein kann.*

Stark ging gemächlich durch den Korridor des Ziv-Krankenhauses. Die weißen Wände erinnerten wohltuend an die im Medizinischen Komplex des Militärs. Gleich darauf riss ihn das Summen der Komm-Einheit aus seinen angenehmen Gedanken. »Stark hier.«

»Wo bist du?«, wollte Vic Reynolds wissen.

»Ziv-Krankenhauskomplex. Ich war bei Murphy.«

»Oh. Wie geht's ihm?«

»Sein fehlender Arm juckt.«

»Wie unangenehm. Hör zu, in einer halben Stunde musst du im Ziv-Regierungskomplex sein. Vergiss das nicht!«

Stark stutzte und sah auf seinen Planer. »Ich dachte, das Treffen findet erst in einer Stunde statt.«

»Tut es auch. Ich will nur Gewissheit haben, dass du ordentlich aussiehst. Ich möchte schließlich nicht, dass irgendein Matrose behaupten kann, der Commander der Bodenstreitkräfte läuft herum wie gerade aus dem Bett gekrochen.«

»Ich sehe ordentlich aus«, beharrte Stark pikiert.

»Ja, sicher. Das behauptest du auch, nachdem du eine Woche ohne Unterbrechung in deiner Gefechtsrüstung gesteckt hast.«

»Sind alle anderen bereit?«, wollte Stark wissen. »Mein gesamter Stab wird da sein, richtig? Wenn wir mit Matrosen zu tun haben, will ich jeden dabeihaben, der etwas über sie weiß.«

»Wissen kann ich dir nicht garantieren, aber es werden auf jeden Fall warme, lebendige Körper dort sein. Willst du noch jemanden außer deinem Stab mit hinnehmen?«

»Nein … Moment.« *Lieutenant Mendoza? Nein, einen Offizier kann ich da nicht auftauchen lassen, auch wenn der Mann bestimmt etwas Nützliches dazu beizutragen hätte. Allerdings hat er gesagt, dass sein Sohn den Mund aufmachen wird, wenn man ihm die entsprechende Verantwortung überträgt. Okay, versuchen wir's.* »Ja, Mendo.«

»Private Mendoza? Von Ihrem alten Trupp?«

»Ja. Er weiß eine ganze Menge.«

»Das habe ich auch gehört, allerdings auch, dass er davon nie etwas preisgibt.«

»Er wird es mir schon sagen, wenn sich etwas Wichtiges ergibt. Sorg dafür, dass er da ist.«

»Du bist der Boss«, bestätigte Vic. »Und vergiss nicht: halbe Stunde.«

»Ja, ja, schon gut. Halbe Stunde.«

Chief Petty Officer Wiseman und ihr neu eingesetzter Stellvertreter Chief Gunner Mate Melendez betrachteten mit einer Mischung aus Verärgerung und Trotz die Truppe, die Stark um sich geschart hatte. Starks Stab verhielt sich nicht viel besser, lediglich die beiden Ziv-Repräsentanten Campbell und Sarafina wahrten neutrale Miene.

Stark streckte den Arm aus, um Wisemans Hand zu schütteln, nachdem er ihr seine Begleiter vorgestellt hatte. »Ich schätze, ich sollte Sie der Form halber auf dem Mond willkommen heißen«, sagte er.

»Danke. Schön haben Sie's hier.«

»Irgendwelche Fragen?«

»Ja. Wo ist mein Bier?« Chief Wiseman grinste über ihren

eigenen Witz. »Ich weiß nicht, wie Ihre Pläne aussehen. Aber uns stehen vier bewaffnete Shuttles zur Verfügung. Die haben alle was abbekommen, und eines ist schwerer beschädigt als der Rest. Ist aber nichts, was wir nicht reparieren könnten. Was brauchen Sie von uns?«

Alle sahen Stark an, der kurz vor sich auf den Tisch sah und sich dann wieder an Chief Wiseman wandte: »Im Augenblick geht es nur um die Verteidigung der Kolonie.«

»Sie werden doch auch Vorräte geliefert bekommen, oder nicht?«

»Sicher. Daran arbeiten wir gerade.«

»Dann benötigen Sie Eskorten oder zumindest jemanden, der Ihnen die großen Schiffe vom Hals hält, wenn die Shuttles mit den Vorräten ankommen. Wir können uns mit deren Schiffen keine Schlachten liefern, aber wir können dafür sorgen, dass ihre Blockade einige Probleme bekommt.«

Vic beugte sich zu den beiden Repräsentanten der Navy vor. »Was ist mit der Verteidigung der Kolonie gegen Bedrohungen aus größerer Entfernung? Haben Sie da auch Möglichkeiten?«

Wiseman zuckte mit den Schultern und sah Gunner Melendez an. »An welche Art von Bedrohung denken Sie denn?«

»Bombardements.«

Melendez schüttelte prompt den Kopf. »Torpedos können Ihre Verteidigung nicht überwinden. Diese Kolonie ist eine verdammte Festung.«

»Ich rede nicht von Torpedos«, fuhr Vic geduldig fort. »Ich meine die richtig schweren Dinger.«

»Schwere Dinger?«, wiederholte Wiseman. »Das werden die nicht machen. Wir haben den strikten Befehl, unter keinen Umständen Mike Victor Whiskeys einzusetzen.«

Die Militärs nickten verstehend, während die Zivilisten ratlos dreinschauten. »Mike Victor Whiskeys?«, hakte Sarafina nach.

»MVWs. Massenvernichtungswaffen«, kam von mehreren Seiten gleichzeitig die Antwort.

»Wieso wissen Sie von diesen Befehlen?«, erkundigte sich Vic. »Das hört sich nicht nach Informationen an, die Unteroffizieren zugänglich gemacht werden.«

Chief Wiseman grinste. »Wir sollten das auch nicht wissen, aber Kopien der Befehle lagen den Chiefs vor, noch bevor die Offiziere die Anweisungen selbst lesen konnten. Sie wissen, wie das läuft.«

»Ja, ich glaube, das wissen wir.«

»Augenblick mal«, warf Campbell. »Wozu soll dieser Befehl überhaupt gut sein? Keines der Navy-Schiffe hat Massenvernichtungswaffen an Bord. Der Vertrag über weltraumbasierte Waffen verbietet das.«

Gunner Melendez lachte kurz auf. »Nein, das tut er nicht.«

»Ich kenne den Vertrag«, beharrte Campell und sah hilfesuchend Sarafina an. »Er verbietet ausdrücklich, dass orbitale oder transorbitale Raumfahrzeuge mit Massenvernichtungswaffen bestückt werden. Ich kann es nicht glauben, dass so offen gegen den Vertrag verstoßen wird.«

»Aber wir verstoßen doch gar nicht dagegen«, beteuerte Melendez. »Es stimmt, dass der alle Waffen verbietet, mit denen orbital oder transorbital ein Bombardement durchgeführt werden kann. Aber irgendwo im Kleingedruckten wird definiert, dass ›Waffen‹ im Sinn dieser Vereinbarung alles ist, was einen Sprengkopf besitzt. Ob nuklear oder konventionell, das ist ganz egal. Aber mit keinem Wort steht da, dass man nicht auch einen tonnenschweren Metallklotz mit

Lenksystem aus dem Orbit abwerfen darf. Der reißt ein ordentliches Loch in jede Stadt, in die er einschlägt, aber was den Vertrag angeht, gilt so was nicht als Waffe.«

»Wie praktisch«, merkte Vic zynisch an. »Ich nehme an, die Regierungen daheim haben Angst, wir könnten ihnen genau das antun, auch wenn wir gar kein Raumschiff zur Verfügung haben und sie nicht einmal mit Metallklötzen bewerfen könnten, wenn wir es wollten.«

»Wir brauchen keine Kriegsschiffe«, merkte der Gunner an und winkte ab. »Man muss nur einen großen Stein an ein Shuttle hängen. Das manövriert sich dann natürlich nur noch saumäßig, aber machbar ist es. Oder bauen Sie einen Teil Ihrer Maglev-Bahnen hier auf der Oberfläche so um, dass sie Objekte in Richtung der großen blauen Kugel ins All katapultiert. Die Präzision lässt zwar zu wünschen übrig, aber Städte sind schließlich auch sehr große Zielscheiben.«

»Wir werden keine Felsbrocken auf Städte werfen«, ging Stark aufgebracht dazwischen. »Weder auf amerikanische noch auf irgendwelche anderen Städte.«

»Ich sage auch nicht, dass wir das tun sollen. Ich will Ihnen nur klarmachen, warum die Führungsebene kein Wettbombardieren anfangen will. Der Mond ist schon voller Krater, da wollen sie so was nicht auch noch vor der eigenen Haustür haben.«

Sarafina schüttelte irritiert den Kopf. »Wie seltsam, dass wir einen Vertrag mit einem so riesigen Schlupfloch ausgehandelt haben.«

»Was soll daran seltsam sein? Wir wollten die moralisch Überlegenen sein, aber nicht auf die Möglichkeit verzichten, andere Leute zu bombardieren. Also stricken wir uns einen Vertrag, der beides erlaubt.«

»Ich verstehe das immer noch nicht.« Campbell sah die

Vertreter des Militärs an. »Die Regierung auf der Erde will doch sicher die Streitkräfte hier oben besiegen. Warum nehmen sie dafür nicht einfach jede verfügbare Waffe und greifen an? Ein breit angelegter Angriff würde unsere Verteidigungseinrichtungen überrennen und uns um die Möglichkeit eines Vergeltungsschlags bringen.«

Private Mendoza, der bis dahin schweigsam mit am Tisch gesessen hatte, schien zum Leben zu erwachen, hob plötzlich den Kopf und sagte: »Die zum Einsatz kommende Waffe muss zum Ziel passen.« Er erschrak sichtlich, als ihm bewusst wurde, dass die Aufmerksamkeit aller Anwesenden auf ihn gerichtet war. »Das heißt«, fuhr er zögerlich fort, »es ergibt keinen Sinn, wenn die Regierung Waffen einsetzt, die nicht zu den Zielen passt, die sie verfolgt.«

»Was genau bedeutet das?«, wollte Stark wissen.

»Dieses Prinzip wurde durch von Clausewitz entwickelt«, antwortete Mendo.

»Ist das der Deutsche, von dem Ihr Vater so viel hält?« *Ich muss unbedingt dieses Buch lesen.*

»Ja. Mein Vater hat oft mit mir über seine Theorien diskutiert. Von Clausewitz sagt, dass ein Krieg die Fortsetzung einer bestimmten Politik mit anderen Mitteln ist. Ein bewaffneter Konflikt ist also nur dann sinnvoll, wenn er dem politischen Ziel dient.«

»So wie wir seit Jahren versuchen, den ganzen Mond zu erobern?«, fragte Manley.

»Ganz genau«, bestätigte Mendo, der mit jedem weiteren Wort selbstbewusster wurde. »Das Ziel muss nicht unbedingt erreichbar sein, aber es muss begreifbar sein. Das Ziel der Regierung in Washington D.C. ist es, die Kolonie zurückzuerobern. Wird die Kolonie einfach zerstört, verliert Amerika seinen Einfluss auf dem Mond. Damit werden alle

Bemühungen hinfällig, hier oben zur dominanten Macht zu werden. Werden wir, die Verteidiger, aus großer Entfernung ausgelöscht, können die feindlichen Streitkräfte, die uns derzeit belagern, praktisch gleich danach die Kolonie einnehmen, was auch dazu führt, dass Washington den Mond verliert.«

»Und«, fügte Campbell hinzu, der ihm hatte folgen können, »in beiden Fällen würden die Unternehmen, die hier oben investiert haben, einen immensen Wert in Form von Infrastruktur und anderem Vermögen verlieren.«

»Ja, Sir. Das bedeutet, die Regierung muss alles auf eine Rückeroberung der Kolonie mit Bodenstreitkräften setzen oder uns zumindest zu einer Kapitulation unter Bedingungen zwingen, die eine sofortige Übernahme der Kolonie möglich macht.«

Vic schaute skeptisch drein. »Und wenn unsere genialen vormaligen Führer nicht so schlau sind, genau so zu handeln? Sie sind schließlich nicht für ihre strategisch sinnvollen Entscheidungen berühmt.«

»Es ist eine Frage des eigenen Interesses«, beharrte Mendo. »Sie können nicht gewinnen, wenn sie uns auslöschen. Die Politiker wollen an der Macht bleiben. Wenn sie die Kolonie verlieren, indem wir sie weiter verteidigen oder indem der Feind sie übernimmt oder indem sie selbst alles hier in Grund und Boden bombardieren, wäre das für sie ein solcher Rückschlag, der sie die nächste Wahl kosten würde. Sie müssen die Kolonie um jeden Preis funktionsfähig zurückerobern. Außerdem würden die Konzerne keiner Entscheidung zustimmen, die den Verlust ihrer Investitionen beinhaltet.«

Wieder nickte Campbell, während er nachdenklich dreinschaute. »Das ergibt alles einen Sinn. Ihr Mann hat recht, Sergeant Stark. Ich kenne mich nicht mit den Angelegenheiten des Militärs aus, aber ich weiß in der Politik Bescheid. Und die anstehenden Wahlen werden forcieren, was er gerade ausgeführt hat. Die beiden großen Parteien müssen diese Wahlen gewinnen, und dazu brauchen sie die finanzielle Unterstützung durch die Konzerne. Um beide Ziele erreichen zu können, müssen sie die Kolonie zurückerobern, und sie muss weiterhin intakt sein. Das erklärt, warum der Einsatz bestimmter Waffen ausgeschlossen ist.«

»Politiker verlieren doch ständig Wahlen«, wandte Manley ein. »Was ist so schlimm daran, wenn sich diesmal ein paar von ihnen verabschieden müssen? Deren Platz bekommen doch sowieso Leute vom gleichen Schlag.«

»Nein. Wenn die beiden großen Parteien durch den Verlust der Kolonie komplett in Misskredit geraten, dann kann ich Ihnen versichern, dass der Wahlsieg an die Parteien geht, die derzeit in der zweiten Reihe stehen und die die Bürger seit Langem mit dem Versprechen politischer Reformen locken. Das Letzte, was die momentanen Machthaber dann noch gebrauchen können, ist ein Kreuzzug gegen sie, der sie alle ihre Posten kostet und dazu führt, dass die vielen ungesetzlichen und unmoralischen Abmachungen ans Licht kommen, die sie jahrzehntelang vor aller Welt verheimlicht haben.«

Plötzlich musste Stark grinsen. »Die werden mit uns reden wollen, nicht wahr? Nicht nur mit den Zivs, sondern auch mit dem Mil. Sie und Mendo sagen, dass die Politiker und die Konzerne die Kolonie unbedingt intakt zurückhaben wollen. Also ist es egal, wie sehr uns das Pentagon hasst, was ja schon der Fall gewesen sein muss, bevor es zu diesem Zwischenfall mit der Navy gekommen ist.«

Campbell nickte finster und ließ den Blick über die Anwesenden schweifen. »Das ist richtig. Sie werden mit uns reden wollen. Aber was genau werden wir ihnen sagen?« Er konzentrierte sich ganz auf Stark. »Sergeant Stark, wenn wir mal die Gesetzestexte außer Acht lassen, die uns Zivilisten die Oberhand geben, dann sind Sie hier oben derjenige, der die Macht hat. Nichts kann und nichts wird geschehen, wenn Sie nicht zustimmen. Welches Ziel wollen wir anstreben? Einen Kompromiss? Eine Revolution? Ich glaube, niemand hier will sich von den Vereinigten Staaten lossagen, oder? Was also wollen wir erreichen?«

Stark sah den Mann schweigend an. *Was zum Teufel soll ich sagen? Was will ich, abgesehen von ein wenig Respekt von Vorgesetzten, die mich als Menschen sehen und nicht nur als Teil der Ausrüstung? Welche Antwort wird die Menschen tatsächlich beschützen, die ich zu beschützen versuche? Mit welcher Antwort kann ich verhindern, dass alles hintergangen wird, woran ich glauben möchte? Alle sehen mich an. Sie alle hängen von dem ab, was ich sage. Was zum Teufel ist die richtige Antwort auf diese Frage?*

Sie hoben sich vom Raumhafen der Kolonie ab wie die Harpyien aus dem alten Mythos. Ihre bloße Anwesenheit unterstellte Stark, seinen Eid gebrochen und seine Ehre aufgegeben zu haben. Offizielle Shuttles, in offiziellem Auftrag gelandet. Stark blieb vor einem Monitor stehen und betrachtete das Bild, das darauf zu sehen war. *Vor nicht allzu langer Zeit hätte ein solcher Besuch von VIPs für mich und meine Leute bedeutet, dass im Umkreis von mehreren Kilometern alles sauber gemacht, frisch gestrichen und auf Hochglanz poliert werden musste, womit VIPs auch nur ansatzweise in Berührung kommen konnten, und wenn es nur per Blickkontakt war. Jetzt sind sie hier, um sich mit mir zu treffen, und ich würde lieber Wände streichen.*

Noch einmal kehrte sein Blick zum Monitor zurück. Er wünschte, er könnte in das Innere dieser Shuttles schauen. *Aus wem genau besteht diese Delegation? Was werden diese Leute zu sagen haben? Werden sie uns einen Deal anbieten oder uns einfach drohen? Werden die Zivs aus der Kolonie uns Rückhalt geben? Oder werden sie die Seiten wechseln, wenn sie ein zufriedenstellendes Angebot zu hören bekommen? Ach, was soll's? Ich werde ja bald um einiges schlauer sein.* Stark ging weiter in Richtung des Konferenzraums, den Campbell empfohlen hatte und der einem der Konzerne gehörte. *Neutrales Gebiet,* hatte der Koloniemanager erklärt. *Oder zumindest so neutral, wie es unter den Umständen möglich ist, und dazu auch noch die denkbar beste*

*Räumlichkeit in der ganzen Kolonie, um eine Besprechung abzuhalten.* Stark hatte es sich verkniffen, ihm den luxuriösen Konferenzraum zu beschreiben, der im Hauptquartier für die Generäle eingerichtet worden war. Er sagte sich, dass der Konferenzraum eines Spitzenkonzerns auch nicht gerade armselig ausgestattet sein würde.

Stacey Yurivan stand allein im Korridor vor dem Eingang, den Mund hatte sie zu einem ironischen Grinsen verzogen. »Was macht das Leben, Commander, Sir?«

»Es lebt. Sonst noch niemand hier?«

»Soweit ich das sagen kann, sind die anderen Gruppen schon alle reingegangen. Sie warten nur darauf, dass wir vom Mil uns die Ehre geben.«

Stark spürte, wie einsetzende Verärgerung seine Wangen glühen ließ. »Die Besprechung fängt erst in einer halben Stunde an. Wir sind nicht zu spät dran.«

Sie grinste noch etwas breiter. »Wahrscheinlich können die anderen es nur nicht erwarten, dass die Besprechung losgeht. Ganz im Gegensatz zu uns.«

»Lieber würde ich ein Selbstmordkommando anführen«, räumte Stark ein. »Ich darf davon ausgehen, dass bei Ihnen alles bestens läuft.«

Leichte Verärgerung zeichnete sich auf ihrem Gesicht ab. »Oh ja, alles perfekt.«

»Was Sie aus irgendeinem Grund ziemlich stört.«

Yurivan zuckte mit den Schultern. »Na ja, nehmen wir mal an, Sie wären mein Boss …«

»Ich bin Ihr Boss.«

»Oh. Stimmt ja. Ich vergesse das immer wieder. Jedenfalls nehmen wir mal, dass zwei Monate vergangen sind, und Sie haben mich nicht dabei erwischt, wie ich gegen irgendwelche Vorschriften verstoßen habe. Wie würden Sie das empfinden?«

»Ich wäre dankbar, oder nicht?«

»Falsch«, gab sie zurück. »Sie wären in Sorge, weil ich immer irgendetwas mache, nicht wahr? Die Tatsache, dass Sie mich nicht ertappt haben, bedeutet nämlich nur, dass Sie noch nicht dahintergekommen sind, was mein neuestes ›Irgendetwas‹ ist.«

Stark legte die Stirn in Falten, sein Blick wanderte zur Tür, die zum Konferenzraum führte. »Wer bereitet Ihnen Sorgen?«

»Die ganz großen Jungs. Sie wissen schon, die nationalen Agenturen.«

»Ich dachte, wir haben bei ihnen keine gegen uns gerichteten Aktivitäten feststellen können.«

Yurivan seufzte schwer. »Okay. Muss ich das jetzt noch mal erklären?«

»Nein, nein, ich verstehe schon.« Stark rieb sich übers Kinn und dachte über die Operationen nach, von denen er wusste, dass die nationalen Agenturen sie durchgezogen hatten. »Sie glauben, die haben etwas vor?«

»Ich weiß, dass sie was vorhaben! Diese Leute sitzen nicht einfach da und tun nichts, wenn es ein großes Problem gibt. Und wir sind sogar ein ziemlich großes Problem. Aber ich kann bislang keine ernsthaften Bemühungen feststellen, irgendwas in unsere Systeme einzuschleusen oder Saboteure oder Spione in der Kolonie zu platzieren. Deshalb frage ich mich, was ich bislang übersehen habe.«

»Vielleicht haben sie ja den Befehl, uns in Ruhe zu lassen. Vielleicht wollen die Politiker und das Pentagon uns nicht verärgern, vor allem mit Blick auf die Gespräche, die jetzt anlaufen.«

»Aber sicher. Bei dieser Theorie fehlt jetzt nur noch die Annahme, dass die Politiker und die Leute im Pentagon das hier tatsächlich ernst nehmen, anstatt es bloß als Spiel zu betrachten. So was soll es wirklich schon gegeben haben«, spottete Yurivan.

Vic Reynolds trat zu ihnen und sah die beiden an. »Hi, Ethan. Hey, Stace, wie kommt denn die Jagd nach dem Snark voran?«

»So wie üblich«, gab sie zurück, griff in ihre Tasche und holte eine Datenmünze heraus. »Aber meine Leute haben heute Morgen das hier gefunden.«

»Hm?« Reynolds nahm die Münze und drehte sie in ihrer Hand hin und her. »Was mag da drauf sein?«

»Das, wonach ich suchen sollte.«

»Das hilft mir sofort weiter«, sagte Reynolds ironisch, schob die Münze in ihren Palmtop und überflog die Daten, dann grinste sie. »Ah, ich glaube, unser Mr. Trasies ist uns nicht länger ein Dorn im Auge.«

Stark musste erfreut lächeln. »Sie haben was ausgegraben?«

Stacey sah ihn triumphierend. »Durch diese Programme, die Datenspeicherung einfach machen und alles gut organisieren, war es viel leichter, fündig zu werden. Die Leichen sind eigentlich gut versteckt worden, aber nachdem diese Programme alles aufgeräumt hatten, klaffte auf einmal mitten in den ordentlich komprimierten und defragmentierten Dateien ein riesiges Loch. Es stach richtiggehend heraus, und nachdem wir uns das etwas genauer angesehen hatten, war es nur noch eine Frage der Zeit, bis die Zugangscodes geknackt waren. Der kleine Schleimer Trasies hat regelmäßig über Personen und Vorgänge berichtet, bis wir seine Kontakte zu den Offizieren kappten. Sieht so aus, als hätten ihn verschiedene Agenturen und auch ein paar Konzerne dafür bezahlt?«

»Meinen Sie, Campbell wird das genügend verärgern, um ihn aus seinem Team zu nehmen?«

»Spätestens dann, wenn er liest, was Trasies über ihn geschrieben hat. Nicht, dass der Mann über irgendwen außer seinen unmittelbaren Vorgesetzten etwas Gutes zu sagen gewusst hätte. Jedenfalls ist das mein Eindruck nach dem, was ich heute Morgen kurz überfliegen konnte. Aber was den Koloniemanager angeht, da hat er wirklich aus dem Vollen geschöpft.«

»Gute Arbeit, Stacey.«

»Verbiegen Sie sich bloß nicht, weil Sie mir danken müssen«, kommentierte Yurivan sarkastisch. »Das könnte mir sonst zu Kopf steigen.« Sie machte einen Schritt auf ihn zu und sah ihn eindringlich an. »Hören Sie, Stark, ich könnte meinen Job da drinnen ein bisschen besser erledigen ...«, sie deutete mit einem Nicken auf den Konferenzraum, »... wenn ich wüsste, was genau Sie erreichen möchten. Wie sieht Ihr Plan aus? Welches Resultat wollen Sie hier oben erzielen?«

Stark reagierte mit einem schiefen Lächeln. »Sobald ich das rausgefunden habe, werde ich's Ihnen sagen.«

»Klar.« Yurivan verzog den Mund und schüttelte flüchtig den Kopf. »Sie wollen mir weismachen, dass Sie eine massive Revolte anzetteln, ohne eine Ahnung davon zu haben, was als Nächstes geschehen soll? Stark, so dumm ist kein Mensch!«

Stark warf Reynolds einen flüchtigen Blick zu, doch sie starrte die Decke an, während ihre Mundwinkel zuckten, da sie nicht ganz erfolgreich darum bemüht war, nicht in schallendes Gelächter auszubrechen. »Ich kann Ihnen weiter nichts sagen, Stacey.«

»Eine so große Sache? Sie können mir ruhig anvertrauen, um was es geht.«

»Ich schwöre Ihnen, im Moment ist da sonst gar nichts ...«

»Okay, okay, dann sagen Sie es mir nicht. Herausfinden werde ich's trotzdem, Stark. Versuchen Sie nur weiter, ein

Geheimnis darum zu machen.« Dann drehte sich Yurivan um und begrüßte mit einem breiten Grinsen die anderen Mitglieder von Starks Stab, die soeben dazutraten.

Reynolds stellte sich dicht genug neben Stark, um ihm zuzuflüstern: »Sag mal, wenn Stace auf deinen Plan stößt, meinst du, sie wird uns dann erzählen, wie der aussieht?«

»Das will ich doch hoffen.« Stark machte einen Schritt auf die anderen Soldaten zu und verkündete laut genug, um von allen gehört zu werden: »Okay, Jungs und Mädchen. Das dürfte gleich ziemlich strapaziös werden, vor allem aber höllisch unbequem. Bewahrt einen kühlen Kopf. Lasst Vic und mich reden. Wir wollen hellwach, diszipliniert und knallhart erscheinen. Irgendwelche Fragen?« Seine Leute sahen sich untereinander an, schwiegen aber.

»Okay, dann habe ich eine Frage. Wo ist die Navy?«

»Hier.« Chief Wiseman kam zu ihm geeilt und strich im Gehen ihre Uniform so glatt, dass sie jede Inspektion mit Bravour überstehen würde. »Ich habe meinen Shuttlebesatzungen Anweisungen gegeben, wie sie sich verhalten sollen, wenn sich diese Rostlauben, mit denen die offizielle Delegation eingetroffen ist, als trojanische Pferde entpuppen sollten.«

»Gute Idee, vorausgesetzt, sie eröffnen nicht das Feuer, nur weil sie jemand schief ansieht.«

»Sie werden erst schießen, wenn sie beschossen werden. Ich habe sichergestellt, dass niemand an den Gefechtssystemen sitzt, der zu nervösen Zuckungen neigt.«

»Danke. Also gut, dann wollen wir mal, Leute.« Stark machte auf dem Absatz kehrt, atmete einmal tief durch und drückte die Tür auf, um sich der offiziellen Delegation und damit allem zu stellen, was womöglich an Forderungen auf den Tisch kam.

Der Raum war großzügig bemessen, zwar nicht ganz so luxuriös wie der Konferenzraum im Hauptquartier, aber im gleichen eleganten Stil eingerichtet. Gut die Hälfte der Bilder, die die Wände säumten, schienen tatsächlich existierende Anlagen auf der Mondoberfläche oder im Erdorbit zu zeigen, während die anderen nach äußerst realistischen Zeichnungen zukünftiger Bauvorhaben aussahen. Eines der Bilder fiel Stark besonders ins Auge, es zeigte eine der Kolonie ähnliche Stadt, allerdings in einer rötlich eingefärbten Landschaft unter einem tiefblauen Himmel.

Vic folgte seinem Blick. »Mars«, murmelte sie.

»Sie verfolgen ehrgeizige Ziele, nicht wahr?«, gab Stark leise zurück.

»Sieht so aus. Merk dir das lieber.«

Im Raum verteilt standen mehrere Gruppen, die markant genug waren, um sie leicht zu unterscheiden. Eine Gruppe, die aus Campbell, Sarafina und einer Reihe von Adjutanten bestand, nickte Stark und seinen Leuten zu. Mehrere Meter von Campbell entfernt standen weitere Zivs, die allesamt besser gekleidet waren. Die recht jungen, aber versteinerten Mienen gaben vor, die Außenansichten der Station auf den Monitoren in ihrer Nähe zu betrachten. Nur ein paar Schritte neben dieser Gruppe standen die Repräsentanten des Militärs von der Erde. Die Uniformen waren makellos sauber und saßen wie angegossen. Etliche Reihen bunter Abzeichen auf der Brust eines jeden einzelnen Militärs funkelten im Schein der Deckenleuchten.

Ein Stück dahinter hatte sich die nächste Gruppe versammelt, mehrere ältere Männer und Frauen, die alle ein bedeutungsloses Lächeln aufgesetzt hatten. Dicht neben ihnen hielt sich eine Gruppe aus jüngeren Zivs auf, die die älteren wie die Geier anstarrten.

Stark blieb stehen und betrachtete missmutig die diversen Ansammlungen.

»Was sind das alles für Leute?«, wollte Vic im Flüsterton wissen.

»Kannst du ihnen das nicht ansehen?« Er schaute sie an, dann betrachtete er wieder die Teilnehmer. *Sie sollte es eigentlich auf Anhieb erkennen, denn ... ach, verdammt. Ich weiß es, weil ich mit solchen Leuten aufgewachsen bin und sie andauernd gesehen habe. Vic, Yurivan und die anderen Mils sehen sie wahrscheinlich alle einfach nur als Zivs an.* »Die Zivs aus der Kolonie kennst du ja«, begann er zu erklären. »Versuch, immer daran zu denken, dass die auf unserer Seite sind. Jetzt die nächste Gruppe. Ich meine diese Leute, die so aussehen, als hätten sie ihren Nachwuchs zum Frühstück verspeist. Das sind die Vertreter der Konzerne und die Firmenanwälte. Die Uniformierten daneben sind die Mils aus dem Pentagon.«

»Ja, die kenne ich auch. Alles Offiziere. Witzig, dass sie nicht einen Haufen Unteroffiziere mitgenommen haben, die sie als ihre persönlichen Sklaven hin und her schicken könnten.«

»Vermutlich wollen sie verhindern, dass noch mehr Unteroffiziere die Seiten wechseln. Jetzt weiß ich, wie sich ein Virus fühlen muss.« Stark deutete auf die Gruppe, die am weitesten von ihnen entfernt stand. »Das da hinten sind die Politiker mit ihren Assistenten, die als eine Art Stabsmitglieder dienen, die die Politiker davon abhalten sollen, Dummheiten zu sagen oder zu begehen.«

»Klingt nach einem undankbaren Job.«

»Und nach einem hoffnungslosen. Campbell wird sich vermutlich um die Zivs kümmern und uns das Mil überlassen.«

Chief Wiseman lächelte schwach. »Ich kenne diesen Admiral. Ich hatte das Missvergnügen, ein paar Monate lang unter ihr zu dienen, als sie das Kommando über mein Schiff hatte.«

»Meinen Sie, sie kann sich an Sie erinnern?«

»Nein, nein, dafür war ich nicht wichtig genug. Aber ich möchte wetten, dass sie jetzt von mir Notiz nimmt.«

»Ich würde nicht dagegen wetten«, meinte Vic. »Aber dieser Admiral hat nur drei Sterne. Weiß jemand, wer der Vier-Sterne-General ist, der die Gruppe anführt?«

Sergeant Manley nickte. »Das ist Wilkinson. Auf seiner Kriegsheldenrundreise ist er vor vier oder fünf Jahren mal hier beim Lunarkommando gewesen.«

Es hatte so viele befehlshabende Generäle gegeben, die alle sechs Monate durch andere ersetzt worden waren, dass es einem schwerfiel, sich an jeden einzelnen zu erinnern. »Wissen Sie noch, wie er so war?«

Sie machte eine wegwerfende Geste. »Viel Getöse um nichts. Ein Möchtegern-Schreihals aus der zweiten Reihe.« Die anderen Soldaten nickten verstehend. Schreihälse waren jene Offiziere, deren »Führungsstil« darin bestand, in lautstarke Tiraden auszubrechen. Jeder Unteroffizier hatte mehrere von diesem Schlag erlebt. »Vor allem hatte er Angst, zu versagen«, urteilte Manley über ihn. »Den größten Teil seiner sechs Monate hier oben hat er damit zugebracht, so wenig wie möglich zu tun, sodass ihm keine Fehler unterlaufen konnten.«

»Daran kann ich mich erinnern«, stimmte Yurivan ihr zu. »In dem Sektor, den meine Einheit damals besetzt hielt, setzte uns der Feind massiv unter Druck. Wir wurden unentwegt beschossen, weil Weichei Willie uns keine Gegenwehr befehlen wollte. Wie ist der an diesen Job hier gekommen?«

»Ganz bestimmt nicht wegen seiner Verdienste«, merkte Stark ironisch an. »Aber beim Mil wird man eigentlich schon lange nicht mehr wegen seiner Verdienste befördert, nicht wahr? Ich bin mir sicher, dass der gute Willie im richtigen Moment den richtigen Vorgesetzten in den Arsch gekrochen ist.«

»Aber das ist für uns gar nicht gut«, gab Vic zu bedenken. »Wenn Willie Angst vor Entscheidungen hat, geht diese Konferenz möglicherweise ohne Ergebnis zu Ende.«

»Könnte sein. Doch die Vertreter der Konzerne und die Politiker sind ja auch mitgekommen, da kann ich mir nicht vorstellen, dass das Mil das Sagen haben wird. Aber das werden wir bestimmt schon sehr bald herausfinden. Gehen wir mal zu Campbell und überreichen wir ihm das Geschenk, das Stacey entdeckt hat. Vielleicht möchte er nach der Lektüre ja die Zusammensetzung seines Teams noch mal überdenken.« Stark durchquerte den Raum und tat so, als würde er die heimlichen und unverhohlenen Blicke der anderen Gruppen ignorieren, die ihnen auf Schritt und Tritt folgten. *Seht genau hin, Leute. Wir können uns hier ganz normal von der Stelle bewegen. Wir kennen uns hier aus, das hier ist schon seit langer Zeit unser Zuhause. Kommt gar nicht erst auf die Idee, uns irgendwelche Erdwürmer zu schicken, die uns bekämpfen sollen.*

»Sergeant Stark.« Campbell lächelte flüchtig. Nur die Fältchen um seine Augen herum verrieten, unter welcher Anspannung er stehen musste. »Das dürfte interessant werden.«

»M-hm.« Stark hielt ihm eine Datenmünze hin. »Das sicher auch. Sie sollten das lesen.«

Campbell betrachtete das Objekt skeptisch. »Sowie ich nach dieser Konferenz …«

»Nein, ich möchte Ihnen dringend raten, sich das jetzt anzusehen. Vor der Konferenz.«

Sicherheitschef Trasies kam dazu, sein Gesicht verriet Wut. »Wir lassen uns von Ihnen keine Vorschriften machen, Stark. Versuchen Sie nicht, uns Befehle zu erteilen.«

Stark reagierte mit einem gelassenen Blick. »Das würde mir im Traum nicht einfallen. Würden Sie das bitte lesen, Mr. Campbell?«

»Ich weiß nicht, was so wichtig ist, dass ich mich *jetzt* noch damit befassen sollte.«

»Dann sollten Sie es herausfinden.«

Campbell schien aufgebracht, nahm dann aber die Münze an sich und hielt mit der anderen Hand Trasies davon ab, sie ihm wegzunehmen. Ungeduldig schob er sie in seinen Palmtop und rief die Texte auf. Während er ein Dokument nach dem anderen las, lief sein Gesicht immer dunkelroter an. Schließlich hob er den Kopf und sah mit versteinerter Miene seine Assistenten an. »Jetzt verstehe ich es.«

Trasies hielt ihm eine Hand hin und kniff argwöhnisch die Augen zusammen. »Wenn ich einen Blick darauf werfen darf ...«

»Das ist nicht nötig.« Campbell lächelte seinen Sicherheitschef kühl an. »Ich kann Ihnen versichern, Sie sind mit dem Inhalt all dieser Dokumente bestens vertraut, immerhin haben Sie sie ja selbst verfasst.«

Der Mann versteifte sich. »Lügen! Plumpe Fälschungen! Es ist ein Leichtes, Dateien zu ...«

»Aha, dann kennen Sie also den Inhalt dieser Dokumente?« Als Trasies das hörte, blieb er wie versteinert stehen und schwieg. »Was die Echtheit angeht, habe ich bereits beim Überfliegen diverse Berichte über unsere Zusammenkünfte gefunden, in denen auf Vorgänge Bezug genommen wird, von denen diese Soldaten gar nichts wissen können.« Er sah zu Yvonne Pevoni. »An Ihrer Loyalität hatte ich ebenfalls Zweifel, Ms. Pevoni, aber laut Sicherheitschef sind Sie so unentschlossen und intellektuell überfordert, dass Sie für ihn als Partnerin nicht infrage kommen.«

Für einen Moment bekam Pevoni den Mund nicht mehr zu. »Das haben Sie über mich gesagt?«, zischte sie Trasies an. »Ich habe Ihnen vertraut!«

»Ich ebenfalls«, fügte Campbell frostig an. »Sergeant Stark, ich glaube nicht, dass es klug wäre, Mr. Trasies der Koloniepolizei zu übergeben. Ich würde es zu schätzen wissen, wenn Sie ihn ins Militärgefängnis bringen könnten.«

»Das lässt sich einrichten. Vic, lass ein paar MPs kommen.«

Sie lächelte Trasies zufrieden an. »Die dürften bereits draußen warten. Ich habe damit gerechnet, dass wir MPs brauchen werden.«

»Danke. Werden Sie einen leisen Abgang machen, Trasies?« Der vormalige Sicherheitschef der Kolonie sah zu den anderen Gruppen im Raum, als wäge er ab, ob er eine Chance hatte, sie zu erreichen und bei ihnen Schutz zu suchen. »Nur für den Fall, dass Sie mit dem Gedanken spielen sollten«, fuhr Stark fort. »Ich kenne Leute von diesem Schlag. Keiner von denen wäre bereit, Ihnen zu helfen, wenn sie selbst davon keinen Nutzen haben, stimmt's? Und die hätten rein gar nichts davon, wenn sie sich mit uns anlegen, nur um Sie vor uns zu beschützen.« Trasies verkniff sich die Bemerkung, die ihm auf der Zunge liegen musste, und fügte sich dem Griff, den Stacey Yurivan an seinem Ellbogen anwandte, um ihn zur Tür zu bringen. Wieder spürte Stark, dass ihnen alle Blicke folgten, bis die Tür aufging und die beiden von der Militärpolizei empfangen wurden.

Yurivan überstellte ihnen den Sicherheitschef und gab im Flüsterton Anweisungen mit auf den Weg. Dann drehte sie sich um, lächelte in die Runde und kehrte zu Starks Gruppe zurück.

»Ich möchte wetten, dass sie jetzt neuen Gesprächsstoff haben«, sagte sie fröhlich.

Campbell gab seinen Assistenten ein Zeichen, dann ging er zum Konferenztisch, der den ganzen Raum beherrschte. Die auf Hochglanz polierte Tischplatte aus Mondgestein strahlte wie eine massive Platte aus schwarzem Edelstein. »Wenn alle bereit sind, sollten wir jetzt wohl anfangen. Ich bin Koloniemanager Campbell. Wie Sie zweifellos erkennen können«, ergänzte er, während in seinen Augen Wut aufblitzte, »habe ich keine Schwierigkeiten mit meiner mentalen Ausgewogenheit. Das hier«, fügte er mit einer Geste zu Stark und seiner Gruppe hinzu, »sind die Vertreter der militärischen Verteidigung der Kolonie.« Unterkühlte Mienen waren die Reaktion auf diese Worte. »Nehmen Sie bitte alle Platz.«

General Wilkinson warf Stark und Vic einen aufgebrachten Blick zu, als sie zu ihren Plätzen gingen. »Ich werde mich nicht mit Verrätern an einen Tisch setzen, und das wird auch keiner meiner Offiziere tun. Entweder diese Kriminellen verlassen den Raum, oder wir gehen.«

Stark ließ sich keine Regung anmerken, während er und seine Leute darauf warteten, wie Campbell darauf reagieren würde. Der Koloniemanager war im Hinsetzen begriffen, erstarrte aber mitten in der Bewegung und richtete sich langsam wieder auf.

»Dann gibt es nichts zu besprechen«, sagte Campbell mit Nachdruck. »Diese Soldaten haben sich durch die Verteidigung der Kolonie ihren Platz an diesem Tisch verdient. Wenn es ihnen nicht erlaubt wird, sich an diesen Tisch zu setzen, werde ich mit meinen Assistenten ebenfalls den Raum verlassen. Es tut mir leid, dass Sie mit der Reise hierher so viel Zeit vergeudet haben«, fügte er sichtlich bedauernd an die anderen Zivilisten gerichtet hinzu.

»Sie befinden sich nicht in der Position, uns Vorschriften zu machen«, warf einer der Konzernvertreter in bissigem Tonfall ein.

»Das wird sich noch zeigen. Wenn Sie mit uns reden wollen, müssen alle hierbleiben.«

Sekundenlang herrschte Schweigen, dann wandten sich mehrere der mitgereisten Zivilisten mit wütender Miene zu General Wilkinson um. »Setzen Sie sich«, befahl einer von ihnen.

Wilkinson lief leicht rötlich an, seine Mundwinkel zuckten vor Wut. »Ich möchte nicht mit …«

»Setzen Sie sich!«

Der General schluckte runter, was ihm auf der Zunge lag, bedachte Stark und Reynolds mit einem vernichtenden Blick, und gab schließlich seinen Offizieren ein Zeichen, dass sie Platz nehmen sollten, was dann auf eine völlig überzogene Weise geschah, wohl um sich etwas von der abhandengekommenen Würde zurückzuholen.

Stark musste sich ein Grinsen verkneifen, als er das Unbehagen bemerkte, das die jüngeren Offiziere in Wilkinsons Gruppe erfasste. *Wenn das hier vorbei ist, wird er seinen Leuten die Hölle heißmachen, nicht etwa, weil sie etwas verkehrt gemacht hätten, sondern weil er einen Gesichtsverlust erlitten hat und es allen klar ist.*

Campbell spreizte die Hände und sah sich am Tisch um. »Vielen Dank. Ich weiß, es gibt eine Menge Themen zu besprechen. Wer möchte den Anfang machen?«

Eine Frau um die dreißig, die von einer Aura unerbittlicher Kompetenz umgeben war, tippte gereizt auf ihren Palmtop, dann sah sie Campbell an: »Wir sind bereit, einen Teil der aufgelaufenen Schulden des Konzernpersonals zu erlassen, vorausgesetzt die völlige Kontrolle wird in Einklang mit den Eigentumsrechten an jeder Einrichtung mit sofortiger Wirkung an uns zurückgegeben.«

Campbell wartete, da er mit weiteren Ausführungen rechnete. Als nichts geschah, stutzte er. »Das ist Ihr gesamtes Angebot? Kein Wort über den Status der Kolonie? Kein Wort über unsere Rechte? Kein Wort von Entschädigungen für erlittenes Leid, das uns durch das Verhalten der Konzerne und der Regierung zugefügt wurde?« Er blickte den politischen Repräsentanten an. »Haben Sie dem nichts hinzuzufügen?«

Ein Politiker im mittleren Alter, der ausgesprochen gut aussah, schüttelte den Kopf und lächelte aufmunternd. »Die Probleme, die Sie mit Ihrem Mutterkonzern haben, sind eine interne Angelegenheit. Es wäre nicht angebracht, würde sich die Regierung in diese Auseinandersetzung einbeziehen, nicht wahr? Wir sind nur mitgekommen, um diese unangenehme Situation zu einem schnellen und angemessenen Ende zu bringen. Ich möchte Sie dazu anhalten, das großzügige Angebot anzunehmen, das Ihnen von den Konzernen unterbreitet wird, die ein finanzielles Interesse an einer Beilegung haben.«

Campbell saß eine Weile da und verzog ungeduldig das Gesicht, während er weiter die Konzernsprecherin ansah. »Dieses Angebot werde ich nicht annehmen.«

Die Sprecherin wurde ein wenig rot. »Mehr gibt es nicht zu verhandeln. Unser Mutterkonzern ist mit Blick auf gute Beziehungen und nutzbringende Resultate dazu bereit, einen Teil der persönlichen Schulden zu erlassen. Punkt.«

Campbell schüttelte den Kopf und schaute ein wenig bedauernd drein, sagte aber in gleichbleibendem Tonfall: »Das werde ich nicht annehmen.«

»Eine Nichtannahme dieses Angebots *wird* schwerwiegende Konsequenzen nach sich ziehen. Unsere Mutterkonzerne *werden* alle verfügbaren Optionen wahrnehmen, um unsere Eigentumsrechte durchzusetzen. Ihnen dürfte bewusst sein, dass Ihr Arbeitsvertrag Sie zwingt, eine Schlichtung unserer Wahl zu akzeptieren. Diese Schlichtung ist in Ihrer Abwesenheit zustande gekommen, und Sie wurden für schuldig befunden, gegen alle Aspekte Ihres Vertrags verstoßen zu haben. Ich muss Ihnen ja wohl nicht erst noch sagen, wie gravierend die rechtlichen und finanziellen Strafen für diese Verletzungen sein können, sollten wir auf ihnen bestehen.«

Anstatt auf diese Worte direkt einzugehen, sah Campbell zu Stark: »Commander, sind diese Leute in der Lage, ihre Drohungen in die Tat umzusetzen?«

Bislang hatte Stark versucht, Wilkinson und die anderen Offiziere anzusehen, da er genug mit dem Unbehagen zu tun hatte, das seine eigene Rolle bei dieser gesamten Situation ihm bereitete. Als er jetzt antwortete, wurde das von einer flüchtigen Lippenbewegung begleitet, die man als feines Lächeln hätte deuten können. »Nein.«

»Können sie ohne unsere Einwilligung die Kontrolle über diese Kolonie zurückerlangen?«

»Nein.«

»Sind die militärischen Streitkräfte, die dem Schutz der Kolonie dienen, bereit, ihre Bürger gegen jegliche von den Konzernen ausgehenden Zwangsmaßnahmen zu beschützen?«

»Ja.«

Ein anderer Politiker beugte sich vor und hob mahnend die Hand. »Sir, Sie spielen hier mit dem Feuer. Ich bin mir sicher, dass Sie sich umfassend mit den Konsequenzen auseinandergesetzt haben, die Ihr Handeln nach sich ziehen dürfte. Mir fehlt daher jedes Verständnis dafür, dass Sie die Sicherheit dieser Kolonie und Ihr eigenes Wohl einer Gruppe von Abtrünnigen anvertrauen. Von den Konzernen, die so viel für Sie und für unser großartiges Land getan haben, wurde Ihnen ein faires und aus meiner Sicht auch großzügiges Angebot unterbreitet. Sie wären gut beraten, das Angebot anzunehmen, bevor diese ... diese ehrlosen Meuterer auf die Idee kommen, sich auch gegen Sie zu wenden!«

Campbells Lächeln ähnelte Starks vorangegangener Geste. »Ich nehme an, Sie wollen damit sagen, wir wären besser beraten, unser Schicksal in Ihre Hände zu legen. Richtig, Senator? Wie hoch waren denn die Wahlkampfspenden, die Sie von den Konzernen bekommen haben, denen wir Ihrer Meinung nach blind vertrauen sollen?«

»Darum geht es doch gar nicht! Jeder Penny, den ich erhalte, ist in den Gesetzen zur Wahlkampffinanzierung geregelt!«

»Den Gesetzen, die Sie selbst formuliert und erlassen haben!« Campbell schüttelte den Kopf. »Bislang habe ich nicht ein einziges konstruktives Angebot gehört und auch nicht einen einzigen Grund erfahren, wieso ich auf dreiste und nicht durchsetzbare Drohungen reagieren sollte.«

Die Vertreter der Konzerne und der Regierung drehten sich geschlossen zu den Repräsentanten des Militärs um. »Vielleicht«, schlug die Konzernsprecherin in frostigem Tonfall vor, »sollten Sie diesen Leuten aufzeigen, welche Folgen sie erwarten, wenn sie nicht auf unser Angebot eingehen.«

General Wilkinson nickte knapp. Er strahlte inzwischen

wieder Selbstvertrauen und Kampfgeist aus. »Wir werden den Willen dieser selbsternannten Verteidiger brechen und diese Kolonie zurückerobern. Wir werden zu allen erforderlichen Maßnahmen greifen, um Recht und Ordnung wiederherzustellen. Zivilisten, die sich gesetzeskonformen Autoritäten widersetzt haben, werden den Vollstreckungsoffizieren übergeben, die die nach dem Rechtssystem vorgesehenen Bestrafungen austeilen. Jeder – und damit meine ich wirklich jeden Einzelnen –, jeder rebellische Soldat wird mit der ganzen Härte des Militärstrafrechts bestraft werden.« Er warf Stark einen abschätzigen Blick zu. »Die angemessene Strafe in diesem Fall ist der Tod.«

Stark erwiderte ungerührt Wilkinsons Blick und verzog keine Miene. »Wer wird Ihre Befehle ausführen, General? Wer wird diese Kolonie zurückerobern? Wo sind Ihre Truppen? Die Dritte Division wurde aufgerieben, und einige Überlebende haben sich uns angeschlossen. Sie haben jede Menge Offiziere, aber die sind nichts wert, wenn keine Unteroffiziere vorhanden sind, um die Truppen aufzustellen, die gegen uns vorgehen und die ihre Waffen auf uns abfeuern sollen, richtig? Oder planen Sie womöglich, die Zweite Division herzuschicken? Dann sind die Vereinigten Staaten auf der Welt jedem Angreifer schutzlos ausgeliefert, nicht wahr?«

Wilkinson und seine Offiziere kochten vor Wut. »Wir werden hier keine geheimen militärischen Angelegenheiten diskutieren«, sagte der General steif.

Stark schüttelte den Kopf, während er zur Seite schaute. »Wollen Sie damit sagen, Sie haben Ihren zivilen Bossen noch gar nicht erzählt, wie schwer die Verluste waren, die die Dritte Division erlitten hat, General? Ich kenne Sie, ich kenne Leute von Ihrem Schlag. Es gefällt Ihnen überhaupt nicht, Ihren Bossen etwas sagen zu müssen, was die nicht hören wollen, richtig? Aber diesmal geht es nicht anders.«

Die Delegationen der Konzerne und der Politik sahen die Offiziere herausfordernd an, ihre Mienen waren wie versteinert. »General Wilkinson?«, fragte die Konzernsprecherin in spitzem Tonfall.

Während Wilkinson blass wurde und nach Worten rang, zog Vic eine Datenmünze aus ihrem Palmtop und schob sie mit genau dem richtigen Schwung über den Tisch, damit sie in der geringen Schwerkraft weit genug rutschte, um vor der Hand des Generals zum Stillstand zu kommen. »Hier, General. Das ist unsere bisherige Bilanz, wie viele Leben General Meechams große Offensive gekostet hat. Sie können die Zahlen gern schon mal den anderen zeigen, aber ich muss Sie warnen, dass es noch eine Menge Leichen mehr gibt, die wir erst zählen müssen. Vollständig ist diese Zusammenstellung also noch lange nicht.«

Wilkinson starrte die Münze an, als hätte er es mit einer Giftschlange zu tun, während Reynolds weiterredete. »Vielleicht möchten Sie ja auch Ihre Bosse aus Wirtschaft und Politik zu einer Führung entlang der Frontlinie mitnehmen. Wir könnten Ihnen zeigen, wo die Dritte Division bei einer Offensive aufgerieben wurde, die ganz bestimmt auch von Ihnen abgesegnet worden ist. Nein, warten Sie.« Sie lehnte sich nach hinten, sodass sie an den nächstbesten Monitor herankommen konnte. »Genau hier. Sehen Sie es?«

Auf dem Bildschirm war ein langgestrecktes offenes Areal zu sehen, das leicht abfiel und dann zu einem Kraterrand aufstieg. Grelles weißes Licht wurde von Erhebungen reflektiert, die einen intensiven Kontrast zu den messerscharf abgetrennten Schatten der Bereiche bildeten, die von der Sonne nicht beschienen wurden. Reglose Objekte, die an Klumpen aus seltsam geformten, aber jeweils etwa gleich großen Steinen erinnerten, lagen überall auf der Ebene vor dem Kraterrand. Reynolds betätigte eine Taste, die seltsamen Objekte wurden farblich markiert. »Eine flache Stelle nahe den feindlichen Linien. Die Zweite Brigade der Dritten Division ist dort vorgerückt. Inzwischen nennen wir das Gebiet Death Valley. Alles, was dort hervorgehoben aufscheint, sind die Leichen derjenigen amerikanischen Soldaten, die wir bislang noch nicht bergen konnten.«

Stark verfolgte aufmerksam mit, wie die anderen auf diese Bilder reagierten. Die Mienen der Konzernvertreter wirkten noch frostiger und wütender. Die Politiker ließen Sorge, Empörung, Bestürzung und mindestens ein Dutzend andere Gefühlsregungen erkennen. Es war, als würden sie ausprobieren, mit welchem Gesichtsausdruck sie die beste Wirkung erzielten. Die Handlanger der Politiker starrten alle nur hochkonzentriert auf den Monitor, als ob sie überlegten, wie sie nun auf dieses massive Imageproblem reagieren sollten. Campbell und die anderen Lunarzivilisten saßen mit gebeugtem Kopf da und schauten finster vor sich hin.

Wilkinson und die anderen Offiziere vermieden es, die Bilder anzusehen, während er verkündete: »Wir können und wir werden die uns erteilte Mission ausführen.«

»Tatsächlich, General?«, fragte Campbell. »Geben Sie Ihren Vorgesetzten die Garantie, dass Sie diese Kolonie zurückerobern werden?«

»Unser exakter Befehl ist noch nicht ausformuliert, und es erfordert natürlich einen sorgfältigen Planungsprozess, der gewährleistet, dass die Mission unmissverständlich definiert wird.«

Sergeant Reynolds unterbrach die Stille, die nach Wilkinsons Aussage eingesetzt hatte. Sie klang ruhig und kompetent: »General, ich weiß, Sie sind es gewöhnt, an der Definition einer Mission so lange zu basteln und zu feilen, dass Sie ganz ohne Rücksicht auf den tatsächlichen Ausgang immer den Sieg für sich beanspruchen können. Aber das wird in diesem Fall nicht funktionieren. Dieses System benötigt Unteroffiziere, die die Mission auf eine Weise umsetzen, dass Sie einen irgendwie gearteten Erfolg verkünden können.«

»Ich werde es nicht hinnehmen, dass man so mit mir redet.«

Stark hob den Zeigefinger und richtete ihn in dem instinktiven Wunsch auf Wilkinson, Reynolds zu verteidigen. »Diesmal haben Sie einfach keine andere Wahl.«

»Sergeant, ich *befehle* Ihnen …«

Wut überkam Stark und brachte alle Barrieren zum Zusammenbruch, mit denen er versucht hatte, sein Temperament in Schach zu halten. »Falls es noch nicht in Ihren Kopf vorgedrungen ist, General, wir befolgen keinen Ihrer Befehle. Wir haben auch nicht vor, zu sterben oder unsere Freunde sterben zu sehen, nur um eine kläglich geplante Mission auszuführen, die Ihren Ruf schützen soll. Wenn Sie wollen, dass Wunder geschehen, dann erledigen Sie die selbst.« Er spürte, wie Vic unter dem Tisch nach seinem Bein griff und ihm den Oberschenkel drückte, um ihn zu ermahnen, dass er ruhig bleiben sollte. Er versuchte, sich wieder unter Kontrolle zu bringen.

Wilkinson lief tiefrot an. »Ich weiß nicht, für wen zum Teufel Sie sich halten, Soldat …«

Ein erneutes Hochkochen seines Zorns machte jegliche gute Absicht zunichte. »Ich bin Sergeant Ethan Stark. Für wen zum Teufel halten *Sie* sich?«

Ehe der General darauf etwas erwidern konnte, schlug der Konzernvertreter mit dem harten Blick mit der flachen Hand auf den Tisch. »So kommen wir nicht weiter. Mr. Stark …«

»Sergeant.«

Der Mann hielt inne und rang sichtlich damit, die Fassung zu bewahren. »Sergeant Stark, Ihr Selbstvertrauen ist fehl am Platz. Ihre Waffen benötigen Munition und Ersatzteile. Weder das eine noch das andere wird man Ihnen liefern. Diese Kolonie ist auf Lebensmittel und Wasser angewiesen, und auch davon wird Ihnen niemand etwas hochbringen.«

»Wir haben ausreichend Ersatzteile«, konterte Stark und zeigte auf den Monitor, den Vic eingeschaltet hatte. »Es gibt noch genügend Gefechtsausrüstung, die wir ausschlachten können. Wir haben auch jede Menge Munition. Außerdem wissen wir, wie man an Nachschub kommt.«

Campbell räusperte sich, als tue es ihm leid, dass er sich zu Wort meldete: »Wir haben beträchtliche Vorräte an Lebensmitteln und Wasser, was wir zum Teil unseren Verteidigern verdanken. Von deren eigenen Beständen abgesehen, haben sie im großen Stil Kriegsgefangene gegen Notwendiges wie Lebensmittel eingetauscht. Was das Wasser angeht, stehen wir sehr gut da, immerhin wurde vor Kurzem Eis unter der Mondoberfläche entdeckt, an dem wir uns bedienen können.«

»Dieses Eis gehört unseren Konzernen! Außerdem handelt es sich bei diesen Informationen um Geschäftsgeheimnisse, über die allein die Mutterkonzerne verfügen dürfen.«

»Ja«, sagte Campbell in einem Tonfall, der nicht nach Zustimmung klang. »Aber unsere Eltern haben uns ziemlich mies behandelt, darum kümmern wir uns nicht länger um die Spielregeln, die sie aufgestellt haben.«

Ein anderer Mann beugte sich vor. »Sir, mit Ihren Äußerungen laufen Sie akute Gefahr, dass Sie zu Geld- und Haftstrafen verurteilt werden. Wie Ihnen bekannt ist, werden Ihnen durch Nebenklauseln in Ihrer Beschäftigungsvereinbarung bestimmte Pflichten auferlegt, die Sie in Ihrer Fähigkeit einschränken, sich in der Öffentlichkeit über Ihren Arbeitgeber zu äußern.«

Erstmals meldet sich Cheryl Sarafina verdutzt zu Wort: »Uns war nicht bewusst, dass wir hier in der Öffentlichkeit sind.«

Der Mann lächelte triumphierend. »Die Definition des Begriffs Öffentlichkeit wird geregelt in Paragraph Vier, Abschnitt a, Unterabschnitt Fünf Ihres Arbeitsvertrags ...«

»Ach, halten Sie die Klappe!«, herrschte Campbell den Mann an, da das Temperament nun auch mit ihm durchging. »Wir sind nicht hier, um juristische Haarspaltereien zu betreiben. Ich glaube, es sollte inzwischen deutlich geworden sein, dass Sie nicht in der Lage sind, uns zur Kooperation zu zwingen. Also sollten Sie versuchen, mit uns eine wirklich faire Lösung auszuhandeln.«

Der Politiker, der als Erster geredet hatte, meldete sich wieder zu Wort. »Unsere bewaffneten Streitkräfte sind nicht ganz so sehr auf einzelne Soldaten angewiesen, wie Sie zu glauben scheinen. Mir wurde vom Pentagon versichert, dass unsere neuen Waffensysteme den älteren mit Blick auf die Gefechtssysteme um ein Vielfaches überlegen sind, dabei aber erheblich weniger Personal benötigen. Vielleicht sollten Sie Mr. Campbell davon in Kenntnis setzen, General Wilkinson, und diese ... ähm ... diese Unteroffiziere gleich mit.«

Wilkinson fuhr sich mit der Zunge über die Lippen, schaute unsicher drein, lächelte dann aber selbstbewusst. »Ja, natürlich. Nehmen wir zum Beispiel das gepanzerte Gefechtsfahrzeug der neuen Generation, den Kilpatrick-Panzer. Er kann in einer Umgebung mit hohem Bedrohungspotenzial mehrere Ziele gleichzeitig unter Beschuss nehmen, er verfügt über völlig innovative Fähigkeiten, feindlichen Gegenmaßnahmen zu begegnen. Er bedient sich eines einzigartig leistungsfähigen, aktiv-passiven Panzerungssystems, das unvergleichlich mehr Schutz bietet als jedes andere System. Und dabei muss er von nur einem einzigen Operator bedient werden.« Er unterbrach sich und lächelte siegesgewiss in die Runde.

Sergeant Reynolds hob die rechte Hand und begann zu fragen: »Wie viele Leute sind notwendig, um diesen neuen Panzer zu warten, General? Wie oft brechen seine Subsysteme zusammen?«

Wilkinson reagierte mit einem wütenden Blick. »Die exakten Logistik- und anderen Wartungsanforderungen werden derzeit noch festgelegt, da der Panzer momentan getestet und bewertet wird.«

Auch Stacey Yurivan wollte etwas wissen. »General, ich nehme an, ein Operator bedeutet, dass der Panzer sehr stark automatisiert ist. Wenn der Feind einen Wurm in die Betriebssysteme des Panzers einschleust, kann der einzelne Operator dann noch alle Funktionen widerrufen und Befehle aufheben, um zu verhindern, dass die eigenen Soldaten zum Ziel werden?«

»Wie groß ist das Ding?«, warf Chief Wiseman eine Frage in die Runde. »Passt der auf unsere vorhandenen Orbitaltransporter?«

Stark bedeutete seinen Leuten, den Mund zu halten. »Tut mir leid, Sir«, entschuldigte er sich, ohne auch nur im Ansatz so zu klingen, als würde er tatsächlich etwas bedauern. »Das sind Fragen, die von erfahrenen Soldaten fast zwangsläufig gestellt werden. Ich zum Beispiel frage mich, wie die Panzerung dieses Kilpatrick sich gegen die neuen Panzerabwehrsysteme mit sequentiellem Sprengkopf behauptet, die gegen uns eingesetzt wurden. Diese Systeme haben sich ja durch praktisch alles gefressen, was wir zu bieten hatten. Deshalb brauchen unsere Panzer ja auch eine gute Abschirmung durch Infanterie, wenn sie überleben wollen. Vor Kurzem konnten wir einige von diesen Systemen erbeuten«, fügte er wie beiläufig an. »Das war übrigens im Rahmen einer Offensive des Feindes.«

Wilkinsons Kiefermuskeln zuckten unwillkürlich. »Der Kilpatrick-Panzer ist allen existierenden Waffen weit überlegen und weist keine der Schwächen auf, auf die Sie angespielt haben.« Ein Colonel beugte sich zu Wilkinson rüber und flüsterte ihm hastig etwas zu. »Natürlich ist es so«, fuhr der General dann fort, »dass die … ähm … die Umgebungsbedingungen den Einsatz bestimmter Waffensysteme verhindern können, wenn die von … ähm … von bestimmten Einsatzparametern abhängig sind und …«

»General«, unterbrach Stark ihn wieder, »es ist eine Waffe, und Sie wissen eigentlich noch gar nicht, was sie kann und was sie nicht kann. Keiner von uns hat je erlebt, dass eine Waffe tatsächlich das leistet, was die Mitteilungen an die Presse vollmundig versprechen. Daher können Sie uns nicht mit Behauptungen beeindrucken, wozu eine neue Waffe angeblich in der Lage sein wird.«

Eine andere Politikerin meldete sich in einem flehenden Tonfall zu Wort: »Sind Sie tatsächlich bereit, Ihren Tod zu riskieren? Sie verfolgen da eine sehr, sehr ernste Linie. Ich habe nicht erwartet, dass ich amerikanischen Mitbürgern einmal damit drohen würde, von unserem eigenen Militär angegriffen zu werden, wenn sie sich nicht dazu bereit erklären, die einfachsten Grundregeln unserer Gesellschaft zu befolgen.«

Koloniemanager Campbell sah die Frau an und ließ dann den Blick über den Tisch wandern. »Wir wollen nicht kämpfen, und wir wollen uns auch nicht gegen unsere Vorgesetzten auflehnen. Aber was wir wollen, ist eine grundlegend gerechte Behandlung, wie wir sie bei unserem Status als Bürger erwarten dürfen. Warum ist das so schwer zu verwirklichen? Warum dürfen wir nicht wählen?«

»Sie befinden sich in einem Kriegsgebiet! Wie sollen wir da eine Wahl abhalten? Der Wahlkampf, die Stimmabgabe – das wäre alles gar nicht machbar.«

»Das wäre es sehr wohl! Wenn Sie sich die Mühe machen würden, einen Spaziergang durch die Kolonie zu unternehmen, würden Sie feststellen, dass es sich um eine rundum sichere Umgebung handelt. Darum frage ich Sie nochmals: Warum dürfen wir nicht wählen?«

»Der Ablauf und die Umstände dieser Entscheidung liegen nicht in Ihrer Hand, und das ginge auch gar nicht. Sehen Sie sich doch nur Ihr gegenwärtiges Verhalten an. Durch unverantwortliche und unüberlegte Entscheidungen fordern Sie heraus, dass unser eigenes Militär Sie angreift.«

Vic mischte sich ein, um die Aufmerksamkeit von Campbell abzulenken. »Ich höre immer wieder die Drohung, dass die Kolonie angegriffen werden soll. Der Einsatz von US-Militär gegen US-Bürger oder US-Territorien ist per Gesetz verboten, es sei denn, die Bürger oder Territorien wurden als im Zustand der Rebellion befindlich deklariert. Sollen wir das so verstehen, dass eine solche Deklaration unmittelbar bevorsteht?«

Die Politiker sahen sich untereinander an, dann drehten sie sich zu ihren bislang so schweigsamen Assistenten um. Ein Mitarbeiter räusperte sich und begann so zu reden, als würde er einen auswendig gelernten Text zitieren: »Eine Erklärung, dass die Mondkolonie sich im Zustand der Rebellion gegen rechtmäßige Behörden der Vereinigten Staaten befindet, hängt vom Ausgang dieses Treffens ab. Versäumt es die Mondkolonie, den Aufforderungen der rechtmäßig autorisierten Repräsentanten der Regierung zu folgen, so wird das als Beweis für rebellische Absichten und rebellisches Verhalten ausgelegt werden.«

Campbell wollte seinen Ohren nicht trauen. »Sie wollen mir erzählen, dass wir uns mit allen von Ihnen aufgestellten Forderungen einverstanden erklären müssen? Und dass es als Rebellion ausgelegt wird, wenn man als Bürger eines seiner wichtigsten Grundrechte wahrnehmen will?«

»Das ist eine sehr voreingenommene Umformulierung der Position, die die Regierung einnimmt. Selbstverständlich betrifft alles vorhin Gesagte ausschließlich die Kolonie. Dem Militärpersonal, das seinen ausdrücklichen Befehlen nicht nachgekommen ist, wird bereits Rebellion zur Last gelegt.«

Ms. Pevoni sprang entsetzt auf. »Das kann nicht Ihr Ernst sein! Es gibt keinen Grund, diesen Streit zu einem … einem Krieg eskalieren zu lassen!«

Der ältere Politiker gab in schroffem Tonfall zurück: »Ganz im Gegenteil, das ist sogar eine sehr ernste Situation. Wir haben uns Ihnen gegenüber sehr geduldig gezeigt. Den ehemaligen Verteidigern dieser Kolonie wurde bereits mitgeteilt, dass sie sich sofort zu ergeben haben. Verhandlungen werden nicht angeboten. Was die Kolonie angeht, müssen Sie dem von den Konzernvertretern bei diesem Treffen unterbreiteten Angebot zustimmen, sonst sehen wir uns gezwungen, entsprechende Maßnahmen zu ergreifen.«

»Dann lassen Sie uns keine andere Wahl, ja?« Campbell sah zu seinen Assistenten, die ihm offenbar mit Blicken ihre Haltung signalisierten. »Dann bleibt uns tatsächlich keine Wahl.«

»Ich bin froh, dass der gesunde Menschenverstand doch noch die Oberhand gewonnen …«

»Wir danken Ihnen für Ihr Kommen«, unterbrach Campbell mit frostiger Stimme den Mann. »Nehmen Sie bitte Ihre persönlichen Habseligkeiten an sich, man wird Sie zu Ihren Shuttles eskortieren. Die Bürger dieser Kolonie werden über Ihren Versuch hinwegsehen, unsere Forderung nach fairer Behandlung als Rebellion einzustufen. Wir erwarten von Ihnen ein Angebot, das unsere Rechte zur Kenntnis nimmt und uns für die von uns gebrachten Opfer entschädigt. Ich wünsche Ihnen einen guten Tag.« Er stand auf und drehte den Delegationen den Rücken zu, die ihn alle einen Moment lang ungläubig anstarrten, ehe sie untereinander in gedämpftem Tonfall zu diskutieren begannen.

Stark versuchte das Gefühl zu ignorieren, dass sich eine zentnerschwere Last in seinem Magen eingenistet hatte, und nickte Campbell anerkennend zu, als der Koloniemanager in seine Richtung sah. Als Reaktion erhielt er darauf einen etwas zittrigen, aber dankbaren Blick zugeworfen. »Das habt ihr alle gut gemacht«, sagte Stark leise zu seinem Stab.

»Werden die das wirklich tun?«, fragte Bev Manley. »Man könnte meinen, dass ihnen nicht klar ist, was da eigentlich abgeht.«

»Das ist ihnen auch nicht klar. Vielleicht wäre es an der Zeit, sie in die Realität zurückzuholen.«

Die zuvor in sich geschlossenen Gruppen der offiziellen Repräsentanten lösten sich auf und vermischten sich zu neuen Konstellationen, um zu diskutieren. Sergeant Reynolds machte einen Schritt zur Seite und schaltete den Fernseher aus, auf dem noch immer das anklagende Bild des neuen Death Valley auf dem Mond zu sehen war.

Ein Major nutzte die Gelegenheit der intensiven Diskussionen, um sich aus der Gruppe der Mil-Repräsentanten zu lösen. Mit schnellen Schritten näherte sie sich Vic und blieb mit starrer Miene vor ihr stehen. »Kann ich Ihnen behilflich sein, Major?«, fragte Vic mit allzu offenkundiger Neugier.

»Ich … ja, Sergeant. Mein Bruder. Captain Kutusov. Peter Kutusov.«

»Kutusov«, wiederholte Vic und bediente ihr Palmtop. »Zweite Brigade, Dritte Division?«

»Ja.« Der Major verkrampfte sich sichtlich und schaute nervös zu ihren Vorgesetzten, die immer noch in ihre Unterhaltungen vertieft waren. »Dieses Gebiet, das Sie uns gezeigt haben …« Es schien so, als würde für einen Moment ihre Stimme versagen. »Ist das die Stelle, an der seine Einheit angegriffen wurde?«

»Leider ja.«

»Ich habe von ihm kein Wort gehört. Er war auch nicht bei den Offizieren, die zurückgeschickt wurden.«

»Nein.« Vics Tonfall wurde sanfter, und obwohl ihr Gesicht keine Regung zeigte, verrieten ihre Augen sehr wohl Mitgefühl. »Das konnte er auch nicht sein. Wir haben seinen Leichnam erst vor ein paar Wochen geborgen.«

Major Kutusov hatte Mühe, die Fassung zu bewahren. »Ich verstehe.«

Vic betrachtete ihre Anzeige. »Er war mit seiner Einheit ziemlich weit vorgerückt, aber viel mehr kann ich Ihnen auch nicht sagen. Diese Einheit wurde regelrecht ausgelöscht, die Systeme vieler Anzüge wurden komplett zerstört. Wir haben weder genug Zeit noch die nötigen Ressourcen, um die Systemaufzeichnungen aller Opfer der Dritten Division zu analysieren.«

»Ich verstehe.«

»Ich kann versuchen, Überlebende dieser Einheit ausfindig zu machen, die sich entschieden haben, hierzubleiben. Falls Sie mit einem von ihnen reden wollen …«

»Nein, so viel Zeit habe ich nicht.«

»Wollen Sie den Leichnam mitnehmen?«, fragte Vic.

»Das wird man mir nicht gestatten«, presste Major Kutusov heraus.

»Es tut mir leid, dass wir bislang keine vollständige Liste aller Opfer herausgeben konnten, aber es waren so unglaublich viele Tote. Und es dauert einfach sehr lange, sie alle zu bergen.«

»Ich nehme an, das ginge alles viel schneller, wenn ein Waffenstillstand herrschen würde.«

»Ja, Major, das wäre hilfreich. Aber nicht alle feindlichen Streitkräfte haben dem zugestimmt. Viele von unseren Toten mussten wir bergen, während wir beschossen wurden.«

»Major Kutusov!«, brüllte General Wilkinson von der anderen Seite des Raums, ohne von seinem Palmpad aufzusehen, auf dem er unablässig etwas eintippte. »Wo zum Teufel sind Sie? Wo sind meine Besprechungsunterlagen?«

Major Kutusov, die plötzlich blass vor Sorge war, machte auf dem Absatz kehrt, um zum General zurückzueilen.

»Wir werden uns um die sterblichen Überreste Ihres Bruders kümmern«, sagte Vic leise, woraufhin Kutusov kurz innehielt, fast unmerklich nickte und schließlich losging. Der General beklagte sich unterdes lautstark über die Frau, weil sie es versäumt hatte, vorauszuahnen, was er von ihr haben wollte.

Während die offiziellen Delegationen den Raum verließen, dabei demonstrativ Campbells Zivs und auch Starks Stab ignorierten und sich zu ihren Shuttles begaben, stellte Stark sich zu Reynolds. »Was war das eben, Vic?«

»Ich glaube, dieser Major tut mir leid.«

»Du machst Witze.«

»Nein. Ihren Bruder hat es während Meechams Offensive erwischt. Er war mit seiner Einheit ganz vorn.«

»Ganz vorn? War er Lieutenant?«

»Nein, Captain.« Reynolds schüttelte den Kopf und

blickte traurig drein. »Ethan, so einen Offizier könnten wir lebend gebrauchen.«

»Solche Offiziere sterben für gewöhnlich als Erste. Darum sind es auch Idioten wie Meecham und Wilkinson, die man zum General macht.«

»Erwartest du jetzt Widerworte von mir? Ich kenne keinen General, der nicht davon überzeugt ist, dass die Sonne dann auf- und untergeht, wenn er das möchte.« Sie zog angewidert die Nase kraus. »Vermutlich hätten wir Wilkinson nicht so attackieren sollen. Er kann uns noch eine Menge Ärger bereiten.«

»Er würde uns so oder so Ärger bereiten.«

»Sicher. Aber wenn es nichts Persönliches ist, fällt es womöglich nicht ganz so bösartig aus.«

Stark schnaubte abfällig. »Was hätte ich denn machen sollen? Ihm seine Schuhe polieren?«

»Wir beide hätten sein Ego nicht ganz so heftig angehen müssen.«

»Klar. So wie immer. Wir gehen raus, damit man auf uns schießt, aber das Wichtigste ist, dass dem Ego eines verdammten Generals nichts zustößt. Ich habe nie verstanden, warum jemand, der nur im Hauptquartier sitzt, mehr Schutz als mein eigener Hintern benötigt.«

Vic lachte so laut auf, dass alle im Raum mit einem neugierigen Blick reagierten, während sie ein spöttisches Lächeln aufsetzte. »Wie schön für uns, dass wir jetzt unter einem Commander dienen, der überhaupt kein Problem mit seinem Ego hat.«

»Sehr witzig. Du bist eine richtige Komikerin, Reynolds.«

»Findest du das wirklich?«, fragte sie mit Unschuldsmiene.

»Ja, du bist noch witziger als Nervengift.« Stark winkte

seinem Stab zu. »Ihr könnt euch auf den Heimweg machen. Danke für die Unterstützung, wir sehen uns im Hauptquartier. Chief Wiseman, halten Sie Ihre Shuttles in Bereitschaft, bis die Idioten, die uns eben verlassen haben, sich außerhalb der Orbitalverteidigung befinden.«

»Kein Problem. Wir lieben es, in Bereitschaft zu sein.« Wiseman salutierte lässig und folgte den anderen Soldaten nach draußen.

Campbell sah aus wie ein Mann, der gerade eben dem Tod getrotzt hatte. »Ich schätze, das hätte schlimmer ausgehen können«, sagte er, als er sich Stark und Reynolds stellte.

»Nicht viel, aber ein bisschen wäre noch möglich gewesen«, stimmte Stark ihm zu. »Wie Sie mit diesen Idioten umgegangen sind, war wirklich gut.«

»Ich habe Todesängste ausgestanden, Sergeant. Ich war noch nie ein guter Pokerspieler.«

Vic betrachtete den Zivilisten beunruhigt. »Ein Pokerface braucht man, wenn man blufft. Ist es das, was hier abläuft?«

»Bedauerlicherweise ja.« Campbell sah kurz zu seinen noch verbliebenen Adjutanten, die in einer Ecke standen und sich angeregt unterhielten. »Ich habe keinen großen Rückhalt in der Kolonie. Um ehrlich zu sein, ich habe definitiv keine Mehrheit hinter mir, die zu dem steht, was ich da eben alles gesagt habe.«

»Wie schlimm ist es?«, wollte Stark wissen. »Wie viel Rückhalt haben Sie tatsächlich?«

»Ich habe gut ein Drittel hinter mir, das alles mitträgt, was ich entscheide, und das reicht bis hin zu einer Unabhängigkeitserklärung. Aber das andere Drittel will nur Versöhnung und nichts anderes, manche aus echter Loyalität, andere aus Angst. Das übrige Drittel kann oder will sich weder für die eine noch die andere Richtung entscheiden.«

»Großartig«, merkte Vic mürrisch an. »Was ist nötig, um wenigstens das mittlere Drittel auf unsere Linie umschwenken zu lassen?« Sie sah zu Stark. »Natürlich abhängig davon, was denn eigentlich unsere Linie sein wird.«

Campbell zuckte hilflos mit den Schultern. »Ich bin mir nicht sicher. Das hier ist etwas anderes als die typische politische Berechnung einer Lage. Wir haben es hier mit sehr grundlegenden Dingen zu tun: der Verantwortung der Regierung gegenüber dem Volk, aber auch der Verantwortung des Volks gegenüber der Regierung. Familien, in denen sich an der Frage ›Loyalität oder Rebellion?‹ die Geister scheiden. Und dann natürlich die grundlegenden wirtschaftlichen Ängste, von denen alle getrieben werden. Unsere Jobs sind nicht sicher, Sergeant. Das sind sie noch nie gewesen. Vor sehr langer Zeit verbrachten Zivilisten ihr ganzes Leben bei einem Arbeitgeber. Mit der Zeit änderte sich das, und man wurde nur noch eingestellt, wenn Bedarf bestand, und dann waren es auch nur befristete Beschäftigungsvereinbarungen. Daraus entstand die andauernde Angst, seinen Job zu verlieren, oder die ständigen Anstrengungen, irgendwo etwas Besseres zu finden. Dadurch sind Arbeitnehmer gewohnheitsmäßig vorsichtig geworden. Sie müssen fürchten, dass sich jede Aktion nachteilig auf ihre Arbeit auswirken kann.«

Stark nickte. »Ich erinnere mich daran, dass meine Eltern auch davon erzählt haben. Aber es muss doch etwas existieren, das die Leute irgendwann schließlich doch zu der Erkenntnis bringt, dass sie in Aktion treten müssen.«

»Davon bin ich überzeugt, aber ich bin bislang nicht hinter dieses Etwas gekommen, Sergeant.« Campbell sah Stark eindringlich an. »Irgendetwas muss Sie doch auch dazu veranlasst haben, diese Entscheidung zu treffen. Was genau war der Grund?«

*Tausende Soldaten, die gleichmäßig stur nach vorn marschierten und auf diesem Weg starben, während ein sinnloser Ansturm dem anderen folgte. Gesichtslose Offiziere im Hintergrund, die immer neue Angriffe befahlen und damit die stark gelichteten Reihen der Überlebenden weiter lichteten, als müssten sie nur genügend Menschenopfer bringen, damit sich die Realität so veränderte, bis sie der Traumwelt entsprach, die sie sich in ihren Kokons aus Plänen, Theorien und Simulationen zurechtgezimmert hatten. Stimmen, die nach Hilfe riefen, denen diese Hilfe aber verweigert wurde.* Es kostete Stark große Mühe, keine Miene zu verziehen. Als er antwortete, klang seine Stimme fast tonlos, so schwer fiel es ihm, die Beherrschung zu wahren. »Ich schätze ... es lief darauf hinaus ... Es gab nichts, was ich noch tun konnte ... Außer ich tat, was ich niemals tun sollte: Ich hätte mich selbst in Sicherheit bringen können ... aber ich musste die anderen retten.«

Vic drückte energisch Starks Schulter, um ihm Kraft zu geben. Dabei sagte sie zu Campbell: »Es hat immer einen Vertrag gegeben, einen ungeschriebenen Vertrag. Wir sterben, wenn wir sterben müssen, weil das zum Job dazugehört und weil wir glauben, dass unser Job etwas bewirkt. Unsere Vorgesetzten haben schließlich gegen den Vertrag verstoßen. Es wurde offensichtlich, dass man von uns erwartete zu sterben, nicht um irgendetwas damit zu erreichen, sondern einfach nur, weil sie es befahlen.«

Campbell betrachtete beide Soldaten, als hätte er sie noch nie zuvor gesehen. »Ich glaube, ich verstehe, was Sie meinen. Wir Zivilisten haben alle irgendeinen Vertrag, aber ich habe das Gefühl, dass Sie Ihren Vertrag in einem größeren Zusammenhang sehen. Ein beiderseitiges Verständnis dafür, warum Opfer gefordert werden und welche Belohnung es dafür geben sollte. Ich muss einen Weg finden, wie ich die Mehrheit der Kolonie davon überzeuge, dass unsere politischen Führer und die Konzernoberen gegen diese Art von Vertrag verstoßen haben.«

Vic nickte zustimmend. »Ich hoffe, Sie bekommen das hin, ohne Menschen sterben sehen zu müssen«, merkte sie betreten an.

»Das hoffe ich auch, Sergeant Reynolds. Ich kann es nicht fassen, dass wir uns wegen solcher Themen mit derartigen Bedrohungen konfrontiert sehen. Halten Sie es für möglich, dass die Leute, mit denen wir eben gesprochen haben, noch mal in sich gehen und irgendeine unserer Forderungen erfüllen werden?«

Sie setzte ein betrübtes Lächeln auf und erwiderte: »Mr. Campbell, ich denke, wir haben es mit Individuen zu tun, die glauben, dass Dinge geschehen werden, nur weil sie wollen, dass sie geschehen. Ob das nun richtig oder falsch ist, hat damit nichts zu tun. Sie werden jedenfalls nicht in aller Seelenruhe die Notwendigkeit akzeptieren, das zu tun, was wir wollen.«

»Was glauben Sie, was die unternehmen werden? Doch sicher keine breit angelegte Offensive.«

»Das weiß ich so wenig wie Sie.« Vic nickte Stark zu. »Ethan, du kennst doch die Ziv-Seite und die Mil-Seite. Wie schätzt du die Lage ein?«

»Irgendetwas werden sie versuchen.« Stark ließ den Blick schweifen, als könnte er dieses »Irgendetwas« in den Kunstwerken entdecken, die die Wände zierten. »Aber sie werden sich auch Sorgen machen. Wie teuer wird sie so etwas kommen? Konzernen geht es nur darum, was unter dem Strich herauskommt, richtig? Und die Politiker werden sich die Frage stellen, wem man die Schuld an der Situation zuschieben wird, vor allem, wenn ihre Aktion ein Fehlschlag wird. Und das Mil? Oh, nein, ich meinte das Pentagon. Da muss man von den schlimmsten Sorgen geplagt werden. Sie haben fast zwei Drittel ihrer aktiven Kampfkraft eingebüßt. Erst ein Drittel, als man versucht hat, die Dritte Division als Rammbock einzusetzen, das zweite Drittel, als wir ihnen gesagt haben, sie sollen sich zum Teufel scheren. Sie verfügen nicht über die Truppenstärke, die nötig wäre, um das zu tun, was sie angeblich vorhaben. Kein PR-Kniff auf der Welt kann sie noch aus der Ecke retten, in die sie sich hineinmanövriert haben.«

Campbell lächelte erleichtert. »Dann werden sie uns wahrscheinlich nicht angreifen? Das ist nur ein Bluff?«

Gleichzeitig schüttelten Stark und Reynolds daraufhin den Kopf. »Darauf können Sie nicht zählen«, ließ Vic ihn wissen. »Die werden nicht verlieren wollen. Sie haben zwar nicht genügend Soldaten, und es ist auch unwahrscheinlich, dass sie von irgendwoher Soldaten bekommen werden. Aber wenn sie uns nicht angreifen, haben sie schon jetzt verloren, während ja immer noch irgendein Wunder geschehen kann, sollten sie tatsächlich gegen uns vorrücken.«

»Außerdem«, ergänzte Stark, »können Sie davon ausgehen, dass die Leute vom Geheimdienst den Oberen einen Bericht nach dem anderen hinlegen, in denen genau das steht, was die lesen wollen. Die werden alle zu dem Schluss kommen, dass wir einknicken, sobald sie uns unter Druck setzen.«

»Aber das wird nicht passieren«, sagte ein sichtlich nervöser Campbell. »Oder?«

»Ich will ganz ehrlich zu Ihnen sein, Mr. Campbell. Ich habe keine Ahnung, was passieren wird, wenn meine Soldaten ihre Waffen zum ersten Mal auf andere amerikanische

Soldaten richten. Ich weiß nicht, was die anderen Soldaten tun werden, und ich weiß auch nicht, was meine Soldaten tun werden. Ich hoffe bei Gott, dass ich das niemals herausfinden muss, denn ob sie nun schießen oder kapitulieren, ich habe dann so oder so verloren.«

Campbell sah lange Zeit zu Boden, dann hob er den Kopf und lächelte zynisch. »Dann warten wir also auch auf ein Wunder.«

»Ja, kann man so sagen. Dann werden wir herausfinden, auf wessen Seite der Typ da oben wirklich steht.«

»Post«, rief Bev Manley und warf eine Datenmünze auf Starks Tisch.

»Was?« Stark tippte mit einem Finger auf die Münze, als sei er sich nicht sicher, ob sie tatsächlich existierte. »Wir haben Post bekommen?«

»M-hm. Die offizielle Delegation hat sie mitgebracht.«

Stark stutzte und rollte die Münze hin und her. »Das wäre unsere erste richtige Postlieferung seit Meechams Offensive, wenn man mal von der Post absieht, die raufgeschmuggelt worden ist. Wieso sind die auf einmal so nett zu uns?«

»Weil sie gar nicht nett zu uns sind.« Sergeant Manley zeigte auf die Münze, die Stark mittlerweile in der Hand hielt. »Überleg doch mal. Leute, denen wir nicht vertrauen, bringen uns Briefe mit, die angeblich von unseren Freunden und anderen geliebten Menschen stammen. Nur, weil sie auf einmal nett zu uns sein wollen? Unmöglich. Die machen das, weil jede Nachricht auf dieser Münze exakt das aussagt, was die Behörden ausgesagt haben wollen. Genau wie alle anderen, die wir erhielten. Ich würde auf Propaganda im großen Stil tippen; auf von Herzen kommende Appelle, dass wir uns doch ergeben sollen. Etwas in dieser Art.«

»Bev, meine Eltern sind vielleicht nicht die besten Menschen auf der ganzen Welt, und dabei habe ich ihnen weiß Gott genug Kummer bereitet, dass sie den Märtyrerstatus für sich beanspruchen könnten. Aber sie würden niemals etwas nachplappern, was ihnen von der Regierung vorgeschrieben wird.«

Manley schüttelte den Kopf und hielt eine Hand hoch. »Das hat nichts damit zu tun, ob deine Eltern gute Menschen sind oder nicht. Es geht um die Fähigkeit der Regierung, die Menschen zu einem bestimmten Verhalten zu zwingen.«

»Willst du damit sagen, dass die meinen Eltern eine Pistole an den Kopf gehalten haben?«

»Ich möchte bezweifeln, dass sie das so grobschlächtig anstellen. Es geht wahrscheinlich mehr in die Richtung, dass sie ihnen sagen, sie sollen diesen Text verlesen, sonst wird die Finanzbehörde angewiesen, die Steuererklärungen der letzten zwanzig Jahre ganz genau zu überprüfen und besonders sorgsam nachzuschauen, ob denn alle Erstattungen wirklich berechtigt waren. Du weißt schon, die eiserne Hand im Samthandschuh. Was werden sie dann machen? Und wenn die Münze von einem Freund kommt, anstatt von deinen Eltern, dann gilt genau das Gleiche. Hör zu, ich werde dir denselben Rat geben, den auch alle anderen von mir zu hören bekommen: Lies den Brief nicht. Wenn die Regierung will, dass du diesen Brief bekommst, dann willst du gar nicht wissen, was drinsteht.«

Einen Moment lang saß Stark schweigend da und nickte. »Dagegen kann ich nichts einwenden.«

»Willst du mir die Münze zurückgeben?«

»Nein.«

Manley lächelte betrübt. »Dachte ich mir schon. Pass einfach auf dich auf. Lies den Brief nicht. Und wenn doch, glaub kein Wort.«

»Danke, Bev. Das ist ein guter Ratschlag. Haben viele von uns Post bekommen?«

Sie zuckte mit den Schultern. »Ein paar hundert. Das ist nicht viel, wenn man bedenkt, dass wir oben einige tausend Soldaten haben. Und das ist ein Grund mehr, warum ich die Briefe für gefälscht halte. Wenn jeder schreiben dürfte, was er will, dann hätten wir auch tausende von Briefen erhalten. Aber es ist nun mal eine zeit- und personalintensive Arbeit, so viele Manuskripte aufzusetzen, nicht wahr?«

»Sollten wir diese Briefe denn dann überhaupt verteilen?«

»Das habe ich auch schon überlegt. Aber es würde bedeuten, dass wir den Soldaten etwas vorenthalten, was für sie bestimmt ist. Wenn du willst ...«

»Nein, wir halten keine Briefe zurück.« Wieder betrachtete er die Münze. »Das wäre verkehrt. Das wäre so, als würden wir sie belügen. Ich will mich gar nicht erst auf die Idee bringen, dass ich mich in das Privatleben dieser Affen einmischen kann, wenn ich meine, es ist für sie das Beste. Mach es so, wie du gesagt hast: Verteil die Briefe, aber warne jeden, dass der Inhalt sehr wahrscheinlich vergiftet ist. Sag ihnen, sie sollen mit Vorgesetzten, Freunden und mit den Kaplanen reden, wenn sie nach der Lektüre das Gefühl haben, dass sie das tun sollten. Aber wir halten keine Briefe zurück.«

»Ich dachte mir, dass du das sagen würdest.« Manley salutierte lässig. »Dann werde ich mich mal auf meine Mission begeben, Commander Stark.«

»Heißt das, ich kann jemanden aus der Verwaltung herumkommandieren? Vielleicht ist dieser Job ja doch nicht ganz so schlecht.«

»Lass es dir bloß nicht zu Kopf steigen.« Manley lächelte und verließ sein Büro. Stark blieb allein zurück und hielt die Münze in der Hand.

*Ja, es wäre wirklich dumm, wenn ich mir das ansehen würde. Ganz wie Bev gesagt hat. Aber ich muss es tun.* Er beugte sich vor, um die Münze in seinen Palmtop zu schieben. Dann sah er auf den Monitor und versuchte, seine Gefühle ganz tief im Innern wegzusperren, als die immer noch so vertrauten Gesichter seiner Eltern erschienen. Sie saßen in ihrem Apartment in einem ziemlich anonymen Vorort des Seattle Metroplex, in dem sie schon während Starks Jugend gelebt hatten. Er konnte sogar einige Möbelstücke von damals wiedererkennen, nur die Couch schien neu zu sein. Sein Vater sah so aus wie auf der letzten Münze, die Stark von ihm bekommen hatte, aber natürlich älter und schmaler als auf dem Bild, das er seit seiner Jugend in der Erinnerung bei sich trug. Seine Mutter saß stocksteif da und wirkte auf Stark überraschend deutlich gealtert. Sie hatte er seit über zehn Jahren nicht mehr gesehen. Ihr Gesicht war wie erstarrt, aber er konnte die Gefühlsregung nicht deuten, die sie ausstrahlte.

»Ethan Stark«, begann sein Vater. Jedes Wort kam gewichtig über seine Lippen, Verärgerung schien darin mitzuschwingen. »Das ist sehr unangenehm für uns. Wir wissen, was auf dem Mond geschehen ist. Wir wissen, was du getan hast, und wir schämen uns dafür zutiefst.« Er ließ eine Pause folgen, während Starks Mutter entgegen ihrer üblichen Art nur schweigend dasaß. »Wenn du uns liebst, wenn wir dir irgendwas bedeuten, wenn du nur einen Funken Anstand besitzt, dann wirst du den rechtmäßigen Behörden gegenüber sofort kapitulieren. Mehr als das können wir nicht dazu sagen. Tu bitte das Richtige.« Der Bildschirm wurde dunkel, und Stark starrte mit leerem Blick auf das Bildrauschen.

*Meinen sie es wirklich so? Oder wurden sie dazu gezwungen? Wie soll ich wissen, was stimmt?* Er dachte an seinen Vater, an die Art, wie er ihn so eindringlich ermahnt hatte. Es war so ganz anders als der zögerliche Stolz, den er in seinem letzten Brief zum Ausdruck gebracht hatte. *War das ehrlich gemeint gewesen? Oder kommt erst jetzt seine wahre Überzeugung zum Ausdruck? Trifft vielleicht beides zu? Konntest du mir nicht irgendein Zeichen geben? Irgendeine Andeutung, ob du jetzt tatsächlich so empfindest?* So wie seine Universalgeste für Verachtung, die Stark als Kind und Jugendlicher unzählige Male bei ihm erlebt hatte. Sein Vater saß da und sah Vid, als auf einmal ein Politiker ins Bild kam und etwas erzählte oder irgendein Werbespot gesendet wurde. Es dauerte nie lange, dann schmiss sein Vater das, was er gerade in der Hand hielt oder was sich in Greifweite befand, auf den Boden und verkündete: »Was für ein völliger Blödsinn!« Es war eine feste Routine, unabhängig von Uhr- und Tageszeit. Parteiwerbung. »Was für ein völliger Blödsinn!« (Klatsch!) Lächelnder Firmensprecher. »Was für ein völliger Blödsinn!« (Klatsch!) Ernst dreinblickender Regierungsvertreter. »Was für ein völliger Blödsinn!« (Klatsch!) Unwillkürlich musste Stark bei dieser Erinnerung lächeln, zog dann aber nachdenklich die Stirn in Falten.

Er spulte die Aufnahme zurück und beobachtete seinen Vater ganz genau, während er redete. »Wir wissen, was du getan hast, und wir schämen uns dafür zutiefst.« Als der Satz zu Ende war, knallte sein Vater ein Buch-Pad auf den Tisch gleich neben der Couch. »Wenn du uns liebst, wenn wir dir irgendwas bedeuten, wenn du nur einen Funken Anstand besitzt, dann wirst du den rechtmäßigen Behörden gegenüber sofort kapitulieren.« Mit der Hand beschrieb er dabei eine Geste, als würde er etwas greifen und runterschmeißen, so als wollte er damit das Ende des Satzes noch betonen.

Stark spulte noch einmal zurück. »Wir schämen uns dafür zutiefst.« Klatsch. »… sofort kapitulieren.« Klatsch. »Mehr als das können wir nicht dazu sagen.« Das ließ sich auf zwei Arten deuten, und Stark hatte das Gefühl, jetzt zu wissen, welche Deutung die richtige war. »Tu bitte das Richtige.« Das ebenfalls. Die Regierungsleute, die diese Aufnahme zweifellos überwacht hatten, waren sicherlich davon überzeugt gewesen, dass das alles nur auf eine, auf die offensichtliche Weise zu verstehen war. Und das war es auch, nur nicht auf die Art, die sie erwartet hatten. Starks Vater hatte sein Leben lang deutlich gemacht, auf wessen Seite das Recht lag, und das war für gewöhnlich nicht die Seite der gewinnsüchtigen Konzerne und der von ihnen bezahlten Politiker.

Noch einmal sah er sich die Aufnahme an, wobei er sich diesmal ganz auf seine Mutter konzentrierte, die stumm neben ihrem Vater saß. Das war auch nicht normal, sollte sich ihre Persönlichkeit nicht in den letzten Jahren um hundertachtzig Grad verändert haben. *Mom hatte immer klar und deutlich zu verstehen gegeben, dass sie Dad nicht allein das Reden überlassen würde, selbst wenn sie seiner Meinung war. Wenn sie jetzt gar nichts sagt, dann ist auch das eine Form von Botschaft.*

*Ihr listigen kleinen Teufel. Ich hätte nicht gedacht, dass ihr der Regierung mal eins auswischen könntet. Die Leute, die sich diese Münze zur Kontrolle angesehen haben, werden sich gedacht haben, dass Dad mit seinen Gesten nur betont, was er sagt, und dass Moms Schweigen ganz normal ist.* Stark grinste und stellte sich vor, wie sein Vater bei jedem idiotischen Satz »Was für ein völliger Blödsinn!« gedacht hatte. Und seine Mutter saß daneben und zwang sich zum Schweigen, auch wenn sie das sehr viel Mühe gekostet haben musste. *Wie kommt es, dass wir erst so spät im Leben so viel über unsere Eltern herausfinden? Vielleicht müssen wir erst selbst genügend Erfahrung sammeln, um die Dinge zu be-*

*greifen, die wir immer für selbstverständlich gehalten haben. Tu bitte das Richtige. Das war die Nachricht. Okay, ich habe verstanden.*

»Ethan, es wird Zeit für das Treffen mit den Offizieren.«

Stark sah von seiner Arbeit hoch und zwinkerte verwirrt, während sein Geist sich bemühte, aus dem Nebel tiefer Konzentration aufzutauchen und in die Realität zurückzukehren. *Offiziere? Hat der Kompaniebefehlshaber ein Treffen einberufen? Nein, Moment mal. Wach auf, Stark. Die sind weg. Die Delegation aus dem Pentagon? Die ist vor Tagen abgereist.* »Offiziere? Was denn für Offiziere?«

»Haaaaaallo, Ethan.« Vic beugte sich vor und sah ihm in die Augen. »Du bekommst nicht genug Schlaf, Soldat.«

»Sag schon. Was für Offiziere?«

»Die sich bereit erklärt haben, freiwillig bei uns zu bleiben.«

*Ach, ja, diese Offiziere.* »Wie viele sind denn letztlich geblieben?« Der Bericht dazu war sicher irgendwann über seinen Tisch gewandert, doch Stark konnte die entsprechende Erinnerung nicht aus dem Wust von hundert anderen Erinnerungen herausfischen. *Das sind einfach zu viele Berichte! Das ist genauso wie zuvor, als die Führungsoffiziere zu allem einen Bericht vorgelegt bekommen wollten, zu dem man einen Bericht schreiben konnte. Das muss ich unbedingt ändern.*

»Sechzehn.« Vic lächelte ihn aufmunternd an. »Einer von ihnen ist Conroy.«

»Sehr gut.« Stark stand auf und bemerkte, wie viele Muskeln schmerzten, als er sich streckte. »Ich muss mich mehr bewegen.«

»Machst du jeden Morgen deine Kraftübungen?«

»Meistens.«

»M-hm. Wir treffen uns heute Nachmittag, und dann trainieren wir gemeinsam. Okay?«

»Danke.« Stark warf einen Blick auf seinen Terminplan und nickte zustimmend. »Dann bleibt ja noch Zeit, damit ich mich für das Abendessen mit meinem Trupp hübsch machen kann.«

»Mach dich mal nicht zu hübsch, sonst erkennt dein Trupp dich nicht wieder.«

»Ha, ha. Wann habe ich dir eigentlich das letzte Mal gesagt, dass du zum Brüllen komisch sein kannst, Reynolds?«

»Das war vor ein paar Tagen.«

»Gut, dann werde ich noch ein paar Tage warten, bevor ich es wiederhole.«

Vic lächelte, sah Stark dann aber eindringlicher an. »Was ist los? Du wirkst nervös. Keine Sorge, ich bin mir sicher, dass das Essen diesmal wie geplant stattfinden wird. Außer die Navy funkt euch schon wieder dazwischen.«

»Das macht mich nicht nervös, sondern die Offiziere, die sich uns angeschlossen haben. Vic, ich habe auf diese Weise noch nie mit Offizieren zu tun gehabt. Jetzt gebe ich auf einmal die Einsatzbefehle, anstatt mir von ihnen sagen zu lassen, was ich zu tun habe. Das ist irgendwie ... seltsam. Weißt du, was ich meine?«

Anstatt ihm zuzustimmen, musste sie lachen. »Ethan, seit ich dich kenne, bist du derjenige, der den Offizieren sagt, was sie tun sollen.«

Stark musste über sich selbst grinsen, als er ihre Worte hörte. »Ja, okay, aber das war was anderes. Ich meine, ich habe ... wie sagt man noch gleich ... die Leute manipuliert, damit sie das Richtige tun. Ich bin nicht hingegangen und hab ihnen gesagt, dass sie dieses oder jenes tun sollten. Das konnte ich gar nicht.«

Sie tätschelte seinen Oberarm und lächelte ihn wieder aufmunternd an. »Du bist gut darin, Befehle zu erteilen. Wenn diese Offiziere nicht bereit wären, von dir Befehle entgegenzunehmen, dann wären sie gar nicht hier.«

»Das stimmt wohl auch wieder. Na gut, dann lass uns hingehen.«

Die Offiziere warteten in einem Raum von bescheidener Größe, der üblicherweise für Präsentationen oder Vorlesungen vor kleineren Gruppen genutzt wurde. Stark sah stur geradeaus, als er eintrat, und fluchte gleich darauf innerlich, als Reynolds hinter ihm »Aaaach-tung!« rief. Die Offiziere sprangen sofort auf. *Sie hätte mich vorwarnen sollen, dass sie das machen würde. Aber hätte sie mich gewarnt, hätte ich ihr untersagt, das überhaupt zu tun. Also hat sie mir natürlich nichts davon gesagt.*

Am anderen Ende des Raums angekommen drehte sich Stark um und musste sich damit endgültig den Offizieren zuwenden. Fünf Captains und elf Lieutenants. Eine sehr kleine Zahl, wenn man sie ins Verhältnis zu der Gesamtheit aller Offiziere setzte, die einmal dem Mondkommando zugeteilt gewesen waren. Andererseits auch eine große Zahl im Vergleich zu der Anzahl an Offizieren, von denen Stark erwartet hätte, dass sie sich gegen ihre Kameraden stellen und der Revolte anschließen würden.

Er wartete noch einen Moment länger und stand so wie die Offiziere in Habtachtstellung da, bis ihm klar wurde, dass er derjenige war, der dem Salutieren ein Ende setzen musste. »Ähm … nehmen Sie bitte Platz.«

Die Captains und Lieutenants setzten sich prompt hin und sahen ihn mit ausdrucksloser Miene an.

»Ich möchte jedem von Ihnen persönlich danken, dass Sie sich angeboten haben, hier bei uns zu bleiben.« Seine zögerliche Art löste sich schnell in Luft auf, als er in den Redefluss fand. »Ich weiß, was diese Entscheidung bedeutet. Ich weiß, Sie gehen ein beträchtliches Risiko ein, und ich weiß auch, wie schwierig es ist, entgegen allem zu handeln, was einem das Training und die Traditionen diktieren. Aber ich glaube, uns allen ist auch klar, dass wir eigentlich gar keine andere Wahl hatten. Ganz gleich, was wir aus dieser Situation machen werden, aus der etwas Gutes entstehen soll – Sie sind die Offiziere, die beschlossen haben, uns zu helfen. Wir haben jeden Einzelnen von Ihnen überprüft und dabei die Bestätigung erhalten, dass Sie alle selbst dann als ehrliche und anständige Führungspersönlichkeiten gehandelt haben, wenn die Vorschriften und Regeln Ihnen die Freiheit gaben, sich auch anders zu verhalten. Vermutlich wären Sie alle viel öfter befördert worden, wenn Sie sich strikt an die Regeln gehalten hätten. Auch dafür möchte ich Ihnen danken.«

Stark hielt kurz inne und versuchte vergebens, zu erkennen, welche Wirkung seine Worte auf die Offiziere hatten. »Jeder von Ihnen bekommt einen Sergeant zugeteilt, sobald Sie Ihren neuen Aufgabenbereich übernehmen. Das bedeutet nicht, dass wir Ihnen nicht vertrauen. Wir wollen vielmehr sicherstellen, dass kein Unteroffizier auf die Idee kommt, mit Ihnen irgendwelche Spielchen zu treiben. Manche von denen haben sich in den Kopf gesetzt, sich nie wieder von einem Offizier einen Befehl erteilen zu lassen. Aber das werden wir diesen Leuten schnell wieder austreiben. Wir bilden neue Offiziere aus, und wir möchten, dass Sie uns die Dinge zeigen und erklären, die Sie wissen. Nicht das, was im Handbuch geschrieben steht, sondern das, was sie aus eigener Erfahrung gelernt haben. Das ist wichtig. Ein Offizier zu sein ist etwas anderes. Er hat eine andere Rolle als ein Unteroffizier, und es beinhaltet eine bestimmte Art, die Dinge zu tun. Tief in meinem Inneren weiß ich das so gut wie jeder andere hier. Die Sergeants und die anderen Unteroffiziere, die derzeit auf Offiziersposten sitzen, werden sich an Ihnen ein Vorbild nehmen. Also geben Sie Ihr Bestes.«

Wieder legte er eine Pause ein, suchte erneut vergebens nach einer Reaktion. »Wenn einer von Ihnen mit Problemen wie beispielsweise Respektlosigkeit konfrontiert wird, will ich darüber Bescheid wissen. Umgekehrt bin ich mir sicher, dass Sie sich Folgendes bestimmt schon gedacht haben: Nämlich, dass ich auch Berichte über Sie erhalten werde. Sollte einer von Ihnen politische Spielchen treiben oder seine Leute misshandeln, dann werde ich für denjenigen einen neuen Aufgabenbereich finden, wo er damit nicht weitermachen kann.« Verschiedene Offiziere ließen erstmals eine Reaktion erkennen, die in einem Stirnrunzeln bestand, das Stark mühelos deuten konnte. »Das bedeutet nicht, dass Sie keine Disziplin durchsetzen sollen. Es geht darum, dass niemand misshandelt werden soll. Zwischen Disziplin und Misshandlung liegen Welten, und falls das einem von Ihnen nicht bekannt ist, sollte er es mich jetzt und hier wissen lassen.« Das Stirnrunzeln ließ gleich wieder nach, der eine oder andere nickte verstehend oder zustimmend.

»Ich gehe nicht davon aus, dass das reibungslos verlaufen wird«, fügte er noch hinzu. »Gar nichts ist bislang reibungslos verlaufen. Aber es ist meine ernsthafte Absicht, mich jedem Problem zu widmen und nach einer Lösung zu suchen. Ich verspreche Ihnen, dass ich gerecht entscheiden werde. Noch Fragen?«

Mit einem Mal überlappte die Erinnerung an zahllose Einsatzbesprechungen die Realität, als Offiziere genau diese Fragen ihren Unteroffizieren gestellt hatten. Jetzt waren die Rollen vertauscht, und Stark überlegte unwillkürlich, ob diese Offiziere seine Frage als ernsthafte Aufforderung akzeptierten. Oder nahmen sie an, dass er sich die Einstellung der Senioroffiziere angeeignet hatte, was Nachfragen anging – nämlich die, dass jede ernsthafte Frage prinzipiell unerwünscht war. *Hey, da zeigt jemand auf.* »Ja, Captain?«

»Wie lauten Ihre Einsatzbefehle für uns, falls amerikanische Streitkräfte das Feuer auf uns eröffnen?«, fragte der Captain geradeheraus. »Behandeln wir sie wie jeden anderen Angreifer?«

Stark sah über die Köpfe der Offiziere hinweg kurz zu Vic, die gegen den Türrahmen gelehnt dastand und ihn nicht aus den Augen ließ. »Die exakten Einsatzbefehle sind noch nicht formuliert. Wir hoffen, dass wir einen Kampf gegen amerikanische Streitkräfte vermeiden können.«

Der Captain nickte bedächtig. »Ihnen ist bewusst, dass sich das als unmöglich erweisen könnte.«

»Das ist mir bewusst. Wollen Sie wirklich von mir wissen, ob ich Ihnen befehlen werde, auf andere Amerikaner zu schießen?«

»Ganz genau. Ich möchte ehrlich zu Ihnen sein: Ich bin mir nicht sicher, ob ich das tun kann.«

»Mir geht es nicht anders«, stimmte Stark ihm zu. »Ich tippe auf Folgendes: Je härter und unerbittlicher wir uns präsentieren, umso wahrscheinlicher ist es, dass die Verantwortlichen daheim nach einem Weg suchen werden, mit uns zu reden, anstatt gegen uns zu kämpfen. Denn wenn es zum Gefecht kommen sollte, kann uns niemand schlagen, es sei denn, wir lassen das zu. Wir müssen alles tun, um dafür zu sorgen, dass das Pentagon das auch weiß.«

Wieder ein Nicken, diesmal etwas zügiger. »Vielen Dank.«

»Okay, dann wäre das alles. Viel Glück.« Er hielt einen Moment lang inne und überlegte, wie er die Offiziere verabschieden sollte, da rief Vic Reynolds zu seiner Verärgerung abermals »Aaaach-tung!«, und prompt sprangen die Offiziere auf. »Ähm … weitermachen«, sagte Stark irritiert und rief gleich darauf: »Lieutenant Conroy, warten Sie bitte.«

Die Frau kam auf ihn zu und nahm Habtachtstellung ein. Dieser Rollentausch war für Stark besonders verwirrend, da er zuvor unter dieser Lieutenant gedient hatte. »Lieutenant, ich hatte bislang keine Gelegenheit, Ihnen dafür zu danken, dass Sie den Zug zu mir zurückgeschickt haben, um mich da rauszuholen.«

Conroy brachte ein schwaches Lächeln zustande. »Wir waren alle sehr beschäftigt. Ich hatte schließlich bislang auch keine Gelegenheit, Ihnen dafür zu danken, dass Sie meinen Zug und damit auch mich gerettet haben.«

»Sie sind dafür nicht angemessen belohnt worden, und jetzt gehen Sie auch noch ein solch großes Risiko ein. Wir werden Sie fair behandeln. Ich kann sonst nicht viel versprechen, aber ich verspreche Ihnen, dass wir sie fair behandeln werden.«

»Danke.« Wieder lächelte Conroy. »Wir haben uns alle gefragt, wie eigentlich Ihr Titel lautet.«

»Daran arbeiten wir noch. Die meisten Leute hier sagen Commander. Ich werde den Teufel tun und mich mit General anreden lassen.«

»Dann werde ich vermutlich einfach ›Sir‹ sagen.«

»O Gott«, stöhnte Stark. »Sagen Sie bitte nicht ›Sir‹ zu mir. Ich arbeite für meinen Lebensunterhalt, Lieutenant.«

Diesmal musste sie lachen. »Es ist Ihre Entscheidung.«

»Sie wissen, dass wir Sie zur Kompanie Bravo zurückschicken werden? Die befindet sich jetzt abseits der Frontlinie, daher gibt es diese Woche für den Anfang Auffrischungstraining. Sergeant Sanchez führt jetzt den alten Zug, und Sergeant Podesta hat die Kompanie unter sich. Ich glaube, die beiden werden sich sehr freuen, Sie an ihrer Seite zu haben, um von Ihnen die Tricks und Kniffe zu lernen.«

Lieutenant Conroy nickte erfreut. »Danke. In einer Einheit, die ich bereits kenne, wird es für mich viel leichter sein, mich an diese ... Situation zu gewöhnen. Aber wenn ich mich recht erinnere, wird Sergeant Sanchez wohl nicht so viel Freude an meiner Anwesenheit haben.«

»Das ist nichts Persönliches, Lieutenant. Sanch lässt praktisch niemanden an seinen Gefühlsregungen teilhaben. Aber er kann verdammt gut Menschen führen. Ich treffe mich heute Abend mit ihm, dann werde ich ihn wissen lassen, dass er Ihnen im Gedächtnis geblieben ist.«

»Danke, Sergeant«, sagte Conroy, erschrak und lief rot an. »Oh, das tut mir leid.«

»Das muss es nicht. Es gefällt mir, so angeredet zu werden. Und nochmals vielen Dank, Lieutenant. Dafür, dass Sie zu uns zurückgekommen sind.«

Diesmal spiegelte sich in ihrem Lächeln eine Mischung aus Verbitterung und Bedauern wider. »Nachdem Sie diese Übernahme durchgezogen hatten, ließen mich viele andere Offiziere wissen, dass ich ihrer Meinung nach einen Fehler gemacht hatte, weil ich Sie nicht dem Tod überließ.«

»Tut mir leid, Lieutenant.«

»Ist schon gut. Dadurch fiel mir die Entscheidung, zu bleiben, viel leichter.«

»Commander?«

Stark unterbrach sein rastloses Hin und Her. Er sah sich im Speisesaal um, während er seine Komm-Einheit betätigte. »Stark hier.«

»Hier ist Wachposten Eins, Commander. Ich habe hier

einen Trupp Soldaten, die alle sagen, dass sie hergekommen sind, um sich mit Ihnen zu treffen.«

Entspannt musste er lächeln. »Das ist richtig. Die Namen sollten auf Ihrer Besucherliste stehen.«

»Ja, Sir, das tun sie. Aber sie sind alle bewaffnet, und normalerweise dürfen nur Personen innerhalb des Gebäudes Waffen tragen, die dem Hauptquartier zugeteilt sind.«

Stark sah auf seine Komm-Einheit. »Stimmt. Hm, geben Sie mir … Corporal Gomez.«

»Ja, Sir.«

»*Sargento*?«, fragte Gomez zögerlich.

»Ja. Was hat das mit den Waffen auf sich?«

»Wir waren heute Nachmittag am Schießsimulator, und das Ding ist immer mittendrin ausgefallen. Also mussten wir warten, bis alles repariert war, weil wir sonst unsere Trainingseinheit verloren hätten. Dadurch ist es schließlich sehr spät geworden. Sergeant Sanchez meinte, dass wir unsere Waffen einfach mitnehmen sollen. Nach dem Essen bringen wir sie ja wieder zurück ins Quartier. Ist das okay für Sie, Sarge?«

*Wenn ich diesen Affen nicht vertraue, nur weil sie ihre Waffen dabeihaben, wem soll ich dann noch vertrauen?* »Klar, das ist okay. Wachposten, haben Sie das gehört?«

»*Roger*, Commander, ich lasse sie passieren.«

»Danke. Übrigens, das war gute Arbeit, dass Sie sie nicht einfach durchgelassen haben.« Stark sah über die Schulter zur Tür, da soeben Vic Reynolds vorbeischaute und sich suchend umsah. »Mein Trupp ist in ein paar Minuten hier. Kommt auch irgendwer von meinem Stab?«

»Manley entschuldigt sich, weil sich ihre eigene Einheit auch heute trifft. Gordasa und Lamont machen bei irgendeinem Sim-Turnier mit. Tanaka war den ganzen Tag über mit

Probeeinsätzen beschäftigt, da bezweifle ich, dass sie noch herkommen wird. Ich glaube, Wiseman und Yurivan wollen vorbeikommen.«

»Oh, großartig«, gab Stark sarkastisch zurück. »Meine beiden Lieblinge.«

»Apropos«, erwiderte Vic und kam herein, dicht gefolgt von Chief Wiseman und Sergeant Yurivan. Sie deutete auf die Bar. »Die Bar ist geöffnet, und ihr könnt trinken, so viel ihr wollt, solange es nicht mehr als zwei Bier sind.«

Wiseman sah sich die Bar genau an. »Zählen Kurze auch?«

»Ich fürchte ja.«

»Auch ganz kleine Kurze?«

»Ja, die auch.« Dann fügte Vic lachend an: »Keine Sorge, Chief, Sie können sich später immer noch an einer von Staceys Schwarzbrennereien volllaufen lassen.«

Yurivan brachte es tatsächlich fertig, beleidigt dreinzuschauen. »Ich betreibe überhaupt keine Brennereien. Jedenfalls momentan nicht. Wieso das Limit?«

Vic deutete auf Stark. »Unser Boss will das Risiko nicht eingehen, dass wir alle gleichzeitig einen Rausch ausschlafen.«

»Ist das nicht der gleiche Kerl, der mir mal ›ohne Mut kein Ruhm‹ gepredigt hat?«

»Das war was anderes«, widersprach Stark.

»Und«, redete Sergeant Yurivan ungerührt weiter, »ist das nicht der gleiche Typ, der sich selbst immer wieder in aussichtslose Situationen bringt, die er jedes Mal mit unverschämt viel Glück meistert? Und der hält nichts davon, Risiken einzugehen? Hey, Chief Wiseman, was sagen Sie dazu?«

»Ich sage dazu«, erwiderte sie, »dass es gut war, dass er das Risiko eingegangen ist, uns Matrosen herkommen zu lassen, als uns die Kriegsschiffe im Nacken saßen. Ich weiß, ein paar von euch Schlammkriechern«, sie drehte sich um und prostete Vic zu, »wollten nicht, dass er das tut, aber ich bin froh, dass er sich so entschieden hat.«

»Es war nichts Persönliches«, machte Vic in ruhigem Tonfall deutlich. »Und das wissen Sie auch. Es war einfach nur ein gewaltiges Risiko.«

Stark nickte dem Chief zu. »Ganz richtig. Und es war Vics Aufgabe, mich darauf hinzuweisen, ganz gleich, wie sie persönlich darüber denken mochte. Aber es ist ja alles gut ausgegangen, und wir haben dadurch unsere eigene kleine Navy dazubekommen.« *Ich kann kein böses Blut zwischen den beiden gebrauchen. Möchte wissen, wie Wiseman davon erfahren hat, dass Vic dagegen war, sie landen zu lassen. Irgendein geschwätziger Wachhabender, möchte ich wetten.* »Manche Risiken muss man einfach eingehen.«

»Ich will nicht leugnen, dass es diesmal gut ausgegangen ist. Chief Wiseman und ihre Shuttles sind ein ganz enormes Plus für uns«, fügte Vic diplomatisch an. »Wir können es uns nur nicht leisten, zu viele derartige Risiken einzugehen.«

»Das streite ich auch gar nicht ab, Vic. Erinnere mich ruhig immer wieder daran. Aber manchmal gibt es Situationen, in denen man ein Risiko eingehen muss.«

Chief Wiseman räusperte sich. »Wer nichts riskiert, kann auch nichts gewinnen. Das ist ein Zitat.«

»Ein Zitat«, wiederholte Vic skeptisch. »Und wer hat das als Erster gesagt?«

»John Paul Jones«, verkündete Chief Wiseman und hob ihr Bier hoch. »Das ist der Vater der United States Navy, für den Fall, dass ihr Bodenaffen das nicht wisst.«

»Hah!«, jubelte Stark und zwinkerte Reynolds zu, damit sie wusste, dass er nur scherzte. »Siehst du, Vic, ich habe den Vater der US Navy auf meiner Seite!«

»Oooh«, machte Vic überzogen ehrfürchtig. »Ich schätze, damit ist dann alles klar. Ethan Stark, du hast dich in deinem ganzen Leben noch bei keinem einzigen Thema auf die Seite der Navy geschlagen.«

»Das liegt daran, dass die Navy bislang immer unrecht hatte. Aber diesmal hat sie recht.«

Vic setzte zu irgendeiner Erwiderung an, doch in dieser Sekunde ging die Tür auf. »Hey, Mendo, haben Sie den Rest des Trupps mitgebracht?«

»Ja, Commander Stark. Alle bis auf Private Murphy, der heute selbst Besuch erwartet.«

Private Mendoza ging einen Schritt zur Seite, da auch die anderen Soldaten eintraten. Fast allen war die Erfahrung ihrer vielen Dienstjahre anzusehen, als sie beim Hereinkommen mit einem forschenden Blick den ganzen Raum erfassten und dann auf kürzestem Weg Kurs auf die Bar nahmen.

»Sergeant Stark, das ist mein Vater, Lieutenant Mendoza«, fügte Mendo an und deutete auf den Mann gleich neben ihm, wobei er mit seiner strahlenden Miene keinen Hehl aus dem Stolz machte, den er für seinen Vater empfand.

»Wir sind uns ein paar Mal begegnet.« Stark kam auf den Mann zu und hielt ihm die Hand hin. »Es freut mich, Sie wiederzusehen, Sir.«

Lieutenant Mendoza schüttelte die Hand und nickte ernst. »Vielen Dank, Sergeant. Oder sollte ich bei dieser Gelegenheit besser Commander sagen?«

»Was Ihnen lieber ist, Lieutenant. Sagen Sie, kennen Sie bereits Corporal Gomez? Sie ist die stellvertretende Truppführerin Ihres Sohns.«

Der Lieutenant nickte Anita Gomez zu, die sich sichtlich unbehaglich fühlte, als sie sich zu dem Mann stellte. »Diese Gelegenheit hatte sich noch nicht ergeben, aber nach allem, was ich bislang hörte, scheint Corporal Gomez für diese Funktion äußerst befähigt zu sein.« Gomez' Gesichtsausdruck veränderte sich ein wenig, als sie Lieutenant Mendoza abwägend musterte. »Mein Sohn sagt, dass dieser Corporal von ihrem Trupp nichts Geringeres als Bestleistungen akzeptiert.«

Alle sahen jetzt Gomez an. »Das ist das, was der *Sargento* erwartet, nicht wahr?«, gab sie trotzig zurück. »Ich werde den Trupp nicht vor die Hunde gehen lassen, nur weil er jetzt andere Dinge zu tun hat.«

Sergeant Sanchez kam mit ruhiger, gefasster Miene dazu und winkte Stark und Reynolds so lässig zu, als hätte er erst noch am Tag zuvor mit ihnen beiden zu tun gehabt. »Corporal Gomez' Leistungen folgen den höchsten Traditionen, die dieser Dienst mit sich bringt. Ich meine damit vor allem ihre Verteidigung von Mango Hill während eines feindlichen Angriffs. Das war kurz vor Ihrer Ankunft, Sir. Sie haben recht, sie ist tatsächlich eine gute Truppführerin.«

»Dann kann sich mein Sohn glücklich schätzen. Und Sie sind ein guter Zugführer, wie mir zu Ohren gekommen ist.«

Sanchez zuckte mit den Schultern, Mienenspiel und Tonfall waren wie üblich völlig unverbindlich. »Ich verspüre die Verantwortung, auf diesem Posten mein Bestes zu geben. Allerdings bin ich eigentlich nur ein stellvertretender Zugführer, Lieutenant.«

»Das trifft auf jeden hier zu«, betonte Vic. »Wir springen in Jobs ein, für die wir eigentlich gar nicht den passenden Dienstgrad haben.«

»Das ist richtig«, bestätigte Vic. »Ich bin der stellvertretende Commander, und wir haben stellvertretende Offiziere jeglicher Art. Manche von ihnen taugen was, manche nicht. Die Besten von ihnen scheinen den Stellverteter-Titel gar nicht zu brauchen, um ihre Arbeit zu erledigen. Daher weiß ich nicht, ob dieses Theater um die Stellvertreter tatsächlich irgendetwas aussagt.«

Lieutenant Mendoza lächelte auf die gleiche sanfte Art, wie Stark sie schon so oft bei seinem Sohn gesehen hatte. Anders als sein Nachkomme tat er aber unaufgefordert kund, was ihm gerade durch den Kopf ging: »Zu genau diesem Thema gibt es eine Geschichte aus dem amerikanischen Bürgerkrieg. Einen ganzen Tag hatte eine Schlacht angehalten, und die Armeen der Nordstaaten und der Südstaaten waren entsprechend ausgelaugt. Der Abend rückte näher, und im schwächer werdenden Licht konnte man wegen des Rauchs von dem damals verwendeten Schießpulver kaum noch etwas von der Umgebung erkennen. An einer entscheidenden Stelle an der nördlichen Front war ein Zug mit Maultieren unterwegs, um die Soldaten des Nordens mit neuer Munition zu versorgen. Genau in diesem Moment unternahm die Südstaaten-Infanterie einen letzten Angriff auf exakt diese Position. Da die Nordstaaten-Soldaten erschöpft waren, hätte die Attacke erfolgreich verlaufen können, was womöglich den weiteren Verlauf der Schlacht in eine andere Richtung umgelenkt hätte. Doch angesichts der Schüsse und des Kriegsgeschreis der Angreifer gerieten die Maultiere in Panik und gingen durch – und zwar genau in die Richtung, aus der sich die Südstaatler der Frontlinie näherten. Der allgegenwärtige Rauch dämpfte alle Geräusche, außerdem konnten die Angreifer keine zwei Meter weit sehen. Aber die vorrückenden Südstaatler hörten das donnernde Hufgetrappel und das Klirren der Geschirre. Sie kamen zu dem Schluss, dass sie von einer Streitmacht der Nordstaaten-Kavallerie angegriffen wurden, von deren Existenz sie nichts gewusst hatten, und zogen sich in aller Eile zurück.«

Stark lachte. »Bei Gefechten können sich die verrücktesten Dinge ereignen. Aber was hat das mit den stellvertretenden Dienstgraden zu tun?«

»Nach der Schlacht«, führte Lieutenant Mendoza aus, »wandte sich der für die Maultiere zuständige Soldat an den befehlshabenden Offizier der Nordstaaten-Armee. Er erklärte, seine Maultiere hätten den Norden vor einer Niederlage bewahrt. Deshalb bat er darum, sie für ihr heldenhaftes Auftreten zu belohnen, indem man sie zu ›stellvertretenden Pferden‹ beförderte.«

»Ha! Eine gute Geschichte. Die sollte dafür sorgen, dass wir bescheiden bleiben.«

»Ja, und sie passt auch noch so gut«, stichelte Yurivan. »Selbst mit seinem stellvertretenden Dienstgrad ist Stark genauso störrisch wie ein Maultier.«

»Danke, Stacey. Ganz im Gegensatz zu Ihnen, wie? Wissen Sie was? Da Sie doch nur die Hälfte von dem Job machen, den Sie eigentlich machen sollten, lasse ich Sie das stellvertretende Pferd sein. Allerdings nur ein halbes Pferd. Welche Hälfte mir da vorschwebt, können Sie sich sicher denken.«

Yurivan grinste unbeeindruckt. »Wenn Sie weiter so mit mir flirten, wird Reynolds noch eifersüchtig.«

Vic zog die Augenbrauen hoch. »Eifersüchtig? Seit Jahren versuche ich, Ethan Stark mit irgendwem zu verkuppeln, damit er mir nicht länger hinterherläuft.«

»Tja, wenn Sie ihn nicht haben wollen, werde ich ihn ganz bestimmt nicht nehmen.«

Stark sah zu Lieutenant Mendoza. »Da sehen Sie, was ich den ganzen Tag über mich ergehen lassen muss.«

Wieder lächelte der ältere Mann. »Sie können von Glück reden, dass Ihr Stab so eine gute Dienstmoral hat.«

»Ich kann mich glücklich schätzen? Na, ich werde dann

mal versuchen, dass ich das nicht vergesse.« Er sah sich um und löste sich aus der Gruppe. »Ich will mich jetzt mal dem Rest meines Trupps widmen, okay. Ich bin bald wieder da.« Er drehte sich weg und entdeckte Chen in der Nähe der Bar, wo er mit zwei Soldaten zusammenstand, die Stark nicht kannte.

»Was macht die Hüfte?«

Chen verzog den Mund und rieb über die Stelle. »Ganz okay, würde ich sagen, Sarge. Die Ärzte meinten, wenn ich da noch mal getroffen werde, setzen sie mir einen Reißverschluss sein, damit sie leichter an alles herankommen.«

»Ich hoffe, die letzte Hüfte hatte noch Garantie«, scherzte Stark. »Freunde von Ihnen?«

»So ungefähr.« Chen winkte die Soldaten zu sich. »Ersatzpersonal, Sarge. Sie wissen schon.«

Irgendwie gelang es ihm, weiterzulächeln, obwohl es sich anfühlte, als würde sich eine eisige Hand um seinen Magen legen und zudrücken. Ersatzpersonal. Er würde Hoxely nicht hier zu sehen bekommen, auch nicht Kidd oder Maseru. Er hatte kaum genug Zeit gehabt, um Maseru zu begrüßen, dessen Gesicht ihm viel zu schnell ins Vergessen abgedriftet war. *Es ist nicht richtig, dass ein Soldat stirbt und man sich nicht mal mehr daran erinnern kann, wie er ausgesehen hat. Das ist einfach nicht richtig.* »Ja«, stimmte er schließlich zu. »Ich weiß.«

»Das hier ist Private Josh Finley, und das Corporal Vince Caruso.« Die neuen Soldaten nickten verkrampft, sie waren sichtlich nervös. »Sie kommen ursprünglich von der Dritten Division, Sarge.«

»Von der Dritten? Dann sind Sie also geblieben?« Stark beugte sich vor, um ihnen die Hand zu schütteln. Die simple Geste sorgte dafür, dass die Soldaten sich sofort ein wenig entspannten. »Danke. Ich weiß, wie schwer es einem fällt, seine alte Einheit zu verlassen.«

Private Finley lächelte humorlos. »Von unserer alten Einheit war nicht mehr viel übrig, was man noch hätte verlassen können. Nach Meechams Offensive waren nur noch drei aus unserem Zug unversehrt. Gardiner ist nicht geblieben, aber das hatte vor allem mit der Freundin zu tun, die daheim auf ihn wartet. Er hätte es nicht ertragen, sie möglicherweise niemals wiederzusehen.«

»Ich verurteile unter diesen Umständen niemanden dafür, wenn seine Entscheidung gegen uns ausfällt«, machte Stark klar. »Werden Sie von meinem Trupp gut behandelt?«

»Klar, Sergeant ... ähm ... ich wollte sagen Commander.«

»Sergeant ist heute Abend völlig in Ordnung. Dann entspannt ihr Affen euch mal und genießt die Zeit.«

»Apropos Mädchen«, warf Chen grinsend ein. »Sieht so aus, als wäre Private Murphy soeben mit seinem Mädchen eingetroffen.«

»Murph hat ein Mädchen? Ist das der Besuch, von dem die Rede war?« Stark drehte sich um und musste an seine Unterhaltung mit dem Private denken, als der hatte wissen wollen, wie das ist, wenn man sich mit Ziv-Frauen verabreden will. Murphy stand in der Tür und wirkte so stolz und nervös wie ein Junge, der seine erste Freundin mit nach Hause bringt, um sie seinem Vater vorzustellen. Als die beiden hereinkamen, fiel Starks Blick auf Murphys Begleiterin, und er konnte sich ein breites Grinsen nicht verkneifen. »Robin Masood. Lange nicht gesehen.«

»Guten Abend, Sergeant Stark.« Robin schmiegte sich an Murphys Arm und lächelte Stark an.

»Sie ist die Ziv, die Sie besucht hat, als Ihr Arm nachwuchs, wie?«, sagte er zu Murphy, dann wandte er sich an Robin: »Ich hätte Sie warnen sollen. Wenn Sie immer wieder ins Krankenhaus gehen, um Soldaten zu besuchen, dann fangen Sie sich früher oder später was ein.«

»Ich bin froh, dass Sie mich nicht gewarnt haben.«

»Behandelt Murph Sie gut?«, fragte Stark mit gespielt todernster Miene.

»Er ist der perfekte Gentleman«, erklärte Robin.

Corporal Gomez kam zu ihnen. »Was? Sie haben aus Murph einen Gentleman gemacht? Dann haben Sie ihn ja völlig ruiniert, und ich muss jetzt zusehen, wie ich wieder einen Affen aus ihm mache.«

Murphy strahlte in die Runde. »Ich kann immer noch kämpfen. Besser als je zuvor. Jetzt habe ich einen besonderen Grund, für den ich kämpfen kann.«

Stark entging das Unbehagen nicht, das Murphys stolze Worte in Robins Augen aufflackern ließen. »Ja, richtig. Und Sie haben jetzt auch einen Grund, für den es sich zu leben lohnt.«

»Oh, stimmt, Sarge.« Murphy drehte sich weg, da in diesem Moment seine neuen Kameraden aus dem Trupp zu ihm kamen und ihn wegen der neuen Freundin ebenso aufzogen wie beglückwünschten.

Stark nutzte diesen Augenblick der Ablenkung, um sich vorzubeugen und Robin etwas ins Ohr zu flüstern: »Sind Sie sich ganz sicher, dass Sie sich darauf einlassen wollen? Fühlen Sie sich für das bereit, was kommen wird, wenn man sich in jemanden verliebt, der beim Mil ist?«

Sie schaute einmal kurz nach Murphy, dann nickte sie bekräftigend. »Ja. Ich glaube schon. Murphy ist ein wunderbarer Mann, nicht wahr?«

»Unter dem Aspekt habe ich ihn noch nie betrachtet, daher kann ich nur raten und vermuten. Aber er ist ein guter Junge. Nur ist es nicht das, was ich sagen wollte. Ein Vollzeitpartner zu sein, ist an sich schon schwer genug, ohne dass man sich Gedanken darüber machen muss, ob der Partner im Rahmen seiner Arbeit womöglich ums Leben kommt. Können Sie damit auch klarkommen?«

Sie zögerte einen Moment lang. »Ich glaube ja.«

*Gut, ich kann ihr anmerken, dass sie darüber nachgedacht hat, bevor sie antwortete.* »Das ist nicht leicht. Glauben Sie mir, das kann jeder von uns hier verstehen. Wenn der Stress zu viel wird oder wenn Sie es mit der Angst zu tun bekommen, dann reden Sie mit jemandem. Sie müssen keine Angst haben, sich an jemanden zu wenden. Rufen Sie mich an, wenn Sie wollen.«

»Vielen Dank, Sergeant Stark.« Plötzlich lächelte sie. »Es kommt mir vor, als würde ich mit Murphys Vater reden.«

Er erwiderte ihr Lächeln. »Ja, das fühlt sich wohl manchmal so an. Denken Sie dran. Rufen Sie mich an.«

»Das werde ich machen.«

Stark hatte längere Zeit hin und her überlegt, welches Essen er seinem Trupp bieten sollte. Schließlich hatte er entschieden, dass ein förmliches Mahl ihnen (und ihm ebenfalls) wohl eher unangenehm wäre. Die Folge davon war, dass die auf einem Buffetwagen hereingebrachten Tabletts und Schalen genau das enthielten, wovon Stark selbst sich normalerweise ernährte.

Argwöhnisch stocherte Stacey Yurivan im Essen auf ihrem Teller. »Das sieht für mein Empfinden viel zu sehr nach unseren Standardrationen aus, die höchstens ein bisschen aufgepeppt wurden«, beklagte sie sich. »Wo sind denn die ganzen Delikatessen, von denen sich die Senioroffiziere ernährt haben?«

»Meinen Sie die Steaks und den Hummer und den anderen Kram?«, fragte Stark und zeigte mit dem Daumen über seine Schulter. »Immer noch in der gleichen Gefriertruhe, in der alles gelegen hat, als ich hier angekommen bin. Ich werde nicht wie ein König essen, wenn meine Leute Standardrationen vorgesetzt bekommen.«

»Sie können ja Ihren Leuten die Steaks geben und selber Rationen essen«, schlug Chief Wiseman vor. »Dann wären Sie wirklich selbstlos. Eine wahre Führungspersönlichkeit. Versuchen wir es doch heute Abend mal.«

»Tut mir leid, aber die Steaks bewahre ich für den Fall auf, dass wir das Essen rationieren müssen. Standardrationen lassen sich nicht strecken, weil sie dann völlig ungenießbar werden.«

»Das liegt nur daran, dass sie ungestreckt auch schon kaum genießbar sind«, stimmte Private Billings ihm zu.

»Richtig. Aber gutes Essen lässt sich strecken, und das nicht zu wenig.«

Lieutenant Mendoza sah sich am Tisch um. »Das ist eine Lektion, die wir bei der Operation Eastern Steel allzu intensiv am eigenen Leib erfahren mussten. Ich dachte, dass alle übrigen Anwesenden zu jung sind, um bei diesem Feldzug mitgemacht zu haben.«

»Sind wir auch«, bestätigte Stark. »Aber jeder von uns hat mit Veteranen reden können, die daran teilgenommen haben. Das ist die Art von Lektion, die an die nächsten Generationen weitergegeben wird. Und deshalb bewahre ich das gute Essen auf. Sogar die Frühlingsrollen.«

»Frühlingsrollen?«, jaulte Yurizan. »Stark, Sie sind ein Sadist!«

Lieutenant Mendoza nahm einen Happen und kaute bedächtig. »Aber das ist besser zubereitet als die üblichen Standardrationen. Haben Sie die gleichen Köche und Helfer, die auch für die Senioroffiziere gekocht haben?«

»Ein paar ja«, räumte Stark ein. »Ich meine, das sind schließlich ihre Arbeitsplätze, und den Job erledigen sie verdammt gut. Aber so viele Leute kann ich nicht gebrauchen. Wir haben im Hauptquartier nicht einmal annähernd so viele Soldaten, wie sich vorher Offiziere da aufgehalten haben. Außerdem kann ich meinen Teller selbst zum Tisch tragen und mir sogar ohne fremde Hilfe einen Kaffee eingießen. Die meisten Fachleute rotieren zwischen den verschiedenen Küchen, um den Köchen dort beizubringen, wie man Standardrationen appetitlicher anrichtet und ihnen etwas mehr Geschmack gibt. Es ist nicht viel, aber immerhin etwas.«

Die Zeit verging wie im Flug. Mal scherzte Stark mit seinem Trupp, mal führte er eine ernste Unterhaltung mit Lieutenant Mendoza. Er konnte spüren, wie seine Nervosität langsam nachließ, da die Kameradschaft und der Rückhalt von den Menschen um ihn herum ihm mehr gaben als eine Handvoll Gespräche. Völlig überrascht war er, als auf einmal Sergeant Sanchez zu ihm kam und ein wenig betreten sagte: »Ich bedauere das sehr, aber ich muss den Abend für mich jetzt ausklingen lassen.«

»So früh schon?« Stark sah auf die Uhr. »Oh, ich glaube, ganz so ›früh‹ ist es gar nicht mehr. Wo ist bloß die Zeit geblieben?«

»Vielleicht hätten wir einen Zeitablauf für diese Operation in unsere Taktischen Systeme eingeben sollen«, scherzte Billings.

»Ja«, stimmte Chen ihm zu. »Zusammen mit dem Befehl, was wir kauen und wann wir es kauen sollen. Werden wir jemals solche Befehle von Ihnen auf unseren Taktischen Systemen finden, Sarge?«

»Sollte das jemals vorkommen, dann will ich, dass ihr Affen euch auf den Weg zu mir macht und so lange mit euren Gewehrkolben auf mich einprügelt, bis ich wieder Vernunft annehme.« Stark musste lächeln, da alle um ihn herum genauso über seinen Witz lachten, wie sie es auch vor Monaten getan hätten. »Okay, Leute, es ist wirklich schon spät. Ich habe eure Zeit viel stärker beansprucht als beabsichtigt. Wir haben hier im Hauptquartier genügend leerstehende Zimmer, weil wir alles auch hinkriegen, ohne dass Dutzende Offiziere hier rumschwirren müssen. Wer also über Nacht bleiben will, kann sich ein Zimmer aussuchen und da schlafen. Die freien Zimmer haben keine eigenen Schlösser. Morgen früh können Sie dann immer noch in Ihre Quartiere zurückkehren. Wäre das was, Sanchez?«

Sanchez nickte einmal kurz. »Dagegen habe ich nichts einzuwenden. Corporal Gomez, die Mitglieder Ihres Trupps können von mir aus über Nacht hierbleiben. Ich für meinen Teil werde in mein Quartier zurückkehren, da ich morgen früh bei einer Trainingseinheit anwesend sein muss.«

»Verstanden. Danke, dass Sie kommen konnten, Sanch.«

»*De nada*. Ehrlich gesagt hat es mir gefehlt, Sergeant Ethan Stark dabei zu beobachten, wie er einen Privatkrieg gegen seine Vorgesetzten führt. Aber es hat mir gefallen zu erleben, wie er sich damit abgefunden hat, in genau die Rolle zu schlüpfen, die er früher so sehr verabscheut hat.« Sanchez sprach in völlig neutralem Tonfall, und nur ein minimales Zucken seiner Mundwinkel verriet, dass er die Worte im Spaß sagte. »Bis später.«

Dass Sanchez den Raum verließ, war auch für die anderen das Zeichen zum Aufbruch. Die Soldaten standen Schlange, um sich mit Handschlag von Stark zu verabschieden, dann strebten sie in kleinen Gruppen dem Ausgang entgegen. Bei den meisten von ihnen vermutete er, dass sie auf schnellstem Weg das Hauptquartier verlassen und ihre Waffen in ihre Quartiere bringen würden, um dann Kurs auf die nächstgelegene Bar in Out-City zu nehmen, wo sie noch bis tief in die Nacht hinein weiterfeiern würden. *Sollen sie ruhig. Es ist ja nicht so, als hätte ich das früher anders gemacht.*

Murphy strahlte Stark an, als hätte er den Jackpot seines Lebens gewonnen, als er mit Robin Masood aufbrach, die sich weiter an seinen Arm schmiegte. Schließlich kamen Lieutenant Mendoza, sein Sohn und Corporal Gomez auf ihn zu. Der Lieutenant sah sich in dem fast verwaisten Saal um, dann wandte er sich an Stark. »Ich glaube, das war eine gute Idee, Sergeant. Die meisten Commander würden von einem solchen direkten Kontakt zu ihren Untergebenen profitieren, und nicht von diesen inszenierten Veranstaltungen, bei denen es kaum tatsächliche Begegnungen gibt.«

»Das war auch der Sinn der Sache«, gab Stark zu. »Aber ich brauchte das auch aus persönlichen Gründen. Diese Affen«, er deutete auf Mendo und Gomez, »bedeuten mir eine Menge. Ich bin immer noch einer von ihnen.«

»Was Sie in vieler Hinsicht auch sein sollten. Ich glaube, Sie wissen längst, in welcher Hinsicht Sie dagegen nie wieder einer von ihnen sein können.« Stark nickte. »Gute Nacht, Sergeant Stark.«

Lieutenant Mendoza drehte sich ein Stück weit zur Seite. »Sergeant Reynolds.«

Vic lächelte, als ob seine höfliche Art sie amüsierte. »Wo waren Sie nur während meiner ganzen Karriere, Sir? Einen Lieutenant wie Sie hätte ich immer gebrauchen können.«

»Vielleicht ist das der Grund dafür, dass es mir meine gesamte Karriere hindurch vergönnt war, diesen Dienstgrad zu genießen und nicht befördert zu werden.« Der Lieutenant lächelte selbst über den Witz, den er auf eigene Kosten gemacht hatte.

»Kann gut sein«, stimmte Stark ihm zu. »Lieutenant, rufen Sie mich doch bitte später noch an. Es gibt da nach wie vor einige Dinge, über die ich mit Ihnen reden möchte.«

»In ein paar Tagen, Sergeant?«

»Okay. Warten Sie aber nicht zu lange.« Stark salutierte präzise, als Lieutenant Mendoza wegging. Sein Sohn und Gomez folgten ihm und nickten dabei Stark zu. Schließlich stand er vor der Tür und sah zu, wie auch noch seine letzten Gäste den Raum verließen.

Vic stand ein Stück entfernt gegen die Wand gelehnt da und hatte die Arme vor der Brust verschränkt, während sie Corporal Gomez hinterherschaute, die in eine Unterhaltung mit Lieutenant Mendoza vertieft war. »Das nenne ich doch mal einen Anblick«, sagte sie.

»Was denn?« Stark folgte ihrem Blick. »Was ist daran so bedeutend?«

»Dass dein Corporal von sich aus die Gesellschaft eines Offiziers sucht? Findest du nicht, dass das ungewöhnlich ist?«

Stark lachte kurz auf. »Wenn du es so formulierst, dann ja. Ich frage mich, warum sie das macht.«

»Oh, das ist doch klar. Ich habe sie während unseres Beisammenseins beobachtet. Gomez hat sich ganz genau angesehen, auf wen du wie reagierst. Dabei hat sie auch gesehen, wie du Lieutenant Mendoza zugehört und wie du dich ihm gegenüber verhalten hast – nämlich wie gegenüber jemandem, dem du vertraust, jemandem, der Dinge weiß, von denen du keine Ahnung hast. Und ganz offenbar hat sie sich die gewonnenen Erkenntnisse zu Herzen genommen.«

»Hm.« Stark sah dem ungleichen Paar hinterher, wie es

von Private Mendoza gefolgt um die nächste Ecke bog und aus dem Blickfeld verschwand. »Gomez hat mich so genau beobachtet?«

Vic nickte.

»Na ja, schlaue Soldaten lernen von Veteranen, richtig? Ich werde ihr einfach sagen, dass sie mir gegenüber nicht zu vertrauensselig sein sollte.«

Vic stutzte. »Bist du etwa gefährlich, Ethan?«

»Für die falschen Leute sicher, aber das meine ich damit nicht. Ich bin nicht vollkommen, Vic. Gomez sollte nicht davon ausgehen, dass alles richtig ist, was ich tue oder sage.«

Starks Antwort schien Reynolds zu amüsieren. »Heldenverehrung ist eine schreckliche Last, wie?«

»Ich bin kein Held«, gab Stark nachdrücklich zurück.

»Vielleicht nicht, aber du erledigst die Arbeit, die vor dir liegt.« Sie neigte den Kopf leicht zur Seite, um auf den Korridor zu deuten. »Komm, ich begleite dich noch bis nach Hause, Soldat.«

»Ja, okay.« Vom einvernehmlichen Schweigen alter Kameraden begleitet gingen sie Seite an Seite zu seinem Quartier, bis Stark der Stille ein Ende setzte: »Hey, Vic, meinst du, mein altes High-School-Jahrbuch ist immer noch online?«

»Klar. Es geht doch sowieso nie irgendetwas offline. Das hängt einfach irgendwo rum. Es kann natürlich sein, dass wir im Augenblick von hier aus nicht darauf zugreifen können. Die Behörden zu Hause sperren viele Komms, obwohl wir uns angeblich immer noch auf diesem Weg untereinander verständigen. Wieso um alles in der Welt … oder auf dem Mond … interessierst du dich auf einmal für ein altes High-School-Jahrbuch?«

Er zuckte mit den Schultern. »Ich möchte nach dem Namen eines Lehrers suchen. Vielleicht kann ich ihn ja eines

Tages aufspüren und ihm sagen, dass er bei mir mit seinen Worten etwas bewirkt hat. Auch wenn es ein paar Jahrzehnte dauerte, bis die Lektion meinen jugendlichen Dickschädel durchdrungen hat.«

Vic sah ihn fragend an. »Was hat dieser Lehrer unterrichtet? Wie man gegen Vorgesetzte rebelliert?«

»So in etwa. Amerikanische Geschichte.«

Sie hielt kurz inne und fing an zu lachen. »Das ist schon irgendwie ein und dasselbe, nicht wahr?« An der Tür zu Starks Quartier blieb sie stehen und bedeutete ihm reinzugehen. »Legst du dich schlafen?«

Stark stand einen Moment lang unentschlossen da, dann aber schüttelte er den Kopf. »Nein, ich glaube, ich werde mich noch eine Weile durch den Papierkram wühlen.«

»Du brauchst deinen Schlaf, Ethan«, beharrte sie, da ihr seine Idee gar nicht gefiel.

»Ich weiß, ich weiß. Aber ich bin irgendwie rastlos. Würde ich mich jetzt hinlegen, könnte ich sowieso nicht einschlafen.«

»Stimmt was nicht? Machst du dir wegen irgendeiner Sache Sorgen?«

Er überlegte angestrengt und winkte schließlich ab. »Nein, nein. Natürlich mache ich mir wegen aller möglichen Dinge Sorgen, aber es ist nichts Spezifisches. Ich bin vielleicht nur so aufgedreht, weil ich heute Abend alle meine Kameraden wiedergesehen habe.«

»Kann gut sein. Versprich mir, dass du dich bald schlafen legst.«

»Auf jeden Fall. Es ist ja nicht so, als wollte ich mich nicht ausruhen. Das weißt du.« Lächelnd sah er sie an. »Danke, dass du das Beisammensein heute Abend geregelt hast, Vic. Das hat mir viel bedeutet.«

»Ich diene eben gerne, Commander Stark.« Reynolds lachte über Starks mürrische Miene und winkte ihm beim Weggehen. »Träum was Schönes, Ethan.«

»Ebenso.« Er nahm an seinem Schreibtisch Platz und betrachtete mit finsterem Blick den Bericht, der auf dem Palmtop angezeigt wurde. *Ich mag ja rastlos sein, aber ich bin nicht rastlos genug, um mir heute Abend diesen Mist anzutun.* Er sah sich in dem spärlich eingerichteten Raum um, schaute von einer Ecke zur anderen, von einem Objekt zum nächsten. Dabei dachte er über die Offiziere nach, die hier jahrelang gelebt und gearbeitet hatten, seit man diese Räumlichkeiten aus dem Mondgestein gehauen hatte. *Sie werden wiederkommen, und sie werden versuchen uns zu überrennen. Ich wünschte, sie hätten es erst einmal mit Gesprächen versucht. Aber damit hätten sie ja zugegeben, dass sie solchen Mist gebaut haben, dass mein Handeln wenigstens zum Teil gerechtfertigt war. Und die Offiziere, die ich kennengelernt habe, würden so etwas nie im Leben zugeben.*

Gereizt tippte Stark auf die Komm-Einheit. »Sicherheitszentrale, hier ist Stark. Wie sieht es überall aus?«

»Richtig ruhig, Commander. Nichts Ungewöhnliches. Ach ja, vor ungefähr einer Stunde hat ein Private an einem unserer Wachposten nach Ihnen gefragt. Es war aber so spät, dass wir dachten, Sie würden bereits schlafen. Darum haben wir ihm gesagt, er soll morgen versuchen, mit Ihnen Kontakt aufzunehmen.«

»Wissen Sie seinen Namen?«

»Ja, St… Stone, glaube ich.«

»Stein?«

»Richtig … ich wollte sagen: Ja, Sir. Sollen wir ihn anrufen?«

»Nein, Sie haben alles richtig gemacht. Ich werde mich

morgen bei ihm erkundigen, was er von mir wollte. Behalten Sie die Dinge weiter im Blick.«

»Ja, Sir.«

*Ich sollte mich eigentlich direkt wohler fühlen, aber das ist nicht der Fall.* Aufmerksam betrachtete Stark den Monitor und nutzte die Kommandofunktionen, um das Sicherheitsprogramm zu starten, das ihm den Zugriff auf Vids von Fluren und Räumen überall im Hauptquartier ermöglichte. Er schaltete in rascher Folge von einer Kamera zur nächsten, die alle äußerlich identische Räume, Gänge und Büros abbildeten, die um diese Uhrzeit fast alle leer waren. Plötzlich fiel ihm etwas auf, er schaltete ein paar Bilder zurück, dann zeigte der Monitor die Ansicht eines Pausenraums, in dem sich drei Leute aufhielten. *Na, sieh mal einer an. Corporal Gomez, Lieutenant Mendoza und Mendo. Was sehen die sich da an?* Über einem Tisch schwebte eine 3-D-Projektion. Mendo redete, während er mit den Händen die Bewegungen der Projektion nachvollzog. Gomez sah ihm dabei aufmerksam zu.

*Wo ist der Lautstärkeregler? Ich muss dafür auch den Sicherheitswiderruf benutzen, richtig? Scheint eine ganz vernünftige Einschränkung zu sein. Aber es sieht nicht danach aus, dass sie über mich reden, also dürfte es kein Problem sein, wenn ich ein oder zwei Minuten lang reinhöre. Trotzdem ist es ein seltsames Gefühl. Als wäre ich ein Sicherheitsoffizier, der nach Leuten Ausschau hält, die treulose Erklärungen abgeben. Aber das tue ich nicht. Ich will nur wissen, was Gomez an dem Mann so interessant findet.* Er war von seinen eigenen Argumenten keineswegs überzeugt, als er den Widerruf betätigte. Passend zum Vid war nun der Ton zu hören.

Stark sah, wie Gomez einen Becher aus dem Kaffeeautomaten im Rec Room nahm und dann einen flüchtigen Blick über die Schulter warf. »Hey, Mendo. Erinnern Sie mich daran, dass ich meine zusätzliche Ausrüstung da drüben hingelegt habe. Okay?«

»Im Hauptquartier sollte alles sicher aufgehoben sein, Corporal.«

»Da drin steckt ein Matchbeutel voll mit Munition. So was ist nie sicher aufgehoben, es sei denn, meine Hand steckt mit in der Tasche.« Gomez setzte sich an den kleinen Tisch, wo Mendo bereits wartete. Sie hob einen Finger und fuhr damit über eine Geländekarte, die über die Tischplatte projiziert wurde. »Ich sollte längst im Bett sein«, beklagte sie sich, »anstatt hier irgendeine Schlacht durchzukauen, die sich vor Jahrhunderten zugetragen hat. Wie heißt der Ort noch mal?«

»Gettysburg.«

»Ach ja. Irgendein Schlachtfeld, auf dem eine große Offensive Massen von Infanteristen den Tod gebracht hat, richtig?«

»Ja, Corporal. Picketts Angriff. Das spielte sich am dritten Tag der Schlacht ab.«

»Ja.« Gomez sah auf die Karte. »Und sie mussten diese Offensive starten, weil sie der Gegenseite am ersten Tag erlaubt hatten, sich auf ihren Positionen einzugraben. Aber ich kapiere das nicht. Warum stoppten sie einfach? Warum haben diese ... diese Konföderierten diese Anhöhe nicht eingenommen, solange sie die Gelegenheit dazu hatten?«

Mendo räusperte sich, warf seinem Vater einen Blick zu, um sich zu vergewissern, dann sagte er: »Es kann sein, dass die Nerven mit ihnen durchgegangen sind, oder sie waren nach der langen Schlacht einfach nur erschöpft. Wahrscheinlicher war aber Selbstüberschätzung der Grund.«

»Dass man Angst bekommt, kann ich ja noch verstehen. Aber Selbstüberschätzung?«

»Sie hatten die Unionsarmee zuvor etliche Male geschlagen und waren der Ansicht, dass es ihnen auch jetzt eigentlich schon wieder gelungen war.«

Lieutenant Mendoza nickte bestätigend. »Ganz genau. Zu oft zu siegen kann gefährlich sein, denn seine Lektionen lernt man aus Niederlagen.«

»Mag ja sein, dass Sie recht haben, trotzdem bevorzuge ich den Sieg.« Gomez sah sich wieder die Karte an. »Und dieser General … dieser Roberto Lee … was machte er mit den Leuten, die einfach stehengeblieben waren und zugelassen haben, dass sich die Unionssoldaten auf der Anhöhe eingraben konnten?«

Mendo spreizte die Hände. »Nichts Gravierendes. Lee befehligte seine Leute nicht, indem er mit Bestrafungen drohte. Er war Commander gewöhnt, die vorauszuahnen verstanden, was er wollte.«

»Interessante Einstellung. Aber manchmal muss man den Leuten einfach mal in den Hintern treten, damit was passiert.«

Lieutenant Mendoza lächelte amüsiert. »Ihr Commander Stark … führt er Sie auf diese Art und Weise?«

Abrupt zuckte Stark zusammen. Er war so in das Gesagte vertieft gewesen, dass ihm erst durch diese Frage bewusst wurde, dass er hier heimlich eine Unterhaltung seiner Freunde belauschte. Eben wollte er den Ton abschalten, doch dann konnte er der Versuchung nicht widerstehen und hörte sich Gomez' Antwort an.

»Der *Sargento*! Manchmal. Nicht immer. Wir erledigen üblicherweise für ihn Dinge, weil wir wissen, dass er das möchte. Das ist alles. Das tun wir nicht etwa, weil wir Angst vor ihm haben. Aber wir wissen auch, was passieren würde, sollten wir ihn enttäuschen.« Sie hielt kurz inne und überlegte. »Nur würde er uns nicht vorhalten, dass wir ihn enttäuscht haben, sondern er würde sagen, dass wir uns selbst enttäuscht haben. Egal, was wir machen, er sagt das immer so und nicht anders. Natürlich ist er trotzdem wie eine Glucke und versucht, uns vor allem Ärger zu bewahren.«

»Das ist die Essenz guter Planung. Ein Commander muss im Denken und Handeln kühn sein, aber auch weise genug, um auf seine Ängste zu hören.« Starks Hand schwebte dicht über der Lautstärketaste, während er sich ganz auf Lieutenant Mendozas Worte konzentrierte.

Gomez legte die Stirn in Falten, da sie offenbar ganz anderer Meinung war. »Sergeant Stark und Angst? Der hat vor nichts Angst.«

»Ganz im Gegenteil«, korrigierte der Lieutenant sie mit sanfter Stimme, die dennoch ein großes Maß an Autorität erkennen ließ. »Ich habe mir Commander Stark angesehen, und ich glaube, er fürchtet sich vor vielen Dingen. Aber er stellt sich seinen Ängsten und handelt dennoch so, wie er es für richtig hält.«

»Der *Sargento* ist kein Feigling«, erklärte Gomez energisch und betonte jedes einzelne Wort.

»Natürlich nicht. Er ist sogar extrem mutig, auch wenn ich mir sicher bin, dass er das leugnen würde. Nein, seine Ängste machen ihn zu einem besseren Commander, vielleicht sogar eines Tages zu einem wirklich großen Commander. Schließlich sind es diese Ängste, die dafür sorgen, dass er sich und sein Handeln immer wieder hinterfragt. Ein Mann könnte sich von diesen Ängsten lähmen lassen, wenn er nicht den moralischen Mut besitzt, trotz dieser Ängste zu agieren.«

»Ja, vielleicht …«, begann Gomez.

Schließlich riss Stark sich zusammen und schaltete Ton und Bild gleichzeitig ab, sodass der Monitor nur noch graue

Leere zeigte. *Warum zum Teufel habe ich das gemacht? Es war so leicht, einfach Mäuschen zu spielen und zu lauschen, um herauszufinden, wie die Leute über mich denken. Es ist so einfach, die kleinen Geheimnisse anderer in Erfahrung zu bringen. Das alles ist viel zu … wie sagt man … ja, verführerisch. Oh ja.*

*Vermutlich hat man den Vid- und Audiokrempel hier installiert, um alles im Blick zu haben, falls das Hauptquartier mal überfallen wird. Dennoch habe ich meine Bedenken. Denn welcher Boss möchte nicht mehr darüber erfahren, was seine Leute denken? Welcher Boss könnte schon der Versuchung widerstehen, nicht doch hin und wieder mal zu lauschen? Ich muss irgendeine Sperre einrichten lassen, damit ich ehrlich bleibe und damit auch jeder andere ehrlich bleibt, der Zugriff auf dieses System bekommt. Oder aber ich reiße das ganze Ding einfach raus und werfe es auf den Müll.*

Stark schaltete den Monitor komplett aus und musste gegen das Gefühl ankämpfen, sich mit seiner Lauschaktion besudelt zu haben. Er rang noch mit sich, als plötzlich seine Komm-Einheit summte und er schuldbewusst zusammenzuckte. »Ja?«

»Commander? Sicherheitszentrale hier. Wir haben etwas ziemlich Ungewöhnliches zu melden.«

»Etwas Ungewöhnliches?« Stark spürte, wie sich ihm prompt die Nackenhaare sträubten.

»Jawohl, Sir. Wir haben eine Nachricht von den Zivs am Raumhafen bekommen, also von den Leuten, die normalerweise die Shuttles im Auge behalten, die Vorräte für die Kolonie anliefern. Sie wollten uns wissen lassen, dass sie bei einem ihrer Scans Geisterbilder gesehen haben.«

»Geisterbilder?«

»Etwas, das so aussieht, als ob etwas da wäre, obwohl gar

nichts da ist. Unsere Suchausrüstung am Raumhafen fängt so was dauernd auf, weil ganz in der Nähe elektronische Kriegführung betrieben wird und wir von den Einheiten an der Oberfläche und im Orbit die Signale der Störsender und die gefälschten Signale empfangen.«

»Und warum sagen die Zivs uns das, wenn dieser Müll immer wieder auftaucht?«

Das Zögern der Zentrale dauerte nur kurz, doch die Pause war offensichtlich. »Keine Ahnung, Commander.«

»Melden die Zivs vom Raumhafen Ihnen so was oft?«

»Nein, Sir. Die haben das noch nie gemacht. Die reden ja nicht mal mit uns, wenn es nicht unbedingt nötig ist. Sie wissen ja, wie Zivs sind.«

Stark kniff die Augen zusammen. »Und warum haben sie jetzt mit uns geredet? Haben sie dazu was gesagt?«

»Ähm … ja, Sir. Der Ziv, mit dem ich gesprochen habe, meinte, seine Vorgesetzten hätten von den Zivs, die die Kolonie führen, die Anweisung erhalten, uns über alles Ungewöhnliche zu informieren, was sie beobachten. Neue Vorschriften, wie er sagt.« Wieder machte der Mann eine Pause, dann: »Commander, er hat auch gefragt, ob sie sonst noch was für uns tun können.«

»Klingt so, als würde Sie das stören.«

»Na ja, Sir, das tut es auch. Ich meine, was für ein Spiel wollen die Zivs da mit uns treiben?«

Unwillkürlich musste Stark grinsen. *Es ist noch nicht so lange her, da hätte ich mich das Gleiche gefragt. Aber inzwischen arbeite ich lange genug mit Campbell zusammen, um zu wissen, dass diese Zivs es völlig ernst meinen, auch wenn sie uns im Gegenzug nicht allzu gut verstehen.* »Diese Zivs treiben keine Spiele, sie wollen tatsächlich helfen. Ich weiß, das hört sich ziemlich seltsam an, aber die Zivs hier oben sind anders als die, die wir von der Erde kennen. Ich nehme an, der Koloniemanager hat ihnen gesagt, dass sie mit Ihnen zusammenarbeiten sollen.«

»Okay, Commander.« Die Skepsis war aus der Stimme des Mannes in der Sicherheitszentrale deutlich herauszuhören. »Aber wenn sie sich jedes Mal bei uns melden, sobald sie einen Scangeist sehen, ist niemandem geholfen.«

»Ich verstehe. Sie wissen nicht, wie wir arbeiten, aber es ist schön zu wissen, dass wir ihnen wichtig genug sind, dass sie uns Bescheid geben wollen.«

»Jawohl, Sir. Sollen wir mit dem Bericht irgendetwas anfangen, Commander?«

»Ich …« Stark unterbrach sich, da eine Erinnerung an seinem Verstand nagte. *Was war das? Irgendein Vid. Vor langer Zeit. Ich bin selbst noch ein Ziv, glaube ich. Irgendwo in einem Hafen oder so, wo die Navy übel zusammengeschlagen wurde, weil jeder all diese Warnungen gesehen und sich nicht darum gekümmert hatte. Aber ich kann meine Leute nicht ständig springen lassen, nur weil die Zivs nervös werden.*

»Commander?«, hakte der Mann aus der Sicherheitszentrale nach. »Wie gesagt, wir haben das Zeugs ständig auf unseren Systemen. Das ist nichts Wildes.«

Endlich kam Stark auf die Frage, die sich ihm die ganze Zeit über entzogen hatte: »Haben unsere Mil-Scans auch den Geist festgestellt, vor dem die Zivs Sie gewarnt haben?«

»Ähm, das weiß ich nicht, Commander. Vermutlich nicht. Die Zivs haben andere Systeme als wir. Na, Sie wissen schon. Nicht die gleichen Impulswiederholungsraten, unterschiedliche Algorithmen, die den Benutzer auf andere Frequenzen springen lassen …«

»Okay, könnten die Zivs etwas gesehen haben, was wir nicht sehen konnten, weil sich etwas vor den Mil-Systemen versteckt hat, was aber von Ziv-Systemen aufgeschnappt worden ist?«

Ein noch längeres Zögern als zuvor. »Vielleicht, Sir.«

*Soll ich meine Leute für möglicherweise gar nichts in Aufregung versetzen? Soll ich sie elektronischen Schatten nachjagen lassen? Nur weil von den Zivs eine Warnung wegen eines Geisterbilds an uns geschickt wurde?* Alles in Stark sträubte sich dagegen und drängte ihn dazu, diesen Bericht einfach zu ignorieren. *Und manchmal ist all das, was man weiß, viel gefährlicher als das, was man nicht weiß.* »Sicherheit, geben Sie eine Warnung an alle Posten raus. Ich will, dass alle besonders wachsam sind. Irgendjemand könnte irgendetwas versuchen.«

»Ja, Sir. Wenn Sie das sagen.«

»Und machen Sie eine eindringliche Warnung daraus. Nichts in der Art von: ›Wir sagen euch das nur, weil wir's müssen.‹«

»Ja, Commander.«

Stark sank in seinem Sessel in sich zusammen, er war sauer auf sich selbst, dass er wegen ein paar nervöser Zivs so überreagierte. *Sie glauben, sie helfen uns, aber in Wahrheit stehen sie uns im Weg. Doch zumindest versuchen sie, etwas zu tun. Trotzdem ist das irgendwie seltsam, auf einmal mit den Zivs zusammenzuarbeiten.* Er setzte sich gerader hin, dann nahm er sein Gewehr vom Ständer und begann, es Stück für Stück zu zerlegen. Man weiß ja nie, wann ich das Teil noch mal brauche. Er arbeitete mit großer Sorgfalt, richtete seinen Verstand ganz auf den folgenden Schritt aus, vergaß darüber alle moralischen Doppeldeutigkeiten. Das entspannte ihn ein wenig, da der vertraute Prozess seine Hände und Gedanken ganz und gar beanspruchte. Die Zeit verging in diesem Raum tief unter der Mondoberfläche praktisch unbemerkt, wäre da nicht das sanfte rote Leuchten der Digitaluhr gewesen, die die verstreichenden Minuten dokumentierte.

Das plötzliche Gellen des Rotalarms schien durch seinen ganzen Körper zu jagen und von Wand zu Wand zu dröhnen. Er setzte die letzte noch verbliebene Komponente ins Gewehr ein und legte von instinktiven Bewegungen geleitet seine Gefechtsrüstung an, noch bevor der Alarm ein zweites Mal loslegen konnte. Beim dritten beängstigenden Signal hielt Stark in der einen Hand sein Gewehr, mit der anderen stellte er einen Komm-Kanal ein. »Was ist los?«

»Alarm von Wachposten Vier«, meldete die Sicherheitszentrale.

»Wieso? Was ist passiert?«

»Das wissen wir nicht. Könnte sein, dass der Alarm durch einen Unfall ausgelöst wurde, aber sie antworten nicht …«

»Schicken Sie einen Eingreiftrupp hin, und zwar so schnell, wie die sich bewegen können!«, brüllte Stark und rannte zur Tür.

»Ja, Sir, ich schicke den Befehl raus. Was …?« Das Geräusch von Schüssen drang über den Kanal zu ihm. »Wir werden angegriffen! Ich wiederhole: Wir werden ange-«

Vic Reynolds stand vor ihrem Raum, sie trug die komplette Gefechtsrüstung, während sich ihre Waffe hin und her bewegte, als würde sie aus eigenem Antrieb nach möglichen Zielen suchen. »Ist das eine Übung?«, wollte sie wissen.

»Nein, wir haben mindestens einen Wachposten und womöglich auch die Sicherheitszentrale verloren.« Stark sah auf die leeren Anzeigeflächen seines Head-up-Displays, die nichts von dem zeigten, was sich außerhalb der unmittelbaren Umgebung befand. »Mir werden keine Daten übertragen.«

Vic tippte auf ihre Komm-Einheit. »Das Komm ist jetzt

auch gestört. Wer immer das zu verantworten hat, er hat schon jetzt alle Relais außer Gefecht gesetzt.«

»Dann hoffe ich, dass der Befehl an die Eingreiftruppe noch rausgegangen ist«, murmelte er und stand unschlüssig da, während weitere Stabsmitglieder aus ihren Zimmern in den Flur gelaufen kamen. Alle waren bewaffnet, aber nur wenige trugen Rüstung. »Vic, was glaubst du, worauf sie es abgesehen haben?«

»Kommt drauf an, wer uns angreift. Sie wollen das Hauptquartier ausschalten, und das bedeutet, es geht ihnen um das Kommandozentrum. Es sei denn, es handelt sich um einen noch präziseren und zielgerichteten Schlag, was dann bedeuten würde, dass sie es auf dich persönlich abgesehen haben.«

»Und wenn das nicht der Fall ist? Was, wenn das ein genereller Angriff auf uns ist?«

»Dann könnten wir bereits verloren haben. Aber ich wette, das ist es nicht. Ein Angriff im großen Stil hätte irgendeine Warnung ausgelöst.«

*Eine Warnung.* Stark verkrampfte sich. »Du meinst so was wie Scangeister?«

Vic schüttelte den Kopf. »Mehr als nur das. Du kannst ein paar Shuttles vor einem Scan verstecken, aber nicht eine ganze Flotte. Ist dir irgendwas über Scangeister bekannt, die heute Nacht ihr Unwesen treiben?«

»Ja. Die Zivs vom Raumhafen hatten etwas gesehen und uns vorgewarnt.«

»Du machst Witze!« Schüsse hallten durch den Korridor, doch die ließen keinen Schluss zu, wie weit das Geschehen von ihnen noch entfernt sein mochte. »Wir sollten wohl davon ausgehen, dass sie die Ausgänge blockiert haben. Wir werden uns den Weg freischießen müssen.«

»Nein.« Stark zeigte den Korridor hinunter. »Zum Kommandozentrum geht es da entlang, und von dort waren bis jetzt keine Schüsse zu hören.«

»Und wenn sie es schon längst besetzt haben?«, hielt Vic dagegen.

»Dann werden wir es eben zurückerobern«, konterte Stark energisch. »Mein Job ist es, Befehle zu erteilen, aber das kann ich nicht, wenn sich mein Komm und mein Informationsstand auf das beschränkten, was ich vor mir sehen kann.« Er lief zügig los und scharte mit jedem Meter mehr Personal aus dem Hauptquartier um sich. Vic bildete den Schluss der Gruppe, den Lauf ihrer Waffe hielt sie in die Richtung, aus der sie kamen.

Auf Starks Head-up-Display leuchteten Warnsignale, noch während Vic mehrere Schüsse nach hinten abgab. »Wir bekommen Gesellschaft«, rief sie. »Higgens, Fournier.« Zwei Privates in Gefechtsrüstung lösten sich aus der Gruppe und kamen zu ihr gelaufen. »Helfen Sie mir, sie aufzuhalten.«

Stark erreichte das Kommandozentrum, tippte in aller Eile seinen Zugangscode ein und richtete einem Instinkt folgend seine Waffe genau auf die aufgleitende Tür. Die gepanzerte Gestalt auf der anderen Seite des Zugangs war ebenfalls bewaffnet. Sie hob die Waffe hoch und richtete sie auf Stark. Der zögerte nur eine Mikrosekunde lang. Er wusste, dass sein IFF nicht genug Zeit hatte, um das Gegenüber abzufragen. Also eröffnete Stark das Feuer. Die Treffer rissen den anderen Soldaten mit sich und schleuderten ihn nach hinten. Stark rückte weiter vor, duckte sich, zielte und feuerte in einer fließenden Bewegung auf einen zweiten gepanzerten Soldaten, der die andere Tür bewachte. Sein Head-up-Display zeigte die Umrisse dieser Person in leuchtenden

Details, als Ziel war die Bauchgegend markiert. Stark hielt gebannt den Atem an, als er mit brutaler Präzision abdrückte. Zwei Kugeln bohrten Löcher in den Türrahmen gleich neben Stark, dann hatten auch schon Starks Kugeln ihr Ziel erreicht. Durch die Wucht des Treffers wurde die Person herumgerissen, taumelte nach hinten und landete schließlich auf dem Boden.

»W-woher wussten Sie, dass ... dass die beiden Feinde waren?«, stammelte irgendwer. »Di-die Rüstung sieht unserer aber sehr ähnlich.«

Stark sah zu Jill Tanaka, die dicht hinter ihm kauerte. »Die haben versucht, mich zu töten. Mehr ID brauche ich nicht.« Vorsichtig bewegte er sich tiefer ins Kommandozentrum hinein, während sein Gewehrlauf nach neuen Zielen suchte. Dann endlich richtete er sich auf und winkte den anderen zu, dass sie ihm folgten. »Rein hier«, forderte er Tanaka auf. »Stellen Sie fest, ob wir noch irgendwem helfen können.«

»Wie meinen Sie das?«, fragte sie, als sie zu ihm eilte. In der nächsten Sekunde fluchte sie lautstark, als sie sah, dass die Wachhabenden der Nachtschicht über ihre Stationen gebeugt oder zusammengesunken auf dem Boden lagen. Unter jedem von ihnen hatten sich Blutlachen gebildet, die sich immer noch ausdehnten. »Diese Dreckskerle!«

»Dafür haben sie jetzt bezahlt. Jemand soll nach Überlebenden suchen gehen, und schafft Wachleute her, damit die den anderen Zugang bewachen.« Dann sah er, wie Reynolds mit beiden Privates rückwärtsgehend ins Kommandozentrum kam, dabei weiter in den Flur schoss. »Vic, du hältst an der Tür da die Position.«

»*Roger.*« Higgens zuckte ein paar Mal zusammen, dann wurde er nach hinten geschleudert und rutschte auf dem glatten Boden ein Stück weiter. »Verdammt! Fournier, zielen Sie genauer und halten Sie den Kopf unten!«

Stark wirbelte herum und zeigte auf einen einzelnen Soldaten. »Corporal Abrakis, stellen Sie fest, ob Higgens Hilfe braucht.« Sein Finger wanderte weiter. »Sergeant Tanaka, stellen Sie das Komm wieder her.«

»*Roger*«, bestätigte sie. »Sergeant Tran, an die Arbeit. Unser Funk wird gestört, Commander …«

»Ich weiß. Sehen Sie einfach zu, dass Sie durchkommen«, gab er zurück. Die Beleuchtung flackerte, stabilisierte sich, dann erlosch sie ganz. Die Notleuchten erwachten zum Leben. »Wie viele Stationen können mit dem Notstrom betrieben werden?«

»Ein paar Terminals«, erwiderte Sergeant Tran. »Ich werde mein Bestes geben, Commander.«

Vic feuerte weitere Schüsse ab, nachdem sie mit kühler Berechnung ihr Ziel anvisiert hatte. Dann hielt sie inne. »Ich glaube, das war der Letzte von dieser Truppe.«

»Wie viele waren es?«, wollte Stark wissen.

»Vier. Jedenfalls haben wir vier erwischt. Falls ich noch einen auf gut Glück im Korridor erwischt haben sollte, könnten es auch fünf gewesen sein.«

»Mehr nicht? Dann haben wir es mit Profis zu tun, Vic.«

»Was du nicht sagst.« Dann rief sie Fournier zu: »Sie bleiben hier draußen und lassen den Korridor nicht aus den Augen!« Sie betrat das Kommandozentrum und drückte auf die Steuertaste, die verhinderte, dass sich die Tür hinter ihr schloss. »Wie viele sind noch da? Und wo sind sie?«

Frustriert schlug Tanaka mit der flachen Hand auf ihre Konsole. »Ich weiß es nicht. Der größte Teil unserer Sensoren wurde deaktiviert, das interne Komm ist blockiert. Allerdings können wir nirgends Schäden an den Geräten feststellen. Sie werden wohl von einer der Sicherheitsstationen aus einen Wurm ins System geschleust haben.«

»Dann schaffen Sie uns den elenden Wurm vom Hals! Wir müssen wissen, was da draußen los ist!«

»Das mache ich ja, verdammt noch mal! Guerrero, versuchen Sie, ein paar Umgehungen einzubauen, während die Wachhunde nach dem Wurm suchen. Kloster, Sie stellen von Hand Bilder aus allem zusammen, was Sie irgendwo mitbekommen.«

Stark starrte finster und sichtlich frustriert vor sich hin. »Vic, ich soll eigentlich Befehle geben, aber ich kann nicht.«

»Dann müssen wir eben tun, was wir können.« Sie hob ihre Waffe hoch. »Wenigstens sind wir darin richtig gut.«

»Hey!«, rief Sergeant Tran so plötzlich, dass vor lauter Nervosität reflexartig gleich mehrere Waffen auf ihn gerichtet wurden. »Verdammt noch mal, ihr sollt doch nicht auf mich schießen! Jill, diese Leute, die uns angegriffen haben, müssen ihre eigenen Systeme genutzt haben, um ihr Vorgehen untereinander zu koordinieren.«

»Ja«, gab Tanaka knapp zurück und ließ gleich darauf ein ungehaltenes »Was denn?« folgen.

»Wir haben ein paar von ihren Gefechtsrüstungen hier. Vielleicht können wir die benutzen, um deren Komm anzuzapfen, bis unseres wieder funktioniert.«

»Das könnte tatsächlich gehen. Gute Idee.« Tanaka kniete sich neben dem toten feindlichen Soldaten hin und nahm ihm den Helm ab. Der Kopf des Toten fiel nach hinten, sodass seine dunklen Haare den Boden des Kommandozentrums berührten. Die Augen waren noch immer starr auf das Ziel fixiert, das sie in dem Moment erfasst hatten, als der Tod eingetreten war.

»Commander?«

»Was ist?«

»Das hier ist *sehr wohl* eine amerikanische Gefechtsrüstung.«

»Das ist doch keine von unser-« Stark verstummte, als er sich die Ausrüstung genauer ansah.

»Stimmt doch, oder«, fragte Tanaka. »Was ist das? Die neue Rüstung vom Typ V?«

»Sieht ganz danach aus. Die haben keinen Typ V mitgeschickt, als die Dritte Division hierher versetzt wurde. Angeblich waren sie noch gar nicht verfügbar.«

Stark betrachtete den dunkelhaarigen Soldaten, der ihn hatte umbringen wollen und als Folge davon selbst erschossen worden war. *Kämpfen wir gegen Amerikaner?* Er sah zu den Leichen seiner Wachhabenden. *Wurden diese Soldaten von Amerikanern abgeschlachtet?* »Vic.«

Sie kniete bereits neben dem Toten und musterte ihn eindringlich, dann deutete sie auf dessen Schulter. »Ich weiß nicht, wer die sind und woher sie diese Rüstung haben, aber das sind keine amerikanischen Soldaten. Ihre Hundemarke befindet sich nicht dort, wo sie hingehört.«

Erleichtert atmete Stark aus. Jeder amerikanische Soldat trug nahe der linken Schulter einen Chip unter der Haut, der immer noch als Hundemarke bezeichnet wurde und alle wichtigen persönlichen und medizinischen Informationen enthielt. »Danke.«

»Ich musste das auch wissen, Ethan.«

Tanaka und Tran schlossen Kabel an, überwachten Monitore und entfernten Teile der Rüstung von beiden Toten, um nach einer Möglichkeit zu suchen, wie sie einen Zugang zum feindlichen Komm schaffen konnten. »Okay, Commander. Wir haben da etwas. Offenbar blockiert uns der von den Angreifern eingeschleuste Wurm nicht nur, sondern er kapert auch noch unsere Systeme, um das feindliche Komm zu verbinden. Die Sicherheitssubroutine des Wurms ist allerdings wirklich gut, denn er ist unablässig damit beschäftigt, unsere Versuche abzuwürgen, in das System einzudringen. Wir bekommen zwar ein bruchstückhaftes Vid rein, aber nur für einen Beobachter. Und ich weiß nicht einmal, ob es Echtzeitbilder oder taktische Mitschnitte aus jüngerer Zeit sind. Außerdem wird die Ansicht immer wieder wechseln, denn sobald der Wurm erkennt, was wir da machen, müssen wir auf einen anderen Datenstrom ausweichen.«

»Gut. Wie rufe ich das Bild auf?« Stark befolgte in aller Eile Tanakas Anweisungen, dann rief er ein Vid auf.

Das Bild aus der angezapften Quelle war körnig und matt. Ein großes, aufwendig eingerichtetes Zimmer. Die Suite des befehlshabenden Generals. Ein leicht zitterndes Vid, da eine Waffe Salve um Salve in das Bett abfeuerte, die Löcher in das Bettzeug rissen. Dann erkannte der Schütze, dass die Schlafstatt verwaist war. Er wirbelte herum und stürmte nach draußen in den Korridor. Dort war für einen kurzen Moment die entsetzte Miene eines der Gärtner zu sehen, dann wurde der Mann von mehreren Kugeln getroffen und gegen die Wand geschleudert.

Der Datenstrom brach ab. Statisches graues Flimmern war zu sehen, dann erschien ein neues Bild, das die Perspektive einer anderen Bodycam zeigte.

Stark sah einen Flur im Hauptquartier, das Vid wackelte auf eine Weise hin und her, die verriet, dass dieser Soldat schnell lief. Fremdartige Zeichen waren auf dem Head-up-Display zu sehen, dann blinkten unverkennbar Warnsymbole auf, die auf eine Bedrohung hinwiesen. Hilflos musste Stark mitansehen, wie eine Tür aufglitt und die Waffe und das Gefechtssystem des feindlichen Soldaten die entstehende

Lücke als Ziel anvisierte. Ein flüchtiger Blick auf eine Frau, die mit aufgerissenen Augen den Angreifer anstarrte. Ihre modische Ziv-Frisur machte deutlich, dass sie im Hauptquartier des Mil eigentlich nicht zu Hause war. Eine zweite Gestalt hinter ihr, die kaum zu erkennen war, hob eine Waffe hoch und riss den Mund auf, um eine Warnung zu brüllen. *Ist das Robin Masood? Um Gottes willen, runter mit Ihnen!* In dem Moment zersplitterte das Bild in Millionen flimmernde Punkte, dann folgte gleich das nächste Vid. Frustriert schlug Stark mit der Faust auf seine Konsole.

»Was ist passiert?«, erkundigte sich Vic.

»Das weiß ich nicht.« Das neue Bild schaute über die gebeugten Schultern mehrerer Gefechtsrüstungen. Die Angreifer schienen hinter einer Ecke zu kauern. Ein Stück weiter lagen zwei Personen in Rüstungen vom Typ V im Gang auf dem Boden. Gefahrensymbole leuchteten auf, als der auf die Angreifer gerichtete Beschuss Steinsplitter aus der Korridorecke sprengte. Gleich darauf beugten sich die beiden vordersten Soldaten vor und eröffneten ihrerseits das Feuer auf diejenigen, die irgendwo weiter hinten Gegenwehr leisteten. Das Vid wackelte schwindelerregend, als der feindliche Soldat plötzlich in Aktion trat. Er machte einen Satz nach vorn, stürmte um die Ecke und lief dann wild schießend auf die Personen zu, die hinter einem Durchgang Schutz gesucht hatten.

*Ist das Gomez? Das könnte der Pausenraum sein, in dem sie sich aufgehalten hatte. Dann müssten die beiden anderen die Mendozas sein.*

Das feindliche Head-up-Display registrierte den Beschuss, mit dem der Soldat konfrontiert wurde, und blendete hektische Warnsymbole ein, auf die er aber nicht schnell genug reagieren konnte. Dann zuckte das Bild unkontrolliert hin und her, da Kugeln ins Ziel trafen und ihn herumwirbelten. Das Vid wurde wieder grau und gleich darauf schwarz. »Jill, ich habe den Zugang verloren.«

»Tut mir leid.« Aufgebracht tippte sie auf alles, was ihre Konsole an Tasten zu bieten hatte, doch dann schüttelte sie den Kopf. »Der feindliche Wurm hat identifiziert, womit wir uns Zugang zum System verschaffen, und jetzt hat er uns ausgesperrt.«

»Verdammt!«

»Ethan.« Vic gestikulierte wütend in seine Richtung. »Was hast du gesehen?«

»Ich glaube, ich habe drei verschiedene Angreifergruppen gesehen. Eine hat die Generalssuite in eine Trümmerwüste verwandelt.«

»Da hält sich ja niemand auf.«

»Doch, einer der Gärtner war da«, widersprach Stark. Vics Augen blitzten vor Wut auf, da ihr klar war, was das zu bedeuten hatte. »Er hatte nicht mal die Gelegenheit zur Gegenwehr, auch wenn das wohl ohnehin nichts geändert hätte. Die zweite Gruppe war in einem Gang unterwegs. Ich bin mir ziemlich sicher, dass ich Robin Masood und vielleicht auch Murphy gesehen habe. Keine Ahnung, was aus den beiden geworden ist.« Stark musste sich einen Moment lang sammeln, um seine Stimme wieder unter Kontrolle zu bringen. »Dann war da noch eine Gruppe Angreifer, die hinter einer Ecke festsaß, weil sie auf heftige Gegenwehr stieß. Ich glaube, diese Gegenwehr kam von Gomez und den beiden Mendozas.«

Vic überlegte nur kurz, dann schüttelte sie den Kopf. »Gomez und die anderen können nicht sehr viel Munition haben. Hatte Lieutenant Mendoza überhaupt eine Waffe bei sich?«

»Nein, aber er hat auch geschossen, falls er das wirklich war. Vermutlich Gomez' Seitenwaffe.«

»Nicht genug Waffen, sehr wenig Munition. Wie lange können sie unter diesen Voraussetzungen einen Korridor gegen eine Gruppe von solchen Angreifern verteidigen?«

»Keine Ahnung.« Stark musste daran denken, was er gehört hatte, als er Gomez und die Mendozas belauscht hatte. »Sie hat noch zusätzliche Munition dabei, aber die Tasche liegt auf der anderen Seite des Korridors.«

»Woher weißt ...« Vic unterbrach sich gleich wieder, als sie seinem Gesichtsausdruck ansah, dass er sich dazu nicht äußern würde. »Ist auch egal. Können sie an die Tasche rankommen?«

Stark dachte an die feindlichen Soldaten, die präzise auf die schutzlose Gruppe am anderen Ende des Korridors gefeuert hatten, die sich hinter dem Durchgang in Sicherheit gebracht hatte. »Vielleicht. Falls es einem von ihnen nichts ausmacht, bei dem Versuch womöglich zu sterben.« Aufgebracht schlug er die Faust in die offene Hand. »Das Vid hilft uns nicht weiter. Ich weiß jetzt bloß so viel, dass ich verdammte Angst bekommen habe.«

»Das konntest du ja nicht ahnen«, betonte Vic. »Außerdem wissen wir jetzt immerhin, dass die feindlichen Soldaten hier und da bei ihrem Angriff aufgehalten werden.«

»Ja.« *Sie werden aufgehalten, indem meine Freunde ihr Leben opfern. Denk nicht an Murphy und Robin. Was passiert ist, ist passiert. Vielleicht war das sogar längst vorbei, als ich es sah. Du kannst daran nichts mehr ändern. Wie lange werden Gomez, Mendo und sein Dad durchhalten? Die Angreifer werden sie massiv unter Druck setzen. Um sie zurückzuhalten, werden sie jede Menge Munition verbrauchen. Bis sie aufgebraucht ist. Und dann sind sie erledigt. Sei klug genug, rechtzeitig wegzulaufen, Anita.* Noch während Stark dieser letzte Gedanke durch den Kopf ging, war ihm klar, dass Corporal Gomez nicht weglaufen würde, solange sie noch kämpfen konnte.

»Ich habe einen aktiven Sensor«, meldete einer der Wachhabenden, der konzentriert auf die Daten sah, die ihm auf seinem Monitor angezeigt wurden. »Nein. Schon wieder tot. Er hat einen Schusswechsel in Korridor Sechs Delta angezeigt, bevor ich ihn verloren habe.«

»Wo in Sechs Delta?«, wollte Tanaka wissen. »Grenzen Sie es ein.«

»Kann ich nicht, Sergeant. Das war ein Echo. Ohne das Hauptsensorgitter kann ich keine Position bestimmen.«

»Sechs Delta.« Stark betrachtete die Karte des Hauptquartiers, während Corporal Kloster manuell ein Gefahrensymbol in diesem Korridor setzte. »Also haben wir vermutlich da, da oder da Schusswechsel. Vermutlich. Worauf haben die es abgesehen, Vic? Auf den ganzen Komplex? Oder auf etwas anderes?«

Sie sah sich die Karte ebenfalls aufmerksam an, schüttelte dann aber den Kopf. »Ich kann es dir nicht sagen. Alle Korridore kreuzen sich an irgendeiner Stelle, und einige der feindlichen Gruppen sind unseren Leuten in die Arme gelaufen, bevor sie dort angekommen sind, wo sie hinwollten. Sie haben die Sicherheitszentrale und die Generalssuite eingenommen. Ich würde sagen, das hier ist ihr letztes wichtiges Ziel.«

»Ja, und alle, die nicht irgendwo von unseren Leuten aufgehalten worden sind, müssten spätestens jetzt hier sein.« Er wechselte den Kanal und rief den Wachposten draußen im Korridor. »Fournier, sehen oder hören Sie etwas?«

»Nein, Sir. Alles ruhig, wenn man von den vielen Echos absieht. Ich habe … hey! Achtung!«

Schüsse hallten durch die Tür, während Stark auf das Vid von Fourniers Kampfrüstung umschaltete und einen flüchtigen Blick auf die Angreifer werfen konnte. Sie verschwanden fast hinter den Gefahrensymbolen, von denen das Display des Wachpostens überschwemmt wurde. Dann erlosch das Vid, und mit ihm starb auch Prviate Fournier. »Alle runter! Vic, die Tür!«

»Bin schon da!« Sie war bereits am Zugang und betätigte den Schalter. Die Tür ging zu und hielt einen ganzen Schwarm Kugeln zurück, die wie wütende Hornissen gegen die Barriere prasselten. Vic zog eine Granate von ihrem Gürtel und hockte sich neben die Tür. Stark drehte sich mit seiner Waffe zu ihr um und kniete sich hinter eine Konsole, um sicher auf den Eingang zielen zu können. Nachdem sie einen Moment lang gewartet hatte, aktivierte sie die Granate, hielt erst einen, dann zwei und schließlich drei Finger hoch. Bei drei betätigte sie zweimal kurz hintereinander den Schalter für die Tür, die sich zunächst öffnete, nach gut einem halben Meter stoppte und sich gleich wieder schloss.

Vic schleuderte die Granate durch den Spalt und brachte sich mit einem Satz zur Seite vor den Geschossen in Sicherheit, die durch die kurzzeitig vorhandene Lücke auf sie abgefeuert wurden. Als das Dröhnen der detonierenden Granate verstummte, war Vic schon wieder bei Stark und ging genau wie er in Position, um das Feuer eröffnen zu können.

Augenblicke später fuhr ein Zittern durch die Tür, an allen vier Rändern flammte plötzlich Licht auf, da Sprengstreifen sich durch das Metall fraßen. Dann kippte die Tür unter dem Einfluss der geringen Schwerkraft des Mondes mit majestätischer Langsamkeit nach innen. Holzsplitter der Vertäfelung wirbelten verträumt durch die Luft und zuckten hin und her, als die Druckwellen der Kugeln sie erfassten, die ins Kommandozentrum abgefeuert wurden.

Stark erwiderte den Beschuss und feuerte fast ununterbrochen kurze Salven ab. Dass Vic neben ihm das Gleiche machte, nahm er nur beiläufig wahr. Er sah nur kurze Schnipsel von Zielen, die getroffen wurden und zurückwichen, da sein Head-up-Display ein völlig chaotisches Bild aus bruchstückhaften Symbolen zeigte. Das Geschehen lief einfach so schnell ab, dass die Darstellung nicht mehr folgen konnte.

*Sie kommen durch diese eine Tür herein, obwohl sie wissen, dass wir alle Waffen auf sie gerichtet haben. Was für ein dummer Zug. Was für ein verzweifelter Zug. Sie können in ihrem Zeitplan keinen Spielraum mehr haben. Wie viele sind es diesmal? Fournier hat ein paar ausgeschaltet. Die Granate hat ein paar mehr außer Gefecht gesetzt. Wie viele sind noch übrig?* Die Konsole neben Stark kreischte klagend, als sie eine Salve abbekam. Die Notbeleuchtung flackerte, stabilisierte sich dann aber wieder.

Ein Objekt flog durch den Raum und beschrieb dabei einen viel zu hohen Bogen – eine Granate, die von jemandem geworfen worden war, der keine Erfahrung mit der Schwerkraft auf dem Mond hatte. Die Granate prallte von der Decke ab und flog genau auf Vic zu, die den Abzug gerade lange genug losließ, um den rechten Arm hochzureißen und das todbringende Geschoss in Richtung Tür zurückzuschleudern. Die Granate hatte eben die Tür erreicht, da detonierte sie und verteilte ihre Schrapnelle gleichermaßen im Kommandozentrum und im Korridor davor. Stark ging hinter der Konsole in Deckung und spürte die Erschütterungen, als sie von den Metallsplittern getroffen wurde. Dann tauchte er gleich wieder auf, um zu feuern.

»Ethan, hör auf. Wir werden nicht mehr beschossen.« Er

stoppte, hielt aber den Finger am Abzug, während Vic vorsichtig nach vorn kroch, bis sie sich gegen die Wand neben dem Zugang zum Korridor drücken konnte. Mit dem Gewehr im Anschlag fragte sie: »Was meinst du?«

»Vielleicht sind sie ja alle geschlagen, aber ich könnte schon eine Bestätigung dafür gebrauchen.«

»Alles klar.« Vic nahm zwei Granaten in die Hand und aktivierte sie, dann hielt sie inne, um zu zählen. Die Hand schoss vor und bewegte sich blitzschnell nach links und rechts, um die Granaten wegzuschleudern, dann machte sie einen Satz weg von der Tür. »Alle in Deckung gehen!«

»Aufpassen«, warnte Stark die anderen im Kommandozentrum und ging abermals hinter der Konsole in Deckung, ehe beide Granaten gleichzeitig detonierten. Er wartete, während er das Gewehr weiter auf die Tür gerichtet hielt. Vic bewegte sich in die Richtung und streckte den Zeigefinger aus, um ihn vorsichtig über die Kante zu schieben, damit die Glasfaserkamera in der Fingerkuppe nach Bewegungen scannen konnte.

»Alle, die ich sehen kann, sind tot«, meldete Vic.

»Und die, die du nicht sehen kannst?«

»Ich weiß. Sieht aber so aus, als hätten wir die ganze Gruppe ausgeschaltet.«

»Nähert sich sonst noch jemand?«

Sie drehte die Fingerspitze in alle Richtungen, dann hielt sie inne. »Niemand zu sehen, Ethan. Wie sollen wir jetzt eigentlich diesen Zugang sichern?«

»Hey, ihr zwei«, sagte Stark und gab den zwei Soldaten in seiner Nähe ein Zeichen. »Nehmt die Tür und stellt sie dahin, wo sie hergekommen ist. Habt ihr irgendwas, womit ihr sie befestigen könnt?«

»Wir haben Klebeband«, bot einer von ihnen an.

»Besser als nichts. Versucht einfach, sie wieder so gut wie

möglich zu befestigen. Sergeant Tanaka, irgendwelche Fortschritte bei den Sensoren oder den Komms?«

»Nein. Der verdammte Wurm blockiert alles.« Sie legte die Stirn in Falten. »Aber vielleicht blockiert der Wurm den Zugang ja nur auf unseren Konsolen. Wenn wir die übertragenen Datenströme direkt anzapfen würden … Vreeland, Sie wissen ganz genau, wo die Datenströme zu finden sind?«

»Klar«, verkündete Corporal Vreeland, dessen Gesicht vor Begeisterung strahlte. »Das zentrale Bündel befindet sich genau da draußen, da im Korridor.« Er deutete auf den zweiten Eingang zum Kommandozentrum, vor dem zwei nervöse Privates Wache hielten.

»Okay, Vreeland, dann wollen wir mal.« Tanaka stürmte los und zog den Corporal mit sich.

Stark brauchte einen Moment, ehe er begriff, was Tanaka da machte … ehe er verstand, dass sie während ihrer gesamten Zeit auf dem Mond nur im Hauptquartier gedient hatte. Sie war nie an der Front gewesen, wo ein einziger unachtsamer Augenblick oder ein winziger Fehler ein Menschenleben kosten konnte, sobald die Zeit für feindliche Systeme reichte, um ein Ziel zu erfassen und das Feuer zu eröffnen. Vic, die damit beschäftigt war, den anderen Eingang zu bewachen, begriff nur eine Sekunde nach Stark, was los war, und drehte sich von der Tür weg, um eine Warnung zu rufen, als Stark bereits brüllte: »Tanaka! Weg von der Tür!«

Jill Tanaka wirbelte herum, als sie den Ruf hörte. Die plötzliche Erkenntnis, einen Fehler gemacht zu haben, ließ ihr das Blut aus dem Gesicht weichen. Sie packte Vreeland, um ihn mit sich zurückzuziehen, doch dieses Manöver kam zu spät, denn in diesem Moment setzte Sperrfeuer ein, und draußen im Korridor brach die Hölle los. Kugeln schlugen überall im Bereich der Tür und unmittelbar ringsum ein.

Tanaka, die ein oder zwei Schritte weit in die Kommandozentrale zurückgewichen war, wurde zur Seite geschleudert, als die feindlichen Geschosse sie erwischten. Mit einer Hand hielt sie immer noch Vreeland fest, dessen Körper im makabren Rhythmus der Treffer zuckte.

Die wachhabenden Privates erwiderten hektisch das Feuer, einer von ihnen ließ seine Waffe vollautomatisch schießen, die die Kugeln wahllos durch den Korridor jagte. Stark lief zu ihm und schlug ihm eine Hand klatschend auf den Helm. »Sie sollen zielen, verdammt noch mal! Wie viele von denen sind da?«

»Ich glaube, es waren nur zwei«, meldete die andere Wachhabende mit zitternder Stimme. »Ich bin mir ziemlich sicher, dass wir beide erwischt haben.«

»Dann nehmen Sie jetzt an, dass Sie das nicht geschafft haben und dass noch mehr von denen da draußen rumlaufen. Wir befinden uns hier mitten im Gefecht, Leute! Schützen Sie sich selbst vor den Korridoren!« Dann drehte Stark sich weg und sah zu Boden, wo mehrere Soldaten versuchten, Tanaka und Vreeland medizinisch zu versorgen. Er machte einen Schritt auf sie zu, kehrte aber zu seiner unbrauchbar geschossenen Kommandokonsole zurück. *Mach du deine Arbeit, und lass sie ihre Arbeit machen,* ermahnte er sich. *Ich kann für die Verwundeten nichts anderes tun, ich würde höchstens die Behandlung verzögern, wenn ich mich auch noch einmische.*

Vic schaute wütend und frustriert drein. »Ethan, irgendjemand wird dafür teuer bezahlen müssen«, schwor sie ihm mit trügerisch sanfter Stimme.

»Oh ja, sehr teuer. Vorausgesetzt, wir überleben, um irgendwen bezahlen zu lassen.« Er sah zwischen den beiden Eingängen hin und her, sein Gesicht war blass. »Die haben nicht damit gerechnet, dass sie auf kampferfahrene Truppen stoßen, Vic. Die dachten, sie haben es mit den üblichen Leuten zu tun, die in einem Hauptquartier sitzen. Soldaten ohne jede Gefechtserfahrung.«

»Damit dürftest du recht haben. Schön zu wissen, dass wir sie auch überraschen konnten.«

Warten war ihm noch nie leichtgefallen. Nicht zu der Zeit, als er einen Trupp geführt hatte. Nicht jetzt, wo das Schicksal von noch mehr Soldaten von seinen Entscheidungen abhing. Starks Hände bewegten sich rastlos hin und her, als suchten sie nach einer Beschäftigung, mit der er sich ablenken konnte, während andere kämpften und starben. Er warf einen finsteren Blick auf das leere und damit nutzlose Kommandodisplay. »Ich sollte eigentlich da draußen sein«, flüsterte er. »Ich sollte versuchen, Gomez abzulösen.«

»Du weißt ja nicht mal, wo genau die überhaupt sind«, sagte Vic leise und entlockte Stark einen überraschten Blick. »Du hast gar nicht gewusst, dass du das gerade übertragen hast, richtig? Das ist der schwierige Teil an dem Ganzen, Commander, nämlich dich aus dem Geschehen herauszuhalten, damit du befehligen kannst.«

»Das kommt mir nicht richtig vor.«

»Ich weiß. Ich wünschte auch fast, dass die noch mal das Kommandozentrum angreifen, damit ich mir wieder nützlich vorkomme.«

»So verzweifelt bin ich nun auch wieder nicht.« Vics Worte nagten an seinem Gewissen und holten Gedanken an die Oberfläche, die er zu unterdrücken versucht hatte. »Wie geht es den Verwundeten?«, wollte er von den Behelfssanitätern wissen.

»Tanaka ist tot«, meldete Corporal Guerrero mit zittriger Stimme. »Wir konnten sie nicht retten. Ich glaube, Vreeland wird durchkommen.«

»Verdammt.« Stark schlug mit der Faust auf die Konsole vor ihm.

»Commander?« Sergeant Tran gestikulierte aufgeregt. »Wir haben den Wurm ausgeschaltet. Wir verfügen wieder über den internen Scan.«

»Gott sei Dank.« *Warum konnte das nicht ein paar Minuten früher passieren, bevor Tanaka in den Tod lief? Warum? Wird irgendjemand jemals die Antwort auf diese Art von Fragen finden?* Stark sah mit an, wie das Display zum Leben erwachte. Er hob die Hand und deutete auf die leuchtenden Symbole. »Vic, wenn ich diese Anzeigen richtig lese und wenn da nicht noch ein weiterer Wurm sein Unwesen treibt, dann sind unsere eigenen Leute gerade damit beschäftigt, sich von den Eingängen zu uns vorzukämpfen.«

»Ja, das da ist Taylors Kompanie. Sie sind die schnelle Eingreiftruppe für diesen Bereich. Und da drüben ... wer zum Teufel ist das denn?«

»Eine zusammengewürfelte Truppe«, vermutete Stark. »Alle, die schnell genug herkommen konnten.« Vor Erleichterung ballte er eine Faust. »Sanchez führt sie an. Dann kann er noch nicht weit gekommen sein, als der Alarm losging. Tran, haben wir schon interne Kommunikation? Ja? Gut. Sanch, hier ist Stark.«

»*Roger.*« Die Stimme klang leiser als üblich und war von statischem Rauschen unterlegt, aber sie war dennoch klar genug, um eindeutig als die von Sanchez identifiziert zu werden. »Wo sind Sie?«

»Im Kommandozentrum. Wir halten hier die Stellung. Der interne Scan steht uns wieder zur Verfügung. Können Sie sich einklinken?«

»Warten Sie. Ah, ich habe es. Ich schalte meine Leute mit drauf. Das wird uns den Gegenangriff spürbar erleichtern.«

»Seien Sie vorsichtig, Sanchez«, warnte Reynolds ihn. »Diese Typen wissen ganz genau, was sie tun. Wir haben etliche Verluste einstecken müssen.«

»Verstanden. Wir werden keine unnötigen Risiken eingehen.«

»Passiert irgendwo anders auch noch was, Sanch?«, wollte Stark wissen.

»Negativ. Ringsum ist alles ruhig. Alle übrigen militärischen Sektoren sind in Alarmbereitschaft, melden aber keine Aktivitäten. Die Kolonieführung bietet uns jede notwendige Unterstützung an.«

Vic lächelte zynisch. »Ich schätze, sie haben entschieden, dass wir siegen werden.«

Stark wollte etwas erwidern, doch Sanchez kam ihm zuvor. »Sergeant Reynolds, die Zivilisten haben dieses Angebot in dem Moment übermittelt, als sie von dem Angriff erfuhren.«

Stark nickte Vic zu und genoss ihre überraschte Miene. »Danke, Sanch. Vic, bring Taylor und ihre Kompanie auf den aktuellen Stand. Ich versuche in der Zwischenzeit herauszufinden, was hier eigentlich los ist.«

Während sie Taylors Kompanie auf den wieder funktionstüchtigen internen Scan hinwies, hantierte Stark mit seinem Display und fluchte, als er auf ein Vid zuzugreifen versuchte. »Ich glaube, Gomez und die Mendozas waren in diesem Gebiet, aber wir haben eine Lücke in unserem Scan, und zwar dort, wo jemand immer noch im Nahbereich alle Signale stört. Hier, sieh dir das an.« Das Bild waberte. Streifen aus zufällig arrangierten Pixeln liefen über das Bild, da die verbliebenen feindlichen Soldaten versuchten, alle Signale in ihrer unmittelbaren Umgebung zu stören. Es war der gleiche Flur, den Stark schon zuvor gesehen hatte, da allerdings aus der entgegengesetzten Richtung. Auf dem Boden verstreut lagen mehr reglose feindliche Soldaten in Gefechtsrüstungen als er zuvor hinter der Ecke des Korridors hatte lauern sehen. Alle Gefallenen befanden sich nur wenige Meter von dem Durchgang entfernt, hinter dem Gomez und die Mendozas gekauert und Gegenwehr geleistet hatten. »Sie sind immer noch da, Vic! Sie sind immer noch da!«

Reynolds sah ihn ungläubig an. »Das ist fantastisch. Wie können sie mit der Munition so lange ausgekommen sein?«

»Keine Ahnung. Sie muss aber jetzt echt bald aufgebraucht sein. Wo ist Sanch?« Stark suchte das Display ab, ein ungutes Gefühl überkam ihn. »Er wird eine Weile brauchen, um da hinzukommen, richtig?« *So dicht davor. So verdammt dicht davor.*

»Ja«, stimmte Vic ihm zu und konnte einen frustrierten Unterton nicht ganz zurückhalten. »Zu lange. Die Angreifer werden am anderen Ende dieses Gangs Aufpasser platziert haben. Darauf kannst du wetten.«

Blutiges Gras, das sich im rötlichen Schein der Notbeleuchtung vor Starks Augen hin und her bewegte, vermischte sich mit den bunten Mustern, die durch die Störsender des Feindes auf dem Vid erzeugt wurden. Die Erinnerung an Hilfe, die zu weit entfernt war und zu spät eintreffen würde. Das Vid wackelte, kam zur Ruhe und wackelte abermals. Stark betrachtete die Personen im Durchgang und versuchte, mit dem Bild näher an sie heranzukommen. »Die streiten sich. Wieso streiten die sich?« Gomez hob eine Hand, zeigte nach unten, dann quer über den Korridor und schließlich auf sich. Lieutenant Mendoza schüttelte den Kopf und ließ Gomez mit einer Geste regelrecht erstarren, als er eine Hand auf die Schulter seines Sohns legte. Im nächsten Augenblick war der Lieutenant verschwunden.

Hilflos musste Stark mitansehen, wie Lieutenant Mendoza mit einem Satz den Korridor überquerte und sich dabei so flach machte, wie es nur ging, um möglichst wenig Angriffsfläche zu bieten. Er musste mitansehen, wie der Körper des Lieutenants mitten im Sprung von Treffern durchgeschüttelt wurde, da die Angreifer mit allem auf ihn schossen, was ihnen zur Verfügung stand. »Oh, verflucht«, murmelte er, während die Wucht der Treffer den Mann genau in den Raum driften ließ, den er anvisiert hatte.

Stark konnte keinen Ton zuschalten, doch er sah, wie Gomez feuerte und vor Wut schrie, während sie versuchte, dem Lieutenant Feuerschutz zu geben. Plötzlich kam etwas durch den Flur geflogen und landete vor ihren Füßen. Sie entsperrte die Magazine ihrer Waffe. Als sie aus dem Schacht glitten, war ihre Form trotz der Bildstörungen deutlich zu erkennen. Dann begann sie in aller Eile die Waffe nachzuladen.

Die Angreifer rückten vor und erkannten etwas zu spät, welchen Sinn die Aktion des Lieutenants gehabt hatte. Gomez und Mendo mähten die vorderen feindlichen Soldaten nieder, der Kugelhagel sprengte Splitter aus den Felswänden. Plötzlich erlosch das Bild. »Was ist denn jetzt passiert?«, brüllte Stark.

Vic versuchte es an ihrer Konsole, konnte dann aber nur den Kopf schütteln. »Keine Reaktion von der Kamera. Sie muss von einem Querschläger getroffen worden sein.« Sie drehte sich zu Stark um. »Keine Sorge. Wir haben gesehen, was wir sehen mussten. Sie werden es schaffen.«

Stark schüttelte den Kopf, als wollte er ihre Worte nicht wahrhaben. »Zwei von ihnen ja, aber wie schwer wurde der Lieutenant getroffen?«

»Das werden wir erst wissen, wenn Sanchez da eintrifft. Lieutenant Mendoza hat getan, was er tun musste, Ethan.«

»Das weiß ich ja.«

Vic nickte und drückte kurz seinen Arm, dann ließ sie sich nach hinten sinken, als ob die Müdigkeit sie übermannte. »So schlimm das auch alles gelaufen ist, glaube ich doch, dass wir diesmal gewonnen haben, Ethan. Alle Angreifer, die jetzt noch im Hauptquartier sind, sitzen in der Falle. Ganz so wie die, die Gomez festgesetzt hat.«

»Tiere, die in der Falle sitzen, können ziemlich unangenehm werden, Vic. Woher sollen wir wissen, dass die letzte verbliebene Gruppe nicht in Kamikaze-Manier auf uns losgeht?«

»Wissen können wir das nicht. Aber vielleicht können wir definitiv feststellen, wer noch da draußen unterwegs ist und wo er zuletzt gewesen ist.« Vic versuchte vergeblich alles Mögliche an ihrer Konsole, ehe sie sich Tran zuwandte. »Gibt es irgendwelche Systemaufzeichnungen für alles, was sich in der letzten halben Stunde abgespielt hat?«

»Ähm … ja. Aber nur bruchstückhaft. Der Wurm muss damit begonnen haben, die Systemdateien zu schreddern, als wir ihm sein Ende bereiteten. Hier ist alles.«

»Sieh dir das an, Ethan.« Vic zeichnete mit dem Zeigefinger verschiedene Laufwege nach. »Die haben zuerst die Wachposten überrannt.«

»Und es gab keine Warnung«, merkte Stark wütend an. »Außer von Wachposten Vier.«

»Nein, und wir müssen unbedingt herausfinden, warum das so war. Dann sind ein paar zum Kommandozentrum gegangen, ein paar zur Sicherheitszentrale und die anderen zur Generalssuite.«

Stark nickte mürrisch. »Das habe ich ja zum Teil mitbekommen.«

»Richtig.« Sie deutete auf ein Symbol, das sich nicht bewegte. »Tran, können wir davon ein Vid bekommen?«

»Ja. Da ist es.«

Der Mann, der gegen die Wand gelehnt auf dem Boden saß, schien zu schlafen, da der Kopf nach vorn gesunken war. Das Blut auf der Brust und den Armen sagte aber etwas ganz anderes aus.

»Der Gärtner. Ich hätte darauf bestehen sollen, dass diese armen Affen kämpfen lernen.«

»Ihm hätte das auch nicht geholfen«, meinte Reynolds verbittert. »Okay, von dort sind sie dann weiter vorgerückt nach … Warum auf diesem Weg?«

Stark zeigte auf einen anderen Bereich. »Um sich mit einer anderen Gruppe zu treffen, nämlich den Typen da drüben. Nur sind die aufgehalten worden.«

»Richtig. Mal sehen wieso.«

Stark brauchte ein paar Sekunden, um das Bild zu erfassen, obwohl es sich bereits stabilisiert hatte. »Oh Gott, das ist Murphy. Ihn hatte ich tatsächlich gesehen. Er ist zu Boden gegangen.«

Vic nickte und bediente die Tasten, so schnell sie konnte. »Der Scan sagt, dass er noch lebt. So gerade eben. Er liegt auf irgendetwas.«

»Nein, er liegt auf jemandem, um ihn zu beschützen«, erwiderte Stark tonlos. »Um *sie* zu beschützen. Das ist seine Freundin. Siehst du die Haare?«

»Robin?« Vic hob den Kopf, um sich die Anzeigen anzusehen. »Sie ist tot.«

»Ganz sicher?«

»Auf jeden Fall.« Reynolds sah Stark niedergeschlagen an. »Aber die Angreifer sind auch tot. Ethan, Murphy hat ganz allein sechs von ihnen getötet.«

»M-hm. Er muss zum Berserker geworden sein, als sie getroffen wurde.« Stark musste gegen einen Druck auf seiner

Brust ankämpfen, der ihm die Luft zu rauben drohte. »Warum in Gottes Namen … schafft medizinische Hilfe zu ihm. Können wir einen Sanitäter hinschicken?«

»Notfalls gehe ich da selbst runter. Taylor? Ihre Leute sind dieser Position am nächsten. Wir haben da einen Soldaten, schwer verwundet. Die Scans zeigen an, dass zwischen Ihrer und seiner Position keine Bedrohungen registriert werden.«

»*Roger*. Ich schicke sofort unseren Sanitäter mit einem Trupp hin. Sie sollten allerdings wissen, dass irgendwo rechts von uns immer noch geschossen wird.«

»Rechts von Ihnen?«, wiederholte Vic und sah auf das Display. »Kein Problem. Das ist Sergeant Sanchez, der in dem Bereich mit einer Gruppe feindlicher Soldaten beschäftigt ist.«

»Treibt er sie in unsere Richtung?«, wollte Taylor wissen.

»Negativ. Der Feind sitzt zwischen Sanchez und einer weiteren Einheit in der Falle. Die werden nirgendwohin entkommen.«

»Okay. Mein Sanitäter ist auf dem Weg. Ich werde eine manuelle Abtastung vornehmen, um zu verhindern, dass sich jemand hier irgendwo versteckt hält.«

»Gute Idee«, fand Vic. »Wir wissen nämlich immer noch nicht, wie die überhaupt hier eindringen konnten, ohne entdeckt zu werden.«

Stark ging mit betont beherrschter Stimme dazwischen. »Sanch, Corporal Gomez benötigt umgehend Ihre Hilfe. Da drüben gibt es Verletzte.«

»Verstanden«, gab Sanchez ruhig zurück. »Wir überrennen jetzt gerade die Wachposten, die die Gruppe nach hinten sichern sollen. Corporal Gomez wird jeden Moment Hilfe bekommen.«

»Danke, Sanch. Damit schulde ich Ihnen noch was.« Stark ließ seine Hände sinken, die sich erschlafft anfühlten, und sah zu Reynolds. »Was noch, Vic? Was sollten wir sonst noch tun? Wir übersehen irgendwas.« Einen Geist. Stark schaute nach oben und versuchte, nicht an diese aktuelle Tragödie zu denken. Er kniff die Augen zusammen, als könnte er durch das Gestein über ihnen bis hinauf ins Weltall sehen. »Da draußen muss sich irgendjemand verstecken, Vic. Ein Shuttle, das irgendwo darauf wartet, dass es herkommen und diese Typen rausholen kann. Tanaka ...« Er brach gleich wieder ab und starrte kurz vor sich hin. »Tran, rufen Sie die Orbitalverteidigung. Sagen Sie ihnen, dass sich da draußen ein Shuttle aufhält, das wir noch nicht entdeckt haben. Sie scheinen unsere Sensoren völlig zu täuschen, aber die Zivs haben eine Sekunde lang etwas bemerkt. Sagen Sie unseren Leuten, dass sie einen manuellen Scan vornehmen und mit den Ziv-Scans koordinieren sollen. Ich will dieses Shuttle haben.«

»Ja, Commander.«

»Und sagen Sie Wiseman Bescheid. Eines von unseren bewaffneten Shuttles könnte es dingfest machen.«

»Ethan.«

Er sah Vic an, die Gefühle liefen in ihm Amok. »Was denn?«

»Wir brauchen Gefangene.« Stark wich ihrem Blick aus. »Ethan, wir müssen Gefangene machen, damit wir sie verhören können. Damit wir erfahren, wer genau hinter diesem Anschlag steckt.«

»Ja, und um es ihnen heimzuzahlen. Alle zuhören, ich brauche ein paar Gefangene.«

»Diese Typen ergeben sich nicht, Stark.«

»Ich weiß. Versucht einfach euer Bestes.« Dann drehte er sich zu Vic. »Bist du jetzt glücklich?«

Sie schüttelte den Kopf. »Ich weiß ja nicht mal mehr, was das sein soll, Ethan. Jedenfalls im Moment nicht.«

Wieder zögerte Stark einen Augenblick, dann rief er das Vid auf, das von Sanchez' Gefechtsrüstung aufgenommen wurde. Er bewegte sich fast gleitend durch einen Korridor, vor ihm ein halbes Dutzend gepanzerte Gestalten, die alle mit einem wohltuenden Freunde-Symbol versehen waren. Die Gruppe kam zum Stehen, sie knieten sich hin, zielten mit dem Gewehr auf einen Punkt im Gang, an dem sich eine ganze Schar von feindlichen Symbolen versammelt hatte. Dort waren die Angreifer damit beschäftigt, um die Ecke in den nächsten Korridor zu feuern, ahnten aber noch nichts von der Falle, die gleich zuschnappen würde.

Sanchez' Blickwinkel im Vid veränderte sich leicht, als er aufstand, dann hörte Stark, wie er über die Außenlautsprecher seines Anzugs rief: »Ergeben Sie sich sofort!« Das Vid kehrte in seine vorherige Perspektive zurück, da Sanchez sich wieder hinhockte, um den Kugeln auszuweichen, die sofort auf ihn abgefeuert wurden. Die Soldaten vor ihm erwiderten das Feuer, stoppten, sobald der gegnerische Beschuss unterbrochen wurde, und sprangen auf, um vorzurücken. »Sie versuchen zu entkommen!«, rief Sanchez seinen Truppen zu. »Bleibt an ihnen dran!«

Am Ende des Flurs war der Boden übersät mit leeren Magazinen und toten Soldaten in Gefechtsrüstungen vom Typ V. Als es um die Ecke ging, musste Stark wegen der plötzlichen Bewegung im Vid gegen Schwindel ankämpfen. Im nächsten Gang lagen noch mehr Leichen, einige Soldaten waren wegen der geringen Schwerkraft noch einem Albtraum gleich im Hinfallen begriffen. Sanchez blieb stehen, vor ihm ein noch auf den Beinen verbliebener Soldat, der die Hände hoch erhoben hielt und dabei leicht schwankte. Aus einem

Riss in der Panzerung in Hüfthöhe lief Blut langsam an seinem Bein entlang. Auf der anderen Seite des Gefangenen war Corporal Gomez zu sehen, die ihre Waffe auf die Gestalt gerichtet hatte. So schnell er konnte, schaltete Stark auf einen anderen Kanal und bediente sich der Außenlautsprecher von Sanchez' Rüstung: »Corporal Gomez! Nehmen Sie die Waffe runter! Sofort!«

Sie zuckte zusammen, schaute um den Feind herum und ließ schließlich langsam den Lauf ihrer Waffe sinken.

»Glauben Sie, sie hätte den Gefangenen getötet?«, wollte Sanchez von Stark wissen.

»Sanch, selbst ich wäre an ihrer Stelle versucht gewesen, den Abzug zu betätigen. Wo ist Private Mendoza?«

Sanchez gab die Frage an Gomez weiter, die zeigte wortlos auf den Raum, in dem Lieutenant Mendoza nach seinem Satz gelandet war.

»Schicken Sie einen Sanitäter rein, Sanch«, sagte Stark.

»Natürlich.« Sanchez hob seine Hand und zeigte auf eine Soldatin, die er zu sich winkte. »Da rein bitte. Es gibt Verwundete. Commander Stark, es scheint, als hätten wir in diesem Bereich des Hauptquartiers sämtlichen Widerstand eliminiert.«

»*Roger*. Taylors Kompanie durchsucht den Rest des Hauptquartiers, aber es sieht so aus, als hätten wir alle Eindringlinge erwischt.« Stark fand, dass seine Stimme seltsam flach klang. »Ich komme zu Ihnen runter, warten Sie einen Moment.« Er drehte sich zu Vic um und kämpfte gegen eine weitere dunkle Vision an. »Es ist vorbei. Ich werde hier jetzt nicht gebraucht.« Die Worte klangen ein wenig wie eine Frage, die an Vic gerichtet war.

Reynolds nickte prompt. »Richtig. Geh du ruhig, Ethan. Ich werde dir Bescheid geben, wenn irgendetwas passiert.«

Stark zögerte, auch wenn er einen Fuß bereits in Richtung Tür schob. »Und … Murphy? Haben sie ihn noch rechtzeitig erreicht?«

»Sie haben ihn erreicht, aber ob es rechtzeitig war, wissen sie noch nicht. Der menschliche Körper ist nun mal nicht uneingeschränkt belastbar.«

»Ja, ich weiß.« Dann lief er los, schob die behelfsmäßig eingesetzte Tür zur Seite, wobei sich das Klebeband löste und träge durch die Luft zu Boden schwebte. In den Korridoren herrschte fast gespenstische Stille, von Kampflärm war nichts zu hören, und genauso fehlte die Geräuschkulisse von den Männern und Frauen, die hier lebten und arbeiteten. Stark gelangte in den Bereich, wo Sanchez auf ihn wartete. Den Helm hatte er geöffnet, sein Gesicht zeigte keine Regung. Gomez stand in sich zusammengesunken gegen die Wand gelehnt da. In einer Hand hielt sie ihr Gewehr so, dass der Lauf auf den Boden gerichtet war. Ihr Gesicht war bleich. »Anita? Alles in Ordnung?«

»*Sí, Sargento.*«

»Lieber Gott.« Stark starrte auf die toten Soldaten, die kreuz und quer übereinander lagen. In der Hektik der Kämpfe hatte er sich nicht die Mühe gemacht, die Symbole zu zählen, von denen jedes für einen toten Feind stand. Jetzt konnte er vor Erstaunen nur den Kopf schütteln. »Waren Sie das?«

»Ich, Mendo und sein Dad. Der Lieutenant.« Etwas an der Art, wie sie die beiden letzten Worte aussprach, verlieh ihnen einen Hauch von Endgültigkeit.

»Ist der Sanitäter noch drinnen? Bei Mendo und seinem Dad?«

Gomez schüttelte heftig den Kopf. »Nein, nicht mehr. Der Sanitäter konnte nicht mehr helfen. Dieser Lieutenant hat uns das Leben gerettet, *Sargento.*«

Stark sah sie nur an, als sie diesen Nachruf sprach, dann ging er zur Tür und warf einen Blick in den Raum, in dem Mendo neben seinem Vater kniete, ohne von der Blutlache Notiz zu nehmen, die beide umgab. Es war seltsam und passend zugleich, dass Tränen hier auf dem Mond so langsam fielen, als ob die Trauer die Zeit langsamer vergehen lassen könnte. Stark zog sich leise zurück und stellte sich wieder zu Gomez und Sanchez. »Zum Teufel. Zum Teufel mit allem.«

Die Worte hingen sekundenlang im Raum, dann begann Sanchez leise zu reden. Seine so elegant gewählten Worte bildeten einen eigenartigen Kontrast zur Gefechtsrüstung und der schussbereiten Waffe: »An diesem Abend war vom Ruhm nichts mehr geblieben, nur der Schrecken von zerrissenem Fleisch, das einmal unsere eigenen Männer waren, die an uns vorbei nach Hause gebracht wurden.«

Stark schloss für einen Moment die Augen. »Klingt so, als würden Sie jemanden zitieren, Sanch.«

»Ja, einen Engländer namens Lawrence.«

»Ein Brite? In welchem Krieg hat er gekämpft?«

»Im Ersten Weltkrieg.«

»Ich kann mich daran erinnern, dass Mendo diesen Krieg mal erwähnte.« *Schon komisch, was ich alles nicht über Sanch weiß, obwohl wir seit Jahren Seite an Seite kämpfen. Seltsam, wie viele Dinge wir doch für uns behalten.* »Dieser Krieg klang noch verrückter als alle Kriege, in denen wir gekämpft haben.« Wieder folgte ein Moment düsteren Schweigens, dann sagte Stark zu Corporal Gomez. »Wir werden dafür sorgen, dass Mendo seine Privatsphäre bekommt, Anita. So lange, wie er braucht.«

»*Sí.* Das war ein guter Offizier, *Sargento.*«

»Oh ja.«

»Ich hätte niemals gedacht, jemandem von diesem Schlag

zu begegnen. Ich hätte auch niemals gedacht, dass es mich berühren könnte, wenn einer von ihnen umkommt. Ich wollte eigentlich gehen. Ich. Ich wollte die Munition holen, die wir brauchten.« Die Worte quollen nur so aus ihrem Mund, als würde es sie zu große Mühe kosten, sie für sich zu behalten. »Aber der Lieutenant widersprach mir. Er sagte, dass ein Commander … dass er den Richtigen für den Job wählen muss. Er sagte, ich sei die beste Kämpferin, und Mendo sei ebenfalls gut. Dann sagte er noch irgendwas zu Mendo, und im nächsten Moment war er schon weg. Ich konnte ihn nicht zurückhalten. Wo sollen wir noch mal einen Offizier wie ihn finden, *Sargento*?«

»Einen, der exakt so wie er ist? Das weiß ich nicht. Aber wir werden mehr Offiziere von seinem Schlag finden müssen, Anita. Was ist mit Ihnen?«

»Hm?« Gomez sah ihn verwundert an. »*Sargento*, dafür bin ich nicht gut genug. Ich bin auf jeden Fall nicht so gut wie er.«

»Das könnten Sie aber sein. Zumindest könnten Sie es versuchen.«

Sie sah zu dem Zimmer, in dem Mendo um seinen Vater trauerte. »Ja, vielleicht.«

»Denken Sie darüber nach. Woran haben Sie eigentlich gemerkt, dass diese Leute der Feind sind?«

»Die tragen Rüstungen vom Typ V, *Sargento*. Ich habe bei einer Vorlesung einmal ein Vid davon gesehen. Ich wusste, dass wir die nicht haben.«

»Sie haben sie einmal gesehen …«, wiederholte Stark und sah dabei zu Sanchez, der nicht verhindern konnte, dass ihm ein anerkennender Ausdruck über das Gesicht huschte. Dann konzentrierte er sich wieder auf den toten Feind und schüttelte den Kopf. »Warum haben die so beharrlich versucht, hier unten vorzurücken? Warum haben die sich nicht zurückgezogen und sind auf eine andere Route ausgewichen? Es wäre doch ein Leichtes gewesen, diese Stelle hier zu umgehen.«

Sanchez folgte Starks Blick. »Ich kann nur mutmaßen, aber ich glaube, wir werden feststellen, dass ihre taktischen Systeme ihnen diesen Weg vorgegeben haben. Vermutlich sollte sichergestellt werden, dass sie auf verschiedenen Wegen angreifen und dass Verteidiger wie die Gruppe von Corporal Gomez dadurch festgesetzt werden.«

»Das stimmt«, pflichtete Gomez ihm nachdrücklich bei. »Hätten sie sich zurückgezogen, dann hätten wir auch unsere Position geändert. Und schneller als wir hätten sie sich nicht bewegen können, weil wir über die … ähm … internen Kommunikationsleitungen verfügen.«

»Die internen Kommunikationsleitungen?« Stark sah seine Corporal ungläubig an. »Wo haben Sie denn das her, Anita? Wieder mal eine Vid-Vorlesung?«

Sie atmete tief durch und lächelte ein wenig verkrampft. »Nein. Vom Lieutenant. So wie die Nordstaatler bei Gettysburg. Richtig?«

»Vermutlich ja.« Fassungslos schüttelte Stark den Kopf, dann gab er Gomez einen Klaps auf den Arm. »Sie haben sich hervorragend geschlagen. Sie brauchen jetzt etwas Freizeit.«

»Nein, *Sargento*. Ich brauche keine Freizeit, wo ich dann doch nur rumsitze und anfange nachzudenken. Das will ich nicht. Ich habe zu tun.«

»Ja, okay.« Er warf Sanchez einen vielsagenden Blick zu. »Ich kann mir vorstellen, dass Sie genügend Dinge finden, die erledigt werden müssen. Aber vergessen Sie nicht, dass wir auch Kaplane haben. Und falls Sie etwas Zeit brauchen, um auf all das zu reagieren, lassen Sie es uns wissen. *Comprendido*?«

»*Sí.*« Sie drückte die Schultern durch, nahm ihr Gewehr und wandte sich dem Raum zu, in dem Lieutenant Mendoza lag. »Und jetzt muss ich erst einmal Wachdienst leisten.«

»Das kann auch jemand von Sanchez' Leuten übernehmen.«

»Nein, das ist meine Aufgabe. Das schulde ich ihm.«

»Verstanden. Sanch, danke, dass Sie hergekommen sind.«

Sergeant Sanchez hob unverbindlich die Schultern, gerade als die reguläre Beleuchtung wieder anging, die nach dem gedämpften Schein der Notlampen gleißend hell war und in den Augen wehtat. »Ich war nicht weit weg, als der Alarm losging, und ich hatte Glück, dass ich mir eine Gefechtsrüstung leihen konnte.«

»Und das war unser Glück. Dann übergeben Sie das Gebiet hier an Taylors Leute und lassen Sie Ihre Soldaten gehen. Ich habe noch jede Menge zu tun, aber wir sehen uns ja ohnehin.«

»Auf jeden Fall.«

Sanchez begann, seinen Leuten Befehle zu erteilen, während Stark sich auf den Weg machte und dabei versuchte, sich auf die nächste vor ihm liegende Aufgabe zu konzentrieren, anstatt über die Zahl der Opfer nachzudenken. »Vic. Irgendwas Neues?«

»Wir durchsuchen gerade ein letztes Mal alles, damit sich auch garantiert nirgendwo jemand versteckt hält. Und ich habe Campbell in der Leitung, er wartet auf dich.«

»Stell ihn durch. Mr. Campbell?«

»Ja.« Der Koloniemanager klang ein wenig außer Atem, so als wäre er an den Gefechten beteiligt gewesen. »Sergeant Reynolds hat mir bereits gesagt, dass jetzt wieder alles in Ordnung ist.«

»Das ist richtig. Danke, dass Sie uns beigestanden haben.«

»Genau genommen haben wir längst keine andere Wahl mehr, Sergeant Stark. Wir stecken gemeinsam in dieser Sache drin.«

»Da haben Sie allerdings recht.« *Mil und Zivs, die gemeinsam in einer Sache stecken. Vielleicht kommt aus dem Ganzen sogar am Ende noch etwas Gutes heraus.* »Ich muss weiter. Wir sammeln zwar immer noch die Trümmer ein, aber alles ist gesichert. Sie erhalten später noch einen Bericht von mir.« Dann schaltete Stark auf einen anderen Kanal um. »Vic? Gab es sonst noch was?«

»Nein, nur … oh, Moment noch. Aha! Wiseman hat dein Shuttle entdeckt.«

Stark verkrampfte sich innerlich. »Hat sie es erledigt?«

»Noch nicht. Das Shuttle entwischt ihr immer wieder, weil es Flugmanöver vollführt, wie ich sie noch nie gesehen habe.«

»Also etwas ganz Besonderes. Schön zu wissen, dass wir den Eindruck machen, dass man gegen uns das Beste auffahren muss.«

»Auf das Kompliment hätte ich gern verzichtet«, machte Vic ihm verbittert klar. »Ich habe die Zahl der Gefangenen für dich.«

»Wie viele?«

»Drei. Wir haben siebenunddreißig Tote gezählt.«

»Also ein Angriff in Zugstärke.« Das entsprach in etwa der Anzahl Soldaten mitsamt Kampfausrüstung, die in einem einzelnen Shuttle transportiert werden konnten. »Irgendwelche Verwundeten?«

»Die sind alle drei verwundet.«

Nur drei Überlebende einer vierzig Soldaten starken Truppe. Also keine Söldner, aber für die hatte er sie ohnehin nicht gehalten. Söldner kämpften nicht bis zum Tod, wenn eine Kapitulation eine realistische Chance bot. »Wo sind sie?«

»Stacey Yurivan traf zusammen mit Taylors Kompanie ein. Sie hat die Gefangenen in diesem Konferenzraum untergebracht.« Auf Starks Head-up-Display tauchte ein Symbol auf, das ihm den Weg zeigte.

»Willst du sie wirklich jetzt schon sehen?«

»Ja, wirklich. Ich komme schon damit klar.« Stark schaltete alle Gedanken und Gefühlsregungen ab, damit er sich ganz auf den Ablauf konzentrieren konnte. Dann betrat er den Raum.

Zwei Bewacherteams aus Taylors Kompanie hatten sich an den Wänden aufgestellt, die Waffen im Anschlag, während sie mit unerbittlicher, wütender Miene die Gefangenen beobachteten. Die beiden Männer und eine Frau standen kerzengerade da, obwohl man ihnen die Hände hinter dem Rücken gefesselt hatte. Die Gefechtsrüstung hatte man ihnen abgenommen, die Uniformen darunter gaben keinen Hinweis auf Dienstgrad oder Nationalität. Stark betrachtete sie mit kühler Gelassenheit, um sie seinen Zorn nicht erkennen zu lassen. »Wer hat Sie geschickt?«

Nicht einer von ihnen zuckte auch nur mit der Wimper.

»Wie kommen Sie an die neueste amerikanische Ausrüstung?« Wieder keine Reaktion. Stark stellte sich vor den großen blonden Mann, dessen linke Gesichtshälfte von einer schweren Prellung dunkelblau verfärbt war. »Woher kommen Sie?«

Schweigen.

*Ganz egal, wer die sind, es sind auf jeden Fall Profis*, überlegte Stark. Professionelle Soldaten, die bestens trainiert waren. Aber keine Amerikaner. Selbst wenn die fehlenden Hundemarken nicht schon Beweis genug gewesen wären, sahen sich die drei untereinander zu ähnlich. Es handelte sich um eine gewisse Homogenität der Menschen, die sich innerhalb der Bürger der meisten Nationen immer noch widerspiegelte und sie dadurch von Amerikanern unterschied. Nur eine amerikanische Einheit, die auf Generationen von Einwanderern aus allen Winkeln der Erde zurückblicken konnte, erinnerte mit ihrem Aussehen an alle Völker des Planeten und deren heterogene Zusammensetzung. Das Militär eines anderen Landes hatte diese Soldaten zur Verfügung gestellt, um an der Leihgebühr zu verdienen und sich der Dankbarkeit der Amerikaner zu versichern.

»Okay, ganz wie Sie wollen.« Stark drehte sich zu Stacey Yurivan um, die dastand, den Mund hasserfüllt verzogen. Ihm fiel ein, dass sie sich mit Jill Tanaka angefreundet hatte. »Verhören Sie sie.«

Yurivans Miene nahm einen unterschwellig erfreuten Unterton an. »Das werde ich machen.«

Ihr Tonfall ließ in Starks Kopf die Alarmglocken schrillen. »Verhören« konnte sehr vieles bedeuten; eine Menge davon war illegal und zum größten Teil mit Schmerzen verbunden. Na und? Tut ihnen ruhig weh, flehte ihn eine Stimme in seinem Hinterkopf an. Mit einem energischen Kopfschütteln kämpfte er gegen die Versuchung an. »Im Rahmen des Erlaubten, Stacey. Sie sind immer noch eine amerikanische Soldatin.«

Trotz blitzte in ihren Augen auf. »Dieser Abschaum aber nicht.«

Er stellte sich vor sie und hielt ihrem aufgebrachten Blick stand. »Das sind Soldaten, die ihren Auftrag ausgeführt haben. Keiner von denen hat sich meines Wissens zu irgendwelchen Grausamkeiten hinreißen lassen. Oder ist Ihnen da etwas bekannt? Also behandeln Sie sie so, wie Sie wollen, dass umgekehrt auch unsere Leute behandelt werden.«

Stacey verzog keine Miene. »Niemand muss wissen, was mit den dreien geschehen ist.«

»Aber ich werde es wissen.« Stark ließ diese Antwort als Warnung und als Gedächtnisstütze im Raum hängen. Nach einigen Sekunden wandte Yurivan sich ab.

»Also gut«, spie sie schließlich aus. »Es wird im Rahmen des Erlaubten bleiben«, sagte sie und warf den Gefangenen einen hasserfüllten Blick zu. »Aber nur so gerade eben.«

Stark machte noch einen Schritt auf sie zu, um ganz leise und nur an sie gerichtet anzufügen: »Machen Sie ihnen Angst, so viel Sie wollen, aber denken Sie dabei immer daran, dass wir sie zum Reden bringen wollen. Wenn wir sie dazu bringen alles auszuplaudern, können wir demjenigen, der sie uns auf den Hals gehetzt hat, einigen Schaden zufügen.«

»Oh ja.« Ihre Zähne blitzten auf, doch ein Lächeln war das nicht. »Ja, Sir«, fügte sie lauter hinzu. »Das werde ich machen.«

Stark musste sich ein boshaftes Lächeln verkneifen, als er sah, dass ihre scheinbar harmlose Antwort den bis dahin so stoischen Mienen der Gefangenen einen Hauch von Angst verlieh. *Sollen sie ruhig spekulieren, was ich ihr zugeflüstert habe. Ein bisschen Angst vor Gott und vor Stacey Yurivan kann unter Umständen gesprächig machen.* »Geben Sie mir Bescheid, wie es läuft.«

Die Korridorwände im Hauptquartier kamen ihm immer noch fremd vor, als er auf dem Weg zum Kommandozentrum war. Dabei begegneten ihm kleinere Gruppen Soldaten, denen der Schock und die Wut über das Geschehene deutlich anzusehen war. »An die Arbeit, Leute«, forderte er sie auf. »Wir müssen hier aufräumen und die Schäden reparieren. Uns bereitmachen, damit wir es ihnen heimzahlen können.«

Die Soldaten nickten und salutierten, dann ging jeder seiner Wege.

Vic erwartete ihn bereits im Kommandozentrum, wo sie in einer Ecke saß und ausdruckslos vor sich hin starrte. »Das Shuttle konnte entkommen. Wiseman ist es nicht mehr gelungen, es einzuholen, bevor es den Feuerschutz durch die großen Kriegsschiffe erreicht hat. Sie sagt, sie konnten ihm noch die Schwanzfedern ansengen, aber mehr ging nicht.«

»Das ist schon okay. Heute wurde genug getötet.«

»Murphy wird wahrscheinlich durchkommen.«

»Wahrscheinlich?« Stark spürte, wie ihm das Blut in den Adern gefror.

»Es hat ihn wirklich übel erwischt. Sie konnten ihn fürs Erste stabilisieren, aber der Körper hat verdammt viele Schäden abbekommen. Du weißt ja, wie es ist. Technisch gesehen sind die Ärzte in der Lage, so gut wie jeden wieder zusammenzuflicken, wenn noch einigermaßen etwas von ihm übrig ist, aber der Körper selbst gibt irgendwann auf.« Sie sah Stark an und lächelte schwach. »Die Ärztin, mit der ich über ihn gesprochen habe, hat sich darüber beklagt, dass du Murphy gleich wieder ins Gefecht geschickt hast, nachdem sie ihn gerade erst wiederhergestellt hatten.«

»Na, dann weiß ich wenigstens, um welche Ärztin es geht. Wenn jemand Murph retten kann, dann sie.«

»Mag sein. Aber ich glaube, sein Herz hat es schwerer erwischt als jede andere Partie seines Körpers.«

Stark hielt sich die Hände vors Gesicht, um die ganze Welt auszublenden. »Zweifellos«, stimmte er ihr schließlich zu, während er die Hände wieder runternahm. »Robin war eine gute Frau, Vic. Murphy und sie hätten diese Chance verdient gehabt.«

»Man kriegt nicht immer das, was man eigentlich verdient.«

»Ich weiß. Oh ja, das weiß ich. Hat Murphy schon erfahren, dass sie tot ist?«

»Keine Ahnung. Er ist nicht in der Verfassung, auch nur ein Wort zu reden. Also hängt das davon ab, ob sie schon tot war, als er es noch mitbekommen konnte.«

*Dann muss ich ihm das womöglich auch noch beibringen? Himmel, warum denn nur?* »Zivs sollten gar nicht sterben«, flüsterte er.

»Nein, das sollten sie nicht.« Vic stand langsam auf und stellte sich zu ihm, dann legte sie eine Hand auf seine Schulter. »Das gehört zu unserer Arbeitsplatzbeschreibung, und trotzdem tut es höllisch weh, wenn wir einen Freund verlieren. Ich schätze, als sie sich dafür entschied, mit einem Soldaten auszugehen, hat sie mit dem Guten auch alles Schlechte in Kauf genommen.«

»Ich hatte sie noch gewarnt, aber ich war der Meinung, dass Murphy gefährlich lebt, nicht sie.« Er hob den Kopf und musterte Vic. »Dir tut es auch weh?«

»Ja, natürlich.«

»Aber sie war nur eine Ziv.«

Vic sah ihn verärgert. »Ja, sie war eine Ziv. Aber sie war unsere Ziv. Sie hat uns gut behandelt, außerdem hat sie Murphy gemocht. Und sie ist mit unseren Leuten gestorben.«

»Das stimmt«, pflichtete Stark ihr bei. Sein Tonfall war ungewöhnlich sanft. »Sie ist mit unseren Leuten gestorben. Wie eine Verbündete.«

»Ja, wie eine Verbündete.« Vic schüttelte den Kopf, begann dann aber zu nicken. »Eine gute Verbündete. Alles klar, Ethan. Du hast von Anfang recht gehabt. Wir und die Zivs stehen hier oben auf der gleichen Seite, und manchen von ihnen kann man sogar vertrauen. Ich glaube, das hat ihr Verhalten heute Nacht bewiesen. Zu schade, dass Robin Masood sterben musste, um uns das zu verstehen zu geben.«

»Damit einige von uns das verstehen«, konterte Stark und erntete dafür einen weiteren bösen Blick. »Wenigstens war ihr Tod nicht völlig umsonst. Er bedeutet etwas. Und er hat etwas bewirkt.«

»Das wird Murphy sicher ein großer Trost sein.«

Stark ließ den Kopf sinken, Schmerz strahlte von jeder Stelle seines Körpers aus. »Ich werde für ihn da sein müssen.«

Daraufhin legte Vic den Arm um seinen Kopf und drückte ihn an sich. »Oh, entschuldige bitte. Das hätte ich nicht sagen sollen. Du kannst nichts dafür.«

»Und wer kann was dafür?«

»Derjenige, der den Befehl dazu gegeben hat. Komm schon, Soldat, an die Arbeit. Es gibt eine Menge zu tun.«

»Ja.« Er folgte ihr und verbannte den Schmerz hinter einer Mauer aus endlos vielen wichtigen und weniger wichtigen Aufgaben. Dabei wusste er, dass dies den Schmerz nur von ihm fernhielt, ihn aber nicht verschwinden lassen konnte.

Irgendwann später, als sich der künstliche Erdtag seinem Ende näherte, saß Stark in seinem Quartier. Sein Körper fühlte sich hundemüde an, und der Verstand war noch immer wie betäubt. »Commander?«

»Ja, hier.« Die Sicherheitszentrale war wieder fast vollständig funktionstüchtig. Die Angreifer waren gezwungen gewesen, dort fast alle Geräte unversehrt zu lassen, damit der Wurm Zeit hatte, zu wirken. Außerdem waren Starks Leute in der Lage gewesen, die programmierten Sprengladungen noch rechtzeitig zu entschärfen, die die Zentrale in eine Trümmerwüste hatten zerlegen sollen.

»Hier ist Besuch, der zu Ihnen möchte. Eine Zivilistin.«

»Wer?«

»Sie sagt, sie heißt Cheryl Sarafina.«

Stark verzog kurz den Mund, dann nickte er vor sich hin. »Lassen Sie sie passieren und schicken Sie sie zu meinem Quartier.« Wenig später kam Sarafina mit gesenktem Kopf herein, sodass sie Stark nicht ansehen musste. Dann aber hob sie den Kopf, und ihm fielen ihre geröteten Augen auf. »Verzeihen Sie die Störung, Sergeant Stark.«

»Kein Problem. Es war ein wirklich übler Tag. Möchten Sie sich hinsetzen? Kann ich Ihnen etwas bringen?«

»Nein, nein.« Sarafina griff in ihre Tasche und holte einen kleinen Gegenstand heraus. »Ich war mit einer Bestandsaufnahme von Robin Masoods Habseligkeiten beschäftigt, da dachte ich mir, Sie würden das hier vielleicht gern haben wollen.« Sie öffnete die Hand, zum Vorschein kam eine kleine rundliche Figur mit einem albernen Lächeln, das jetzt seltsam spöttisch erschien; der Paca, den Robin von ihrer Mutter bekommen hatte. Eine Generation zuvor war diese Spielfigur Paca der Renner überhaupt gewesen. Starks Mutter hatte auch einen gehabt, so wie viele andere Frauen.

Diesen Paca hatte er das letzte Mal gesehen, als er Robin Masood zu Hause besucht hatte, um mit ihr und Sarafina über das Militär zu reden. Damals hatte der Paca ihn an seine Mutter erinnert und dafür gesorgt, dass Stark sich auf eine völlig irrationale Weise mit dieser Ziv-Frau verbunden fühlte.

Stark kniff die Augen kurz zu, da er den Anblick nicht ertrug. »Das hat sie von ihrer Mutter. Vielleicht sollten Sie es ihr geben.«

»Ich hatte das Gefühl, die Figur bedeutet Ihnen etwas.«

»Das tut sie auch, aber sie gehört mir nicht.«

»Ich glaube, sie hätte gewollt, dass Sie sie bekommen. Einige Male hat sie davon gesprochen, wie sehr der Anblick Sie gefreut hat.«

Langsam streckte er die Hand aus und berührte die seltsame kleine Figur. »Wissen Sie was? Ich behalte sie fürs Erste. Wenn es Murphy wieder besser geht, werde ich ihn fragen, ob er sie haben möchte. Okay?« *Murphy wird es wieder besser gehen. Murphy wird überleben. Ich muss mir das immer wieder einreden.*

»Private Murphy? Aber natürlich. Ach, Sergeant.« Sarafina blinzelte hastig und wischte mit den Fingern über die Augenwinkel. »Warum nur müssen solche Dinge Leuten wie ihm widerfahren?«

»Weil das Universum nicht gerecht ist. Und selbst wenn es das wäre, würden die Menschen trotzdem auf diesem Gebiet die Kontrolle haben und doch wieder alles kaputtmachen. Es tut mir wirklich leid, Ma'am. Wenn ich irgendwas …« Starks Stimme verstummte, da er sich völlig hilflos fühlte.

»Danke, aber die Toten können Sie auch nicht zum Leben erwecken. Sergeant Stark, ich muss Ihnen sagen, dass die Kolonie in vieler Hinsicht geteilter Meinung war. Koloniemanager Campbell hat Ihnen ja davon erzählt. All die Diskussionen, was wir überhaupt tun sollen, wie sehr wir uns für die Sache engagieren wollen, ob wir uns mit dem Militär verbünden, das von Ihnen befehligt wird.« Sarafinas Stimme nahm einen härteren Unterton an. »Das ist jetzt vorbei. Viele Menschen kannten Robin. Sie war sehr beliebt. Ihr Tod war für jeden hier ein Schock. Die Tatsache, dass unsere eigene Regierung ausländisches Militär anheuert, um uns anzugreifen und die eigenen Bürger zu töten!«

»Sie haben momentan bei den US-Truppen zu wenige Leute.«

»Das ist wohl kaum eine Entschuldigung. Abgesehen davon wäre es umso schlimmer gewesen, wenn sie Amerikaner hergeschickt hätten. Nein, Sergeant Stark, es gibt nur noch eine kleine Minderheit innerhalb der Kolonie, die noch weiter auf unsere Behörden vertrauen will. Die Mehrheit tendiert jetzt zu einem vollständigen Bruch.«

»Was soll das bedeuten?«

»Eine Unabhängigkeitserklärung.« Sarafina musste ihm die Reaktion angesehen haben, die ihre Worte bei ihm ausgelöst hatten. »Ich weiß, es ist eine drastische Entscheidung, mit dem eigenen Land zu brechen; selbst mit Blick auf die Provokationen, die wir ertragen mussten. Vielleicht nehmen unsere Regierenden auf der Erde ja doch noch Vernunft an. Weder Mr. Campbell noch mir behagt ein so radikaler Schritt zu diesem Zeitpunkt, aber im Namen der Bürger dieser Kolonie kann ich Ihnen jetzt zusichern, dass wir zu Ihnen und an Ihrer Seite stehen werden. Im Gedenken an Robin.«

»Danke.« Stark drehte den kleinen Paca in seinen Händen hin und her und betrachtete ihn mit einem erschöpften Gefühl der Leere. »Schon seltsam, was wir alles für Menschen zu tun bereit sind, wenn sie erst einmal tot sind, während wir das zu ihren Lebzeiten nicht tun wollten.«

»Die Gefangenen reden nicht«, ließ Vic ihn wissen. »Und die Systeme ihrer Gefechtsrüstungen waren sämtlich mit Kamikaze-Wachhunden ausgerüstet, um die komplette Programmierung zu löschen. Stacey Yurivans Leute konnten allerdings aus den taktischen Dateien genügend Fragmente bergen, um sie zu einem groben Bild ihres Plans zusammenzusetzen.« Sie drehte ihren Displayschirm so, dass Stark ihn sehen konnte. »So, wie wir es auf unseren Sensoraufzeichnungen gesehen haben, war das vorrangige Ziel dies hier: die Generalssuite.«

Stark stutzte. »Die haben erwartet, mich da anzutreffen?«

»Richtig. Dich und mich.«

»Was? Es war mitten in der Nacht. Warum sollten die denken, dass du auch da sein würdest?«

Vic sah ihn an und schnaubte aufgebracht. »Ethan!«

»Oh.« Aus irgendeinem Grund fand er diese Anspielung amüsant. »Wissen die etwas über uns, wovon ich keine Ahnung habe?«

»Falls dem so ist, habe ich auch keine Ahnung davon. Jedenfalls sind sie davon ausgegangen, dass du dich da einquartiert hast.«

Stark verzog den Mund. »Viel zu groß und viel zu luxuriös. Das weißt du ja.«

»Aber du arbeitest da manchmal«, betonte Vic.

»Sehr selten, auch wenn der Schreibtisch schön und die Komm-Anlage großartig ist.« Nachdenklich rieb er sich das Kinn und bemerkte Bartstoppeln. Ihm fiel ein, dass er vergessen hatte, sich zu rasieren. »Haben die nur vermutet, dass sie mich da finden? Oder hat mich jemand dort arbeiten sehen und ist davon ausgegangen, dass ich da auch übernachte, was er dann an die Angreifer weitergegeben hat?«

»Ich weiß es nicht. Wir sollten das herausfinden, und falls es so war, müssen wir feststellen, wer dieser Jemand gewesen ist.«

Stark betrachtete mit finsterer Miene den Bildschirm. »Dann ging es also darum, die Führungsspitze auszuschalten. Aber ein solcher Schlag soll den Gegner aus dem Gleichgewicht bringen, um dann sofort den nächsten Schlag folgen zu lassen. Was ist dann aus dem nächsten Schlag geworden?«

»Ich glaube, diese Attacke war immer nur als Einzelaktion geplant.« Reynolds seufzte schwer und bedachte Stark mit einem gereizten Blick. »Ethan, ich habe dir das schon hundert Mal gesagt. Du hältst das Ganze hier zusammen. Keinem anderen traut man hier zu, die Basis führen zu können. Wahrscheinlich dachten sie, wenn sie dich ausschalten, rennen wir alle völlig kopflos durch die Gegend.«

Wieder dachte er eine Weile nach. »Dann scheine ich wohl ziemlich wichtig zu sein.«

»Ist ja nicht wahr, Ethan. Das wird dir jetzt auch mal klar?« Vic schüttelte ungläubig den Kopf. »Und? Wirst du jetzt endlich etwas vorsichtiger sein?«

»Nein.« Sofort hielt er beide Hände hoch, um Vics drohenden Wutausbruch zu stoppen. »Hör zu, Vic, diese Affen vertrauen mir, weil sie wissen, dass ich sie führen werde. Okay, das ist vielleicht nicht der einzige Grund, aber es ist eine wichtige Sache. Wenn ich mich aber in einem Bunker verstecke, dann führe ich meine Truppen nicht.« Nach einer kurzen Pause fügte er hinzu: »Das hier ist die gleiche Situation wie in einem Gefecht, oder Vic? Wenn ich meinen Trupp führe, darf ich die Leute auch nicht wissen lassen, dass ich Angst habe, sonst bekommen auch sie Angst. Ich muss ganz vorn mit dabei sein.«

Vic saß schweigend da, schloss für einige Sekunden die Augen und konzentrierte sich dann wieder auf Stark. »Ich kann dir in keinem Punkt widersprechen. Das heißt, wir müssen dafür sorgen, dass du am Leben bleibst, aber gleichzeitig müssen wir dein Leben auch aufs Spiel setzen. Warum kann das nicht alles viel einfacher sein?«

»Weil Menschen im Spiel sind«, sagte er und fuhr fort: »Und dann sind sie zum Kommandozentrum weitergezogen.«

»M-hm. Anscheinend sollten sie sich da mit den beiden Soldaten zusammenschließen, die wir angetroffen hatten. Sie hatten wahrscheinlich den Auftrag, alles zu zertrümmern, und sollten dann im allgemeinen Durcheinander entkommen. Jedenfalls sind das die Anweisungen, die wir aus ihren Taktischen Systemen herausholen konnten. Ich wüsste allerdings nicht, welche realistische Chance sie gehabt haben sollten, sich den Weg nach draußen freizukämpfen.«

»Zumindest keine allzu große Chance. Aber es hätte unter Umständen funktionieren können«, räumte Stark ein. »Sie waren gut, sie hatten das Überraschungsmoment auf ihrer Seite, und sie waren in unsere Systeme eingedrungen. Wir hatten Glück.«

»Glück ist der passende Begriff.« Sie tippte mit dem Finger auf einen Teil des Displays. »Allerdings müssen wir uns bei den Zivs bedanken. Die haben uns alarmiert. Die Angreifer besaßen unsere internen Codes, weshalb keiner von unseren Sensoren reagiert hat. Aber der Wachmann auf Wachposten Vier konnte trotzdem eine Warnung absetzen.« Sie sah zu Stark. »Er ist noch ziemlich neu auf seinem Posten und hat die Warnung ernst genommen, als sie am Abend einging.«

»Schon gut, dass ich die Meldung nicht einfach abgewimmelt habe.«

»Ja, und es war auch gut, dass der Wachmann noch unerfahren genug war, um die Warnung weiterzugeben.« Sie hielt kurz inne. »Ich hätte mich nicht darum gekümmert, Ethan. Kein Veteran hätte sich dafür interessiert. Ich hätte den Zivs höchstens noch gesagt, sie sollen mich in Ruhe lassen.«

»Ich habe mich darum gekümmert«, hielt er dagegen. »Aber du hast schon recht. Meine erste instinktive Reaktion war auch, sie einfach reden zu lassen.«

»Und warum bist du nicht dabei geblieben?«

»Vielleicht weil ich oft genug mit den Zivs hier oben zu tun habe und viele persönlich kenne. Das macht etwas aus. Könnte auch daran liegen, dass ich als Ziv aufgewachsen bin und weiß, dass jeder von ihnen anders ist. Und dass die meisten von ihnen ganz anständige Leute sind, wenn sie uns erstmal kennengelernt haben und dabei einsehen, dass wir nichts mit Figuren in einem Videospiel zu tun haben.« Er dachte zurück an diesen alten Film über den Angriff auf den Hafen. »Und vielleicht auch, weil ich einen Teil meiner Jugend damit vergeudet habe, mir Vids anzusehen.«

Skeptisch zog sie die Augenbrauen hoch. »Willst du damit sagen, ich hätte mir in meiner Jugend mehr Vids ansehen sollen?«

»Wenn es die richtigen gewesen wären. Auf jeden Fall sind die Zivs auf unserer Seite, Vic. Sie lernen, mit uns zusammenzuarbeiten. Diesen Sieg – sofern man es als Sieg bezeichnen will, dass wir den Angriff überlebt haben – verdanken wir vermutlich der Tatsache, dass die Zivs mit uns zusammengearbeitet haben. Wir müssen lernen, mit ihnen zu arbeiten.«

Vic schaute sich leicht verärgert um. »Ich weiß. Und wieder stellt Ethan Stark alles Vertraute auf den Kopf. Ich schätze nur, ich werde mich nie an den Gedanken gewöhnen, dass ich den Zivs irgendwas schuldig bin.«

»Sieh es doch einfach als Revanche für alles an, was sie uns noch schuldig sind.« Stark musste noch einmal über den Angriff nachdenken, wobei ihm plötzlich ein Detail in den Sinn kam. »Ich nehme an, der Wachmann ist trotzdem umgekommen, oder?«

»Oh, ja«, bestätigte Vic. »Er hatte nie eine Chance. Aber er hielt noch lange genug durch, um den Alarm auszulösen und den Angriff ein wenig hinauszuzögern. Dadurch bekam die Sicherheitszentrale ausreichend Zeit, um Verstärkung anzufordern.« Sie zeigte auf einen anderen Punkt der Darstellung des Hauptquartiers. »Und selbst dabei waren wir immer noch auf einen Schuss Glück in der Gestalt von Corporal

Gomez angewiesen. Der Widerstand, den sie zusammen mit den Mendozas in diesem Korridor geleistet hat, hinderte einen großen Teil der Angreifer daran, die Gruppen zu verstärken, mit denen wir uns herumgeschlagen haben.«

»Und die konnten wir schon nur mit Mühe aufhalten.«

»Das kannst du laut sagen. Dass Murphy im Alleingang eine komplette Gruppe ausradiert hat, war natürlich auch von Nutzen für uns. Gomez und Murphy dürften zusammen gut die Hälfte der feindlichen Streitmacht unschädlich gemacht haben. Schon gut, dass ausgerechnet an dem Abend alle ihre Waffen mitgebracht haben. Noch ein Schuss Glück mehr, sozusagen.« Vic brachte ein Lächeln zustande. »Dein alter Trupp ist eine richtige Höllenmaschine, Ethan. Womit hast du die Leute großgezogen?«

»Mit gesundem Menschenverstand, Training und Selbstbewusstsein.« Stark schüttelte den Kopf, er schauderte. »Das war zu knapp. Viel zu knapp. Dieser Angriff hätte uns eigentlich erledigen müssen, Vic.«

»Ja, ich weiß.« Reynolds nickte wieder, ihre Miene war wie versteinert. »Ethan, mir gefällt nicht, dass wir überlebt haben, nur weil wir Glück hatten.«

Stark starrte auf das Display und fühlte, wie seine Wut wuchs. »Und wie kann es sein, dass auch die so viel Glück hatten? Wie konnten die Angreifer es bis vor unsere Tür schaffen, anstatt schon viel früher irgendwem irgendwo aufzufallen? Wie konnten sie landen, ohne von der Orbitalverteidigung entdeckt zu werden? Wie konnten sie in den Mil-Komplex gelangen? Wie konnte ihr Shuttle unsere Sensoren täuschen und bis auf diesen Geisterscan unentdeckt bleiben?«

Sie biss sich auf die Lippe. »Ich hatte dir ja gesagt, dass sie über unsere internen Codes verfügten. Das ist eben der Haken an automatisierten Systemen. Ihnen fehlt der gesunde

Menschenverstand. Sie würden Gott und alle Welt passieren lassen, solange sie den richtigen Code scannen.«

»M-hm. Also hatten sie unsere Codes, und irgendjemand muss den Angreifern erzählt haben, dass ich im Generalsquartier wohne. Das kann nur eines bedeuten.«

»Ja.« Vic wirkte mitgenommen, als hätte eben diese Bedeutung ihr alle Kräfte geraubt. »Sie hatten Hilfe von innen, Ethan. Jemand hat sich Zugang zu den Systemen verschafft und die Daten an die Angreifer weitergeleitet.«

»Trasies?«

»Vermutlich würde er so was machen, aber er hat keinerlei Zugriff auf Mil-Systeme. Du kannst mir glauben, das habe ich vor langer Zeit überprüfen lassen. Außerdem wurden die Codes mehrere Male geändert, seit wir Trasies verhaftet haben. Es muss ein anderer Maulwurf sein. Ich habe Stacey Yurivan schon darauf angesetzt.«

»Bist du dir sicher, dass wir sie dafür nehmen sollen? Stace kocht vor Wut, dass es Tanaka erwischt hat.«

Vic zuckte mit den Schultern. »Das bedeutet, sie ist motiviert.«

»Ich will nicht, dass daraus eine Hexenjagd wird.«

»Ganz meine Meinung. Aber Stacey wird sich mit keinem anderen zufriedengeben als dem wirklich Schuldigen. Sie will Rache, und dafür will sie den Richtigen.«

»Gut. Sobald sie eine Antwort gefunden hat, möchte ich das wissen.«

Der Anruf kam früh am nächsten Morgen, lange bevor die Mehrheit der Menschen für gewöhnlich aufwachte. Stark zog sich hastig an und machte sich auf den Weg zu seinem Treffen mit Sergeant Yurivan. Unterwegs schloss sich ihm Sergeant Reynolds an.

Stacey Yurivan strahlte Triumph und Müdigkeit in einem aus, was bedeutete, dass der Verzicht auf Schlaf durch das Resultat gerechtfertigt wurde. »Ich habe den Maulwurf.«

»Nur einen?«, fragte Vic.

»Ja, ich glaube schon.« Yurivan zwinkerte ein paar Mal, um sich trotz ihrer Müdigkeit konzentrieren zu können. »Bei solchen Angelegenheiten gibt es zwar nie einhundertprozentige Gewissheit, aber da ich eine Ahnung hatte, wonach ich suchen musste, stieß ich auf einige unberechtigte Zugriffe, die ich dann zurückverfolgte. Nachdem ich das Protokoll geknackt hatte, mit dem diese Zugriffe erfolgt waren, gelangte ich zu gut einem Dutzend falscher Identitäten. Die ließen sich aber alle zu einer realen Person zurückverfolgen.«

»Ein Dutzend?«, warf Stark ungläubig ein und schüttelte den Kopf. »Ich dachte, unsere Sicherheitsmaßnahmen wären um einiges besser. Wenn man mit einem Dutzend gefälschter IDs einfach eindringen …«

»Langsam, Stark«, fuhr Yurivan ihn an, biss sich aber sogleich auf die Lippe. »Tut mir leid … Commander. Diese falschen IDs sind nicht etwa durchgekommen, weil unsere Sicherheit so schlecht ist, sondern weil die IDs so verdammt gut sind. So was Brutales habe ich noch nie gesehen. Wenn wir mehr Zeit haben, werde ich Ihnen ein paar Dinge über die Würmer erzählen, die wir ganz tief in den Systemen eingegraben entdeckt haben.«

»Fahren Sie fort.«

»Ja, das waren richtig hässliche«, sagte Yurivan und grinste zynisch. »Ich vermute, dass sie die für die große Offensive zurückbehalten wollten. Wären sie aktiviert worden, dann hätten wir echte Schwierigkeiten bekommen. Die Komm-Kanäle wären gestört worden, an alle unsere Waffen wäre der Befehl ergangen, das Feuer nicht zu eröffnen, und dann wäre auch noch die IFF gespiegelt worden ...«

»Gespiegelt? Was soll das heißen?«

»Es soll heißen, dass befallene IFF-Scanner unsere Freunde als feindliche Ziele darstellen, während wir den Feind für den Freund halten. Schön, nicht wahr?«

»Wirklich wunderschön.«

»Aber davon haben sie bei diesem Angriff nichts benutzt, weshalb wir davon ausgehen können, dass die für den großen Schlag bestimmt waren. Jetzt sind sie jedenfalls alle neutralisiert. Gern geschehen, war mir ein Vergnügen.«

Stark brachte ein Lächeln zustande. »Danke, Stacey.«

»Aber das waren sehr ausgefeilte Programme, richtig?«, hakte Reynolds nach.

»Die besten, die ich je gesehen habe«, musste Yurivan einräumen. »Wer das programmiert hat, ist ganz sicher ein Agent. Nur die Codefreaks der Regierung können so was entwickelt haben. Jetzt müssen Sie sagen, was ich tun soll. Soll ich den Maulwurf in Ruhe lassen, um herauszufinden, was er noch so versucht und mit wem er redet? Oder soll ich ihn auffliegen lassen, bevor er noch mehr Schaden anrichten kann?«

Stark dachte über die Frage nach und hatte den Blick auf die Tischplatte gerichtet, dann fragte er: »Was meinst du, Vic?«

»Ich meine, dieser Maulwurf hat schon genug Unheil angerichtet. Ich würde nicht noch mehr riskieren wollen, auch wenn es eine sehr verlockende Vorstellung ist, dass er uns auf irgendwelche Komplizen aufmerksam machen könnte.«

»Ja.« Stark wandte sich wieder Stacey Yurivan zu. »Es deutet alles auf eine einzige Person hin? Kein Hinweis auf weitere Agenten?«

»Keinerlei Hinweise, aber das muss nicht zwangsläufig bedeuten, dass es wirklich nur diese eine Person ist. Aber ich weiß, dass nur diese eine Person aktiv war.«

»Haben wir Gewissheit, dass diese Person keinen Zugriff auf Waffen hat? Also die richtig großen Kracher meine ich.«

Sie rieb sich das Kinn. »Ich glaube nicht. Drauf schwören würde ich aber nicht. Die Unterlagen der Artillerie sind völlig wirr. Das gilt sogar für deren Munition. Hinzu kommt, dass viel Munition bei der Offensive von General Schwachkopf verbraucht wurde, und genauso kurz danach, als wir den Angriff des Gegners zurückschlagen mussten. Darüber ist nirgendwo exakt Buch geführt worden, und niemand kann sagen, ob nicht irgendjemand die Gelegenheit genutzt und ein kleines privates Arsenal angelegt hat.«

»Dann kassieren Sie ihn ein. Jetzt sofort. Machen Sie es kurz und schmerzlos.«

»Okay.« Yurivan zögerte. »Da ist noch eine Sache, die ich Ihnen sagen sollte.«

»Was?«

»Das wird Ihnen nicht gefallen.«

Stark stieß ein leises, verbittertes Lachen aus. »Allmählich gewöhne ich mich an diese Art von Neuigkeiten. Was ist es?«

»Diese Person … der Maulwurf. Sie kennen ihn. Sein Name ist Grant Stein.«

*Ich kann nichts mehr fühlen. Kate, ich kann nichts mehr fühlen. Was zum Teufel ist passiert?* »Ich will ihn sehen. Gleich nachdem Sie ihn verhaftet haben.«

Yurivan sah ihn argwöhnisch an. »Kommen Sie ja nicht auf die Idee, ihn mit Samthandschu-«

»Halten Sie die Klappe!«

Vic warf Stark einen kurzen Blick zu, dann stand sie auf

und gab Yurivan ein Zeichen. Sie nickte kurz und folgte ihr nach draußen. Nachdem sie die Tür hinter sich geschlossen hatten, kehrte Ruhe ein.

Viel später betrat Grant Stein den Raum. Er trug Fesseln an den Handgelenken, die durch eine Kette mit den Fesseln um die Fußgelenke verbunden waren. Selbst in der geringen Schwerkraft des Mondes konnte niemand hastige Bewegungen machen, der auf diese Weise gefesselt war. Zwei MPs brachten ihn herein, jeder hielt ihn an einer Schulter fest. Zwei weitere MPs blieben mit ein wenig Abstand in der Nähe der Tür stehen, jederzeit einsatzbereit, falls Stein irgendeine Dummheit versuchen sollte.

»Lassen Sie ihn los und warten Sie draußen«, befahl Stark, was die MPs zögern ließ und sie veranlasste, sich unschlüssige Blicke zuzuwerfen. »Er kann nicht weglaufen, und falls er irgendwas versuchen sollte, komme ich schon mit ihm klar. Warten Sie draußen.«

Alle vier MPs salutierten, dann verließen sie den Raum und schlossen die Tür hinter sich. Stark stand auf und sah Stein eine Zeit lang forschend an. »Warum haben Sie das gemacht?«, fragte er schließlich.

»Ich weiß nicht, was Sie meinen.«

»Lassen Sie diese Spielchen bleiben. Wir haben die Beweise vorliegen, wir wissen, dass Sie diesem Angriffstrupp alle Informationen zugespielt haben, die nötig waren, um unentdeckt durch das Sensornetz zu gelangen. Wir wissen, dass Sie Würmer in jedes unserer Systeme geschleust haben. Sagen Sie mir den Grund.«

Grant Stein starrte ihn an und Wut ließ sein Gesicht langsam rot anlaufen. »Sie haben sie einfach zurückgelassen, obwohl Sie sie hätten retten können!«

Auch bei Stark erwachte Wut. »Ich habe nichts in dieser Art gemacht, Sie dämlicher Hurensohn! Sie war bereits halb tot, und sie wollte nicht, dass ich bei ihr blieb. Das hatte ich Ihnen erzählt!«

»Klar. Stark, der große Held. Und praktischerweise sind alle Zeugen, die berichten könnten, was tatsächlich vorgefallen ist, auf dem Schlachtfeld gestorben.«

»Ich habe nie behauptet, ein Held zu sein, und auf Patterson's Knoll war ich ganz sicher kein Held.«

Diese Erwiderung schien Grant Stein aus dem Konzept zu bringen. Wortlos starrte er eine Weile vor sich hin, dann schüttelte er energisch den Kopf. »Sie haben sie zurückgelassen. Ich habe meine Schwester geliebt, und Sie haben sie verlassen und einsam sterben lassen. Sie können sich nicht vorstellen, wie sich das anfühlt!«

Stark ließ den Kopf sinken und verharrte eine Weile in dieser Haltung, dann sah er Grant wieder in die Augen. »Doch, das kann ich. Ich habe sie auch geliebt. So sehr, dass ich für den Rest meines Lebens versuchen werde, ihrem Tod irgendeine Bedeutung zu verleihen. Kate hätte niemals getan, was Sie sich hier erlaubt haben. Nein! Versuchen Sie gar nicht erst, mich zu unterbrechen, sonst prügele ich Sie bewusstlos. Wäre Kate der Ansicht gewesen, ich hätte sie verraten, dann hätte sie mir das ins Gesicht gesagt. Für wie viele Tode sind Sie verantwortlich? Wie viele Menschen haben Sie auf dem Gewissen, von denen manche nicht einmal die Möglichkeit zur Gegenwehr hatten? Sind Sie darauf stolz? Glauben Sie, Kate wäre darauf stolz?«

Grant Stein versuchte, sich gerade hinzustellen, obwohl die Fesseln so bemessen waren, dass er leicht gebückt stehen musste. »Ich bin ihr Bruder«, presste er heraus.

»Ja, bedauerlicherweise sind Sie das.« Stark betätigte die

Taste, die die Tür öffnete, und ließ die MPs hereinkommen. »Schaffen Sie ihn weg«, befahl er. Dabei sah er, dass Vic im Gang stand und das Ganze mit starrer Miene verfolgte. »Vic, ich will, dass ein Kriegsgericht einberufen wird. Wir regeln das nach den Buchstaben des Gesetzes.«

Sie zögerte. »Die Angreifer haben eine Zivilistin getötet«, gab sie vorsichtig zu bedenken. »Wir könnten ihn den Zivs übergeben, damit die ihn vor Gericht stellen.«

»Nein, er ist einer von uns. Wir erledigen das.«

»Du weißt, was das bedeutet.« Vic wusste, sie musste das nicht als Frage formulieren.

»Ich weiß.«

Ein Kriegsgerichtsverfahren konnte eine komplexe, aber auch eine ganz simple Sache sein. Alles hing ab vom Fall, von den Beweisen, von der Anklage und von den Personen, die das Verfahren führten. Als stellvertretender befehlshabender Offizier würde Stark weder Richter noch Geschworener noch Vollstrecker sein. Aber es lag in seiner Macht, den Richter zu bestimmen, die Jury auszuwählen und das gefällte Strafmaß zu billigen oder abzulehnen. Unter den gegebenen Umständen konnte er die Phase der Beweisaufnahme überspringen und das Verfahren sofort beginnen lassen. Er überließ es Sergeant Bev Manley, den vorsitzenden Offizier und die übrigen Positionen zu besetzen, um jeden Verdacht im Keim zu ersticken, er könnte das Verfahren beeinflussen.

Dann wartete er.

Stark saß im Kommandozentrum und war für den Augenblick allein, da die Wachhabenden im Ausweichkommandozentrum in einem anderen Winkel des Hauptquartiers eine Übung abhielten. Hin und wieder wanderte sein Blick wie von alleine zu der Stelle, an der Sergeant Tanakas Leiche gelegen hatte. Es dauerte einen Moment, ehe er bemerkte, dass jemand in der mattglänzenden Metalltür stand, durch die man jetzt in diesen Raum gelangte. »Vic?«

»Ja.« Sie kam ein paar Schritte näher, blieb stehen und verschränkte die Arme vor der Brust. »Was machst du hier so ganz allein?«

»Ich versuche, etwas von meiner Arbeit zu erledigen. Du weißt schon, diese Vorschläge zur Verbesserung der Sicherheit. Wir wollen ja nicht noch mal so überrascht werden, wie es dieser Truppe gelungen war.«

»Nein, ganz sicher nicht.« Reynolds kam noch etwas näher, blieb aber weiter stehen. »Daheim hat sich die Nachricht von diesem Angriff inzwischen auch rumgesprochen.«

»Und wie reagiert man?«

»Ganz schlecht. Die Leute, die die politischen und militärischen Führer sein wollen, geben sich alle Mühe, jegliche Kenntnis über den fehlgeschlagenen Angriff zu leugnen. Sie behaupten, eine ausländische Macht habe versucht, die verworrene Lage hier oben für sich zu nutzen.«

Stark stieß ein schnaubendes Lachen aus. »Eine ausländische Macht, die über unsere neueste Ausrüstung verfügt und die von den Agenturen unserer Regierung unterstützt wird? Glaubt das irgendwer?«

»Natürlich nicht. Die Zivs daheim sind richtig wütend darüber, dass eine von ihnen unter den Opfern ist. Und es freut sie auch nicht, dass die Wirtschaft in einem tiefen Loch zu versinken droht. Die Aktienmärkte sind nochmals kräftig abgerutscht. Die Menschen haben kein Vertrauen mehr, und offenbar schlägt sich das auf die Kurse nieder.«

»Das passt. Irgendwas Neues aus dem militärischen Bereich?«

Vic schüttelte den Kopf. »Nein. Aber findest du nicht auch, dass dieser Angriff etwas über ihre Absichten aussagt? Das Pentagon heuert Söldner an, um den herrschenden Personalmangel in den Griff zu bekommen. Außerdem scheinen sie sich vorgenommen zu haben, es auf die harte Tour zu versuchen. Wir sollten davon ausgehen, dass sie einen schweren Vergeltungsschlag führen werden, sobald sie genügend Leute zusammengezogen haben, Ethan.«

»Davon gehe ich schon lange aus. Und ich rechne auch damit, dass sie mit anderen Regierungen Vereinbarungen aushandeln, sodass sie hier auf dem Mond eines von deren Geländen nutzen können, um uns von da aus anzugreifen.« Stark hob den Kopf und bemerkte ihren fordernden Blick. »Aber deswegen bist du nicht hier, richtig?«

»Richtig.« Mit ruhiger Stimme redete sie weiter, ohne sich eine Gefühlsregung anmerken zu lassen. »Im Verfahren gegen Private Grant Stein ist das Urteil ergangen. Er wurde für schuldig befunden, in Kriegszeiten gegen Artikel 104, Feindbegünstigung, Artikel 106 und 106a, Spionage, des Militärstrafgesetzbuchs verstoßen zu haben. Das empfohlene Strafmaß lautet auf Tod durch Erschießen.«

Einen Moment lang stockte ihm der Atem, dann endlich konnte er tief einatmen, wobei er die saubere, sterile Luft schmeckte. »Das ging ziemlich schnell.«

»Die Beweise waren erdrückend, außerdem hat er gestanden. Das machte alles viel einfacher.«

»Kann ich mir vorstellen. Schon witzig, wie wir bemüht sind, die Sache ganz legal, den Gesetzen folgend zu behandeln, während wir gegen Artikel ... was wäre das? ... gegen Artikel 99 verstoßen.«

»Artikel 99 ist Fehlverhalten in Gegenwart des Feindes, was zwar eigentlich passt, allerdings glaube ich eher, dass sie uns mit Artikel 94 kommen werden, Meuterei und Aufwiegelung.«

»Aber ich kann ihn nicht einfach unbehelligt davonkommen lassen«, sagte Stark so bedächtig, als rede er auf sich selbst ein. »Es sind zu viele Opfer zu beklagen, die er zu verantworten hat, die meisten waren seine Kameraden. So was habe ich nie gemacht.«

»Nein, das hast du nicht.«

»Können wir uns sicher sein, dass er allein gehandelt hat? Was ist mit den anderen Soldaten, die mit ihm zusammen raufgekommen sind?«

Vic schüttelte wieder den Kopf und biss sich auf die Lippe. »Wir haben keine absolute Gewissheit, dass man ihn als Einzigen hier eingeschleust hat. Aber wir haben keine anderen Auffälligkeiten feststellen können. Wir können nur vermuten, dass die anderen Soldaten als Ablenkung mit raufgeschickt wurden, damit Stein uns nicht sofort ins Auge springt.«

Stark nickte fast unmerklich. »Und wir gehen hier streng nach Vorschrift vor, nicht wahr? Auch wenn uns die rechtliche Autorität fehlt, versuchen wir, alles richtig zu machen. Trotzdem kann ich mir vorstellen, dass die Anwälte im Pentagon uns wegen Mordes anklagen könnten, wenn ich dem Todesurteil zustimme.«

»Könnte passieren. Aber uns erwartet ja wegen unserer Meuterei ohnehin die Höchststrafe. Was wollen die dann machen? Uns doppelt zum Tod verurteilen?«

»Das würden sie bestimmt tun, nur um ihre Haltung zu unterstreichen.« Wieder hielt Stark inne. »Hat er ein Gnadengesuch eingereicht?« Aus einem unerfindlichen Grund fiel es ihm schwer, den Namen Grant Stein auszusprechen, doch Vic wusste auch so, wen er meinte.

»Nein. Er weiß, das würde zur Entscheidung bei dir landen, und dich hasst er wie die Pest.«

»Ja.« Stark sah auf seine Hände, die leicht gewölbt auf seinem Schoß lagen, als wären sie nicht in der Lage, sich zu bewegen. »Da versuche ich, immer mein Bestes zu geben, und dann werde ich auch noch für etwas gehasst, das ich gar nicht getan habe.«

»Ich kann daran nichts ändern, Ethan.«

»Das weiß ich.«

»Und ich kann es auch nicht ungeschehen machen«, fügte sie hinzu, während er ihrem Blick auswich. »Du hast seine Schwester geliebt, nicht wahr?«

»Wie bist du denn dahintergekommen?«

»Stein hat drauflosgeredet, als die MPs ihn an mir vorbei aus diesem Zimmer geschleift haben. Er hat dir kein Wort geglaubt.«

»Nein, das hat er nicht. Aber ich habe sie geliebt. Auf eine bestimmte Weise. Ich hab's ihr nie gesagt, und ich hätte es ihr vermutlich auch niemals gesagt.«

Vic lächelte ihn betrübt an. »Sie wusste es trotzdem.«

»Woher willst du das wissen?«

»Weil ich eine Frau bin. Und weil Männer nie so gut Dinge vor anderen verheimlichen können, wie sie immer glauben. Dann hast du also in all den Jahren seit Patterson's Knoll versucht zu beweisen, dass du gut genug für sie gewesen wärst?«

»Darum ging es nie«, wandte Stark ein. »Ich gebe zu, ich habe so hart gekämpft, wie ich nur konnte, um sicherzustellen, dass niemand jemals wieder so würde sterben müssen wie sie. Aber das habe ich getan, weil es das Richtige war. Niemand verdient es, so sein Leben zu verlieren wie sie und all die anderen Soldaten meiner Einheit. Niemand. Das hat mit mir gar nichts zu tun.«

»Dann hast du Gutes getan, Ethan.«

»Und nun muss ich nichts weiter tun, als Kates Bruder zum Tode zu verurteilen.«

»Ethan, was würdest du machen, wenn ein anderer der Täter wäre?«

»Du meinst, wenn du das wärst? Oder Gomez oder Murphy?«

»Du weichst mir aus. Keiner von uns würde dich oder unsere Truppen hintergehen«, sagte sie, während er schweigend sitzen blieb. »Ethan, die einzigen Soldaten hier oben, die nicht wollten, dass Grant Stein vor einem Kriegsgericht zum Tode verurteilt wird, sind die, die ihn ohne Verfahren am liebsten einfach erschossen hätten. Er hat all seinen Kameraden einen Dolch in den Rücken gestoßen. Sollte ich jemals so tief sinken wie er, dann möchte ich, dass du mich abknallst. Das gegenseitige Vertrauen ist so ziemlich das Einzige, was wir hier noch haben.«

»Vic, versuchst du gerade, mir einzureden, dass ich dir die Schuld geben muss, weil du mich zum Handeln gezwungen hast?«

»Wenn es sein muss. Auf die Tour will ich es nicht, aber es muss getan werden.«

»Das wirst du nicht.« Stark beließ es bei dieser rätselhaften Erwiderung, dann beugte er sich vor und gab am Kommandoterminal seinen Code ein, um den Bericht des Gerichtsverfahrens aufzurufen. Eine Weile starrte er auf den Bildschirm, dann tippte er mit solcher Heftigkeit auf die Senden-Taste, als wollte er gleichzeitig dagegen protestieren. *Vergib mir, Kate.* »Erledigt. Das Strafmaß ist bestätigt.«

»Es tut mir leid, Ethan. Wenn ich irgendwas …«

»Kannst du nicht.«

»Sollen wir irgendwo hingehen?«

»Nein. Nein. Nicht heute. Lass mich einfach für eine Weile allein, okay?«

»Okay.« Sie ging weg, die neue Schiebetür schloss sich lautlos hinter ihr. Das blanke Metall bildete einen krassen Gegensatz zu der ramponierten Holzvertäfelung auf beiden Seiten.

*Was habe ich getan? Was hat der Soldat in meinem Traum gesagt? Wo ist unser Commander? Euer Commander sitzt auf dem Hügel, ohne Fluchtweg, dem Untergang geweiht. Habe ich das Gleiche all den Leuten angetan, die mir vertrauen? Habe ich sie schutzlos auf einem großen Felsbrocken zurückgelassen, wo jeder auf sie zielen kann? Sogar ihre eigenen ehemaligen Kameraden? Und jetzt reden die Zivs hier oben auch noch von einer Unabhängigkeitserklärung? Das wird einen langen, allumfassenden Krieg nach sich ziehen. Und das ausgerechnet in dem Moment, in dem wir miterleben können, wie die ersten guten Dinge geschehen. Soldaten, die ihren Vorgesetzten vertrauen. Zivs und Mil, die eine Verbindung zueinander finden, als wären sie Teil des gleichen Systems. Wir könnten hier etwas wirklich Gutes entstehen lassen. Wir könnten den Menschen auf der Welt zeigen, wie die Dinge sein sollten. Falls wir die Chance dazu bekommen.*

*Wie sollen wir, wie soll ich aus dieser Sache je wieder herauskommen? Und wie viele Menschen werde ich dabei töten müssen? Und wie viele werde ich sterben sehen?*

Stark sah in den nur schwach beleuchteten Raum und betrachtete mit leerem Blick die stummen Displays, von denen er umgeben war. Displays, die von seiner Macht zeugten. Von der Macht über Leben und Tod. Irgendwo da draußen, wo sie von den Displays nicht mehr erfasst wurden, kamen Armeen zusammen. Sie verließen das grüne Zuhause der

Menschheit mit seinen Wolken und den blauen Ozeanen, um zu diesem Ort zu reisen. Sie kamen zu diesem verlassenen Mond, auf dessen Oberfläche aus grauen Felsen und grauem Staub schwarze Schatten mit gleißend weißem Licht zusammentrafen, um an diesem Ort zu sterben.

Es sei denn, Sergeant Ethan Stark fand noch eine andere Lösung …

ENDE